Kari Köster-Lösche

DER TOTE AM HINDENBURG-DAMM

rütten & loening

Kari Köster-Lösche, geboren 1946, wuchs in Schweden am Meer auf und lebt heute in Nordfriesland und auf der Hallig Langeneß. Nach einem Studium der Tiermedizin promovierte sie in Bakteriologie. Seit 1985 arbeitet sie als freie Autorin. Bekannt wurde sie mit ihren zahlreichen historischen Romanen.

Niklas Asmus kommt aus Rostock nach Sylt – und gleich weht ihm ein heftiger Wind ins Gesicht. Sein Vorgesetzter scheint ihn zu hassen und schiebt ihm möglichst unwichtige Aufgaben zu. Asmus lässt sich jedoch nicht entmutigen. Er freundet sich mit Bahnsen, einem Einheimischen, an und lernt die lebenslustige Ose kennen. Als in Bahnsens Werft ein Anschlag verübt wird, beginnt Asmus zu ermitteln. Auf Sylt ist ein geheimer Krieg zwischen alteingesessenen Syltern, Kaufleuten und Politikern über die Zukunft der Insel ausgebrochen. Während die einen die Idylle bewahren wollen, wittern die anderen das große Geschäft mit dem Tourismus. Dann wird am Hindenburgdamm ein Toter gefunden, der offensichtlich schon lange im Wasser gelegen hat und dessen Gesicht bis zur Unkenntlichkeit zerschnitten wurde.

Kari Köster-Lösche

DER TOTE AM HINDENBURG-DAMM

Ein Sylt-Krimi

rütten & loening

FSC
www.fsc.org
MIX
Papier aus verantwortungsvollen Quellen
FSC® C083411

ISBN 978-3-352-00845-0

Rütten & Loening ist eine Marke der Aufbau Verlag GmbH & Co. KG

2. Auflage 2013

Umschlaggestaltung Büro Süd, München
unter Verwendung eines Motives von akg images
Druck und Binden CPI – Clausen & Bosse, Leck
Gesetzt aus der Bauer Bodoni durch Greiner & Reichel, Köln
Printed in Germany

www.aufbau-verlag.de

KAPITEL 1

Ein kurzes Rucken seines Bootes alarmierte Niklas Asmus, den in Rostock degradierten und ab Frühjahr 1923 mit sofortiger Wirkung nach Sylt strafversetzten Kriminaloberinspektor. Seinen neuen Dienst trat er auf eigenem Kiel an: Statt mit der Eisenbahn ins dänische Hoyer zu fahren, um dort auf das deutsche Fährboot umzusteigen, segelte er nach Munkmarsch auf Sylt. Die Tiden hatte er selbstverständlich sorgfältig berechnet. Und erstmals schien er hier an der Ostküste von Sylt in Schwierigkeiten zu geraten.

Sollte er sich so bei den Tidenangaben verrechnet haben, und der Wasserstand bei ablaufendem Wasser bereits zu niedrig sein? Tidengewässer waren ihm fremd, er war bisher nur auf der Ostsee unterwegs gewesen.

Die Wasserstraße von der Sylter Südspitze bis zur Ostspitze war der gefährlichste Abschnitt seiner Reise von Rostock nach Munkmarsch. Ausgerechnet die Rinne, in der sich just die flachste Stelle befand, war nicht betonnt.

Schweiß trat ihm auf die Stirn, als der Kiel seines Kosterbootes *Franziska* nochmals deutlich auf Grund stieß. Es hatte zu viel Tiefgang für die Nordsee.

An Backbord voraus sah er die Halbinsel Nösse von Sylt, die Bake auf Horsbüll Steert lag gewiss schon zweieinhalb Seemeilen hinter ihm. Das Wetter war gut – sofern er nicht vom Kurs abgekommen war, mussten die Pricken, die ihn nördlich von Nösse zwischen den Sandbänken Mittel-Sand und Hesten-Dragt durchleiten würden, bald in Sicht kommen. Immer wieder suchte er mit dem Fernglas den Horizont ab – die verflixte Ansteuerungstonne, die den Anfang der Rinne bildete, konnte doch nicht vertrieben sein!

Nichts. Weder eine Tonne noch Besen.

Aber das Unterwasserschiff schrappte immer mal wie zur Warnung am Untergrund. In immer kürzeren Abständen.

Um Fahrt aus dem Boot zu nehmen, ließ er das Großsegel ein wenig heraus. Gehorsam wurde die *Franziska* langsamer, aber im Übrigen nutzte sein Manöver herzlich wenig. Die Wellen, obwohl träge mitlaufend, ließen keinen Blick auf den Grund zu – das Wasser war grau und unsichtig. Ganz anders als zwischen den dänischen Inseln, wo man bei solch leichtem Wind den steinigen Boden und einzelne Tangpflanzen gut erkennen konnte und manchmal sogar huschende Krabben auf Jagd.

Asmus holte tief Luft. Das war vorbei. Der Rostocker Teil seines Lebens war ein Opfer der turbulenten Politik geworden, zu der seit dem Ende des Weltkriegs Putsche, Inflation und Verarmung großer Bevölkerungskreise gehörten. Ebenso die Entlassung oder Strafversetzung von Beamten; nicht selten waren sie Rachemaßnahmen der politischen Gewinner, der ehemaligen Gegner, die in höhere Ämter aufgestiegen waren.

So gesehen hätte es ihn noch schlimmer treffen können. Er war jetzt ein einfacher Schutzmann, der Streife gehen würde und sich um Verkehrsunfälle zu kümmern hatte. Dabei wusste er nicht einmal, ob es auf Sylt auch schon Autos gab oder er nur Streitigkeiten zwischen überalterten Hochradfahrern und Kutschern zu schlichten haben würde.

Da, endlich! Er sah die grüne Tonne, die er suchte, weiter an Backbord, als er vermutet hatte. Umgehend fiel er ab, er war zu hoch am Wind gesegelt, um nicht zu nahe an die Ausläufer von Nösse zu geraten.

Die Geräusche am Kiel verstummten. Asmus atmete auf. Er hatte sich nicht verrechnet, und er war auch nicht zu spät, sondern war um wenige Schiffslängen aus dem tiefen Teil der Rinne abgekommen und an deren Rand geraten, wo der Schlick offenbar eine steil emporragende Wand bildete.

Hinter der Ansteuerungstonne begann die ausgeprickte Rinne, ein Besen hinter dem anderen. Und da der Wind handig war und aus der richtigen Richtung blies, hatte er kein Problem, mit halbem Wind hindurchzurauschen und dann durch das Pander Tief entlang der beiden Leitfeuer den kleinen Hafen Munkmarsch anzulaufen.

Aber das Gewässer war eindeutig schwieriger als die Ostsee zwischen den dänischen Inseln. Schiffsführer, die hier tätig waren, hatten seine Hochachtung.

Das Hafenbecken öffnete sich nach Süden, nördlich von ihm lag eine Landzunge, an der entlang er durch Baken geleitet wurde. Kurz vor dem Molenkopf an einer langen Brücke ließ er das Großsegel herab. Mit der letzten Fahrt im Schiff manövrierte er die *Franziska* längsseits an die Spundwand und legte hinter zwei dort vertäuten Fischerbooten an.

Während er seine Festmacher an Land warf und an den Pollern auf Slip belegte, kam bereits ein kurzbeiniger Sylter auf Holzschuhen herangeklappert, wobei ihm die Stummelpfeife zwischen den Lippen wippte.

Er war aus dem Fährhaus gekommen, also wohl eine Art Hafenverantwortlicher. Asmus sah schweigend zu, wie der ältliche Mann mit knittrigem und von der Sonne gebräuntem Gesicht sein Boot von Bug bis Heck abschritt und dann plötzlich ausstieß: »Ahoi *Franziska*, moin, moin. Wenn das Wasser wieder aufläuft, musst du dich nach binnen zu den kleinen Booten verlegen. Hier an der Legatsbrücke legt die Fähre an.«

»Moin, moin.« Ahoi? Asmus schmunzelte in sich hinein. Seine *Franziska* gehörte ja nicht zur Großschifffahrt. »Mache ich«, versicherte er.

»Woher kommst du? Habe dich hier noch nie gesehen«, forschte der andere. »Du bist wohl nicht von der Westküste.«

»Von der Ostsee«, antwortete Asmus belustigt und strich sich über seine Locken, mit denen er wie viele Dänen aussah: blond, großgewachsen, kantiges, energisches Gesicht. Im Gegensatz zu ihm war Mart, so nannte er sich, klein und dunkelhaarig, eher das Gegenteil eines Friesen, wie er ihn sich vorstellte.

»Darum auch der ungewöhnliche Schiffstyp. So einen habe ich noch nie gesehen.«

»Spitzgatter, Langkieler. Das Spitzgatt ist sehr gut für

raue See. Im Kattegat segeln sie solche Boote als Lotsenkutter, dann sind sie allerdings doppelt so lang wie meine *Franziska* oder noch länger. Da oben ist es häufig stürmisch.«

»Tiefgang?«

Mart hatte sich an dem Thema festgebissen, das ihn brennend interessierte. Obendrein runzelte er vorwurfsvoll die Stirn. Asmus holte genervt Luft. »Einsfünfundzwanzig.«

»Zu viel für das Wattenmeer. Zu deinem Glück ist der Grund im Hafen überall fest. Dein Langkieler wird aufrecht stehen können, wenn du ihn vernünftig abspannst.«

»Ich habe Wattstützen. Und wer bist du?«, erkundigte sich Asmus, um von dem peinlichen Umstand abzulenken, dass er mit einem für das Gewässer unpassenden Boot segelte und anscheinend der Verdacht bestand, dass er demnächst die Seenotretter um Hilfe anpreien würde. So etwas war ihm noch nie passiert.

»Mart.« Er drehte sich um und zeigte mit der Pfeife auf das einzige Haus, das in Frage kam. »Ich betreibe den Gasthof am Hafen. Beherbergt Quartier für an- und abreisende Badegäste, wenn die Fähre wegen des Wasserstands nicht fahren kann, außerdem Posthalterei, Aufenthaltsraum und kleinen Ausschank. Du bist auch willkommen.«

»Danke. Ich komme bestimmt kurz mal vorbei. Ich schlafe auf meinem Boot.«

Mart rümpfte die Nase. »Nicht sehr bequem, oder? Für eine Reise rund um Dänemark mag es angehen, wenn es einem nichts ausmacht, nass zu schlafen. Aber in meinem Haus wäre es bequemer, so für eine oder zwei Nächte. Und was hast du danach vor? Weiter nach Norden, an Röm vorbei, durch das Skagerrak bis ins Kattegat? Du, die Kante da oben ist gefährlich! Fahr lieber durch den Kaiser-Wilhelm-Kanal zurück. Welches ist denn dein Heimathafen?«

Welche Wortflut! »In der Ostsee keiner mehr.« Asmus schüttelte, plötzlich voller Wehmut, den Kopf. »Munkmarsch ab jetzt. Ich bleibe hier.«

»Hier? Als Gast für den Sommer? Dann musst du ja gut betucht sein … Heutzutage. Wir haben sehr gute Hotels und Logierhäuser auf Sylt. Ich kann dir die besten empfehlen.«

»Du hast mich nicht richtig verstanden, Mart«, erklärte Asmus ernst. »Ich wohne ab heute in Munkmarsch, und zwar auf meinem Boot.« Ein Hotel hätte er sich auch in Normalzeiten in Westerland, das als überteuert galt, von seinem Gehalt nicht leisten können. Und die Zeit war alles andere als normal, wahrscheinlich hatten sich die Preise seit seiner Abreise aus Rostock verzehnfacht. Sein Gehalt nicht.

Mart riss sich die Pfeife aus dem Mund. In seinem Gesicht mit grauen Bartstoppeln malte sich Empörung. »Bist du … Nein, du bist doch nicht etwa der neue Schupo, der Niklas Asmus?« Mit offenem Mund erforschte er Asmus' Äußeres von der Schirmmütze bis zu den gummibesohlten Schuhen. »Warum haben Sie sich nicht gleich zu erkennen gegeben?«

Asmus runzelte verständnislos die Stirn. »Was heißt denn zu erkennen gegeben?«

»Na ja, Sie hätten ja wie jeder Schupo in Uniform sein können …«, murmelte Mart ein wenig verlegen. »Auf jeden Fall werden wir dann wohl öfter noch das Vergnügen miteinander haben.« Abrupt drehte er sich um und stakte eilends zum Fährhaus zurück.

»Das werden wir wohl.« Asmus sah ihm verblüfft nach.

Aus dem Haus war inzwischen ein weiterer Mann getreten, dem eine Schirmmütze einen offiziellen Anstrich verlieh. Beide steckten die Köpfe zusammen und besprachen sich.

Asmus merkte, dass er Gegenstand ihrer getuschelten Konferenz war. Womit hatte er sich denn Abfuhr und Aufmerksamkeit von Syltern verdient, kaum dass er die Insel betreten hatte?

Diese Frage würde er später klären. Jetzt hatte er gehörigen Hunger.

Erst einmal schlug er sich drei Eier in die Pfanne, die er beidseitig briet, dann setzte er sich ins Cockpit und betrachtete während des Essens die Umgebung, die für eine Weile seine neue Heimat sein würde.

Außer dem Fährhaus, drei Bauernhöfen und zwei kleineren Häusern gab es einen markanten Hügel. Auf ihm hätte laut Segel-Handbuch eine Mühle stehen sollen, ein Ansteuerungsmerkmal für einsegelnde Fahrzeuge. Schon in der Rinne hatte er sie vermisst. Offensichtlich war die Mühle inzwischen abgerissen worden. Um den Fuß des Hügels führten die Schienen einer Schmalspurbahn herum, die am Fährhaus vor zwei Puffern endete.

Der größte Gebäudekomplex war eine Werft neben dem Hafenbecken, in der, den Geräuschen nach zu urteilen, lebhaft gearbeitet wurde. Zwei Kutter waren auf der Helling aufgepallt, und davor lagen im Wasser mehrere ähnlich aussehende Arbeitsboote im Päckchen. Möglicherweise Austernfischer, denn die Fangsaison war gerade zu Ende gegangen.

Mehr gab es anscheinend nicht zu sehen, nur Sand und Gras.

Ein Lüttfischer verließ den Hafen, um Netze oder Reusen auszulegen, und danach war nur das Ping-Ping von Hammerschlag auf Eisen zu hören. Die sanfte Brise hatte sich gelegt, und insgesamt machte die Welt hier einen friedlichen Eindruck.

Es war früher Nachmittag, als Asmus angelegt hatte. Da der Hafen inzwischen teilweise trockengefallen war, war ihm klar, dass heute keine Fähre mehr erwartet würde.

Verkehrte der Zug nach Westerland möglicherweise trotzdem? Vielleicht für Badegäste, die sich für den Hafen oder die Werft interessierten? Nicht allzu beflissen, an diesem sonnigen Maitag in seine neue Dienststelle zu gelangen, schlenderte Asmus zum Fährhaus hinüber, wo er nach Anschlägen für die Fährzeiten und die Zugverbindung nach Westerland suchte. Immerhin gab es sie.

»Die Fähre verkehrt tidenabhängig und nach Bedarf (im Winter unregelmäßig), die Fahrzeiten der Dampfspurbahn richten sich in der Regel nach den Fährzeiten«, las er und war damit so schlau wie zuvor.

Der Mann, mit dem Mart konferiert hatte, trat aus der nächsten Tür, worauf er mit der Hand die Augen beschattete und gewissenhaft über den Hafen spähte, als ob er die vielen Neuankömmlinge zu zählen hätte.

Asmus grinste. »Kein neues Boot außer meinem«, bemerkte er launig. »*Franziska* aus Rostock. Kannst du mir sagen, ob heute noch ein Zug nach Westerland geht?«

Der Kerl zählte und zählte. Als er endlich sicher zu sein schien, dass es sich nur um drei Fischerboote am Anleger handelte, wandte er sich ab und verschwand wieder im Haus.

Er musste taub sein.

Dann fiel Asmus aber ein, wie er die beiden Männer im Gespräch gesehen hatte. Beide schienen eine unüberwindliche Abneigung gegen Schupos zu besitzen.

Er fragte sich, ob Sylt ihm wirklich gefallen würde.

Eine neue Suche in den Anschlägen an der Wand bescherte ihm wider Erwarten endlich eine handfeste Information. »Für unsere mit dem Rad fahrenden Gäste«, stand da. »Die Entfernung nach Westerland beträgt 4,2 km, bei West- und Südwestwind das Doppelte.«

Die Uhr sagte Asmus, dass die Wanderung nach Westerland am Spätnachmittag sich erübrigte, denn er würde erst nach Feierabend der Polizei ankommen. Zwar sollte die Wache besetzt sein, aber sicherlich nicht mit seinem neuen Vorgesetzten.

Asmus war nicht böse darüber. Er beschloss, selber Feierabend zu machen.

Am nächsten Vormittag schaukelte ihn die Kleinbahn durch welliges Dünengelände nach Westerland. Neben den Gleisen verlief ein Weg, in Hafennahe bestand er größtenteils noch aus Dünensand, später führte er als Karrenspur auf festerem Untergrund weiter. Vermutlich war dies der alte Kutschenweg, auf dem die Badegäste vor dem Bau der Eisenbahn geholt und gebracht worden waren.

Asmus beschloss spontan, sich für seinen Weg zum Dienst ein Motorrad zuzulegen. Seine ehemals reiche Familie in Rostock, die unter seinen zwei Brüdern zwei ebenfalls ehemals große Reedereien betrieb, würde ihm unter die Arme greifen müssen. Leider waren viele ihrer Schiffe im Krieg Opfer der feindlichen U-Boote geworden, oder sie waren als Kriegsbeute konfisziert worden. Trotzdem würden die älteren Brüder ihre Dankbarkeit, dass Niklas mit seinem losen

Mundwerk ihre behutsame Geschäftspolitik nicht mehr gefährden konnte, handfest unter Beweis stellen müssen.

Wie bei vielen gutgestellten Bürgern galt die Loyalität der Reederfamilie Asmus dem Freistaat Mecklenburg-Schwerin. Seltsamerweise war Niklas Asmus ohne Angaben von Gründen in den Freistaat Preußen versetzt worden, wozu Sylt gehörte. In diesen turbulenten Zeiten war es nicht klug, auf der Rechtfertigung oberer Chargen zu bestehen, denn eine aufmüpfige oder gar kritische Haltung war in der Weimarer Republik demokratiefeindlich, und deshalb hatte Asmus – auch auf Anraten seiner Brüder – darauf verzichtet.

Stattdessen hatte er sich über das preußische Polizeiwesen erkundigt, so gut er es zu durchdringen vermochte. Das war noch komplizierter und politischer ausgerichtet als das von Mecklenburg. Die preußische Polizei war ebenso wie die von Mecklenburg mit Beginn der Weimarer Republik gründlich umstrukturiert worden. Ausschließlich Republikaner stiegen dort in führende Positionen auf, und das verhieß für Asmus nichts Gutes.

Wahrscheinlich vor allem Flaschen, dachte Asmus und ballte erbittert die Fäuste wegen der Flasche, die es in seiner Rostocker Dienststelle vom Untergebenen zu seinem Vorgesetzten gebracht und sich seiner schleunigst entledigt hatte.

Unter Aufbietung seiner ganzen Willenskraft verdrängte er seinen Zorn, betrachtete die flachen Sandhügel neben der Bahnlinie und sah im Hintergrund die Umrisse des Städtchens Westerland, seinem neuen Arbeitsort, wachsen.

Nicht weit vom künftigen Reichsbahnhof, dessen Baulärm in alle benachbarten Straßen drang, befand sich in der Feldstraße die Polizeidienststelle in einem einstöckigen roten Backsteinhaus. Hinter der Flügeltür roch es feucht und schimmelig. Ein Schild wies zur Wache, und dorthin wandte Asmus sich.

»Ich möchte Herrn Sinkwitz sprechen«, verlangte er von dem Uniformierten, der jenseits des hohen Tresens saß und von dem nur der Kopf unter einer Uniformmütze zu sehen war.

Nach einer Weile blickte dieser auf. »Moin erstmal. Und warum möchten Sie mit Hauptwachtmeister Sinkwitz sprechen?«

»Ich soll mich bei ihm melden«, antwortete Asmus steif. »Ich trete heute meinen Dienst hier an.«

»Sie?«

»Ich.«

»Ich, Herr Oberwachtmeister«, korrigierte der Diensthabende. »Oder: ich, Oberwachtmeister Jung.«

»Meinetwegen«, knurrte Asmus. Es ging bereits so los, wie er es sich gedacht hatte.

KAPITEL 2

Niklas Asmus hatte eine geraume Zeit zu warten, danach wurde er in das Arbeitszimmer des Dienststellenchefs geführt. Hauptwachtmeister Sinkwitz war äußerlich das Gegenteil seines Oberwachtmeisters, mittelgroß, braunhaarig und stämmig. Mit missbilligend gerümpfter, auffällig großer Nase betrachtete er Asmus lange, bevor er das Wort an ihn richtete.

»Wachtmeister Asmus, nehmen Sie bitte Haltung an, wenn Sie mir Meldung erstatten«, verlangte er schließlich.

Asmus tat es. Er hatte es schlicht vergessen, da es bei ihnen in Rostock nicht üblich gewesen war. Das war einer der Unterschiede zwischen Schutzpolizei und Kriminalpolizei.

»Ich nehme an, dass Sie eine entspannte Herfahrt hatten, auf eigener Yacht ... So reich zu sein muss schön sein, ist aber nicht jedem gegeben. Es gibt ja auch Menschen, die für ihren Unterhalt arbeiten müssen. Nun gut, die Verhältnisse haben sich zum Glück für uns kleine Leute wenigstens etwas geändert. Deswegen sind Sie wohl auch nicht im Gesellschaftsanzug angetreten.«

Asmus verschlug es zunächst die Sprache. Was war das für ein Kerl, der erst einmal sein persönliches Gift über einen neuen Mitarbeiter ausschütten musste? Aber, nun gut. Diese Sorte kannte er aus Rostock. »Der Gesellschaftsanzug, den Sie meinen, war bei Gästen auf der kaiserlichen Yacht gefordert, als wir noch einen Kaiser hatten«, bemerkte er sachlich. »Heutzutage ist ein Gesellschaftsanzug ein Smoking. Und ich habe keine Yacht, sondern ein für meine Bedürfnisse umgebautes Fischerboot. Gebraucht gekauft und zusammen mit einem Freund in schwimmfähigen Zustand gebracht.«

»Ach, wie nett. Dann haben wir ja ab jetzt jemanden, der sich auf Reparaturarbeiten in unserer Wache versteht. Ich habe ohnehin keine sonderliche Verwendung für Sie. Angefordert habe ich Sie bestimmt nicht.«

Asmus nickte knapp. Herausfordern ließ er sich nicht. Er beabsichtigte nicht, gleich am ersten Tag in den Arrest zu gehen.

»Lassen Sie sich von Oberwachtmeister Jung die Kleiderkammer zeigen und suchen Sie heraus, was Sie brauchen. Anschließend legen Sie Jung die Sachen vor und lassen sie billigen. Einen Degen kriegen Sie erst, wenn Sie sich bewährt haben.«

Wieder nickte Asmus, dann fiel ihm zum Glück noch ein, dass er zu bestätigen hatte. »Jawohl, Hauptwachtmeister Sinkwitz.«

Inzwischen war ein junger Mann eingetroffen, der mit den Ellenbogen auf dem Tresen, das Kinn in die Hände gestützt, herumlümmelte, ohne von Jung zurechtgewiesen zu werden. Seine braune Schulterklappe mit silbernem Riegel wies ihn als Wachtmeister aus, der schon mehr als vier Jahre Dienst schob.

»Unser neuer Kamerad, moin, moin«, sagte er freundlich und kam mit ausgestreckter Hand auf Asmus zu. »Ich bin Lorns Matthiesen.«

Ein unerwarteter Lichtblick. Außerdem der Sprache nach endlich ein Einheimischer, genauso groß wie Asmus. Er lächelte zurückhaltend und stellte sich selbst vor. »Ich soll von Ihnen, Herr Oberwachtmeister Jung, zur Kleiderkammer gebracht werden«, meinte er dann.

»Oh, das kann Lorns machen. Aber gib ihm keinen Degen!« Der Befehl galt Matthiesen.

»Keinen Degen?«, fragte der Wachtmeister verblüfft. »Wieso das denn nicht? Unsere Ladendiebe lachen ihn doch aus, wenn er unbewaffnet ist.«

»Befehl von Sinkwitz.«

»Aha«, grummelte Matthiesen, und Asmus konnte ihm ansehen, dass es ihm nicht recht war. Dann winkte er ihn schon mit sich.

Die Kleiderkammer war ein kleines Gelass. Auf Regalen befanden sich grüne, zum Teil blass gewaschene Uniformen und eine Reihe schwarzer Tschakos. Als Asmus sich umgezogen hatte, raunte Matthiesen ihm zu: »Wir gehen jetzt gemeinsam auf Streife. Bestehen Sie darauf! Gemeinsam!«

Was mochte das wohl heißen, überlegte Asmus, aber zum Nachfragen blieb keine Zeit.

Als sie wieder in der Wache ankamen, sah Jung nur kurz von dem Journal auf, in dem er schrieb. »Du kannst mich beim Eintragen der Vorfälle ablösen, Lorns, und Asmus sieht sich draußen um.«

Asmus begriff schnell. Jung wollte ihn allein durch die Stadt schicken. »Könnte ich einen Stadtplan bekommen, damit ich mich in Westerland orientieren kann?«

»Stadtplan?« Jung wirkte ratlos.

»Ja, jede aufstrebende Stadt hat einen.« Asmus breitete die Arme aus, als ob er jemanden umarmen wollte, um die Größe anzugeben.

»Oberwachtmeister, wie würde das denn aussehen«, griff Matthiesen gepeinigt ein, »wenn ein Polizist auf dem Stadtplan nachsehen muss, wo sich die Wache befindet? Oder gar Passanten fragt, wie er zu ihr zurückkommt. Der macht sich doch sofort bei unserer langfingerigen Kundschaft lächerlich. Ein Schupo ohne Degen, aber mit Stadtplan! Das würde nicht einmal HWM Sinkwitz gutheißen.«

»Sag gefälligst nicht immer HWM«, schnauzte Jung und verfiel in Nachdenken. »Ja, gut«, gab er dann widerstrebend zu, »an diesem ersten Tag zeigst du ihm das Revier, aber das muss reichen. Ich hoffe, er begreift schnell genug. Und beeilt euch. Ich und Jep müssen nachher los, um den Fall ›ohne Namen‹ zu klären.«

Matthiesen blinzelte Asmus zu, salutierte und wandte sich Richtung Ausgang. Asmus folgte ihm auf den Fersen.

Draußen auf der Straße stieß Matthiesen einen Stoßseufzer aus. »Ich habe überhaupt keine Angst, dass Sie das Revier nicht schnell genug in den Kopf kriegen, so schlau, wie Sie den Jung in die Enge getrieben haben.«

Asmus nickte schweigend. Die Zusammensetzung der

Polizisten dieser Wache schien schon auf den ersten Blick kompliziert, jetzt noch viel mehr. Er hatte seine Leute in Rostock zu einer Gruppe zusammengeschmiedet, in der es Grabenkämpfe nicht gab. Nichts war schädlicher für die Arbeit. Aber er hütete sich, sich zu offen mit jemandem zu solidarisieren, das wäre sehr unklug gewesen. Dabei schien Matthiesen ein argloser, williger Kollege zu sein.

Matthiesen erwartete keine Antwort. »Vor dem Jung muss man sich in Acht nehmen. Er ist brandehrgeizig und will Karriere um jeden Preis machen, allerdings nicht, indem er erfolgreiche Arbeit leistet. Er schreibt nicht gerne. Wenn ich auf seinen Befehl eingegangen wäre, wäre er in der gleichen Minute bei Sinkwitz gewesen, um ihm wieder einmal in den Arsch zu kriechen. Er findet immer Möglichkeiten, andere herabzusetzen. Er ist ein geborener Denunziant, verstehst du?«

Asmus lächelte unwillkürlich.

»Verzeihung. Verstehen Sie, wollte ich sagen. Sie sollen Kriminaloberinspektor mit vielen Erfolgen gewesen sein.«

»Lass mal«, erklärte Asmus, der sich bereits großherzig umentschieden hatte. Seinem neuen jungen Kollegen war anscheinend vor allem darum zu tun, Asmus nicht in diverse ausgestreckte Messer laufen zu lassen. »Niklas für dich. Kriminaloberinspektor stimmt.«

»Danke, Niklas.« Matthiesen sah ihn mit einer Spur Bewunderung an. »Der HWM Sinkwitz ist Kommunist bis in die Knochen. Mindestens genauso gefährlich wie Jung, aber aus politischen Gründen. Dabei lebt die Familie trotz des Namens schon Jahrzehnte auf Sylt. Unterschätz ihn nicht. In dieser Wache den Mund zum Widerspruch aufzumachen ist jedenfalls nicht ratsam.«

»Genau der richtige Ort für mich«, spöttelte Asmus. »Über lose Sprüche bin ich in Rostock schon gestolpert. Ist der Sinkwitz Sozialist und Kommunist, wie die Sorte, die Hitler anhängt? Ein Faszist?«

»Ich weiß es nicht. Er gehört zur sozialistischen Arbeiterpartei, er spricht öfter über die Räterepublik, die sie einrichten wollen. Deswegen sieht man ihn gelegentlich auf der Nössehalbinsel, wo er mit den vom Festland angeheuerten

Arbeitern quatscht. Ich habe einmal in einem seiner Bücher geblättert, das auf dem Schreibtisch lag. Das war von einem gewissen Bebel geschrieben.«

»Dann weiß ich Bescheid«, antwortete Asmus nachdenklich. Soweit er gehört hatte, hatten diese beiden Gruppen in vielem unterschiedliche Auffassungen. Und alle waren sie links und ungeheuer gefährlich. Agitation nannten sie dieses Bequatschen anderer.

»Nimm dich bloß in Acht«, warnte Matthiesen besorgt. »Ich würde dich nicht gerne verlieren, jetzt, wo ich weiß, dass du kein Duckmäuser bist und ein loses Maul hast.«

»Ist zuweilen schwierig«, grummelte Asmus.

»Glaube ich ja. Wir haben dann noch einen weiteren Kollegen, den Wachtmeister Jep Thamsen, der nicht unrecht ist, aber uninteressiert an allem. Mit Schmeichelei schafft er, dass du eine seiner Pflichten übernommen hast und gar nicht weißt, wie du dazu gekommen bist.«

»Manchmal klappt es mit Erziehung«, warf Asmus ein.

»Einen Älteren im höheren Rang zu erziehen ist schwierig.«

Da hatte er natürlich recht. Asmus war in einer anderen Position gewesen. »Was ist das für ein Fall ohne Namen, den Jep und Jung klären sollen?«

»Anscheinend ein Landstreicher, jedenfalls kein Sylter, der tot am Strand gefunden wurde. Herzattacke vielleicht oder Hunger. Soll ein schmales Hemd sein.«

»Kann Jung solche Fälle klären? Hat er darin Erfahrung? Und vor allem: Geht er ihnen mit allem Nachdruck nach?«

Matthiesen zuckte die Schultern. »Nur, wenn er ihm irgendetwas für sein Fortkommen einträgt, schätze ich. Aber ›Landstreicher‹ hört sich nicht danach an. Und Jep dackelt sowieso nur hinterher.«

Zwei Stunden später hatte Asmus schon eine ganze Menge von Westerland zu sehen bekommen und erfahren, dass die Diebstähle beachtlich zugenommen hatten, seitdem nach dem Krieg die Armut der Bevölkerung in rasender Geschwindigkeit wuchs. Auch auf Sylt war die Inflation angekommen, wie überall.

»Wir haben auch Streitereien in Hotels zu schlichten«, erzählte Matthiesen bedrückt. »Das ist früher nie vorgekommen, wir waren doch so stolz darauf, dass wir Wyk auf Föhr mit unseren illustren Gästen überholt hatten. Aber mittlerweile glauben auch reiche Badegäste, dass sie einem Betrug aufgesessen sind, wenn sie bei der Abfahrt bezahlen wollen und die Kosten innerhalb von vier Wochen um das Dreifache gestiegen sind. Stell dir vor, jetzt werden wir gerufen, um Hoteldirektoren vor gewalttätigen Baronen zu retten. Bis wir ankommen, sind häufig Vitrinen zerschlagen, Teegeschirr liegt auf dem Boden, und mittendrin schwimmt der gute Kognak.«

»Du liebe Zeit!«

»Ja. Dabei geht es in den Unterkünften ehrlich zu. Es gibt einen Hotelindex, den der Reichsverband der Hotels und der Bäderverband gemeinsam festsetzen. Daraus wird ein Multiplikator festgesetzt, der mit den Friedenspreisen multipliziert wird, und daraus ergibt sich jede Woche der neue Preis für Logis und Essen.«

»Dann werdet ihr wohl bald keine Gäste mehr haben«, mutmaßte Asmus nüchtern.

»Ja, genau. Und das schürt Unruhe. Sylt war einmal eine friedliche Insel von Bauern und Fischern, aber seitdem man in der Stadt Westerland und in Dörfern wie Kampen erkannt hat, dass sich Unmengen von Geld aus den Sommerfrischlern herausholen lässt, sind zahllose Fremde eingewandert, die einen Kampf um die Gäste entfesselt haben. Die Ursylter machen mit. Und jetzt sollen diese schönen Aussichten auf Reichtum plötzlich wegen der Inflation dahin sein? Weder die Hoteliers noch die Kaufleute lassen sich das gefallen. Ich sage dir, Niklas, uns stehen düstere Zeiten bevor.«

»Da könntest du recht haben. Das ist wie überall.«

Als sie auf der Kurpromenade vom Burgenstrand bis zum Musikpavillon und wieder zurück zur Höhe der Friedrichstrasse gekommen waren, entdeckte Asmus eine Buchhandlung, in der er einen Stadtplan kaufte. Dann fiel ihm noch etwas ein. »Sag mal, Lorns, kannst du mir einen ehrlichen

Händler von Motorrädern empfehlen? Ich weigere mich, die Strecke von Munkmarsch nach Westerland mit dem Fahrrad zurückzulegen. Bei Sturm, bei Gewitter und Regen ... Und ein Motorrad zum Preis von heute wird preiswerter sein als eine Unterkunft in Westerland, deren Kosten jede Woche steigen.«

»Du willst wirklich auf deinem Boot wohnen?«

»Ich habe es vor. Was im Winter ist, muss ich sehen. Vielleicht hat die Regierung bis dahin die Inflation im Griff.«

Lorns nickte bedächtig. »Ich bin dankbar, dass meine Schwiegereltern einen Hof haben. Meine Frau und ich wohnen in der Abnahme. Der Altenteilerwohnung. Der Gemüsegarten gibt genug her für uns vier. Hühner und drei Schweine sind auch da. Wir müssen nicht hungern. Aber hier in der Stadt sieht es bei manchen Leuten düster aus ...«

»Und Fischer? Wird gefischt?«

»Fische kosten auch Geld. Überdies fürchten die Fischer, dass der neue Festlandsdamm die Fischerei erschweren wird. Die Fische müssen sich auf andere Strömungen einstellen, vielleicht bleiben sie ganz weg. Und was mit den Austernbänken wird, steht auch in den Sternen. Ich kann es nicht beurteilen.«

»Ja, ich kann ihre Ängste verstehen.« Asmus wusste aus seiner Erfahrung als Segler, wie berechtigt diese Befürchtungen waren. Fische, die sich ins tiefere Wasser zurückzogen, und sei es nur vorübergehend, mochten für die Fischer mit kleinen Booten gar nicht mehr erreichbar sein. »Wer hat euch denn den Damm aufgezwungen?«

»Oh, von Aufzwingen kann gar nicht die Rede sein«, widersprach Lorns. »Westerland ist ein Seebad, wie es sie in England geben soll, ein richtiges Weltbad sogar. Hier kuren die Reichen, meist mehrere Wochen lang. Die Älteren erzählen noch vom Besuch der Königin von Rumänien, aber außer ihr kamen Prinzen, Herzöge, Präsidenten und Minister, alle mit Kindern und Dienstboten. Vor dem Weltkrieg soll hier enorm viel los gewesen sein. Das brachte Geld.«

»Und jetzt?«

»Ja, so richtig hat Sylt sich nach dem Krieg noch nicht erholt.«

»Du wolltest mir vom Damm erzählen.«

»Ja, richtig. Was meinst du wohl, wer alles an einer schnellen Verbindung vom Festland nach Sylt interessiert ist: Hoteliers, Inhaber von Pensionen, Kaufleute, Restaurantbesitzer, Strandkorbvermieter, Fuhrleute, Reitstallbesitzer, Badefrauen, Holzhändler, die Gemeinden wegen der Kurtaxe und, und, und.«

»Aha.«

»Auch die Dörfer haben schon seit längerem angefangen, ihren eigenen Nutzen aus der künftigen schnellen Verbindung nach Berlin zu ziehen. In Kampen, beispielsweise, sammeln sich die bekanntesten Künstler, und die ziehen wiederum anderes Volk an, das mit der Bekanntschaft von solchen Leuten angeben möchte. Am Strand pflegen die Künstler FKK, und das ist natürlich etwas so Mondänes, da muss man mitmachen.«

»Was ist das?«

»Freikörperkultur. Der erste Nacktbadestrand in Deutschland, auf dem Männlein und Weiblein sich gemeinsam unbekleidet tummeln dürfen. Den gibt es seit zwei Jahren.«

»Wirklich?« Asmus grinste breit.

»Ja, bestimmt. Anfangs gab es Aufstände in der Bevölkerung, jedenfalls in allen Dörfern außer Kampen wegen der erwarteten Zügellosigkeit und der mangelnden Moral der Künstler. Aber dann hat man in Heller und Pfennig ausgerechnet, wie viel die Rückkehr zur sogenannten Moral kosten würde. Die Vernunft siegte – es würde zu teuer werden. Seitdem tragen sich auch andere Orte mit Plänen, FKK-Strände einzurichten, Westerland vorneweg.«

Während ihres Gesprächs waren sie zur Promenade zurückgebummelt, weil Matthiesen diese am unterhaltsamsten fand. Zwar war die Luft warm, aber das Wasser war zu kalt zum Baden. Die Strandkörbe waren besetzt, aber nur einzelne Spaziergänger wanderten über den Sandstrand, manche mit Hunden.

»Für Mai immer noch zu wenig los«, bemerkte Lorns kritisch, »obwohl es gegen Mittag geht.«

Asmus gab ein Grummeln von sich, das man als Zustimmung interpretieren konnte. Möglicherweise war man hier durch die Fremden schon zu verwöhnt gewesen, um zu bemerken, wie schlecht es dem übrigen Deutschland ging. Mit nur *zu wenig los* war die Gefahr nicht beschrieben, in die Deutschland gerade hineinrutschte. Hoffentlich endete nicht alles im Chaos durch Aufstände aus Not oder Putsche der unterschiedlichsten politischen Richtungen.

Aber seine Sache, einen Sylter aufzuklären, war es nicht. »Die Leute wirken irgendwie abweisend, wo immer wir Polizisten auftauchen«, sagte er stattdessen. »Oder sehe ich das falsch?«

»Das siehst du richtig. Heute vielleicht noch ein bisschen mehr als sonst, weil es ja so aussieht, als hätte die Schutzpolizei Verstärkung gegen die Bevölkerung bekommen.«

In der Tat. Sie beide, groß und breitschultrig, waren nicht zu übersehen, fand Asmus.

»Ich habe dir ja von den Plünderungen erzählt«, fuhr Matthiesen fort. »Es gibt inzwischen Leute, die kein Auskommen mehr haben. Die Kirchengemeinde hat eine Suppenküche für sie eingerichtet, aber das reicht nicht aus. Sie brauchen auch Kleider, besonders für ihre Kinder, und anderes zum Leben. Manche entscheiden sich dann für den Diebstahl, jedenfalls diejenigen, die in den Luxuszeiten als Hilfskräfte zugewandert sind und hier keine Verwandten haben. Das ist die eine Gruppe. Eine andere sind die reichen Kurgäste, die uns unterstellen, dass wir Polizisten gemeinsame Sache mit den einheimischen Plünderern machen. Die dritte Gruppe sind die Geschäftsleute, die der Meinung sind, dass wir auf Weisung der preußischen Obrigkeit zu wenig unternehmen, um sie zu schützen. Schließlich die vierte Gruppe: die einheimischen Bauern. Sie halten es für ihr Recht, wie ihre Vorväter vor dreihundert Jahren alle Vorschriften des Gesetzes zu umgehen. Und wir vertreten das Gesetz.«

»Donnerwetter«, sagte Asmus anerkennend. »Immerhin weiß ich jetzt, was ich zu erwarten habe.«

»Nicht zu vergessen die unterschiedliche politische Einstellung unserer Vorgesetzten, die auch nicht von hier sind.

Sinkwitz' Familie stammt ursprünglich aus Sachsen, wie man manchmal noch hören kann, und Jung aus Hessen.«

»Ja. Sehr kameradschaftlich von dir, dass du mich aufgeklärt hast«, sagte Asmus bedrückt. »Friedlich scheint es hier ja nicht zuzugehen. Ohne Kenntnis von den Umständen würde ich vielleicht im nächsten Monat schon entlassen werden.«

»Genau davor hatte ich Angst. Wir hatten im Januar schon einen Neuzugang. Hierher versetzt mit gutem Ruf, und im März wurde er als republikfeindlich entlassen.«

»Und wer hat das veranlasst?«

»Wer wohl? HWM Sinkwitz.«

Asmus atmete tief durch und sah Lorns in die Augen. »Und deshalb hast du das Risiko auf dich geladen, mich zu warnen, obwohl du mich nicht kennst? Ich hätte dich dafür in die Pfanne hauen können, wie man so sagt. Stell dir vor, ich wäre wie Jung.«

»Aber das bist du nicht. Einer wie du nicht. Ich bin froh, dass ich dich gewarnt habe.«

»Ich kann mir denken, dass es dich Mut gekostet hat. Ich wünschte, ich hätte mehr solche Mitarbeiter wie dich in meiner Gruppe gehabt. Meine Gruppe war gut. Bis auf das eine faule Ei.«

Lorns errötete vor Freude.

KAPITEL 3

Lorns Matthiesen war genau der Richtige, um Auskunft über motorisierte Fahrzeuge zu bekommen. Zwei Tage später war Asmus schon Besitzer eines Leichtmotorrads von DKW, mit zweieinhalb PS leistungsschwach, aber vier oder mehr PS hatte er sich nicht leisten können. Das letzte Stück durch die Dünen schob er es ohnehin. Trotzdem war er stolz darauf. Abstellen durfte er es in einem Verschlag der Munkmarscher Werft, der erst mit Tagesanbruch in Anspruch genommen wurde.

Der Werftbesitzer, Hans Christian Bahnsen, war gleich am Abend nach Asmus' Ankunft mit ihm ins Gespräch gekommen, das ergab sich über den im Wattenmeer ungewöhnlichen Bootstyp eines Kosterbootes von allein. Sie waren einander auf Anhieb sympathisch.

Bahnsen war über sechzig Jahre alt. Sein Sohn, der zum Schiffszimmermann ausgebildet worden war, war im Jahr davor auf See geblieben. Der hätte die Werft übernehmen sollen, nun war der Werftgründer allein zurückgeblieben, und er nahm die selbstauferlegte Pflicht zum Weiterführen des Betriebes auf sich.

Abends saßen sie zusammen auf der Bank am Ufer und blickten auf die Wellen, die im Werftgelände neben dem Hafen mit sanftem Plätschern aufliefen. Austernfischer und andere Watvögel stakten im flachen Wasser und kümmerten sich nicht um die Beobachter. Hans Christian schmökte, und Asmus erzählte. Von der beängstigenden Politik in der Republik, von den Reedereien seiner Brüder, mit denen es unter der sozialistischen Herrschaft zu Ende ging, und seiner eigenen ungerechten Versetzung.

»Mit einer solchen persönlichen Vorgeschichte solltest du

auch bei der hiesigen Polizei vorsichtig sein«, warnte Hans Christian ihn unvermutet. »Ich halte Bestechlichkeit oder Unterschleif oder Ähnliches in dieser Dienststelle für möglich. Manche Handlungen bleiben uns einfachen Leuten unerklärlich. Kerle, die wir nicht kennen, aber die ganz eindeutig eines Verbrechens überführt werden könnten, werden laufen gelassen. Arme geborene Sylter Hunde, von denen jeder weiß, dass sie harmlos sind, werden eingebuchtet. Wahrscheinlich hat die Wache ein zahlenmäßiges Soll an Erfolgen zu erfüllen. Zwei Täter im Monat oder so ähnlich. Aber anscheinend immer die falschen.«

Diese Ungereimtheiten wunderten Asmus inzwischen nicht mehr, und er fragte sich, ob auch der angebliche Landstreicher zu dieser Art Aufklärung zu zählen war. »Als ich vor einigen Tagen auf Sylt ankam, wurde ich ganz freundlich in Empfang genommen. Doch als dieser Mart vom Fährhaus erfuhr, dass ich der neue Polizist bin, kannte er plötzlich meinen Namen, und auf einmal war ich der Feind. Ich verstand zuerst nicht, was los war. Aber dann schnitt mich einer seiner Kollegen im Hafen auf die gleiche Art. Jemand muss über mich Gerüchte verbreitet haben.«

»Die Polizei ist eigentlich selten hier. Wir Munkmarscher sind harmlos, aus uns lässt sich nicht genug Honig saugen.«

»Aber?«, fragte Asmus mit hochgezogenen Augenbrauen.

»Ja, in den letzten Tagen ist dieser Oberwachtmeister Jung mehrmals hier im Hafen umhergeschlendert. Er war auch bei Mart und Gustav.«

»Und das bedeutet?«

»Ich schätze, der Postmeister Gustav von Westerland und der Hafenmeister Mart müssen Anweisungen erhalten haben. Über Jung von Sinkwitz.«

»Zu welchem Zweck?«

Der Werftbesitzer zog die Schultern hoch. »Das weiß ich wirklich nicht, Asmus. Es scheint, dass du angekündigt wurdest und sie dir Sylt madig machen sollen. Kannst du dir darauf einen Reim machen? Oder willst du dich gleich versetzen lassen?«

»Nein, heutzutage geht das nicht mehr. Jeder, der eine Stelle hat, ist dafür dankbar und seinen Vorgesetzten auf

Gedeih und Verderb ausgeliefert. Dass ich störe, ist ja eine bemerkenswerte Information. Jedenfalls Grund genug zu bleiben. Vielleicht ist es die Angst vor Konkurrenz.«

»Wenn es nur das ist … Dieser Jung ist eine zwielichtige Gestalt, hört man. Ich selber hatte mit ihm noch keine Händel.«

»Ich danke dir für deine Offenheit«, sagte Asmus und erhob sich sorgenvoll von der Bank. Die Notsituation veränderte die Menschen. Es war überall das Gleiche. Und was ihn selber betraf, war er kaum den neuen politischen Kräften in Rostock entflohen, um es womöglich mit noch schwierigeren Umständen zu tun zu bekommen.

Als er wenig später von der Mole aus angelte, im Versuch, einen Hornhecht zu erwischen, dachte er darüber nach, was der Werftbesitzer ihm zu verstehen gegeben hatte. Die ganze Wahrheit war es nicht, da steckte noch mehr dahinter. Während er seinen ersten Fisch hochzog, beschloss er, äußerst vorsichtig zu sein. Hier liefen Dinge ab, die sich als Falle erweisen konnten. Und dass man ihn in der Sylter Wache nicht haben wollte, war ihm schon klar.

Da der gesamten Wache nur ein Dienstmotorrad zur Verfügung stand, wurde das neue von Asmus in den Dienst einbezogen. OWM Jung sorgte umgehend dafür, und Asmus konnte kaum nein sagen, bedang sich aber aus, es allein zu fahren.

Versammelt waren im Hof Jung, Matthiesen und Thamsen, die das Fahrzeug aufrichtig oder mit falschem Lächeln bewunderten. Es ließ Asmus gleichgültig, denn damit hatte er gerechnet. Aber nicht damit, dass plötzlich ganz andere Animositäten zu Tage traten, als Thamsen eine Bemerkung zu Matthiesen in einer Sprache machte, die Asmus nicht verstand.

Jung auch nicht, daher wandte er sich erbost an die beiden Untergebenen. »Ihr sollt doch nicht Friesisch im Dienst sprechen!«, schnauzte er. »Amtliche Sprache ist Deutsch!«

»War doch rein privat, Oberwachtmeister«, verteidigte sich Jep Thamsen träge.

»Innerhalb der Polizeiwache seid ihr nicht privat!«

»Was ist eigentlich bei dem Fall ohne Namen herausgekommen?«, warf Asmus ein, um mit einem neuen Thema der beginnenden Schärfe in der Diskussion entgegenzuwirken, wiewohl er gar nicht wusste, warum Jung sich aufregte.

Jung schwieg verdrossen, und Asmus ahnte, dass der Aufklärungsversuch kein Erfolg gewesen war. Immerhin ließ sich Jep zu einer Antwort herab. »Nichts Besonderes. Der Kerl war ein ausgehungerter Landstreicher mit geklauten Schuhen. Er starb einfach, wie so viele sterben. Keine Gewalteinwirkung. Der Fall ist abgeschlossen.«

»Da muss man dann auch nicht mehr draus machen, als dran ist«, fügte Jung hinzu.

Ungeachtet seiner deutlichen Warnung blieb Asmus beim Thema. »Was meinst du mit geklauten Schuhen, Jep?«

»Eine gerade noch lesbare Metallplakette auf dem einen Schuh wies auf eine dänische Schuhfabrik hin. Vielleicht hat er sie ja auch geschenkt bekommen, jedenfalls waren es keine Landstreicherschuhe.«

»Interessant. Woher weiß man denn, dass er ein Landstreicher war?«

»OWM Jung ist der Meinung«, antwortete Jep lakonisch.

Asmus runzelte die Stirn und forschte in Jeps schmalem Gesicht, dessen Rasur ein wenig schlampig ausgefallen war, ob er seine Antwort zynisch gemeint haben könnte. Aber davon war nichts zu erkennen. »Und ihr habt nicht durch den Pathologen untersuchen lassen, woran er gestorben ist? Und festgestellt, ob jemand vermisst wird? Die Sorgfaltspflicht hätte das erfordert.«

»Es gibt hier keinen Pathologen, Asmus«, warf Matthiesen ein.

»Versuchen Sie bloß nicht, uns zu belehren, Asmus«, knurrte Jung übellaunig. »Wir sind erfahrene Polizisten, und Sie fangen ganz unten an!«

Eine halbe Stunde später sah Asmus HWM Sinkwitz im Hof. Bedächtig schritt er um das neue Fahrzeug herum. Wenig später betrat Sinkwitz den Wachraum, wo er Asmus allein vorfand.

»Bourgeoisie bleibt Bourgeoisie, ganz gleich, unter welchen Umständen wir leben, nicht wahr?«, spottete er. »Das Ausbeutereigentum bleibt immer in den gleichen Händen, und wenn es uns schlecht geht, geht es euch immer noch besser als uns.«

Der starke Akzent verriet Asmus, dass Sinkwitz wütend war. »Von wem sprechen Sie? Ich bin Wachtmeister«, entgegnete Asmus gleichmütig. »Ich hatte ein paar Ersparnisse auf der hohen Kante. Und ich hatte außerdem nicht vor, das Geld zu horten, bis ich dafür nur noch ein Brot bekomme.«

»An der Inflation sind ganz allein Ihre Leute schuld, die Kapitalistenklasse«, rief Sinkwitz erregt. »Von wegen Dolchstoßlegende und Kriegsschuldlüge! Die Linken sind weder schuld, dass Deutschland den Krieg verloren hat, noch ist es eine Lüge, unser Land als allein schuldig am Krieg zu verurteilen!«

»Sie kennen meine Meinung doch gar nicht«, meinte Asmus friedfertig. »Hören Sie also auf, mir willkürlich Vorwürfe zu unterstellen. Was die Kriegsschuld betrifft, so ist allgemein bekannt, dass 1914 alle Staaten bis an die Zähne bewaffnet waren und dem Startschuss nur so entgegengierten. Das Attentat in Sarajewo war für Österreich der letzte Tropfen, der das Fass zum Überlaufen brachte. Und Deutschland war bedauerlicherweise Bündnispartner und musste eingreifen. Der Attentäter war übrigens Serbe und gehörte der Schwarzen Hand an, einer Geheimorganisation, die ein Großserbien anstrebte. Wenn Sie also einen Schuldigen am Krieg suchen, dann in Serbien.«

Sinkwitz knirschte mit den Zähnen. Augenscheinlich war ihm nicht bekannt, was Asmus aus seinem Blickwinkel berichtete. Sein Blick glitt von seinem Untergebenen ab. »Ich kenne sehr wohl Ihre Meinung. Wären Sie Sozialist, wären Sie nicht strafversetzt worden! Man hatte wohl die Hoffnung, Sie hier in Preußen umerziehen zu können. Preußen ist wenigstens etwas fortschrittlicher als andere deutsche Länder, wie der Matrosenaufstand in Kiel gezeigt hat.«

»So, so.«

»Ich wünschte, wir hätten die Räterepublik durchsetzen können«, knurrte Sinkwitz. »Es wird Zeit, das Grundeigentum der herrschenden Klasse zu enteignen und Kinderarbeit in ganz Deutschland auszurotten!«

Er sprang vom einen zum anderen Thema. Wo war der Zusammenhang zwischen Motorrad und Kinderarbeit? »Kinderarbeit«, wiederholte Asmus ratlos.

»Jawohl«, blaffte Sinkwitz, der schon auf dem Weg in sein Zimmer war, und drehte sich um. »Wissen Sie nicht, dass im Kaiserreich die Fabrikarbeit von Kindern unter dreizehn Jahren fünfzig Jahre später als in Preußen verboten wurde? Fünfzig Jahre! Aber Missstände gibt es noch überall zuhauf!«

Er verstand es, anderen ein schlechtes Gewissen zu machen. Asmus hatte sich darüber noch nicht viele Gedanken gemacht.

Am nächsten Tag schon erhielt Asmus den Befehl, sich in List an der Nordspitze der Insel nach Schmuggelware umzusehen. Wie das denn vor sich ginge, fragte er.

Auf die Schiffe rudern lassen, die im Königshafen auf Reede lägen, und kontrollieren, lautete die Antwort.

Ein solches Verfahren kannte Asmus nicht. Matthiesen war im Außendienst irgendwo in Westerland, bei ihm konnte er sich keinen Rat holen, und alle anderen würden ihn auflaufen lassen.

Also ratterte er mit seinem Motorrad los, jedoch keineswegs nach List, sondern zuerst nach Munkmarsch. Zum Glück traf er Hans Christian an, der sofort bereit war, ihm Ratschläge zu geben. Offensichtlich war er auch nicht ungehalten über die Unterbrechung seiner Arbeit. Sie setzten sich auf die Bank wie üblich, während um sie herum wie gewohnt die Arbeitsgeräusche der Werft ertönten, wenn auch vielleicht etwas dünner als bisher.

»Jemand krank?«, fragte Asmus und sah sich genauer um. »Oder haben die Männer frei?«

Der Werftbesitzer stieß einen tiefen Seufzer aus. Sein graublondes Haar schien grauer als vor ein paar Tagen. »Ich habe zwei meiner Leute Bescheid geben müssen, dass ich sie nur noch einen Monat beschäftigen kann, und auf den Schrecken für heute frei gegeben. Den beiden Jüngsten.

Wenn überhaupt jemand, dann sind sie es, die neue Arbeit finden, außerdem sind sie nicht verheiratet und haben keine Familie zu ernähren. Anders käme ich mit dem Geld nicht mehr rum. Du weißt selbst, wie das ist.«

Ja, Asmus wusste es. In den vierzehn Tagen, die er hier auf Sylt war, hatten sich die Preise für Lebensmittel verdoppelt. Er selber fischte und sammelte Miesmuscheln und Austern, um Geld zu sparen. Dabei sehnte er sich nach Kartoffeln und Eiern, aber die waren unerschwinglich. Zum Glück waren die Nächte hell genug, um ihm zu erlauben, nach Dienstschluss zu der kleinen Muschelbank, die er entdeckt hatte, zu rudern. »Es wird schlimmer.«

»Ja, es wird täglich schlimmer. Und wenn der Dammbau beendet ist, wird es mit der Werft ohnehin zu Ende gehen.«

»Tatsächlich?« Asmus hörte es betroffen.

»Ja. Meine Einnahmen beziehe ich vor allem durch die kleinen Reparaturen an der Fähre. Die großen in Husum, die kleinen bei mir. Diese Fährlinie werden sie sofort schließen. Deutsche Gäste, die in verplombten Waggons ein paar Kilometer durch Dänemark fahren müssen, um nicht durch die Pass- und Zollkontrolle über Gebühr aufgehalten zu werden – lächerlich. Die Badegäste der Zukunft kommen über den Wattenmeer-Damm.«

»Und die Fischer?«

»Vielen werden die Zugänge zu ihren gewohnten Fanggründen versperrt. Sie werden ihre Boote nach Hörnum verlegen oder aufgeben.«

»Für alle, die mit und vom Wasser leben, ist der Damm also fatal.«

»Ja. Warum hast du so früh Dienstschluss?«

»Habe ich gar nicht. Ich soll die Schiffe im Königshafen auf Schmuggelware überprüfen, wollte mir aber erst bei dir Rat holen.«

»Hat Jung dich jetzt losgeschickt?«

»Nein, Sinkwitz.«

»Ich dachte mehr an den Zeitpunkt. Wenn du jetzt bei Flut mit der Kontrolle anfängst, kannst du sicher sein, dass alle Schmuggler, die noch Wasser unter dem Kiel haben, Ankerauf gehen. Die erkennen doch von weitem deinen

Tschako. Heute am Nachmittag ist das vollkommener Blödsinn.«

»Ah, so.« Daran hatte Asmus nicht gedacht. Warum aber Sinkwitz nicht? Die Antwort konnte nur sein, dass er ihm einen Misserfolg bescheren wollte. »Eine Falle?«

»Möglicherweise.«

Was könnte wohl noch mehr dahinterstecken? Während Asmus nachdachte, merkte er, dass Hans Christian mit etwas anderem beschäftigt war. Ganz vorsichtig spähte er über den Hafen. Asmus drehte sich um.

»Nein, lass dir nichts anmerken«, warnte der Werftbesitzer. »Beuge dich vor und rede auf mich ein. Stütz dein Gesicht in deine Hand.«

»Warum? Was beschäftigt dich denn?«

»Dort drüben ist dein Vorgesetzter Sinkwitz. Ist gerade mit dem Motorrad eingetroffen.«

»Nanu.«

»Eben. Wenn es dienstlich wäre, hätte er dich bitten können. Stattdessen schickt er dich bei Flut nach List. Das gibt zu denken.«

»Was macht er jetzt?«

»Er betritt die Fahrkartenausgabe. Ganz sicher hat er nicht vor zu verreisen.«

»Nein, er hat morgen Frühdienst.«

»Los, hau ab!«, zischte der Werftbesitzer. »Nimm den Tschako ab und misch dich unter meine Leute.«

Wenige Augenblicke vergingen, in der sich Asmus die Kopfbedeckung unter den Arm klemmte. Dann fühlte er Hans Christians Hand, die ihn wieder auf die Bank herunterdrückte.

»Zu spät. Mart scheint nicht im Dienstzimmer zu sein. Sinkwitz kommt schon wieder heraus.«

»Du willst sagen, dass er mich nicht nur auflaufen lassen, sondern mich aus dem Weg haben wollte. Und jetzt darf er mich nicht sehen.«

Bahnsen kicherte ein helles Altmännerlachen. »Um dich hier gut zurechtzufinden, musst du noch einiges lernen. Aber es geht schnell, wie ich merke.«

»Danke. Ich höre das gelegentlich. So richtig nützt es mir

nichts. Ich habe das Gefühl, hier in einer fremden Welt zu sein.«

»Stimmt. Sylt ist anders als die anderen Inseln und erst recht als das Festland. Die Sprache und die Sitten unterscheiden uns von anderen. Manche Friesen sind darauf stolz. Ich fürchte, es könnte uns eines Tages schaden, vor allem, wenn immer mehr Fremde einwandern. Vielleicht verjagen sie uns Friesen dann, eben weil wir anders sind.«

»Meinst du das?« Asmus bekam allmählich hohe Achtung vor seinem neuen Freund und zweifelte nicht an dem, was er sagte.

»Ja. Die Zugewanderten sind in allen Geschäften erfahrener als wir. Plötzlich erlassen Gemeinden neue Bestimmungen, an die wir nie dachten, dann wird eine Musikhalle errichtet, oder es entsteht ein neues Haus oder ein Restaurant auf einem Kliff, in den Dünen oder auf der Heide, wo unsereiner nie bauen würde. Viele Landbesitzer und die meisten Gemeinden högen sich über die dämlichen Fremden, die großzügige Angebote zum Landerwerb abgeben, und halten die Hand auf. Wir Übrigen gucken verblüfft zu. Die Schäden, die mit dem erschlichenen Bauland angerichtet werden, werden erst Jahre später für alle zu sehen sein. Von wegen dumme Fremde! Schlau sind sie, manchmal richtige Gauner. Diese Entwicklung ist nicht gut, gar nicht.«

Dem konnte Asmus aus vollem Herzen zustimmen. Jeder Anwohner hatte gesehen, wie in Mecklenburg aus ärmlichen Stranddörfern Badeorte geworden waren mit Promenaden, Kurhallen und Brücken, die sich weit in die See zogen. Der Berliner Dialekt überwog zuweilen das Platt der Einheimischen. Dazu waren die Fremden häufig frech und setzten sich mit ihrer schnodderigen Sprache gegen die etwas trägen Mecklenburger durch.

»Mart biegt um die Ecke. Dumm. Denn er hat dich natürlich längst gesehen.« Hans Christian schwieg einen Augenblick, bevor er weiter berichtete. »Pech auf der ganzen Linie. Sinkwitz ist schon informiert. Er dreht sich um und späht her, vergewissert sich wohl, dass du es bist.«

»Dann bin ich jetzt sofort wieder im Dienst«, stellte Asmus fest, setzte den Tschako auf und verabschiedete sich mit einer knappen Verbeugung vom Werftbesitzer. Kurze Zeit später saß er schon auf seinem Motorrad und knatterte davon. Zurück zur Dienststelle.

Als kurz nach Asmus auch Sinkwitz eintraf, saß Asmus vor einer Seekarte und einem Tidenkalender, die er studierte. »Ich muss Sie falsch verstanden haben, Hauptwachtmeister«, bemerkte er. »Ich wäre ja bei Hochwasser in List gewesen. Ich habe mich jetzt erst einmal von einem Kenner der Gewässer beraten lassen. Morgen Vormittag wäre die beste Zeit.«

Sinkwitz drückte die Zigarette, die er wie üblich so weit geraucht hatte, dass er sie kaum noch halten konnte, auf dem Aschenbecher neben Asmus aus. »Ja, da haben Sie natürlich recht. Und ich erachte es als selbstverständlich, dass Sie selbst ausrechnen, wann es mit dem Wasser am besten passt. Jeder verantwortet, was er tut.«

»Natürlich, Herr Hauptwachtmeister«, stimmte Asmus höflich zu.

»Bahnsen ist ein erfahrener Mann. Aber er hat seine Grenzen. Friesen kennen nur Sylt. Nehmen Sie nicht alles, was er daherplaudert, für bare Münze.«

»Natürlich nicht, Herr Hauptwachtmeister.«

Als Sinkwitz davongeschlendert war, atmete Asmus durch und ließ sich die Sache nochmals durch den Kopf gehen. Sinkwitz hatte derart selbstverständlich geklungen, dass er ihm gar nichts Konkretes vorwerfen konnte. Höchstens Gedankenlosigkeit. Er selber war unter dem Sturm neuartiger Erfahrungen durch die Kehrtwende der Politik offensichtlich zu misstrauisch geworden.

Im Kaiserreich aufgewachsen, die Schulbildung in einem Herzogtum durchlaufen, einen Krieg erlitten, nach dem die Reparationszahlungen das Land in den Abgrund trieben, die jungen Erfahrungen mit einer Republik, in der sich Deutschnationale und Sozialisten mit Kommunisten Wortgefechte lieferten, Putsche, galoppierende Inflation und persönliche Degradierung – das alles musste jeden verwirren, ihn genau wie andere.

Asmus beschloss, zukünftig geduldiger und nachsichtiger

zu sein. Und öfter das Maul zu halten, wenn es mit ihm durchgehen wollte. Er hätte es sich als Leiter einer Dienststelle auch nicht gefallen lassen, von einem neuen Mitarbeiter des untersten Dienstgrades belehrt zu werden.

KAPITEL 4

Der Königshafen am Lister Ellenbogen war eine riesige Bucht nördlich des Ortes List, vor den gefährlichen Winden aus Südwest bis Nord geschützt und darum in früheren Jahrhunderten ein guter Ankerplatz für große Schiffe. Das wusste Matthiesen zu erzählen, während er und Asmus sich einen Überblick über die Örtlichkeiten verschafften. Sie standen an einem Priel, der seinen Anfang im Dorf an einem Gasthof nahm und an der Insel Uthörn in den Königshafen mündete. Dort ankerten gegenwärtig mehrere kleinere Küstenfischer.

»Dies ist der sogenannte Schlechte Hafen«, erklärte Lorns und zeigte auf ein Boot im Priel, das Moos und Grünspan angesetzt hatte und dessen Ankerkette voller vertrockneter Algen hing. »Der alte Zollkutter, außer Dienst gestellt. Hier würden die Schmuggler natürlich nie anlegen.«

»Jahrelang nicht mehr bewegt«, stellte Asmus fest. »Es wird jetzt übrigens Zeit, die Schmuggler hopszunehmen. Welches ist das Ruderboot, das wir nehmen sollen?«

Wieder deutete Lorns auf ein Boot, ziemlich groß, flachbödig und schwarz geteert.

Drei Küstenschiffe lagen auf der Lister Seite im Königshafen so weit unter Land, wie es ging, damit der Transport der Flaschen mit dem Beiboot oder auf Schlickschlitten vom oder zum Ufer nicht so beschwerlich war. Bei höchstem Flutstand schwammen sie auf, beim jetzigen Wasserstand konnten sie nicht fliehen.

Zwischen dem Wasser und dem erhöht liegenden Karrenweg weideten auf dem Grasland Schafe. Hier war alles ruhig, während man auf den Schiffen die heranrudernden

Polizisten bereits bemerkt hatte. Hektik brach bei den Besatzungen aus.

Jedoch war sie vollkommen nutzlos, denn die Schiffe lagen auf Schiet.

Auf allen drei Küstenschiffen entdeckten Asmus und Matthiesen schon gestaute Flaschen mit Schnaps, die sie beschlagnahmten. Gegen die Besatzungen konnten sie nichts ausrichten. Angeblich sprach oder verstand keiner der Männer Deutsch, und Asmus bemühte sich vergeblich um ihre Namen. Schließlich gab er auf, Verhaftungen waren ohnehin ausgeschlossen. Vorsorglich gab es an den Rümpfen keine Kennungen.

Sie mussten mehrere Fahrten zwischen den Kuttern und dem Zollhäuschen am Schlechten Hafen machen, bis alle Kisten mit Flaschen gesichert waren.

Nach einigen Stunden Arbeit waren sie fertig. Asmus rüttelte zum Abschluss am Hängeschloss des Zollhäuschens, um sich zu überzeugen, dass es wirklich hielt. »Eines verstehe ich nicht, Lorns«, meinte er. »Was wir gemacht haben, sind keine polizeilichen Aufgaben. Darf man das in Preußen, rechtlich gesehen?«

»Das weiß ich auch nicht. Aber nach den Bestimmungen des Versailler Vertrages wurden doch so viele Militärs und Uniformträger eingespart, wie es irgend ging. Diese Zollstelle entfiel. Es hieß, sie hätte sowieso nie viel Erfolg gehabt. Seitdem machen wir Schupos das vertretungsweise.«

»Aha. Und woher kommt der Schnaps?«

»Keine Ahnung«, sagte Lorns unsicher. »Vielleicht von Holland über Helgoland … Irgendwie nicht unser Bier – gewissermaßen. Wir sprechen darüber nie. Wir haben auch noch nie jemanden erwischt.«

»Was?« Asmus sah seinen Kollegen entgeistert an.

»Nein.«

»Seid ihr etwa immer zur falschen Zeit hier gewesen?«

»Könnte sein«, gab Matthiesen unglücklich zu. »Keiner von uns hat es so mit der Seefahrt. Ich kann dir sagen, wann der Weizen für die Schnapsdestillation eingesät werden muss …«

Asmus grinste. »Wenn es im Land so weitergeht, bin ich wahrscheinlich mehr an der Ernte interessiert. Wer hat denn bisher angeordnet, wann die Überprüfung stattfinden soll?«

»Sinkwitz oder Jung.«

Asmus schüttelte den Kopf. In Rostock war die Zollstelle nach dem Krieg nicht eingespart worden. Aber wäre das der Fall gewesen, hätte sich die Schupo oder gegebenenfalls sogar die Kriminalpolizei verantwortlich um die neue Klientel gekümmert. Hier auf Sylt war das wohl nie der Fall gewesen. »Weißt du was, Lorns. Fahr du direkt zur Dienststelle. Ich überlasse dir, von unserem Erfolg zu berichten. Ich mache einen kleinen Umweg nach Munkmarsch. Will mich für den Ratschlag bei Bahnsen bedanken.«

»Aber das wäre nicht recht«, widersprach Lorns unglücklich. »Es sind deine Lorbeeren, und du sollst sie einheimsen.«

»Ich hatte in meinem Leben schon genug Lorbeeren. Mach dir darüber keine Gedanken«, sagte Asmus fröhlich. »Meine Genugtuung ist, dass wir beide ein gutes Gespann bilden. Das hätte ja ganz anders kommen können.«

»Weiß Gott«, stimmte Lorns aus vollem Herzen zu. »Du und Jung – das wäre ja ein Albtraum.« Er fuhr an, dass der Sand unter dem Hinterreifen spritzte.

In Munkmarsch war nichts wie sonst. Bereits unterhalb des Mühlenhügels konnte Asmus erkennen, dass sich um das große Fischerboot, das auf der Helling aufgepallt war, Leute drängten. Als er heran war, erkannte er, dass ein Mann auf dem harten ölgetränkten Boden neben dem Schiffsrumpf lag.

»Hole jemand um Himmels willen einen Arzt aus Westerland!«, rief Bahnsen. »Du kommst wie gerufen, Niklas. Bitte, fahr du! Ich bekomme am Telefon keine Verbindung mit der Westerländer Klinik!«

»Einen Augenblick! Wer kann ein Motorrad bedienen?« Asmus' Stimme war scharf und befehlsgewohnt.

Ein junger Mann meldete sich diensteifrig. »Habe diese Dinger ein paar Jahre gewartet.«

»Dann schnell! Am besten zu Dr. Lorenzen«, befahl Bahnsen. »Er muss sich beeilen. Es sieht böse aus! Bring den Doktor gleich mit!«

Der Jüngling warf sich auf das Leichtmotorrad, gab aufheulend Gas und schlitterte davon, während Asmus zu dem Verunglückten trat. Sein Gefühl sagte ihm, dass es besser wäre, hierzubleiben, und auf seinen Instinkt hatte er sich immer verlassen können.

Aus der Nase und einem Ohr des Unglücklichen lief Blut. Er war ohne Bewusstsein. Eine neben ihm kniende Frau in altmodischer, dunkler Haube bemühte sich, es abzuwischen, aber es sickerte immer wieder nach.

»Lass mal, Petrine«, sagte Bahnsen verzweifelt, »das nützt nichts, und die Bewegung richtet wahrscheinlich noch mehr Schaden an. Nur der Arzt kann ihm helfen.«

Wenn überhaupt jemand, dachte Asmus, denn Verletzungen dieser Art waren meistens tödlich. Sie traten ein, wenn der Hinterkopf infolge Gewalteinwirkung zerschmettert worden war. Das konnte ein Stein eines Mörders gewesen sein oder ein steinharter Boden nach einem Aufprall. »Was ist passiert?«, fragte er Bahnsen leise.

»Jochim ist von der Leiter gestürzt, als er an Deck wollte«, antwortete Bahnsen bedrückt. »Wir hatten noch nie einen Unfall in der Werft, ich war so stolz darauf. Ich kontrolliere mögliche Gefahrenstellen immer selbst. Ich kann mir nur vorstellen, dass ihm plötzlich schwindelig wurde ...«

Asmus betrachtete das leichenblasse Gesicht des Arbeiters. Sein welliges blondes Haar war dicht, und der Bartwuchs noch spärlich. »Wie alt ist er?«

»Siebzehn.«

Warum sollte einem gesunden jungen Mann schwindlig werden? Selbsttötung? Diese Möglichkeit schwirrte plötzlich durch Asmus' Kopf. Er beugte sich zum Werftbesitzer hinüber und flüsterte: »Hattest du ihn entlassen?«

»Nein, im Gegenteil«, flüsterte Bahnsen tieftraurig zurück. »Er war mir wie mein Ersatzsohn. Er hatte beste Anlagen. Handwerklich geschickt wie keiner, und er hatte Ideen. Ideen, die Hoffnung auf eine Fortsetzung der Werftarbeiten machten.«

»Bitte geht nach Hause«, äußerte Asmus in die Runde. »Niemand kann hier helfen außer dem Arzt.«

Seine ruhige Autorität und die Uniform wirkten. Die wenigen Leute der Ansiedlung zerstreuten sich, die Werftarbeiter gingen an ihre Arbeit. Nur Petrine blieb, hielt die Hand des Verletzten und sprach ihm leise murmelnd zu.

Asmus wandte sich der Trittleiter zu, die neben dem Schiffsrumpf lag. Eigentlich hatte er erwartet, am oberen Ende bogenförmige Haken vorzufinden, die einfach über das Waschbord gehängt wurden. Damit war eine Leiter an einem auf Land hochgezogenen Boot normalerweise ausreichend befestigt, aber die Konstruktion war hier eine andere.

Dieses hier war eine einfache Haushaltsleiter, deren gerade Enden augenscheinlich mit Zwingen am Waschbord befestigt wurden. Vermutlich mit dem Vorteil, dass sie an der ganzen gebogenen Längsseite des Schiffes aufgestellt werden konnte, auch, wo die Planken sich zum Bug oder Heck zuspitzten. Und war sie erst einmal befestigt, konnte sie keinen Millimeter verrutschen.

Asmus stellte sie am Bug an, kletterte vorsichtig hoch und kroch dann auf allen Vieren dorthin, wo eine Leiter meistens angestellt wurde: etwa in der Mitte des Decks, am tiefsten Punkt.

Auf ihn wartete eine Überraschung. Die Reste der Zwingen hingen noch an ihrem Platz. Sie waren angesägt. Weitere Teile lagen unterhalb des Bootsrumpfes.

Als er wieder auf dem Boden angelangt war, zog er einen der für List bestimmten roten Beschlagnahme-Zettel aus der Tasche und klebte ihn mit Spucke an den Bootsrumpf. Dann sicherte er die Reste der Zwingen.

Nach einer Weile entdeckte Bahnsen die Banderole. »Was bedeutet das denn?«, fragte er entgeistert.

»Dein Bootsbauer ist Opfer eines Anschlags geworden«, erklärte Asmus bedrückt.

»Auf Jochim? Der hat doch keiner Fliege etwas zu Leide getan.«

»Ja, das glaube ich dir.« Asmus wälzte längst eine andere

Idee. Was war, wenn Jochim nur das zufällige Opfer war? Und es auch jemand anders hätte sein können?

Hans Christian ergriff hart Asmus' Oberarm und zwang ihn, ihm ins Gesicht zu sehen. »Was hat das zu bedeuten, Niklas?«

»Ich halte es für Sabotage. Jemand hat die Zwingen an Deck so angesägt, dass der Nächste auf der Leiter herunterstürzen musste. Es ging höchstwahrscheinlich nicht gegen Jochim, es ging gegen dich.«

Bahnsen breitete die vom Alter schrundigen Hände aus. »Warum?«

»Das werden wir herauskriegen.« Asmus war fest dazu entschlossen, auch wenn dies nicht die Aufgabe eines Schutzmanns war. Aber wo Polizisten es nicht einmal mit Alkoholschmugglern aufnehmen konnten, würde ein solcher Fall erst recht nicht geklärt werden.

»Ich habe nie mit meiner Meinung wegen des Dammbaus hinter dem Berg gehalten, habe mein Maul immer am weitesten von allen aufgerissen und dabei viele Feiglinge kennengelernt und mir Feinde gemacht. Könnte das der Grund sein?«

»Denkbar wäre es«, gab Asmus vorsichtig zu. »Aber da auch viele andere Gründe in Frage kommen, sollte man sich nicht einseitig auf etwas festlegen.«

»Ich höre ein Pferd«, bemerkte Bahnsen abgelenkt. Im nächsten Augenblick bog ein Reiter im Galopp um den Mühlenhügel. »Einer der Kurärzte.«

Die Erleichterung war Bahnsen anzumerken, obwohl der Reiter offenbar nicht der angeforderte Arzt war. Jedoch war er schneller als ein Hausarzt mit Ponywagen oder als das Leichtmotorrad, wie Asmus klar war. »Moin, Dr. Katzenstein«, murmelte Bahnsen.

Der Arzt, ein dunkelhaariger drahtiger Mann, hielt sich nicht mit langer Begrüßung auf, sondern widmete sich gleich dem Verunglückten. Als er dessen Kopf behutsam gedreht hatte, sah Asmus das Blut, das sich inzwischen zu einer Lache gesammelt hatte.

Die tastende Untersuchung ergab kurz und bündig: »Schädelbruch. Tut mir leid, aber ich bin nicht sicher, ob er überhaupt die Fahrt in die Klinik überlebt. Sind seine Angehörigen verständigt?«

Asmus bekam nebenbei mit, dass der junge Mann vom Festland stammte, dann wurde seine Aufmerksamkeit von einer Kutsche abgelenkt, welcher der Bote auf seinem Leichtmotorrad folgte.

Jochim wurde am Kopf stabilisiert und in eine Art schmale Wanne gelegt, dann fuhr die Transportkutsche der Westerländer Klinik bereits mit ihm davon. Bahnsen eilte ins Fährhaus hinüber, in der Hoffnung, von dem dortigen Telefonapparat die Eltern des jungen Mannes benachrichtigen zu können.

Asmus war plötzlich allein, die beste Gelegenheit, sich ungestört und unbeobachtet umzusehen.

Die Blutlache war versickert, so wie auch das heftige Gewitter in der Nacht keine Spuren hinterlassen hatte. In der Mitte der nassen Stelle lag eine Eisenplatte mit deutlich herausragendem Bolzen. Offenbar war dieser schuld an der Schwere der Verletzung, er musste in Jochims Nacken eingedrungen sein.

Da kein Attentäter die Art des Falles im Voraus hatte festlegen können und ganz gewiss nicht den Sturz auf einen Bolzen, musste dieser Ausgang Zufall sein. Für Jochim wahrscheinlich tödlich, für den Täter eine Überraschung. Womöglich eine willkommene?

Alles in allem aber ergab sich aus Asmus' Feststellungen, dass der Tod des Werftarbeiters nicht das Ziel gewesen war, die Sabotage hätte auch mit einem simplen Beinbruch enden können. Er fühlte sich jetzt bestätigt, dass es sich um eine Warnung an Bahnsen handelte. Warum, und wer steckte dahinter?

Als Bahnsen kurz danach zurückkehrte, setzte Asmus ihn ins Bild über seine Vermutung und fand endlich Glauben, wenn auch skeptischen.

»Meine Männer waren es aber nicht«, erwiderte Bahnsen zornig. »Auf keinen Fall, dafür lege ich meine Hand ins Feuer. Auch die Entlassenen nicht! Die habe ich nach der Konfirmation eingestellt, sie sind liebe Jungs.«

»Wie gut stehst du mit Mart?«, erkundigte sich Asmus.
»Ganz normal gut. Wie Nachbarn.«
»Erkundige dich, ob er einen Fremden im Hafen oder in der Werft gesehen hat. Der dürfte sich im Morgengrauen an die Arbeit gemacht haben, es muss schon gedämmert haben. Ich habe weder etwas gesehen noch gehört, leider. Der Täter muss sehr vorsichtig gewesen sein.«
»Ja. Du selbst willst nicht …?«
»Du weißt, dass Mart mich meidet …«
»Stimmt.«
»Ich werde erst einmal damit zu tun haben, mir die Erlaubnis zu holen, diese Sache zu untersuchen. Sinkwitz wird sich sperren«, vermutete Asmus. »Deswegen fahre ich jetzt los, hoffentlich ist er noch in der Wache.«

Sinkwitz saß auf Jungs Schreibtisch in der Wachstube und besprach sich mit diesem, als Asmus kam. Matthiesen und Thamsen waren nicht anwesend, worauf Asmus gehofft hatte.
Wie erwartet, war Sinkwitz alles andere als zugänglich. »Nicht unsere Aufgabe«, befand er kategorisch. »Das machen die Kollegen von Husum.«
Unmöglich, dachte Asmus. Dieses war offensichtlich eines der typischen Verbrechen von Männern, die sich untereinander kennen und beschließen, jemanden abzustrafen. Das Opfer muss damit nichts zu tun haben, aber für denjenigen, der gemeint ist, ist es eine nachdrückliche Aufforderung zum Schweigen. Im Grunde eine Erpressung, wobei das eigentliche Verbrechen schon begangen wurde oder noch folgen soll.
Er wunderte sich, dass die örtlichen Untaten bereits weit über Fahrraddiebstahl hinausgingen und auch nicht mit einfachem Raubmord zu vergleichen waren. Auf dem Heimweg war Asmus klar geworden, dass diese neue Art Verbrechen die beschauliche Insel Sylt erreicht hatte. »Die Husumer kennen die Einheimischen nicht«, wandte er ein.
»Sie, Wachtmeister Asmus, auch nicht!«
Vielleicht nicht, aber sein Kontakt zu Bahnsen war ein riesiger Vorteil. Jedoch war weiterer Widerstand sinnlos.

»Ich bespreche das bei Gelegenheit mit Husum«, fuhr Sinkwitz fort. »Darum brauchen Sie sich nicht zu kümmern. Sie machen einfach Ihre Arbeit.«

Diese Abfuhr hörte sich ganz ähnlich an wie die, als es um den dänischen Landstreicher ging. Asmus begann sich zu fragen, ob diese Methode System hatte.

»Wachtmeister Matthiesen hat übrigens Ihre Erfolge beim Konfiszieren des Alkohols gerühmt. Ich vermute, er hat seinen Anteil daran sehr unter den Scheffel gestellt.«

»Bestimmt«, murmelte Asmus lakonisch. Sein ehrlicher junger Kollege hatte natürlich nicht geahnt, was er damit anrichtete.

»Wir«, schnarrte Sinkwitz, und seinem Ton war anzuhören, dass es um ein neues Thema ging, »wir erwarten noch in diesem Jahr eine Naturschutzgesetzgebung auf Sylt, auf den Weg gebracht ist sie schon. Sie werden sich ab morgen früh in diese einarbeiten und kümmern sich sofort nur noch um die Einhaltung dieser Bestimmungen. Das sind zwar idiotische Vorstellungen, aber einhalten müssen wir sie.«

»Naturschutz. Ich verstehe nichts davon«, bekannte Asmus ehrlich. »Nicht das Geringste. Sylt ist völlig anders als Mecklenburg, dessen Binnenland ich auch nicht genauer kenne. Mir liegt die See; ich kann Seevögel, Fische und Tangarten bestimmen und halte Muschelarten auseinander. Mehr nicht.«

»Das soll wohl eine Ausrede sein. Aber Faulpelze haben hier keine Chance!«

Unverschämtheit! Asmus ballte hinter seinem Rücken die Hände zu Fäusten. »Wenn dabei etwas herauskommen soll, wären Matthiesen oder Thamsen, die hier aufgewachsen sind, viel besser. Ich hingegen bin erfahren in Ermittlungen …« Er verzichtete auf einen neuerlichen Hinweis auf den dänischen Landstreicher.

»Wollen Sie mir vorschreiben, wie ich meine Arbeit zu organisieren habe?«, fragte Sinkwitz höhnisch und rutschte vom Schreibtisch herunter. »Und wollen Sie einen weiteren Tadel wegen Republikfeindlichkeit einheimsen? Dann sind Sie aber dran, das sage ich Ihnen, Asmus. Dann gibt es für Sie nur noch die Entlassung!«

An diesem Abend wurde es spät, bis Asmus nach Munkmarsch zurückkam. Trotzdem, und obwohl es nieselte, erwartete Bahnsen ihn auf dem Sandweg, in nass glänzendem Ölzeug und mit einem Bart, in dem die Tropfen hingen. »Wie geht es Jochim?«, fragte er bang.

»Der Junge ist tot. Er erreichte die Klinik lebend, aber sie konnten nichts mehr für ihn tun. Ein Gegenstand war in seinen Hinterkopf gedrungen, und die Nerven dort waren zerquetscht. Ich habe dem Arzt erzählt, dass es ein Eisenbolzen von knapp einem Zoll Durchmesser gewesen ist, der in der Grasnarbe steckte.«

Bahnsen sank auf die Wegböschung und schlug die Hände vor sein Gesicht. »Wie soll ich Jochims Eltern erklären, dass ich so versagt habe? Familien schicken mir hoffnungsvoll ihre Kinder zur Ausbildung, Männer lassen sich von mir anwerben, die darauf vertrauen, dass sie ihr Leben lang Arbeit haben werden. Gute, ehrliche Arbeit und auskömmliche Bezahlung. Und was passiert? Krieg, Inflation, Attentate, Pleite, Entlassung!«

Asmus klopfte ihm sacht auf die Schulter. Nach einer Weile beruhigte sich Bahnsen, stand auf und befreite sich in einer längeren Prozedur vom Sand an der Hose.

»Hast du mit Mart sprechen können, Hans Christian?«

»Ja! Er sagt, der einzige Fremde, den er im Hafen und in der Werft gesehen hat, bist du!«

Asmus holte tief Luft. Viel Hilfe hatte er nicht von Mart erwartet, aber auch nicht, dass dieser plötzlich ihn als möglichen Täter an den Pranger stellte.

Die überraschende Verbindung des Attentats mit ihm selbst brachte Asmus am späten Abend auf ganz neue Gedanken. Vor sich die Petroleumlampe, die auf der Back stehend ihr sanftes Licht verbreitete, und in Händen einen Becher mit heißem Tee, begann er den möglichen Ablauf durchzugehen. Auf das zugeschobene Luk fiel sanfter Regen, der gelegentlich einen Spritzer auf seine Jacke sandte. Der nächtliche Himmel war schwarz und ohne jeglichen Stern. Ausnahmsweise wehte kaum Wind.

Was war, wenn seine Person beteiligt war, gar den Auslöser

für das Attentat dargestellt hatte? Mart war von jemandem gegen ihn, Asmus, aufgehetzt worden, möglicherweise von Jung. Jung schien mit seinem Vorgesetzten Sinkwitz gemeinsame Sache zu machen. Und Sinkwitz hatte Asmus zusammen mit Bahnsen schwatzen sehen, als er sich eigentlich in List hätte befinden sollen. Wenn es denn eine Warnung für Bahnsen war, sollte diese heißen, sich nicht mit Asmus einzulassen?

Es schien weit hergeholt.

Aber Bahnsen war ein Kenner der Interessen der Eingeborenen, von ihren Unter-der-Hand-Geschäften, von Schmuggel, kurz von Inselgeheimnissen. Darüber hinaus war er ein guter Beobachter und kein Feigling.

Es war deshalb nicht von der Hand zu weisen, dass eine Freundschaft zwischen Bahnsen und einem ehemaligen erfolgreichen Kriminaloberinspektor eine Allianz darstellte, die jemandem gefährlich erscheinen mochte.

Die *Franziska* wiegte Asmus in der auflaufenden Flut so sanft, dass er beinahe eingeschlafen wäre. Bis ihn die Brisanz seiner Überlegungen aufschreckte.

Womit hatte er es in dieser Dienststelle eigentlich zu tun? Machte man sich nur das Arbeitsleben so leicht wie möglich, oder ging es um mehr?

KAPITEL 5

Es dauerte nicht lange, bis Asmus die Vorteile seiner neuen Beschäftigung entdeckte: Er konnte tun und lassen, was er wollte, auf der Insel umherstreifen oder sich mit einem Buch ans Morsum-Kliff legen. Genaue Vorschriften, was er zu tun hatte, gab es nicht.

Er wusste lediglich aus der amtlichen Polizeiverordnung, was er, wie alle anderen, zu unterlassen hatte: Stranddisteln und Dünenrosen zu pflücken. Damit konnte er leben. Was das Beste war: Weder von Sinkwitz noch von Jung war anzunehmen, dass sie die Dünen und Klippen gut kannten.

Als er sich nach einigen Tagen wieder auf sein Motorrad warf und davonknatterte, galt sein gegenwärtig größtes Interesse ohnehin den Möweneiern. Sie waren vom absoluten Schutz ausgenommen worden, weil man das seit Jahrhunderten geübte Recht der Bevölkerung, Eier zu Nahrungszwecken zu sammeln, ohnehin nicht hätte wirksam beschränken können. Pro forma war das Einsammeln allerdings auf Jagdberechtigte reduziert worden.

Asmus war jedenfalls fest entschlossen, seine Speisekarte um Möweneier zu erweitern, solange sie essbar waren. Ein paar Wochen später würden sie angebrütet und damit untauglich sein, so viel wusste er immerhin.

Die Dünen bei List waren Asmus' erstes Ziel. Allerdings erlaubte er sich, vorher eine kleine Runde am Königshafen zu drehen. In der Bucht lagen einige Boote, auch eines, das er am Vortag schon gesehen hatte. An diesem Vormittag schwammen alle Ankerlieger auf. Es wunderten sich nur die Schafe, auf den Schiffen rührte sich nichts. Warum auch, er war ja mit dem Motorrad unterwegs, nicht mit dem Zollkahn.

Auf dem Rückweg am Schlechten Hafen entlang zum Zollschuppen bekam Asmus völlig unerwartet zu spüren, dass die Lister verärgert waren. Die Männer machten einen Bogen um ihn, sahen beiseite, der Wirt der »Fiskalischen Austernstube« schlug seine Tür mit einem Knall zu, und nur Schulkinder grüßten, wie es sich Erwachsenen gegenüber gehörte. Das wiederum machte ihm klar, in welchem Ausmaß seine Dienststelle ihre Aufsichtspflicht bislang vernachlässigt hatte. Vermutlich galt er in List bereits als scharfer Hund.

Als er zum Zollschuppen kam, entdeckte er zu allem Übel, dass das Schloss aufgebrochen war.

Sämtliche Flaschen waren ausgeräumt. Ein süßlicher Duft nach Schnaps lag in der Luft, herrührend von einigen Glasscherben auf dem Boden. An den schwarz geteerten Wänden hingen uralte Fischernetze, die Asmus vorher nicht bemerkt hatte. Offenbar war der Schuppen nach Aufgabe durch den Zoll schon Jahre lang von den Listern als Fischerhütte benutzt worden. Ungehalten trat er einige Scherben an die Wand.

Ein verstohlenes Tappen vor der Hütte, offenbar von zwei lahmen Füßen und einem Stock, ließ Asmus hinausschauen. Eine alte Frau kam vorbei.

In der Hoffnung auf Aufklärung trat er in die Tür, klemmte seinen Tschako unter den Arm und erkundigte sich höflich in seinem heimatlichen Platt, ob sie wisse, was hier passiert sei.

Sie starrte ihn mit geöffnetem Mund an. Braune, schadhafte Zähne wurden sichtbar, und ein dünner Speichelfaden rann ihr am Mundwinkel herab. Die Frage hätte er sich sparen können, dachte Asmus resigniert. Sie würde nicht freundlicher als die Männer reagieren.

»Jawohl«, sagte sie plötzlich, klemmte den Gehstock unter den Arm und rückte ihre Haube energisch zurecht. »Kerle von einem der Schiffe waren das. Keine Sylter. Verstehen konnte man sie nicht, die sprachen fremdländisch. Aber kein Dänisch, bilden Sie sich das bloß nicht ein! Die sind eines Nachts hier eingesegelt und neben dem Zollschuppen längsseits gegangen.«

Asmus war so überrascht, dass er sich beinahe zu bedanken vergaß. Mehr wusste sie nicht, aber immerhin. Wahrscheinlich hatten sich ohnehin die Täter sofort nach dem Einbruch mit Hilfe von Karbidscheinwerfern an der Insel Uthörn vorbei ins tiefe Wasser getastet. Dänen waren sie also nicht. Inzwischen hatte er sich auf Sylt hinreichend umgetan, um zu wissen, dass sich mehr und mehr Sylter Dänen offen zu ihrem Dänischtum bekannten und die alte Frau mit ihrer Sprache vertraut war. Waren die Diebe vielleicht Holländer? Jedenfalls waren sie auf und davon, und man würde sie nie fassen.

»Ich habe nichts gegen Dänen«, verteidigte Asmus sich lahm. Dann fiel ihm etwas anderes ein. »Soll ich dich auf meinem Motorrad nach Hause fahren, Mutter Ehrlich? Ganz langsam, damit dir nicht schwindelig wird.«

Sie lächelte ihre schwarzen Zahnstummel weg. Auf einmal wurden ihre faltigen Züge glatt, und Asmus konnte sich vorstellen, welch hübsche Frau mit goldblonden Zöpfen sie in ihrer Jugend gewesen war. »Nein, mein Junge, so schnell wird einer Friesin auch in Zeiten politischer Wirren nicht schwindlig. Außerdem wohne ich doch hier, sonst hätte ich das Schiff nicht gesehen.« Sie zeigte auf eine Kate, die nur durch den Grasweg vom Schlechten Hafen getrennt war.

Asmus schmunzelte, vor allem über seinen eigenen Fehler. Die Schönheit mochte sie verloren haben, aber nicht ihre Gewitztheit.

Asmus entschied sich, sofort nach Westerland zurückzufahren, um Meldung zu erstatten. Aus allem anderen hätte man ihm einen Strick drehen können.

Sinkwitz war nicht anwesend, obwohl er Dienst hatte. Vielleicht hatte er ja bei Morsum zu tun, eine Bemerkung von Matthiesen, die Asmus unverständlich geblieben war.

Jung hockte auf seinem Lehnstuhl wie üblich – sein Hintern musste auch ohne Hose schon quadratisch und grün vom Polster sein, mutmaßte Asmus und verkniff sich ein Grinsen. »Die beschlagnahmte Zollware in Sylt wurde gestohlen, Herr Oberwachtmeister«, meldete er korrekt.

»Woher weißt du das, du bist doch ans Morsum-Kliff beordert.«

»Nein, bin ich nicht«, widersprach Asmus und wunderte sich über das plötzliche Du. »Es gibt zwei Naturschutzgebiete auf Sylt, und ich bin zuerst zum Schutzgebiet in den Dünen bei List gefahren. Das heißt, da wollte ich hin. Vorher entdeckte ich jedoch den Diebstahl des Schmuggelguts.«

»Ich werde deine Meldung notieren, wenn du darauf bestehst«, meinte Jung gönnerhaft. »Für deine Zukunft hier auf Sylt wäre es besser, das Maul zu halten und so schnell wie möglich zu den Dünen zurückzukehren. Du hast die Wahl. Eine Minute.«

»Vielen Dank für Ihre Großzügigkeit«, spottete Asmus hintergründig, für den in diesem Augenblick die Fronten geklärt waren. »Ich ziehe Korrektheit vor.«

»Mir scheint, du bist noch nicht ausreichend belehrt, was die politischen Ziele in diesem Land sind.« Jung grinste schief, schlug eine neue Seite im Journal auf und begann zu schreiben. »Ich glaube nicht, dass du zu uns passt. Du wirst es selber noch merken.«

Asmus verzog verächtlich die Lippen. »Die Ziele der gegenwärtigen Republik sind gewiss nicht, Alkoholschmugglern und anderen Gaunern freie Fahrt zu verschaffen. Könnte es sein, dass Sie etwas verwechseln?«

»Was denn?«

»Persönlichen Gewinn auf Kosten der Allgemeinheit mit dienstlichem Auftrag«, sagte Asmus in sanftem Ton.

Jungs Gesicht wurde violettrot wie der Pavianhintern, den Asmus einmal im Berliner Zoo gesehen hatte. »Sie!«, stammelte er. »Du …«

»Ja, bitte …« Asmus wartete auf den Vorwurf.

»Glaub nicht, dass ich bereit bin, Sinkwitz diese hochverräterische Anklage zu verschweigen!«, gauzte Jung. »Und auch nicht einer kleinen, aber feinen politischen Gruppierung gegenüber, die vielleicht einmal die große Politik in diesem Land bestimmen wird.«

»Ach? Spielen Sie schon vorsorglich bei den Faszisten mit?«, fragte Asmus anzüglich und verließ die Wache.

Am Nachmittag legte Asmus wieder den weiten Weg nach List zurück, wo er erstmals durch die Dünen wanderte, die er noch nie gesehen hatte. Manche waren ohne jeden Bewuchs, und Sand wehte ihm bei jedem Schritt um die Beine, andere waren bewachsen. Gräser mit sehr scharfen Spitzen machten solchen Platz, die bläuliche, silberne oder rote Blätter hatten, dann sah er distelartige Geschöpfe, deren Rosetten sich flach auf den Sand legten. Eine unendliche Vielfalt von Pflanzen, die er nicht kannte, aber vor den gierigen Händen von Badegästen oder womöglich vor irgendwelchen Gewohnheitsrechten der Einheimischen schützen sollte. Wenn man sich erst einmal damit befasste, war es atemberaubend schön. Er wunderte sich, dass irgendwer es geschafft hatte, in dieser turbulenten Zeit erfolgreich ein Naturschutzgesetz durch die allzeit auf Krawall eingestellten Parteien zu schleusen.

Schon nach wenigen Stunden seiner Wanderung auf die Westseite der Insel und zurück wurde Asmus klar, dass ihm die Überwachung von Naturschutzgebieten mit derart geringen Kenntnissen von der Natur nicht möglich war. Zu wissen, dass sie schön war, reichte nicht, und eine Scheintätigkeit würde er nicht abliefern, dazu war er sich zu gut.

Abends holte er sich wieder bei Hans Christian Bahnsen Rat.

»Ja, unsere Insel ist ein kleines Wunderwerk des Herrn«, meinte Bahnsen zustimmend, als Asmus ihm von seinen atemberaubenden Beobachtungen erzählt hatte.

»Eben. Aber es ist sicherer, dem Herrn dabei zu helfen, das Wunderwerk zu schützen. Stell dir vor, Hans Christian, dass diese Nackedeis aus Kampen plötzlich die Dünen besetzen. Jedem Pärchen sein Tälchen.«

Bahnsen lachte schallend und klatschte sich auf die Knie. »Das wäre ein Werbespruch, mit dem man noch mehr Leute herbeilocken könnte. Kennst du den, der ist allerdings schon alt: ›Was der Leuchtturm für die Küste, ist Hautana für die Brüste‹?«

Asmus schüttelte mit düsterer Miene den Kopf. »Er ist geschmacklos. Allerdings passend für die fremden Nackedeis, von denen ich vermute, dass sie die Gräser kaputtmachen würden, die den Sand halten, heißen Tee vergießen, drauf pinkeln, rauszupfen, sich wälzen … Wer weiß, was noch.«

»Oh, da könnte auch ich mir noch eine Menge vorstellen.« Bahnsens Tabakspfeife machte gurgelnde Geräusche, während er sich die Zukunft ausmalte. »Die Gastwirte aus Westerland schicken Ponywagen in die Dünen, beladen mit Butter- und Schmalzbroten, geräuchertem Aal, Matjes und Austern, Bier und Fliederbeerlimonade. Am Ende könnten sie dort sogar kleine Petroleumöfen installieren, auf denen sie die mitgebrachten Speisen heiß machen.«

»Und genau das wollen wir nicht.«

»Nein, das wollen wir nicht«, bestätigte der Werftbesitzer, plötzlich ernst geworden.

»Ich muss deshalb einen Lehrmeister finden, der mich lehren kann, was zu schützen ist, worauf ich achten muss und so weiter.«

»Ja, das ist mir klar.«

»Ich will nicht von Sinkwitz als Spielfigur zu einer Tätigkeit beordert werden, von der er zu wissen glaubt, dass ich sie nicht erfüllen kann. Wahrscheinlich hofft er, dass ich so erfolglos sein werde wie die Wache im Hinblick auf den Alkoholschmuggel.« Ganz zu schweigen von den beiden seiner Meinung nach nicht aufgeklärten Todesfällen.

Bahnsen zögerte, klopfte seine Pfeife aus, stopfte sie neu und dachte nach.

Asmus wartete geduldig. Er merkte, dass Bahnsen sich mit etwas herumschlug. Er verschob die Schirmmütze, ohne die er nie zu sehen war, und kratzte sich in seinem stoppeligen grauen Haar.

Schließlich entschloss Bahnsen sich. »Ja, gut. Du musst nach Kampen fahren. Mitten in das Nest, in dem die Nackedeis hausen.«

»Was?«

»Ja, es ist so«, bekräftigte Bahnsen und zuckte die Schultern. »Leider wissen meine Landsleute nicht die Schätze zu schützen, die ihnen der Herrgott gegeben hat. Da mussten Fremde kommen, die uns darauf aufmerksam machen. Natürlich wurden sie erst einmal wegen ihrer wirren Vorstellungen verspottet, aber gelegentlich, ganz gelegentlich, stellen auch Einheimische fest, wie recht sie haben. Junge Leute, die älteren nicht.«

»Tatsächlich«, murmelte Asmus und wusste vor Überraschung noch immer nichts zu sagen. Denn ohne sich ein abschließendes Urteil über diese Künstler, Maler und Schriftsteller anzumaßen, hatte er sie doch heimlich als Störenfriede auf Sylt empfunden. Und nun entpuppten sie sich als Bewahrer dessen, was die Friesen möglicherweise aus Unachtsamkeit und Gleichgültigkeit zu zerstören imstande waren?

»Geh zur Villa Uhlenkamp in Kampen. Du findest sie leicht, sie ist im Unterschied zu unseren alten dörflichen Häusern zweistöckig und in Fachwerk gebaut. Im Sommer wohnt dort Ferdinand Avenarius. Der schreibt und gibt eine Zeitschrift heraus. Er wird dir weiterhelfen können.«

»Hat er die Kenntnisse, die ich mir aneignen will?«

»Das weiß ich nicht. Er dürfte sowieso zu alt sein, um dich durch deine Schutzgebiete zu führen. Er soll auch krank sein. Aber raten wird er dir. Sylt ist seine Leidenschaft geworden.«

»Gut, das mache ich. Aber jetzt gehe ich erst einmal in die Koje. Wanderungen machen müde.« Asmus stand auf und streckte sich.

Bahnsen sah zu ihm hoch und grinste. »Typisch für Männer der See. Ich würde nach Hörnum auch nur segeln, statt eine Bahnfahrkarte zu lösen und am Ende noch meine Füße abnutzen zu müssen.«

»So geht es mir auch«, stimmte Asmus zu. »Gute Nacht.«

»Ach übrigens, Niklas«, warf Bahnsen hinter ihm her. »An der Villa Uhlenkamp halte dich nicht lange mit Klopfen an der Tür auf. Geh in den Flur und brülle durchs Haus nach Herrn Avenarius. Er liegt bei sonnigem Wetter immer nackt in seiner Badewanne auf dem Dach und hört kein Klopfen.«

Lautes Brüllen erwies sich als überflüssig, als Asmus am nächsten Vormittag in Kampen vor der Villa stand. Ein Herr mit Jackett und akkurat gebundenem Halstuch, sichtlich einer begüterten Gesellschaftsschicht angehörend, saß auf einer Bank vor einem Tisch am Haus und schrieb konzentriert. Die Sonne brannte, aber das schien ihn nicht zu stören.

»Herr Avenarius?«, fragte Asmus behutsam, um ihn nicht zu erschrecken.

Der ältere Herr mit wirrem Haar und krausem Bart sah hoch. Missbilligend musterte er Asmus vom Tschako bis zu den Stiefeln. »Ja. Was ist denn nun schon wieder?«, fragte er ungehalten. »Ich habe nichts getan, worüber Sie sich beschweren könnten.«

»Nein, da haben Sie völlig recht, ich wüsste auch nichts.« Asmus' herzhafte Zustimmung ließ Herrn Avenarius den Bleistift auf sein Heft schmettern.

»Ja, was ist dann? Da Sie meinen Vortrag über die zerstörerische Wirkung des Wattenmeer-Damms, den ich nächste Woche halten werde, nicht kennen, können Sie ihn mir nicht verbieten! Oder gehen Sie jetzt schon so weit?«

»Herr Avenarius«, sagte Asmus unbeeindruckt, »ich kenne die Schwierigkeit, die Sie offenbar seitens der Schupo fürchten, nicht. Ich wurde kürzlich nach Sylt abkommandiert, habe mich um die Einhaltung der neuen Naturschutzbestimmungen zu kümmern und suche jetzt Hilfe. Sie wurden mir empfohlen als derjenige, der mir Sachkundeunterricht erteilen kann. Mit anderen Worten: Wenn ich eine Stranddistel schützen soll, muss ich wissen, wie sie aussieht. Und Sie wissen das, hat man mir gesagt.«

Der Künstler runzelte ungläubig die Stirn. »Das sind ja ganz neue Töne. Bisher hat die Polizei sich stets als mein Gegner gegeben. Zum Beispiel hat man versucht, mich glauben zu machen, dass die Besucher des Leuchtturms Rotes Kliff in meine Badewanne auf dem Dach spähen können. Und da meine Badewanne keine Konzession als Nacktbadestrand hat, wurde mir der Aufenthalt dort in unbekleidetem Zustand verboten.«

Asmus wandte sich zu dem gelb-grauen Turm um, der von überall her zu sehen war, aber doch in einiger Entfernung lag, und brach in unbekümmertes Lachen aus. »Ist das Ihr Ernst?«

Avenarius nickte und fiel in sein Lachen ein. »Mit Fernglas, ja. Kommen Sie. Setzen Sie sich«, lud er Asmus ein. »Und bitte stellen Sie Ihre kriegerische Kopfbedeckung unter die Bank. Leiden mag ich diese Dinger nicht.«

»Ich auch nicht«, bekannte Asmus. »Sie sind so entsetzlich verräterisch und geben zuweilen ein völlig falsches Signal. Bis vor einigen Wochen gehörte so ein Ding nicht zu meiner Dienstkleidung. Immerhin habe ich auch keinen Säbel, was für mich sprechen sollte.«

Avenarius musterte ihn mit plötzlichem Interesse. »Strafversetzt?«

Asmus nickte griesgrämig.

»Spricht tatsächlich für Sie. Was möchten Sie wissen?«

»Ich soll, wie gesagt, die Naturschutzgebiete bewachen. Und das werde ich tun. Sie sind wunderschön. Aber ich brauche Nachhilfeunterricht in der Pflanzen- und Vogelwelt, um die Frevler, die bestimmt kommen werden, mit begründeten Argumenten in ihre Schranken verweisen zu können. Festnehmen, also. Es kann nicht sein, dass einer mir erklärt, die Strand-Platterbsen hätte schon sein Großvater als Mittagessen für seine zehn hungrigen Kinder geerntet und auch er hätte ein Recht darauf, vor allem in diesen schlechten Zeiten. Ich möchte sagen können, dass das nicht stimmen kann, weil die Platterbsen giftig sind, und er wahrscheinlich nur Futter für seine Ziegen sucht. Aber auch das ist schließlich verboten, weil Abernten den Dünen schadet.«

Avenarius schmunzelte. »Ich verstehe, was Sie meinen.«

Das wäre zu wenig, dachte Asmus ungeduldig.

»Sie sehen selbst, dass ich nicht mit Ihnen durch die Dünen wandern kann«, erwiderte Avenarius und zeigte auf den Krückstock, der neben ihm lehnte. »Aber ich habe eine junge, enthusiastische Mitarbeiterin, die Feuer und Flamme für die Erhaltung ihrer Heimatinsel ist: Ose Godbersen.«

»Ja?« Asmus schöpfte Hoffnung.

»Ja. Sie ist eine der besten Kennerinnen unserer heimatlichen Fauna und Flora, und wenn Sie es ehrlich meinen, ist sie die beste Lehrmeisterin, die Sie bekommen können.«

Außer einem unbestimmten Grunzen brachte Asmus keine vernünftige Erwiderung zustande. Auf solches Misstrauen war er nicht gefasst gewesen, und jetzt erlebte er, dass er sich gewissermaßen für seine Dienststelle zu schämen hatte. »Tut mir leid, dass sich die Schupo Westerland anscheinend so unbeliebt gemacht hat«.

»Ja«, bekräftigte Avenarius. »Und wie! Aber mir scheint, man kann Sie noch erziehen.«

»Herzlichen Dank«, stammelte Asmus geschlagen und fühlte sich wie ein gemaßregelter kleiner Junge. »Wo finde ich Ose Godbersen?«

Avenarius zog eine Grimasse. »Ose!«, brüllte er erstaunlich kräftig. »Kommst du mal?«

Der dicke blonde Zopf, der als Kranz um Oses Kopf gewunden war, fiel Asmus als Erstes auf. Das junge Mädchen trat mit einem Teller voller Küchlein in die Tür, den sie vor dem Künstler abstellte. »Vater Avenarius«, sagte sie respektvoll, »ich habe dein Lieblingsgebäck gebacken. Sag bitte nicht, dass du keinen Appetit hast.«

Avenarius lächelte sie zärtlich an. »Das würde ich nie wagen. Dir höchstens entgegenhalten, dass ich keinen Hunger habe.«

»Du musst Hunger haben! Gestern Abend hast du das hartgekochte Ei nicht gegessen, sondern nur am Queller genascht. Und das Brot blieb unberührt. Das ist nicht genug, um einen Mann zu ernähren.«

»Ich brauche nicht mehr viel, das weißt du doch, Ose«, verteidigte sich Avenarius schwach. »So lange habe ich nicht mehr zu leben.«

»Papperlapapp. Jeder lebt, solange er will. Du hast kein Recht aufzugeben. Wir Sylter brauchen dich. Und was ist mit deinem Gast?« Ose wandte sich Asmus zu und musterte ihn.

»Auch er braucht Hilfe – deine Hilfe. Er ist Schupo und soll sich um die neuen Naturschutzgebiete kümmern, hat aber keine Ahnung davon.«

»Dann ist er bestimmt der Richtige für die Aufgabe«, bemerkte Ose sarkastisch.

»Ja, das glaube ich auch. Wäre er es nicht, würde er sich in die Dünen legen, in den Tag träumen und in dem Tagebuch der Wache, oder was immer sie da haben, bestätigen, dass er seine Arbeit ordnungsgemäß erledigt hat. Das aber tut er nicht. Er ist hier!«

»Ah ja?«, fragte Ose ungläubig, aber schon halb umgestimmt, und ließ sich auf dem freien Stuhl am Tisch nieder.

»Ja!«

»Wenn du die Küchlein isst, glaube ich dir, dass du glaubst, dass er es ernst meint!«

Avenarius holte tief Luft, nahm sich eins von den Gebäckstücken und begann zu knabbern.

»Ja, dann«, sagte Ose, ungläubig angesichts der Tapferkeit ihres Mentors, »dann fangen Sie mal an, Herr Schupo. Was wollen Sie von mir?«

Nach einer erfrischenden ersten theoretischen Lehrstunde bummelte Asmus zurück nach Westerland, immer so nah am Wasser wie die schmalen Karrenwege, die man als Stichstraßen zum Ufer ansehen musste, es zuließen. Häufig zwangen sie ihn, wieder umzukehren, um zu der einzigen Nord-Süd-Verbindung der Insel zu gelangen.

Er hatte den Ort Wenningstedt noch nicht erreicht, als er sich oberhalb des Kliffs, das zum Dorf gehörte, vor einem einzelnen Haus wiederfand, zweistöckig und mit Erkern und Giebeln versehen, aber immerhin in einheimischer Bauweise mit Reetdach und umgeben von Heckenrosen. Da Asmus vermutete, er befände sich inzwischen auf privatem Gelände, stoppte er und machte kehrt.

Just in diesem Augenblick tauchte der Kopf eines Mannes über der Hecke auf, dessen Erscheinen ein freundliches »Moin, moin« folgte. »Fliehen Sie vor mir? Müssen Sie nicht. Ich bin harmlos.«

Asmus lachte und stellte den Motor aus. »Und ich bin hier wohl ganz und gar verkehrt. Ich wollte so küstennah wie möglich nach Westerland. Die Aussicht ist so schön!«

»Keineswegs sind Sie verkehrt. Kommen Sie rein und trinken Sie einen Fliederblütensaft mit mir! Sollten Sie den noch nicht kennen – er ist sehr erfrischend.«

Es konnte nicht schaden, sich mit Syltern aller Art bekannt zu machen. Dieser war ein Einheimischer, wie Asmus an der Sprache hörte.

»Rörd Jacobsen«, stellte sich der großgewachsene Mann mit graumeliertem Haar und fast weißen Augenbrauen vor. Er reichte Asmus über die Hecke hinweg die Hand. »Und Sie sind der neue Polizist.«

»Jawohl, Niklas Asmus.«

»Kommen Sie mit.«

Asmus folgte Jacobsen bis zum Tor und wurde in das Grundstück hineingelassen. Jetzt erst bemerkte er, wie elegant Jacobsen gekleidet war – ein Großstädter zu Besuch im eigenen Landhaus. Dazu passte auch, dass auf dem weitläufigen Gelände ein Mann eine Sense dengelte, während ein anderer das gemähte Gras zusammenrechte. Am Haus angekommen, griff Jacobsen nach einer Klingel. Kurze Zeit später eilte ein Hausmädchen mit einem Tablett herbei, auf dem ein Saftkrug und zwei Gläser standen.

Man war hier auf alles vorbereitet. Asmus nahm Platz und schaute sich bewundernd um. »Es ist unglaublich idyllisch hier. Vor allem an einem so windstillen Tag«, bemerkte er.

»Stimmt. Nicht nur im Sommer. Auch an ruhigen Nebeltagen im Januar. Das übrige Jahr auch. Bei Sturm ist es aufregend, über die See zu blicken. Und das alles im Wissen, dass ich hier über Geschieben aus Schweden und über Gesteinen aus Finnland und Norwegen wohne, deren Entstehung sich ein Laie kaum ausmalen kann. Sind Sie mal am Strand entlanggewandert, um das Farbenspiel des Kliffs von unten zu betrachten?«

Asmus verneinte und trank das Glas in einem Zug leer. Er war tatsächlich durstig.

»Dann kommen Sie doch einfach mal vorbei, wenn es Ihnen passt, und ich erkläre Ihnen die besonderen geologischen Verhältnisse dieses Ortes!«

»Gerne«, sagte Asmus erfreut. »Mir scheint, ich habe es mit einem Fachmann für Geologie zu tun.«

»Nun, nicht direkt. Es ist eines meiner Steckenpferde.«

Offenbar hatte Jacobsen noch mehr davon. Er schien

ein interessanter Mensch zu sein. Asmus erhob sich unter Bedauern. »Jetzt muss ich weiter, ich bin im Dienst. Vielen Dank für den Saft, Herr Jacobsen.«

»Oh, das war doch selbstverständlich.« Jacobsen brachte Asmus zur Pforte und sah ihm über der Hecke nach, als er davonratterte.

Der Weg war sandig, aber durch breite Reifen festgefahren, worüber sich Asmus einen Augenblick wunderte.

KAPITEL 6

Am nächsten Tag holte Asmus Ose zu Hause ab, sie wohnte gewissermaßen in Sichtweite von seinem Boot am nördlichen Ende von Keitum, gar nicht so weit weg von der Kirche St. Severin.

»Wir müssen eine ganze Strecke fahren«, erklärte Ose, raffte ihr naturfarbenes Leinenkleid und kletterte auf den Soziussitz. »Nach Morsum. Das Kliff dort ist einzigartig, ist aber zum wunden Punkt von Sylt geworden. Noch vor dem Krieg wollten sie von dort für Militärfahrzeuge eine Brücke zum Festland bauen. Dieser Plan ist erledigt, aber jetzt nimmt ja der Dammbau in der Nähe seinen Ausgang. Und ausgerechnet das Kliff wollten sie abtragen und seine Erde als Dammunterbau verwenden! Stell dir vor!«

»Ja, stelle ich mir vor.«

»Und? Ein bisschen selbst denken hilft manchmal!«

»Besondere geologische Erdschichten, Pflanzen und Tiere wären verschwunden«, schlug Asmus ernst vor.

»Na ja, sicher«, gab Ose besänftigt zu. »Weißt du eigentlich, dass Niklas bei uns auf Friesisch Nis ist? Ich werde dich trotzdem Niklas nennen, bis du dich als Sylter bewährt hast. Und Asmus ist Asmussen. Ich hoffe, ich sehe mich nicht gezwungen, eines Tages Herr Niklas Asmus zu dir zu sagen.«

»Nein, ich hoffe es auch nicht. Können wir jetzt losfahren, nachdem die sprachlichen Fronten geklärt sind?« Asmus setzte seinen Tschako auf, den Ose naserümpfend betrachtete.

»Militärische Ausdrücke liebe ich auch nicht«, bemerkte sie.

»Gewiss, Ose. Aber Diskussionen über Ausdrücke und

Uniformen erübrigen sich. Ich bin nun mal Polizist und möchte an die Arbeit. So schnell wie möglich.« Sie war eine kleine Kratzbürste, wie Asmus mittlerweile festgestellt hatte. Aber es musste im Rahmen bleiben.

»Jetzt im Frühling sind die Pflanzen, die du schützen sollst, nicht so gut zu erkennen. Nächste Lehrstunde, wenn sie blühen«, versprach Ose, als sie am Strand unterhalb des Kliffs standen. »Die unterschiedlichen Farben hier repräsentieren Kaolinsand, Glimmerton und Sandstein, und jede Schicht hat eine eigene Pflanzen- und Tierwelt. Schmetterlinge fliegen später, zur Blütezeit, aber die Vögel nisten natürlich schon. Die Uferschwalben sind die pfeilschnellen Geschosse …«

»Na, na«, unterbrach Asmus sie tadelnd. »Wie war das mit den militärischen Ausdrücken?«

Ose grinste. »… die sich vor den Kliffwänden tummeln und sich Niströhren graben. Im Unterschied zu denen gibt es die stinkfaulen Brandenten, die den Kaninchen die Buddelei im Sand und im Schlick überlassen und in deren Wohnungen einziehen, wenn sie ihnen gemütlich genug erscheinen. Diese schwarzweißen großen Tiere, die du da vorne siehst.«

»Faule Enten! Du sollst doch die Natur schützen, nicht moralisch beurteilen«, tadelte Asmus scherzhaft.

»Oh, ich schütze sie ganztägig! Mit den Brandgänsen oder Brandenten, wie du willst, haben wir ein besonders gutes Verhältnis – wir überreden sie zur Zusammenarbeit.«

»Die wie funktioniert?«

»Wenn zu wenig Kaninchenhöhlen da sind, graben wir den Gänsen Nisthöhlen mit einem Ausgang zu einem Priel oder einem Wasserlauf.«

»Das ist also eure Arbeit. Und deren?«

»Die Zahlung der Miete. In Form von Eiern.«

»Aber das ist doch kein Naturschutz«, wandte Asmus betroffen ein, während er verdrängte, dass er selber Möweneier sammeln wollte. Aber er war auch kein Naturschützer.

»Du hast schon recht. Jedoch nur im Prinzip. Tatsächlich ist es aber so, dass die Kaninchenbauten knapp sind, weil immer mehr Brandgänse vom Festland nach Sylt flüchten und deshalb mehrere Paare ein und dieselbe Höhle benutzen. Dann liegen mehrere Eigelege aufeinander, und die unteren erhalten beim Bebrüten keine Wärme. Sie verfaulen, und in diesem Matsch holen sich möglicherweise die oben geschlüpften Gössel Krankheiten, mit denen sie nicht fertig werden.«

»Ach so«, sagte Asmus geschlagen. Es handelte sich also doch um Naturschutz im weiteren Sinne.

»Ja. Wir lassen immer ein ebenerdiges Gelege von acht bis zehn Eiern zurück. Diese Anzahl von Kleinen schaffen die Eltern auszubrüten. Manchmal schmuggeln sich auch andere Wasservögel in die Gelege, wie Mittelsäger. Und alle Eier werden betreut. Es kann richtig putzig sein zu beobachten, was schließlich aus dem Nest in den Priel paddelt.«

»Und hier im Schutzgebiet? Greift ihr da auch ein?«

»Nein, hier natürlich nicht. Hier wird alles sich selbst überlassen. Übrigens haben wir das Schutzgebiet den Herren Avenarius, Goebel und Dr. Ahlborn zu verdanken, die im letzten Augenblick verhindert haben, dass das Kliff abgetragen wurde.«

»Keine Friesen?«

»Nein«, sagte Ose mit bitterer Miene, »keine Nordfriesen. Da müssen immer andere kommen, um unser Erbe zu schützen. Wir allein schaffen es einfach nicht. Sind wir zu dumm, oder was?«

»Vermutlich seid ihr zu arglos. Ihr ahnt anscheinend nicht, was gewiefte Kaufleute aus euren Schätzen an Geld herausholen können.«

Ose sah Asmus betroffen an. »Ja, das könnte sein. Dann lass uns jetzt zum Ende der Nössehalbinsel fahren. Dort befindet sich immer die Speerspitze derjenigen, die unser Sylt verderben wollen.«

»Die Bauarbeiter also«, bemerkte Asmus. »Die sind angeheuert und können auch nichts dafür.«

Am Munkhoog, wo das Restaurant *Nösse* mitten in die Einöde gebaut worden war, hatten sie das Motorrad zurückgelassen, als sie zum Kliff hinuntergewandert waren. Eine

Flagge knatterte leise am Fahnenmast des Gasthauses, und der Wind säuselte in den Gräsern der Heide. Sonst waren keine Geräusche zu hören, auch keine Vögel.

Ganz anders an der Baustelle des Damms. Der Lärm dort war ohrenbetäubend. Das Quietschen von Stahl auf Stahl, wahrscheinlich von der heftig dampfenden kleinen Arbeitslok, mischte sich mit dem Wiehern von Zugpferden, dem Gebrüll der Vorarbeiter und dem dumpfen Wummern von Rammen auf Holzpfählen.

»Lass uns auf den Holzstapel steigen«, brüllte Ose in Asmus' Ohr. »Von dort bekommt man die bessere Übersicht.«

Asmus half Ose ritterlich, auf die zum Verlegen bereitgelegten Bahnschwellen zu klettern.

Der Deichfuß hatte schon Gestalt angenommen, soweit man blicken konnte. Wo bereits Schienen gelegt waren, machten sie einen scharfen Knick nach links, am dunstigen Horizont verschwand das Bauwerk in einem weiten Rechtsbogen im Watt. Möglicherweise waren auch dort schon Schienen verlegt, jedoch sah Asmus nur den Kleiboden, der so verdichtet war, dass seine Oberfläche im Zwielicht glänzte. Im rechten Winkel zum Damm ragte in die offene See hinaus ein dünner schwarzer Strich, an dessen Ende drei oder vier Schuten und Rammen festgemacht hatten.

»Was ist das?«, erkundigte sich Asmus.

»Das ist ein Hilfsdamm für die Feldbahn, mit der das Baumaterial von den Schuten hier auf Land transportiert wird. Die Gleise, Steine, Schwellen und so weiter werden aus Husum angeliefert.« Ose zeigte in die andere Richtung der Baustelle. »Dort sind die Wohnbaracken der Arbeiter. Die bleiben jeweils mehrere Wochen, bevor sie ein paar Tage frei bekommen und dann mit den Materialschuten zurückfahren.«

Asmus drehte sich um. Einfache kleine Holzhütten, in denen die Männer wahrscheinlich zu sechst oder zu acht hausten. Dagegen war nichts einzuwenden. Ungemütlich würden sie erst im Herbst werden, aber da würden die Arbeiten vermutlich sowieso eingestellt werden.

In der Nähe der Hütten fand eine Gruppe von Männern seine Aufmerksamkeit, die mit den Händen auf dem Rücken jemandem zu lauschen schienen. Eine Versammlung offenbar. Oder eine Predigt? Jedenfalls stand ein Mann auf einer Öltonne und sprach zu seinen Zuhörern. Asmus fiel zunächst nur seine Kappe auf, die sich durch ihre rundliche Form von den üblichen Schirmmützen unterschied.

»Schon wieder einer von denen! Komm, lass uns woanders hingehen«, schlug Ose vor und zog an Asmus' Ärmel, um ihn in eine andere Richtung zu lenken. »Immer müssen sie hetzen. Dabei geht es ihnen gar nicht um Verbesserungen für die Arbeiter, sondern um Wählerstimmen.«

»Nein, warte! Die Stimme kenne ich doch«, widersprach Asmus. Er schüttelte Oses Arm ab und näherte sich der Gruppe.

Ose, die ihm folgte, raunte ihm zu: »Einer der kommunistischen Agitatoren. Sie kommen regelmäßig, um die Arbeiter aufzuwiegeln. Die streiken dann von Zeit zu Zeit, und wieder geht es nicht vorwärts.«

»Aber das wäre doch in eurem Sinne.«

»Nein. So nicht.« Ose schüttelte den Kopf, dass der eine dicke Zopf, den sie heute lose trug, von einer Schulter auf die andere sprang.

Asmus, der inzwischen den Tschako unter seiner von innen nach außen gewendeten Jacke versteckt hatte, schlenderte zu den Männern und schlängelte sich in die letzte Reihe der Zuhörer. Das Grün seiner Uniform fiel hoffentlich nicht zu sehr zwischen den Blaumännern oder den grauen Kitteln der Arbeiter auf.

Er biss sich auf die Unterlippe, als er erkannte, wer da von der Tonne herunter sprach: Sinkwitz.

»Die klassenlose Gesellschaft ist unser Ziel«, brüllte Sinkwitz und streckte seine geballten Fäuste in die Höhe. »Ihr knechtet für Kapitalisten, die sich in dem Geld baden, das ihr verdient! Bei diesem Dammbau gehen euch die Kälte und die Nässe auf die Lungen, ihr endet mit Schwindsucht, oder ihr holt euch Verletzungen und Gicht, die euch arbeitsunfähig machen, ihr ertrinkt, werdet vom Blitz erschlagen und anderes mehr. Das wollen wir ändern! Und ihr habt die Wahl im Mai des nächsten Jahres! Ihr wisst, was ich meine!«

Das war es, wovon Matthiesen gesprochen hatte: Sinkwitz betätigte sich bei den Arbeitern am Damm als sozialistischer Agitator, wenn man seine Rede genau analysierte, vielleicht auch als kommunistischer. Dies war, soweit Asmus es beurteilen konnte, mit seinem Amt als Chef der Schutzpolizei nicht vereinbar. Aber möglicherweise verstand Sinkwitz auf dem Grat zwischen Erlaubtem und Nichterlaubtem zu balancieren, ohne in die Falle zu gehen.

»Na, du Sylter Naturhure, auch wieder unterwegs, um Ärger zu machen?«, vernahm Asmus plötzlich eine Stimme. Er wandte sich um. Ein drahtiger kleiner Kerl hatte seinen Kopf zwischen ihn und Ose gezwängt und wartete mit gebleckten Zähnen auf ihre Reaktion. Sie wirkte zu Stein erstarrt.

»Nehmen Sie die Beleidigung zurück, oder ich zeige Sie an«, erklärte Asmus wütend und setzte seinen Tschako auf. »Ich nehme Sie auch gerne gleich mit ins Revier, wo Sie Ihre Aussage machen können.«

»Dazu haben Sie kein Recht«, stammelte der Kerl, überrascht durch den Anblick der Polizeiuniform. »Fragen Sie nur den Genossen Sinkwitz. Eine Person wie dieses Weib hat hier nichts zu suchen. Die will Sabotage üben!«

Genosse! Auch dieser unflätige Kerl war Kommunist. Vor einigen Wochen erst hatten diese Leute im Rheinland für Ausschreitungen und Plünderungen gesorgt. Gott behüte, dass sie jetzt auch hier einen Aufruhr anzettelten. »Unsinn! Zu dieser Baustelle haben behördliche Mitarbeiter der Insel Sylt und ihre Begleiter jederzeit Zugang! Das weiß selbstverständlich auch Hauptwachtmeister Sinkwitz. Hingegen vermute ich, dass Sie sich auf dieser Baustelle illegal aufhalten. Oder arbeiten Sie etwa hier?«

Dem Genossen liefen Schweißtropfen an den Schläfen entlang und versickerten in einem grauen Halstuch. Sein Blaumann war sauber und sah eher nach Verkleidung als nach Schutzkleidung aus. Im Augenblick war er ein in Bedrängnis geratener Komplize des obersten Kommunisten der Insel. Er schwieg.

»Sind Sie vom Festland?«, fragte Asmus scharf.

»Aus Flensburg.«

»Dann rate ich Ihnen, so schnell wie möglich dorthin zurückzufahren. Leute wie Sie brauchen wir hier nicht. Wie heißen Sie?«

»Ferdinand Schröder.«

»Und als was arbeiten Sie?«

»Werftarbeiter.«

»Nun gut. Ich werde Herrn Sinkwitz über einen Ferdinand Schröder informieren, der sich hier illegal agitatorisch betätigte. Ich werde darauf bestehen, dass Ihnen verboten wird, die Insel in Zukunft zu betreten. Wenn wir das im Tagesprotokoll festhalten, wird auch Herr Sinkwitz Sie nicht mehr aus Parteifreundschaft schützen können.«

Der kleine Kerl warf Asmus einen feindseligen Blick zu und verschand. Asmus wurde abgelenkt, weil ihm auffiel, dass Sinkwitz seine Rede beendet hatte, von der Tonne heruntergesprungen war und inzwischen mit einem Mann in Arbeitskleidung tuschelte.

Asmus hätte es nicht gekümmert, wenn der unbekannte Kerl nicht seine volle Aufmerksamkeit auf ihn gerichtet hätte. Ein Kerl wie ein Schrank, er glotzte zu Asmus herüber, nickte und schüttelte nach einer Weile den Kopf. Aus der Ferne sah es aus, als empfange er Befehle von Sinkwitz.

»Du hast mir ja gar nicht gesagt, dass der Agitator mein eigener Chef ist. Kennst du zufällig den Mann neben Sinkwitz?«, raunte Asmus in Oses Ohr.

»Sicher. Jörn Frees, ein dorfbekannter Taugenichts, der in Keitum wohnt. Er schlägt sich so durch als Tagelöhner oder treibt sich herum, wenn er keinen findet, der Verwendung für ihn hat. Aber seitdem es die Baustelle gibt, arbeitet er manchmal hier. Warum interessiert er dich?«

»Ich weiß es nicht. Ein Gefühl. Sie reden über uns. Die Frage ist, meinen sie dich oder mich? Oder uns als Gespann?«

»Komm, lass uns gehen, wenn du genug gesehen hast. Mir ist nie wohl, wenn ich hier bin.«

»Ose! Wie kam denn dieser Flensburger Drahthaarterrier dazu, dich in solcher Weise zu beleidigen?«, fiel Asmus ein und ließ auf sich beruhen, dass sie seine Fragen nicht beantworten wollte.

Ose winkte ab. »Solche Häme schütten sie über uns alle

aus, die sich um die Natur kümmern. Natürlich nur, wenn man nicht in Begleitung eines Polizisten ist. Unsere Gruppe ist ja bekannt. Selbst den alten Herrn Avenarius attackieren sie als Spinner. Sie kennen unsere Vorbehalte gegen den Damm und glauben, wer das Kliff gerettet hat, schafft es auch, den Bau des Damms zu verhindern, wenn er will. Sie fürchten um ihre Arbeitsplätze – es ist schließlich ein riesiges Bauvorhaben. Und wer ist in diesen Zeiten nicht dankbar für Arbeit und Lohn?«

»Aber ihr wollt den Dammbau gar nicht verhindern.«

»Wir können es nicht. Wir sind einzelne Leute ohne jede Macht – ausgenommen ein wenig den Herrn Avenarius – und treten an gegen den geballten Willen des preußischen Staates und der Interessenten. Außer den Kaufleuten und Hoteliers der Insel sind da noch die Geldgeber aus ganz Deutschland, die wir nicht einmal kennen. Wir wissen aber, dass Musikhallen, Bäder und Kurhäuser in Planung sind, die viel Geld bringen werden. Mit Landschulheimen für die Kinderverschickung ködern sie die Orte, die keinen so guten Strand haben. Und so weiter.«

»Und diese ganzen Bauvorhaben werden viel einfacher und preiswerter zu bewerkstelligen sein, wenn der Wattenmeer-Damm erst einmal fertig ist«, verstand Asmus.

»Ja, eben.«

»Ich habe schon von den Befürchtungen der Fischer und Bauern gehört«, sagte Asmus bedrückt.

»Recht haben sie. Bei den Fischern steht sogar ihr ganzes Gewerbe auf dem Spiel. Dagegen scheinen unsere Ängste als Naturschützer verschwindend gering zu sein. Wir fürchten, dass über den Damm Raubtiere einwandern, die wir hier bisher nicht haben: Füchse, Dachse, Marder … Für sie werden die Bodenbrüter unter den Vögeln das reinste Schlaraffenland darstellen. Insgesamt wird unser schönes Sylt ganz schnell eine andere Insel werden. Es wird ein Leben vor dem Dammbau gegeben haben und eins nach dem Dammbau geben.«

»Alles in allem erwächst in mir starker Zweifel, ob der Damm für Sylt wirklich gut ist«, stellte Asmus fest.

»Ja. Aber damit gehörst du zu einer Minderheit. Viele

wollen sich Sylt zur Beute machen, und der Rest interessiert sich nicht für die Entwicklung, die man so leicht erkennen kann. Lass uns jetzt zurückgehen, bevor mich wieder die Wut packt.«

Asmus sah Ose lächelnd an. Mit vor Zorn geröteten Wangen sah sie besonders hübsch aus.

Nachdem sie sich für den nächsten Tag verabredet hatten, knatterte Asmus auf seinem Motorrad nach Munkmarsch zurück. Seltsam, dieses Tuscheln mit einem Einheimischen, sobald einer seiner Vorgesetzten ihn, Asmus, in unerwarteter Umgebung oder Begleitung zu Gesicht bekam. In diesem Fall war es wahrscheinlich Sinkwitz, der missbilligte, dass Asmus zu den Naturschützern gefunden hatte. Aber was hatte dieser Jörn Frees damit zu tun?

Gerade als Asmus sein Motorrad im Schuppen von Bahnsen abgestellt hatte, begegnete ihm der Werftbesitzer selbst, mit einer Miene, die mit jedem Tag sorgenvoller zu werden schien.

Nun, so ging es ihm selbst. »Moin, moin, Hans Christian«, meinte Asmus nachdenklich, »als ich dich neulich bat, Mart nach einem Fremden im Hafengebiet zu fragen, hast du die Frage so weitergegeben?«

»Genau so.«

»Mir ist inzwischen eingefallen, dass der Attentäter natürlich hier im Hafen gar nicht fremd oder unbekannt sein muss.«

Bahnsen nickte.

»Außerdem habe ich allmählich erkannt, wie viele Gruppen mit unterschiedlichen Interessen auf Sylt gegeneinander arbeiten.«

»Da hast du recht. Aber für Einigkeit ist es zu spät, den Dammbau stoppen wir nicht mehr.«

Darauf einzugehen erübrigte sich. »Ist dir ein Jörn Frees bekannt?«

»Sicher doch. Ist öfter hier. Er wohnt in Keitum. Manchmal wandert er am Ufer längs, um hier ein Schwätzchen mit irgendwem zu halten. Meistens ist Mart dazu aufgelegt. Gelegentlich arbeitet er. Ich will ihm nichts Böses nachsagen, aber er gilt als nicht sehr hell im Kopf und unzuverlässig.«

»Hat er für dich auch schon einmal gearbeitet?«

»Ja, aber sehr selten. Dann muss hier schon Not am Mann sein. Beim Aufpallen von Booten ist er ganz nützlich, weil er Bärenkräfte hat.«

Es war offensichtlich dumm von ihm gewesen, den Werftattentäter unter Fremden zu suchen. Bei so vielen unterschiedlichen Interessensgemeinschaften auf der Insel in Zeiten allgemein steigender Not, aber mit der Aussicht auf einen Damm, der die finanziellen Nöte vieler mit einem Schlag beseitigen konnte, schien es logisch, dass die Tat im weitesten Sinne etwas mit dem Bau zu tun hatte und der Täter von der Insel stammte.

Am nächsten Morgen fuhren Asmus und Ose zu den Dünen bei List. Als Erstes zeigte er ihr den Schuppen, in dem der Schnaps eingelagert gewesen war. Aber über den Schmuggel von List aus wusste Ose nichts, sie konnte nur teilnahmsvoll nicken. Asmus erzählte ihr von der befremdlichen Reaktion der Dorfbewohner, als ein Mann vorbeiradelte.

Er grinste ihnen freundlich zu und winkte, dann war er schon fort und um die Ecke.

»Dann bist du an dem Morgen wohl nur einigen besonders schlecht gelaunten Leuten begegnet«, meinte Ose.

»Nein, es waren alle«, beharrte Asmus. »Ein allgemeines Verhalten, wie verabredet.«

»Ungewöhnlich. Allerdings ist die Schupo bei den meisten Leuten nicht sonderlich gut gelitten, mit Ausnahme von Lorns Matthiesen natürlich. Aber der kann nicht anders, als seine Vorgesetzten ihm vorgeben.«

»Nun, ja«, meinte Asmus zögernd. Er war anderer Ansicht. »Der Radler eben hat natürlich dich gemeint. Vielleicht verspricht er sich etwas vom Schutz der Dünen, hofft auf Leute, die mal gucken kommen, eben weil sie als etwas Besonderes ausgewiesen sind. Denen kann er ja Saft verkaufen.«

»Unsinn, Asmus! Das weißt du selbst. Aber ich krieg das raus.«

Asmus schmunzelte. Ose war eine unerschrockene junge Frau, die tatkräftig ihr jeweils nächstes Ziel ins Auge fasste.

Das Ziel kam schon in Sicht. »Bleib hier stehen«, raunte Ose Asmus zu. »Da kommt eine meiner Basen um drei Ecken.«

Ose lief hin und umarmte ihre Verwandte herzlich. Obwohl diese das Wort Naturschutz nie in den Mund genommen hätte, trug sie ihr Herz auf dem rechten Fleck. »Moin, Swaantje. Geht's dir gut?«

»Moin, meine Kleine. Doch, so gut es eben möglich ist in diesen Zeiten. Meine Hühner legen wenigstens ordentlich.«

»Federvieh ist vernünftiger als manche Menschen.« Ose grinste. »Warum habt ihr Lister den Herrn Asmus denn so abweisend behandelt?«

»Hat er sich beklagt? Du weißt selbst, wie es ist. Wie der Herr, so's Gescherr, sagen sie woanders, hab ich mal gehört, und da haben sie recht. Seitdem der Stinkwitz die Wache leitet, machen die Polizisten uns eigentlich nur Verdruss. Außer Lorns. Als der Asmus die Schmuggelware beschlagnahmt hat, konnte niemand sich das erklären. Aber wir dachten immer noch, dass er trotzdem die Befehle seines Vorgesetzten befolgt und dass wir neue Ärgernisse zu erwarten haben.«

»Und jetzt?«

»Jetzt wissen wir, dass er sie eben nicht befolgt. Er scheint ein ganz ordentlicher Mensch zu sein. Wir hoffen sogar, dass er aufklärt, warum am Westerländer Strand ein Däne zu Tode gekommen ist. Außerdem ist er sich nicht zu schade, Platt zu sprechen. Er ist das Gegenteil von Stinkwitz.«

»Das will ich meinen«, bestätigte Ose lachend und rannte zu Asmus zurück.

Asmus sah Ose neugierig entgegen.

»Alles geklärt«, behauptete sie forsch. »Wir können fahren.«

»Was denn überhaupt?«

»Warum die Leute garstig zu dir waren. Wegen deines Chefs. Sie dachten, du bist wie er. Aber allein, dass du

Platt mit ihnen sprichst, unterscheidet dich grundlegend von Stinkwitz.«

»Sinkwitz«, verbesserte Asmus, der glaubte, dass es sich um ein Versehen handelte. »Und wieso kann er kein Platt? Er ist doch hier geboren.«

»Schon seine eingewanderten Großeltern sollen sich geweigert haben, Platt zu lernen. Und die Eltern dünken sich für die Sprache des Volkes zu gut. In Westerland findest du viele von dieser hochnäsigen Sorte, Ladenbesitzer, Hoteliers ...«

»Er ist also unbeliebt.«

»Und wie! Jung übrigens auch. Er ist einer von den ganz Angepassten. Den hat Stinkwitz selber eingestellt. Da war es nur logisch, dass du von der gleichen Sorte sein musstest.«

»War es wohl. Allerdings wurde ich hierher zwangsversetzt. Vorher degradiert.«

»Du Ärmster.« Ose machte ein so teilnahmsvolles Gesicht, dass es Asmus ärgerte. Er hatte es nicht auf Mitleid angelegt.

»Geht schon«, knurrte er.

»Übrigens fällt mir eben noch etwas ein. Meine Dreieckenbase erwähnte einen Dänen, der in Westerland zu Tode gekommen ist. Ich vergaß zu fragen, was sie damit meinte, aber jedenfalls, dass du dem nachgehst.«

»Schon gut«, sagte Asmus grimmig. »Ich weiß es.« Dieser Fall schien ihn irgendwie einzuholen. Aber er war abgeschlossen, und deshalb konnte er ihn nicht aufgreifen. Das stellten sich die Leute zu einfach vor.

»Gut, dann werde ich dich jetzt in die Welt des Dünenkliffs, die Braune Düne, die Graue Düne und die Weiße Düne, die eine Wanderdüne ist, einführen. Außerdem wirst du Parabeldünen, Ausblasungsmulden und Heidetäler kennenlernen und dazu den einzigartigen Pflanzenbewuchs, die Vogelwelt und das Wunder der zahllosen Insekten. Und schließlich mein Lieblingstier: die Kreuzkröte.«

»Für sie werde ich mich besonders interessieren«, versprach Asmus, ehe er so richtig gemerkt hatte, was er da sagte. Mit rotem Kopf gab er Vollgas und hoffte, dass Ose auf seinen Nacken nicht achten würde.

KAPITEL 7

Am nächsten Morgen hatte Asmus' Motorrad an beiden Reifen Platten. Der Schuppen war zwar zu, aber nie verschlossen. So ein Ärgernis! Asmus bückte sich und suchte nach den Gründen. Zerschnitten mit einem entsprechenden Gegenstand. Scharfkantige Steine, die sich auf seinem Rückweg zusammengerottet hatten, um ihn zu ärgern, schieden aus.

Asmus wanderte zu Bahnsens Wohnhaus hinüber, der beim Frühstück saß und ihn zu einer Tasse Tee einlud.

»Rührei auch, Herr Asmus?«, fragte seine Frau, die am Küchenherd stand.

Asmus dankte verlegen. Sah sie ihm etwa an, dass er Hunger hatte? In den letzten Tagen war er nicht mal zum Fischen gekommen. Und Eier zu sammeln verbot sich in Oses Gegenwart von selbst.

»Es ist genug da, Herr Wachtmeister. Greifen Sie zu«, ermunterte ihn die Hausfrau.

»Brandganseier«, erklärte Bahnsen. »Die kann man frisch essen, du brauchst keine Sorge zu haben. Die Möweneier verursachen manchmal Durchfall. Deswegen wird die große Masse hartgekocht und dann im Wasserglas eingelegt. So halten sie sich über Winter und taugen allemal zum Backen.«

»Die Sammelzeit ist bald vorüber. Die ersten angebrüteten habe ich schon dem Schwein hingeworfen. Kommen Sie, Herr Asmus …«

Bei so viel nettem Zureden mochte Asmus nicht weiter ablehnen. Er bekam einen großen Teller Rührei vorgesetzt, wie er bei ihm auf dem Boot zu zwei Mahlzeiten hätte ausreichen müssen.

Bahnsen seufzte behaglich und lehnte sich in seinem Stuhl zurück. »Du bist natürlich nicht wegen des Frühstücks hier. Es ist also etwas passiert.«

»Ja. Meine Reifen wurden heute Nacht zerschnitten«, berichtete Asmus, während er das letzte Fett mit einem Brotkanten auftunkte und den Teller sauberwischte.

»Hm«, brummte Hans Christian nachdenklich. »Ist es dasselbe wie bei mir? Eine Warnung? Bist du jemandem so gefährlich nahe gekommen, dass er dir einen kleinen Denkzettel verpassen möchte?«

»Das versteht sich. Inzwischen bin ich wohl schon aufgefallen. Ich könnte mir solche Aktionen von verschiedenen Seiten denken, das ist das Problem.«

»Aufgefallen, ja. Seit der Sache mit den Alkoholschmugglern wissen sie, dass du zugreifst, wenn du Gesetzesverstöße erkennst. Und niemand, der dich kennengelernt hat, würde dir unterstellen, dass du bei entsprechender Bezahlung ein Auge zudrückst. Das unterscheidet dich von anderen.«

Asmus holte tief Luft. So schwierig hatte er sich den Neuanfang auch für einen redlichen Polizisten nicht vorgestellt. Im Gegenteil, er hatte lustlos die ihm zugeteilten Aufgaben erledigen wollen, mehr nicht. Was er wahrscheinlich sowieso nicht fertiggebracht hätte. Aber nun stellte sich obendrein allmählich heraus, dass er und ein junger Wachtmeister das Gesetz zu vertreten hatten, mehr oder minder gegen die Wünsche ihrer Vorgesetzten. »Ja, das mag alles sein. Im Augenblick ist das Wichtigste, dass ich wieder fahrfähig werde. Ich wollte dich fragen, wie der junge Mann heißt, der den Arzt holte und der Motorräder reparieren kann.«

»Oh, das ist Jon, der Sohn des ehemaligen Müllers. Er wohnt allein in der Abnahme zur Mühle, die sie haben stehenlassen. Hinter dem Hügel.«

»Dann weiß ich Bescheid. Ich wollte ihn bitten, die Reifen zu flicken, ich hoffe, er kann es.«

»Kann er. Er hat eine kleine Werkstatt. Außerdem ist er gerade entlassen worden, er wird sich über jeden Auftrag freuen.«

»Entlassen?«

»Ja, jüngster Angestellter in einem Keitumer Betrieb und

unverheiratet. Ihm geht es wie vielen anderen. Ich würde ihn in normalen Zeiten sofort genommen haben. Erfahrung mit Maschinen und Motoren wird heutzutage immer wichtiger, auch bei kleinen Booten.«

»Dann wäre er wohl in normalen Zeiten nicht entlassen worden, wenn ich dich recht verstehe.«

»Ganz bestimmt nicht. Er ist tüchtig.«

»Dann mache ich mich jetzt zu ihm auf, bevor er womöglich ausfliegt.« Asmus schob den Stuhl zurück und verbeugte sich vor der Hausfrau. »Herzlichen Dank, Frau Bahnsen, heute haben Sie mich vor dem Hungertod errettet. Ich musste mich in mein neues Arbeitsgebiet einarbeiten und konnte nicht regelmäßig zum Fischen ausfahren, obwohl ich gerne mal einen Wolfsbarsch gefangen hätte.«

»Ich habe bemerkt, dass du die Jolle nicht bewegt hast«, brummelte Bahnsen.

»Das dachte ich mir. Man erkennt seine Pappenheimer an den Festmacherknoten.« Asmus winkte beiden zu und verließ das Haus.

Die Abnahme war winzig. Asmus betrat sie gar nicht, denn Schleifgeräusche leiteten ihn sofort in die noch kleinere Werkstatt.

Auf Jons weißblonden Haaren lag ein grauer Schimmer von Schleifstaub. An Nägeln in den Bretterwänden waren Werkzeuge akkurat aufgehängt, und der Fußboden war auch in den Ecken gekehrt.

Der junge Mann stellte den lärmenden Generator ab, als er Asmus bemerkte.

»Moin, moin, Jon«, grüßte Asmus, »ich hoffe, du kannst einen kleinen Auftrag von mir annehmen. Meine Reifen wurden aufgeschlitzt.«

»Moin auch, Niklas. Das kann sofort losgehen. Wo steht das Motorrad?« Jon hängte eine Feile an ihren Platz und schob den Schleifstaub mit den Händen zusammen, bevor er ihn in einem Blecheimer versenkte.

»Im Schuppen von Bahnsen.«

»Es ist hier passiert?«, fragte Jon erstaunt.

»Ja. Warum? Ist da etwas Merkwürdiges dran?«

»Das Anstechen geht ja im Nu. Deshalb hätte ich eher vermutet, es wäre passiert, während du durch die Dünen wanderst, zum Beispiel, und dein Motorrad unbeaufsichtigt herumsteht. Das Schieben eines solchen Gerätes von List nach Munkmarsch wäre nicht gerade ein Spaß gewesen.«

»Und hätte noch für Lacher gesorgt.«

»Auch das.«

»Ein Dummejungenstreich«, wiegelte Asmus ab, obwohl man ihn auch als den zweiten Anschlag ansehen konnte, der auf Bahnsens Werft stattgefunden hatte.

»Meinst das?«

»Ja«, beteuerte Asmus, nicht ganz aufrichtig.

»Und was war mit Jochims Unfall? Ich war an Deck des Bootes, Asmus. Metallspäne von der Säge lagen immer noch am Waschbord. Und warum die Banderole?«

Der Disput mit Jon gefiel Asmus. Beim näheren Hinsehen hatte er übrigens bemerkt, dass Jon so jung auch nicht mehr war, ein paar Jahre jünger als er selber, aber nicht mehr im Lehrlingsalter. »Ja, gut. Der Unfall war ein Anschlag. Das Reifendurchstechen dagegen harmlos. Man könnte trotzdem meinen, dass der Attentäter in beiden Fällen der gleiche ist und in der Nähe wohnt.«

»Oder auch nicht. Er kann mit der Eisenbahn gekommen sein. Ich habe beisammen, was ich brauche. Wir können los.«

Asmus hatte nicht darauf geachtet, was Jon zusammengepackt hatte, aber je schneller er an die Arbeit ging, umso besser. Er öffnete die Tür. »Hast du einen Bestimmten im Sinn? Es hörte sich so an.«

»Am Tag als Jochim verunglückte, sah ich hier herum einen sehr kurz geratenen dürren Fremden. Wegen seines albernen Arbeitsanzuges fiel er mir auf. Der erweckte nämlich nicht den Eindruck, als ob er sich jemals die Hände schmutzig gemacht hatte.«

»Aber das war nicht das Einzige, das dich wunderte?«

»Nein, das war die Nebensache. Die Hauptsache war, dass er anscheinend nur nach Munkmarsch kam, um mit Mart zu sprechen. Er stieg zusammen mit den aus Sylt abreisenden Kurgästen aus der Eisenbahn und ging mit ihnen ins Fahrkartenbüro. Kurz darauf legte die Fähre vom Festland an, er mischte sich unter die angekommenen Gäste, bestieg mit ihnen zusammen den Zug und fuhr wieder zurück nach Westerland. Er hatte ein kleines Köfferchen wie ein frisch angekommener Gast dabei.«

»Er hat also irgendwo ein Zimmer gemietet«, meinte Asmus mit abwesendem Blick, während er versuchte, einen Vergleich zwischen diesem verdächtigen Kerl und dem aus Flensburg zu ziehen. Wegen des in beiden Fällen auffallenden Arbeitsanzuges konnte es sich gut um einen und denselben Mann handeln, aber die Möglichkeit brachte Asmus auch nicht weiter. »Danach hast du ihn nicht mehr gesehen, oder?«

Jon gab ein verlegenes Lachen von sich. »Ja, doch. Gestern.«

»Wieder dasselbe Spiel?«

»Nein, ich glaube nicht. Ich dachte, er wäre dieses Mal wirklich mit der Fähre abgereist.«

»Du dachtest. Jetzt nicht mehr?«

»Doch, doch.«

»Verdächtig ist es schon«, nahm Asmus den Gedanken auf. »Zumal ich selbst einen Mann kenne, der deiner Beschreibung entspricht, ein Agitator, zumindest ein Kommunist aus Sinkwitz' Bekanntenkreis. Der arbeitet in einer Flensburger Werft. Ihm habe ich einen Inselverweis erteilt.«

»Passt irgendwie.«

»Ja, es könnte passen. Trotzdem wusste ich nicht, was die Kommunisten gegen mich haben könnten. Ich komme ihnen doch nicht in die Quere! Ich jage Diebe von Stranddisteln und Dünenrosen.«

Jon zuckte mit den Schultern, zog das Motorrad aus dem Schuppen und nahm seine Arbeit auf.

An diesem Tag konnte Asmus das Motorrad nicht mehr benutzen, der Kautschuk auf den Schnittstellen musste trocknen. Und der Zug nach Westerland, der mit der Morgenfähre den Hafen verließ, war weg.

Asmus entschloss sich deshalb, am Ufer entlang zu Oses Elternhaus zu wandern. Sie hatte wohl inzwischen gemerkt, dass die heutige Verabredung aus irgendeinem Grund ins Wasser gefallen war, aber den Grund wollte er ihr doch mitteilen. Einen Augenblick blieben seine Gedanken bei ihr. Dann merkte er plötzlich selbst, dass er lächelte, worauf er das alberne Grinsen sofort einstellte.

Er machte einen kurzen Besuch auf seinem Boot, um sich in Zivil umzuziehen. Auf keinen Fall würde er mit dem Tschako am Ufer entlang laufen. Womöglich sahen die ohnehin angriffslustigen Seeschwalben dann noch einen weiteren Grund, ihn zu attackieren. Wer wusste schon, welcher politischen Fraktion die angehörten?

Das Wasser lief ab. Einzelne graue Austernschalen und Miesmuscheln knirschten unter Asmus' Holzpantinen, weiter draußen im Watt stakten die Austernfischer an der Wasserkante entlang, und der Wind fächelte sanft in seinen Haaren.

Asmus setzte sich auf die Uferkante neben einen Priel, um seine Hosenbeine hochzukrempeln. Auf dem Rückweg würde er Queller pflücken, der in der Bucht bis Keitum wuchs, wiewohl es sich sonst meist um Sandboden handelte. Den würde er als Salat zu den Miesmuscheln essen, die er sich nach seiner Rückkehr mit Bahnsens Jolle von der Muschelbank holen würde. Er musste nur aufpassen, rechtzeitig zurück zu sein, damit die Bank noch zugänglich war.

So plötzlich wie ein Regenschauer bei Sonnenschein niedergeht, spürte Asmus, dass der leichte Wind in seinen Nackenhaaren von einem unangenehmen Stechen abgelöst wurde. Keinem echten, natürlich nicht, es war Einbildung. Für ihn als Kriminaloberinspektor war es jedoch stets ein Alarmsignal gewesen: Jemand beobachtete ihn.

Wie von ungefähr drehte er sich ein wenig, stellte seine Schuhe auf dem Gras neben sich ab und ließ seinen Blick unauffällig durch das Tal zwischen Munkmarsch und Keitum, dem Klentertal, wandern. In der Nähe des höher gelegenen Karrenweges weideten schwarz-weiße Rinder, unterhalb von ihnen glänzten Wasserlöcher, und in seiner Nähe verstellten ihm Gräser, Strandwegerich, graue Wermutblätter und Strandastern die freie Sicht.

Er sah niemanden. Wahrscheinlich lag der Kerl in einem

ausgetrockneten Priel, der gerade tief genug war, um einen Mann zu verbergen.

Aber der heimliche Beobachter verstärkte natürlich den Verdacht, dass vor allem er, Asmus, der Störenfried auf der Insel war. Er staunte, wie schnell es ihm gelungen war, sich Feinde zu machen.

Eine Viertelstunde später stand er in Oses Haustür. Er wunderte sich, die Erleichterung in ihrem Gesicht zu sehen, obwohl er sich nur um wenige Stunden verspätet hatte.

»Nichts passiert«, sagte Asmus schnell, um sie zu beruhigen. »Ich muss mir gestern an einem scharfkantigen Stein einen Reifen zerschnitten haben. Der ist repariert und trocknet inzwischen. Morgen sind wir wieder fahrbereit, das Motorrad und ich.«

»So, so«, merkte Ose mit gerunzelter Stirn an.

»Ja, bestimmt. Ich wollte dir Bescheid sagen, damit du dich nicht wunderst.«

»Das hast du jetzt erreicht.«

»Ich muss zurück, um mein Abendessen zu beschaffen«, erklärte Asmus unbehaglich. Ihm war selbst nicht klar, warum er sich so befangen fühlte.

»Ich habe eine andere Idee«, flocht Ose ein, bevor er sich richtig erklären konnte. »Die Muscheln bekommst du von uns, mein Bruder hat gestern zwei Eimer geholt. Für dich wäre es vielleicht wichtiger, einmal bei einer Parteiversammlung dabei zu sein, bei der es im Hinblick auf Bauvorhaben um die nächste Wahl geht. Heute findet eine statt, die öffentlich ist. Die meisten Mitglieder oder Interessenten sind Kaufleute und mit der Großindustrie verbandelte …«

»Rechtfertigung für den Dammbau?«, riet Asmus.

»Ja, genau!« Ose grinste. »Ich glaube, denen fehlt bisher jemand wie du.«

»Und du?«

»Nein, ich kann nicht mitkommen! Die Saalordner würden mich gar nicht hineinlassen.«

»Saalordner?«

»Gibt es hier längst. Nicht selten hagelt es durch Andersdenkende Vorwürfe oder matschige Kartoffeln, und deshalb wird am Eingang gesiebt.«

»Meine Güte! Aber du hast schon recht, interessieren würde es mich.«

»Das dachte ich mir. Ich bringe dich hin.«

Die Versammlung der DNVP, der Deutsch-Nationalen Volkspartei, fand in der Gaststätte *Zum Halligfliederspitzmausrüsselkäfer* statt, deren Name einer Marotte des ersten Besitzers entstammte. Üblicherweise wurde dieser *Zum Rüsselkäfer* abgekürzt, wie Ose Asmus erklärte. Es handelte sich um ein kleines Klinkergebäude am Ostrand von Westerland, in Sichtweite der Dünen vor Munkmarsch.

Die Teilnehmer strömten bereits ins Haus, lauter gediegen aussehende Männer mit Hüten, die sie noch auf der Treppe absetzten.

»Ich verschwinde jetzt«, raunte Ose Asmus zu. »Wenn sie mich erkennen, wissen sie gleich, wes Geistes Kind du bist, und niemand wird mit dir reden wollen.«

»Mm«, murmelte Asmus abgelenkt. Ein Mann, der eine rote Armbinde mit Hakenkreuz am Oberarm trug, hatte sein Interesse gefunden. Die NSDAP, Partei der Nationalsozialisten, und ihr Ableger, die DVFP, mit dem gleichen Symbol, waren offiziell verboten. Aber auch Jung hatte von ihr gesprochen, als ob sie ganz legal sei.

»Die DNVP ist mir sowieso zu konservativ«, flüsterte Ose noch, dann war sie fort.

Asmus wurde von der Menge geschluckt, die mittlerweile in den Saal drängte. Auf einen Stuhl verzichtete er zugunsten eines Stehplatzes an der Wand, wo er Platz fand zwischen einem jungen Mann, der den Eindruck eines neugierigen Gastes machte, und einem älteren Einheimischen, dessen Hose über dem gestreiften Hemd von Hosenträgern gehalten wurde. Mit seinen lehmverschmierten Holzpantoffeln wirkte er unter Kaufleuten fehl am Platz. Wie Asmus selber, der auch Holzpantinen trug. Glücklicherweise war er nicht in Uniform und sah mit seinem blonden Haar so friesisch aus wie sein hosenträgerbewehrter Nachbar.

Es gab auch andere, die keine Friesen waren. Asmus

wandte hastig sein Gesicht ab, als er Ferdinand Schröder erkannte, der als einer der letzten in den Saal schlüpfte und höflich mit großer Geste auf einen frei gebliebenen Platz in der Mitte der Reihen gewinkt wurde. Vermutlich hatte er genau solches Aufsehen vermeiden wollen.

Der Asmus nicht bekannte Redner – er mochte der Bürgermeister oder ein Kaufmann oder beides sein – trat ans Pult. »Leeve Landslüd, liebe Landsleute«, begann er, »zugunsten all derjenigen, denen Plattdeutsch nicht so geläufig ist – und ihrer gibt es gottlob viele, Sylt wird nicht aussterben –, werde ich fortan Hochdeutsch sprechen und bitte auch alle, die sich mit einem Beitrag melden, dies zu tun.«

Als das leise Gelächter verstummt war, sprach er tragend weiter. »Wie wir alle wissen, verdanken wir das täglich wachsende Elend auf unserer geliebten Insel Sylt den unsäglichen Bedingungen des Versailler Vertrages, den die Verräter von Zentrum und SPD unterzeichnet haben. Hinzu kommt die tägliche Hetze wegen unserer angeblich alleinigen Kriegsschuld, immer wieder von den Kommunisten vorgetragen. Ich weiß mich mit euch allen einig, die ihr diese hochverräterische Einstellung verabscheut.«

Der Flensburger vielleicht ausgenommen, dachte Asmus, während die Versammlung in frenetisches Klatschen ausbrach.

»Umso schlimmer sind diese Störaktionen, weil sie fast täglich mit Dingen vermischt werden, die unsere wichtigsten Einnahmen betreffen, das Geschäft, das wir gerade mit Kraft wieder zu beleben suchen: den Fremdenverkehr in allen seinen Facetten. Vom Hotelier über den Kaufmann bis zum Betrieb, der Kutschfahrten unternimmt.«

Der Jüngling neben Asmus, in Knickerbockern und losem Kittelhemd, meldete sich.

»Ja, bitte? Zwischenfragen sind gern gestattet, sagte ich das schon?«

Alle drehten sich zum Fragesteller um. Asmus versuchte vergeblich, sich zu verstecken, schließlich fummelte er ziellos in seinem Gesicht herum, um es einigermaßen zu verdecken.

»Aus allen Ecken der Republik kommen seit mehreren

Jahren Meldungen über *Judenfreiheit* von Stränden. Oder die Anschläge an Hotels: *Juden und Hunde dürfen hier nicht herein*. Wie hält es die Sylter DNVP damit?«, fragte der Mann, der sich allein durch seine ungewohnte Sprache als Gast aus dem Süden zu erkennen gab. »Die DNVP gilt als antisemitisch.«

Tiefes Schweigen senkte sich über die Versammlung, in der es vorher wegen Räuspern, Husten, Füßescharren und anderen Begleitgeräuschen nie ganz lautlos zugegangen war.

»Das spielt bei uns keine Rolle«, antwortete der Redner etwas mühsam.

»Sollte es aber, Herr Müller! Kriegs- und Inflationsgewinnler gehen uns alle an!«, geiferte der Mann mit der Hakenkreuzbinde. »Davor schützt uns nur die NSDAP!«

»Du bist hier in der falschen Versammlung, Böhrnsen«, rief jemand, den Asmus nicht sehen konnte, und einige klatschten zum Einverständnis.

»Böhrnsen hat doch recht. Lasst ihn sprechen«, hörte Asmus aus dem Durcheinander heraus, das sich zwischen Anhängern und Gegnern der DNVP entwickelte, aber schnell abebbte.

»Ich möchte zur Sache kommen«, erhob der Redner die Stimme, um unverzüglich fortzufahren. »Wir haben längst nicht die Gästezahl wiedergewonnen, wie wir sie vor dem Krieg hatten. Wir brauchen mehr und bessere Angebote, um sie herzulocken. Was wir ausreichend haben, sind Lesesäle und Räumlichkeiten für Konzerte. Was wir brauchen, sind Spielsäle in Kombination mit neuen und moderneren Bars, Restaurants und Cafés. Mit anderen Worten, es bietet sich eine Erweiterung des Kurhauses an.«

Ein elegant gekleideter Herr aus der vordersten Bankreihe erhob sich und erhielt das Wort. »Bitte, Rörd Jacobsen, deine Meinung.«

Asmus erkannte ihn sofort.

Für Jacobsen, wieder in einem eleganten grauen Anzug aus weichem Stoff, war die Vorzugsbehandlung offenbar eine Selbstverständlichkeit. »Im *Bäderführer Westerland* wird unser Musikpavillon unverblümt als altmodisch geschildert. Seitdem wir das Sinfonie-Orchester von Flensburg als Kurkapelle engagiert haben, sollten wir den Pavillon der Qualität der Musiker anpassen. Er muss neu oder zumindest umgebaut werden, am besten wieder in eine Musikmuschel, wie wir sie vor dem Krieg hatten und die viel Anklang fand.«

Die Kaufleute in seiner nächsten Nähe nickten zögernd.

»Mit anderen Worten, meine Herren«, fuhr der Hauptredner fort, als Jacobsen sich setzte, ohne eine Diskussion abzuwarten: »Investitionen in großem Stil sind gefragt.«

»Aber wie denn, Herr Müller? In dieser Wirtschaftssituation!«

Müller lächelte überlegen. »Neue Investoren stünden zur Verfügung.«

»Unter welcher Bedingung?«, rief ein Vorwitziger.

»Der Vorbehalt ist, dass bei der Reichstagswahl im nächsten Jahr die Sylter Wahlergebnisse den Fortbestand konservativer Meinungen widerspiegeln.«

Ein weiterer Mann erhob sich aus der ersten Reihe, hob die Hände und klatschte, was von der Menge, die ihn offenbar kannte, aufgenommen wurde.

»Ich begruße unseren Abgeordneten Günther Bauer!«, rief Müller emphatisch. »Unser Überraschungsgast für heute.«

»Ihr wollt nur keine SPD!«, brüllte jemand von hinten, den der Abgeordnete nicht kümmerte.

»Richtig! Mit denen wären wir im Nu bei Verboten von Bauvorhaben, seien es ein weiterer Damm, eine Brücke oder der Ausbau des Flughafens.«

»Ganz davon zu schweigen, dass man den Reichen auf die Finger klopfen würde, die mit Beziehungen ihre Sommerhäuser illegal in den schönsten Gebieten bauen lassen. In Hörnum wird schon wieder geplant …«

Dieser Zuruf wurde von Parteimitgliedern und Sympathisanten mit eisigem Schweigen bedacht. Ein einziges bedächtiges Klatschen erhob sich in der Stille, das von dem Mann in Knickerbockern neben Asmus kam. Schmunzelnd reckte er den Hals und suchte nach dem Zwischenrufer, als ob er ihn kenne. Dann nickte er ihm zu.

»Damit bedanke ich mich für das lebhafte Interesse und wünsche guten Heimweg«, rief Redner Müller in den anschwellenden Lärm hinein, der durch die aufflammenden Diskussionen und das Zurückschieben der Stühle entstand.

Das Letzte, das Asmus sah, war, dass Müller sich mit dem Abgeordneten Bauer in eine Unterredung vertiefte und Jacobsen sich ihnen zugesellte. Zu dritt führten sie offenbar ein wichtiges Gespräch, das Asmus seltsam vorkam, weil einige Saalordner sie abschirmten.

KAPITEL 8

Im Gedränge am Ausgang des *Rüsselkäfers* schob sich Asmus hinter dem Knickerbockermann her, der einen anderen Besucher untergehakt hatte und mit ihm vertraulich flüsterte. Wahrscheinlich war er derjenige, dem er zugeklatscht hatte.

Der von den illegalen Häusern in den Naturschutzgebieten gesprochen hatte. Was wusste er darüber? Asmus spitzte die Ohren. Am Klang erkannte er den Einheimischen, aber er konnte sich natürlich nicht zwischen sie drängen.

Er merkte sich das Äußere des Mannes, soweit er es von hinten erkennen konnte. Vielleicht wusste Ose Rat, wenn er ihn beschrieb: ein Kopf kleiner als er selbst, trotz seiner Jugend schütteres aschblondes Haar, etwas länger als üblich, aber modisch akkurat gescheitelt, gekleidet in eine lässig sitzende weiße Hose, darüber ein Pullover mit Rautenmuster. Das zur Hose gehörende Jackett baumelte ihm am Daumen über der Schulter.

Eine Bewegung rechts von Asmus lenkte ihn ab. Ferdinand Schröder, der offenbar Asmus gerade entdeckt hatte, versuchte sich aus der Umklammerung der lebhaft diskutierenden Gruppen zu befreien. Seinen kräftigen Pranken konnte niemand standhalten.

In die Lücke, die dadurch entstand, preschte Asmus, vorbei an dem Nazi mit der Armbinde, dessen aufmerksam hin- und herfliegende Blicke er wahrnahm, und packte Schröder am Arm. »Was machen Sie hier?«, herrschte er ihn an. »Habe ich Ihnen nicht Inselverbot erteilt?«

»Ich bin privat hier«, zischte Schröder zurück. »Sie auch?«

Allerdings. Verhaften konnte er ihn nicht. »Wo übernachten Sie?«

»Das geht Sie nichts an. Privat eben.«

»Waren Sie gestern und vorgestern schon auf der Insel?«

Schröder zuckte die Achseln.

»Die Auskunft reicht mir nicht.«

»Mir egal. Ich habe mich bei Herrn Sinkwitz höchstpersönlich erkundigt. Meine Partei ist in Preußen nicht verboten, und Ihr Inselverbot ist Quatsch.«

»Die Proletarischen Hundertschaften unter kommunistischer Führung wurden bereits verboten«, unterbrach Asmus ihn.

»Sehe ich aus wie eine Hundertschaft? Sinkwitz bestätigt mir, dass ich herumlaufen darf, wo ich will. Dies ist ein freies Land, und gegen mich liegt keine Anzeige vor. Auf Wiedersehen, Herr Wachtmeister.«

Asmus ließ ihn wohl oder übel gehen, obwohl er sich bereits gefragt hatte, ob Schröder mit dem Anschlag auf der Werft zu tun haben könnte. Mehrfach dort gesehen worden war er ja, und eine passende Ausrede wäre immer gewesen, dass er sich wegen des Fährplans hätte erkundigen wollen.

Schröder marschierte unbeeindruckt mit schwingenden Armen davon. Dieser kaltschnäuzige Widerling hatte sich gut geschlagen, was sein Recht betraf. Aber dass er sich ausgerechnet von höchster Stelle Schützenhilfe geholt hatte, ärgerte Asmus ganz gehörig. Sinkwitz hätte durchaus eine Formulierung finden können, die Schröder etwas vorsichtiger gemacht hätte. Als Asmus sich nach Böhrnsen umsah, der solches Interesse für Schröder gezeigt hatte, war der verschwunden.

Dafür entdeckte er Müller, Jacobsen und Bauer, die soeben in einen offenen Wagen mit Chauffeur einstiegen und abfuhren.

Wo er nun schon in Westerland war, machte sich Asmus zu Fuß zur Wache auf. Es wurde spät, bis er ankam, und ausnahmsweise war Sinkwitz anwesend. Er schrieb in ein Heft. »Moin, moin. Sind alle dienstlich unterwegs?«, fragte Asmus erstaunt.

»Nein, im Gegenteil. Es ist außergewöhnlich ruhig, sie haben alle Feierabend.«

»Dann konzentrieren sich die Bösewichte der Insel wohl hauptsächlich auf Munkmarsch.«

Sinkwitz sah auf. »Wieso?«

»Der Mord in der Werft. Heute zerschnittene Reifen an meinem Motorrad.«

»Unfall in der Werft, meinen Sie wohl. Ein Bolzen im Hinterkopf. Ich habe mich im Krankenhaus erkundigt. Und dass jemand etwas gegen Polizisten und dessen Fahrzeug hat, ist normal«, entgegnete Sinkwitz gleichmütig.

Es war zwecklos, ihn zu fragen, ob die Kollegen in Husum Bescheid erhalten hatten. »Kennen Sie zufällig einen Ferdinand Schröder?«

»Ja, sicher. Ein Parteigenosse aus Flensburg. Sie wissen inzwischen sicher, dass ich der KPD angehöre.«

»Ja. Ich habe ihm wegen Agitation Inselverbot erteilt.«

»Das können Sie gar nicht.«

»Er benahm sich in meinem Beisein unflätig einer Frau gegenüber. Es sollte ein kleiner Schuss vor den Bug sein. Ich hätte ihn auch anzeigen können.«

»Dann machen Sie das das nächste Mal. Ich bin der Überzeugung, dass er sehr willig mitgeht.« Sinkwitz grinste hinterhältig.

»Wieso sollte er?«

»Eine erwiesenermaßen falsche Anschuldigung würde sich in Ihrer Personalakte nicht sehr gut machen. Das weiß einer wie Schröder, auf dem Feld ist er Spezialist. Unter anderem hat er gegen das schwachsinnige Betriebsrätegesetz gekämpft. Er war bei der Protestversammlung neunzehnhundertzwanzig vor dem Reichstagsgebäude dabei. Zweiundvierzig Tote unter unseren Genossen.«

»Soviel ich weiß, schossen die Demonstranten als erste auf die Sicherheitspolizisten, die die Abgeordneten schützen sollten«, erinnerte sich Asmus. »Etliche von ihnen waren schon an mehreren Stellen in der Stadt von aufgehetzten Protestierern entwaffnet und misshandelt worden.«

Sinkwitz schwieg. Asmus fand es verstörend, dass sein Vorgesetzter in erster Linie Kommunist und dann in zweiter Polizist war. Seiner Ansicht nach war die politische Einstellung Privatsache.

»Die Probleme des einfachen Volkes und die Lebensgefahr, in die Arbeiter schnell mal geraten können, gehen an Ihrer vornehmen Familie wahrscheinlich sowieso vorbei«, murmelte Sinkwitz in Gedanken versunken.

Asmus verzichtete auf die Erwiderung, dass mit der russischen Räterepublik, der von Sinkwitz ersehnten Staatsform, und der Machtübernahme durch die Bolschewiken als Erstes Hunderttausende politische Feinde, Gegner oder einfach nur widerspenstige Menschen ermordet worden waren. Ihm selber schien deshalb die größere Gefahr bei den Fanatikern zu liegen, die ihre Ideologie durchsetzen wollten. Aber eines war sicher: Sinkwitz und er würden sich bei dem Thema Kommunismus nicht einigen können.

»Sie scheinen Schröder sehr gut zu kennen«, mutmaßte er.

»Das will ich meinen. Wir sind seit langem befreundet.«

Dieses Bekenntnis verschlug Asmus die Sprache. Ohne es zu beabsichtigen, war er Sinkwitz gewaltig auf die Füße getreten. Nicht unwahrscheinlich, dass Schröder sogar bei ihm logierte. Das sollte er aber herausbekommen können.

»Übrigens, Wachtmeister Asmus!«

Der scharfe Ton, den Sinkwitz anschlug, unterbrach Asmus in seinen Überlegungen und alarmierte ihn.

»Gegen Sie ist Anzeige erstattet worden. Wegen Diebstahls von Möweneiern. Oder sind Sie inzwischen jagdberechtigt?«

Die Erbitterung blieb Asmus fast im Halse stecken. »Nein. Ich hatte Hunger.«

»Gewiss. Solche Ausreden hören wir häufig von Beschuldigten, wie Sie selbst wissen«, erwiderte Sinkwitz höflich mit einem eher fühlbaren als hörbaren Unterton von Überheblichkeit.

»Es waren übrigens keine Möweneier, sondern Eier von Brandgänsen. Die stehen nicht unter Schutz.«

»Können Sie das beweisen?«

»Nein, aber der, der mich anzeigte, auch nicht. Wer war das?«

»Das ist mir entfallen. Sie können sich den Namen aus den Anzeigen der letzten Wochen ja heraussuchen.«

»Ja. Jetzt gleich?«

»Irgendwann. Es ist zu unwichtig.«

»Aha. Und was passiert jetzt?«

Sinkwitz zuckte die Schultern. »Nichts. Auf Sylt gibt es in fast jedem Haus eine Flinte, jagdberechtigt sind die meisten.«

Das stimmte. Wenn Asmus dienstlich im Gelände unterwegs war, hörte er meistens Schüsse. Die Jäger von Kaninchen und Möwen, auf den Sandbänken auch von Seehunden, ließen sich natürlich nicht sehen, da keine Jagdzeit war. Und Eierdiebe hatte er nie angezeigt, sondern war in eine andere Richtung gegangen. Ärgerlich war lediglich, dass sich Kurgäste aus reinem Beutetrieb beteiligten und aus der Ferne nicht immer von den Einheimischen unterschieden werden konnten.

»Sie sind also Jagdberechtigter, wenn jemand fragt«, versetzte Sinkwitz und entließ Asmus in die beginnende Dämmerung.

Es war schon dunkel, als er auf sein Boot stieg.

Als Asmus am nächsten Morgen Ose abholte, regnete es. Ein scharfer Südwestwind trieb das Wasser in Schlieren über seine Motorradbrille. Ose klammerte sich geduckt an seinen Rücken. Sie würden binnen kurzem durchnässt sein. So konnte er nicht weiterfahren.

Der Mai und der Juni waren schon viel zu kalt gewesen, und das schien sich fortzusetzen. Jetzt in den ersten Julitagen war es herbstlich unwirtlich.

»Ose!«, schrie Asmus über seine Schulter nach hinten. »Ich schlage vor, wir setzen uns in ein Café, bis der Schauer vorbei ist.«

»Ja, gut! Dann am besten ins Kurhaus in Westerland«, rief sie ihm ins Ohr.

Eine Viertelstunde später stiegen sie mit eingezogenen Köpfen tropfnass die Stufen zum Kurhaus hoch, deren Markisen heute eingerollt waren. Das gemütliche kleine Café war bis zum letzten Platz besetzt. Viele Kur- und Badegäste hatten die gleiche Idee wie sie gehabt. Asmus verstand jetzt Müllers Forderung nach mehr Cafés.

Später, als sie sich endlich bei Törtchen und Tee aufgewärmt hatten, fiel Asmus auf, dass ihre auf Heide und Düne ausgerichtete Kleidung nicht gerade hierher passte. Der sportlichste Aufzug bei den Männern waren modische Knickerbockerhosen, die vermutlich sogar original aus England stammten. Ihm fiel sein Nachbar von der Parteiversammlung ein, wobei ihn vor allem dessen Bekannter interessierte.

Asmus beugte sich zu Ose hinüber. »Kennst du zwei junge Männer, Freunde wohl, von denen der eine vermutlich ein Bayer ist, der andere einheimisch, aber gekleidet wie ein Großstädter in weißem Anzug. Der machte eine sehr spitze Bemerkung über die illegal gebauten Sommerhäuser von reichen Fremden in den Gebieten, die wir heute unter Schutz stellen. Er erwähnte auch Pläne für Hörnum. Der muss von hier sein.«

Ose runzelte die Stirn und dachte nach. »Es könnte sein, dass ich weiß, wen du beschreibst. Möglicherweise handelt es sich um Cord Sibbersen, der Sylt verließ, um in München zu studieren. Er hatte wegen des Ausverkaufs der Insel an Fremde, wie er sagte, anfänglich großen Krach mit seinem Vater, einem Kaufmann, und in der Folge mit der gesamten Kaufmannschaft. Schließlich schickte man ihn fort. Ich wusste gar nicht, dass er zurück ist.«

»Er bekam auf seine Frage keine Antwort von den Parteimitgliedern.«

»Nein, natürlich nicht. Wenn er der ist, den ich meine. Das Sticheln gehörte zu seiner Natur, nur umsetzen konnte er seine Ideen nie. Er war kein Macher, aber seine Worte wirkten immer. Er brachte es fertig, Umzüge von Gleichgesinnten zu organisieren und einen Aufruhr zu veranstalten. Ich werde meinen Vater fragen, ob er noch etwas über Cord weiß. Ich war zu jung damals.«

»Dann wäre er ja eigentlich genau das, was Parteien als Einpeitscher brauchen.«

»Ja, nur gibt es keine Partei, die seine Ideen umsetzen würde. Ich vermute, alle finden sie gefährlich. Ihn auch, denn er nennt die Männer beim Namen, die sich auf irgendeine Art an Sylt zu bereichern versuchen. Furchtlos, rücksichtslos, manchmal peinlich für die Angeschuldigten. Ihm ist es ganz gleich, welcher Partei sie angehören, und auch, ob sie große oder kleine Gewinne machen. Er gilt als unberechenbar. Er bringt es fertig, sich für Miesmuscheln einzusetzen.«

»Ja, das möchte ich aber doch hoffen«, rief Asmus mit strenger Stimme, und Ose schüttete sich so vor Lachen aus, dass einige Gäste herüberblickten.

Ihr blieb das Lachen im Halse stecken, als gleich darauf am Nachbartisch ein ernsthafter Streit mit dem Kellner ausbrach, der sehr laut seitens der Gäste wurde.

Ein Paar wollte drei Tassen Kaffee und zwei Stück Sahnetorte bezahlen. Die Dame weigerte sich, die Summe von 30 000,– Mark zu akzeptieren. »Siebenundzwanzigtausend«, beharrte sie. »So stand es auf der Karte, als wir uns setzten.«

»Tut mir leid, meine Dame«, entschuldigte sich der Kellner. »Dann hätten Sie die drei Tassen gleichzeitig bestellen müssen. Da Sie das aber nicht taten – zwischen Ihren Bestellungen ist der Kaffeepreis gestiegen.«

»Das ist doch nicht die Möglichkeit!«, schimpfte die Dame aufgebracht, blickte sich um und erhielt von einigen anderen Tischen Solidaritätsbekundungen.

»Das war vorgestern auch schon so, nur kostete die Tasse sechstausend.«

»Wir reisen morgen ab«, rief jemand anders. »Zum Glück ist die Rückreise bereits bezahlt. Und für dieses Wetter müsste man ja noch Zuzahlung bekommen! Das ist doch kein Sommer, was die hier haben!«

»Wir gehen!« Mehrere erboste Gäste winkten dem Kellner nachdrücklich, endlich mit der Rechnung zu kommen, bevor sie erhöht wurde.

»Ich kann auch nichts dafür«, murmelte dieser unglücklich und hastete von Tisch zu Tisch.

Ose rückte an Asmus heran. »Ich habe überhaupt nicht an die Preise gedacht«, flüsterte sie beklommen. »Nur an den eiskalten Regen beim Fahren und wie wir ihm entgehen könnten.«

»Ich auch nicht«, bekannte Asmus. Im Alltag hatte er

sich daran gewöhnt, Geldausgaben zu vermeiden, aber mit Ose auf dem Soziussitz, die sich an ihn schmiegte und ihm eine atemberaubende Wärme durch den Rücken jagte, war ihm die Vorsicht abhanden gekommen.

»Wir legen zusammen, es wird schon reichen«, hauchte sie ihm ins Ohr.

»Arbeiter werden mittlerweile zweimal in der Woche ausbezahlt. Wir Beamten natürlich nicht.« Das war seine Art, ihr Angebot zu akzeptieren, falls es wirklich knapp werden würde, was er nicht hoffte. In seinen Kreisen war die finanzielle Beteiligung von Frauen an den Kosten einer Einladung eine Unmöglichkeit. Bei ihm hatte es nichts mit dem Festhalten überkommener Rollen wie in seiner Reederfamilie zu tun, sondern ausschließlich mit Höflichkeit. Immerhin war es seine Idee gewesen, derart dem Wetter auszuweichen. »Übrigens: Wer ist Rörd Jacobsen? Auch in der Parteiversammlung anwesend. Erste Reihe, teuer gekleidet, sehr zurückhaltend. Aber er schien anzunehmen, dass durchgeführt wird, was er vorschlägt. Ohne Diskussion.«

»Das wird es auch. Er führt ein Herrenausstattungsgeschäft mit Maßschneiderei.«

»In Westerland?«

»Oh ja. Natürlich sind seine Kunden hauptsächlich Gäste.«

Asmus ließ sich die Beschreibung durch den Kopf gehen. »Er dürfte also einer derjenigen sein, die am meisten durch den Damm profitieren werden. Mehr reiche Gäste und mehr begüterte Zuzügler, die hier schneidern lassen …«

»Wahrscheinlich.«

»Und der Herr Müller, der die Versammlung leitete?«

»… ist der Bürgermeister.«

Zu seinem Glück hatte Asmus ausreichend Geld bei sich. Erleichtert verließ er das Café. Die Muscheln hingen ihm zwar schon fast zum Hals heraus, aber sie würden ihn am Leben erhalten, zusammen mit verschiedenen Pflanzen der Salzwiesen, die als Gemüse verwendbar waren. Wenn er zur passenden Tide Freizeit hätte, würde er noch konsequenter als bisher Aale angeln. Auch die Buttschnur mit vierzig Haken hatte sich als sehr erfolgreich erwiesen. Ose würde er davon natürlich nichts erzählen, sie war strikt dagegen, im flachen Wasser ausgerechnet die Jungfische zu fangen. Aber was sollte er machen? Irgendwie musste er sich ja ernähren, übrigens wie die meisten Einheimischen auch. Unbebrütete Vogeleier gab es nicht mehr, die ersten Jungvögel schlüpften schon.

»Worüber denkst du nach?«, erkundigte sich Ose, als sie ins Freie traten, wo die Regenfront durch war und es nur noch von den Bäumen tropfte.

»Über leckere Muscheln.«

»Und warum grinst du dabei?«

»Einfach so. Ich freue mich meines Lebens.«

»Schön.«

»Kennst du eigentlich diesen Ferdinand Schröder näher?«

»Bestimmt nicht. Wenn ich ihn sehe, verschwinde ich lieber.«

»Ja, das kann ich verstehen. Er scheint mit meinem Chef befreundet zu sein.« Asmus schüttelte, immer noch verständnislos, den Kopf.

»Eben. Der oberste Polizist, der sich mit so einem Unflat, in meinen Augen ein Ganove, zusammentut …«

»Es stimmt also?«

»Ja, sicher. Das ist bekannt.«

»Warum hast du es mir nicht erzählt?«

»Ich wollte dich nicht beeinflussen. Es ist besser, dass du dir deine eigene Meinung bildest.«

Ose hatte recht. Trotzdem wäre ihm lieber gewesen, dass sie ihn gewarnt hätte.

»Ist der oft hier?«

»Ich glaube. Man sieht ihn häufig auf der Insel, wenn das letzte Schiff schon abgelegt hat. Er streift allein in den Dörfern umher und besucht alle Versammlungen, die sich ihm bieten, ob es politische sind oder Zusammenkünfte von Fischern oder Kaufleuten. Soviel ich weiß, war er auch einmal bei einer Elternversammlung in der Schule von Westerland. Er mischt sich nicht ein, natürlich nicht, er lauscht nur. Vater hat ihn einmal aus der Klinik geworfen. Er muss jemanden haben, der ihn schützt und beherbergt. Ich glaube, das ist der Stinkwitz.«

Asmus verzog die Lippen. Da hatte er die Antwort auf seinen Verdacht. »Wieso Klinik?«

»Mein Vater ist dort Arzt. Schröder konnte keinen Patienten angeben, den er besuchte. Der, den er dem Pförtner nannte, war eine Woche zuvor entlassen worden. Darauf rief der Mann meinen Vater.«

»Sehr aufmerksam. Schröder nimmt also vor allem Witterung über die Stimmung in verschiedenen Gesellschaftsschichten auf?«

»Ich glaube, so könnte man es beschreiben.«

»Ist er auch gewalttätig?«

»Das glaube ich nicht, schon von seiner Statur her nicht. Er arbeitet mit dem Kopf.«

Ganz überzeugt war Asmus nicht. »Ein merkwürdiger Kerl. Das sieht nach langfristiger Planung aus.«

»Ja. Aber was planen sie?«

»Hoffentlich keinen Aufstand oder Ähnliches. Die Meldungen, dass die Kommunisten für Unruhe sorgen, kommen mittlerweile aus allen Ecken Deutschlands.«

»Ich habe es gelesen.«

»Übrigens war bei der Versammlung gestern auch ein Parteimitglied der NSDAP anwesend. Trotz Verbot.«

»Ja, wir Sylter sind anders als die übrigen Deutschen.«

Diese Behauptung, die er schon gehört hatte und in der auch Stolz durchklang, brachte Asmus zum Schmunzeln. Seine gute Laune verschwand auch nicht, als er auf der Heimfahrt feststellte, dass der Starkwind dabei war, zum Sturm aufzufrischen und der Regen keineswegs nachgelassen hatte.

In der Nacht gab es für Asmus keinen Grund mehr zum Schmunzeln. Der Sturm riss und ruckte an seinen Festmachern. Er lag mittlerweile längsseits an einer älteren Pier und hatte am Abend zur Sicherheit noch zwei Springs ausgebracht. Trotzdem schälte er sich aus seinem Schlafsack und öffnete das Luk im Bug einen Spalt, um hinauszusehen.

Es war Vollmond, aber schnell ziehende Wolkenbänder verdunkelten ihn alle paar Sekunden, und Asmus brauchte einige Zeit, um seine Augen auf die wechselnden Lichtverhältnisse einzustellen.

Das Fenderbrett hatte sich verschoben, einer der Fender rutschte nutzlos am Waschbord hin und her. Asmus hievte sich an Deck, tappte an die Reling und korrigierte den Sitz von Brett und Fender.

Als er sich aufrichtete, sah er im wandernden Mondlicht für einen kurzen Augenblick den Rücken eines Menschen, der hinter der Ecke eines Schuppens von Bahnsen verschwand. Eines breitschultrigen Mannes, korrigierte er sich selbst, es handelte sich um einen Mann.

Was hatte der gewollt? Eine weitere Schurkentat begehen?

Asmus blieb stehen und lauschte. Aber über den vielfältigen Geräuschen, die der Sturm machte, konnte er nichts hören, etwa ein Motorrad. Während er von oben noch nach seiner stets in Griffweite befindlichen Kleidung einschließlich der Gummistiefel angelte und sich hastig anzog, überlegte er, wer der nächtliche Besucher sein konnte.

Er tippte auf einen von außerhalb. Bahnsen wäre auf einem Kontrollgang bei ihm längsgekommen. Auch Jon hätte keinen Grund gehabt, sich zu verstecken.

Dann sprang er an Land, umrundete jedes Gebäude und jedes Boot der Werft sowie das Fährhaus. Aber der Besucher war spurlos verschwunden. Anzeichen für einen Schurkenstreich wie etwa einen Brandanschlag konnte er nicht finden.

Schließlich fröstelte ihn trotz der langen Winterunterhose. Er stapfte zurück zum Boot und kroch wieder in den Schlafsack, der mittlerweile ausgekühlt war.

KAPITEL 9

Über den Böen, die durch seine Takelage heulten, hörte er das Klappern eiliger Holzschuhe, die näher kamen. Vermutlich Mart.

Kurz darauf das erwartete scharfe Klopfen auf den Bug. So klangen Befehle oder Maßregelung. »Asmus! Du sollst so schnell wie möglich nach Westerland in deine Dienststelle kommen.«

Asmus stellte das Luk hoch, um hinauszusehen, und kniff vor dem Wind die Augen zusammen.

»Befehl von Sinkwitz persönlich. Hat gerade angerufen«, setzte Mart schnaufend fort.

»Was ist passiert?«

»Hat er nicht gesagt. Aber er hörte sich sehr komisch an.«

»Ich liebe komische Situationen. Ich mache mich sofort fertig.« Obwohl er eigentlich frei hatte.

»Das Fahren wird kein Spaß heute«, setzte Mart fort und grinste gehässig.

»Nein. Danke, Mart.«

Ein wenig enttäuscht, weil Asmus sich nicht reizen ließ, machte sich Mart wieder auf den Rückweg zum Gasthof.

Als Asmus sich endlich zu seiner Dienststelle durchgeschlagen hatte, wurde er bereits von seinem ungeduldigen Kollegen Matthiesen erwartet. »Komm mit«, sagte der knapp. »Wir haben Probleme.«

Es war nicht weit. In der schmalen Durchgangsstraße neben dem Polizeirevier standen Sinkwitz, Jep und zwei Sanitäter. Ein Motorrad lag quer zur Fahrbahn, daneben ein Ast von Armstärke, augenscheinlich abgebrochen aus dem einzigen Baum, der nach dem Bau eines Nachbarhauses hier noch stehengeblieben war. Von einer Wolldecke abgedeckt der Fahrer.

»Wir müssen …, Herr Sinkwitz«, erinnerte der Sanitäter, dass es nun Zeit wurde.

»Schon gut. Wachtmeister Asmus ist ja jetzt angekommen.« Dann wandte Sinkwitz sich an Asmus. »Sehen Sie sich den Verunglückten mal an.«

Nebenher registrierte Asmus, dass sein Chef bleich wie ein Leintuch war. Ohne Umschweife schlug er die Decke über dem Toten zurück. Dieser trug eine Motorradhaube und Brille, trotzdem erkannte er ihn sofort. »Ferdinand Schröder.« Dessen Kleidung troff von Wasser.

»Ich wollte nur, dass Sie selbst ihn sehen«, sagte Sinkwitz.

»Aha«, meinte Asmus lakonisch, um nochmals zu bestätigen, dass es sich um den Flensburger handelte.

»Ja, das ist bekannt.«

Dass Sinkwitz auf diese Bestätigung gar keinen Wert legte, verwunderte Asmus. Weshalb war er dann gerufen worden?

»Sie können ihn jetzt wegbringen.« Dieser Befehl galt dem Sanitäter.

Der nickte und rief dann mit einer verstohlenen Kopfbewegung Asmus zu sich heran. Dann öffnete er die leichte, zum Wetter nicht passende Jacke am Hals des Verunglückten. »Sehen Sie das Hämatom?«, raunte er. Asmus nickte, sehr wohl registrierend, dass der Sanitäter von Sinkwitz abgewandt sprach. »Der Ast muss im Sturm gegen die Kehle des Mannes gedonnert sein. Dann ist er auf dem Pflaster ausgerutscht und hat sich den Hals gebrochen.«

So war es vorstellbar. Asmus nickte und erschrak, als das Motorrad ihm ins Auge fiel. »Ist es etwa das Motorrad der Wache?«

Sinkwitz nickte mit düsterer Miene. »Genau.«

Die Räder des Fahrzeugs waren derart demoliert, dass es nach einem Totalschaden aussah.

»Gestohlen«, vermutete Matthiesen und versuchte mit nasser Kreide die Umrisse des Fahrzeugs auf das Pflaster zu malen, nachdem er vorher schon die des Toten festgehalten hatte, so gut es ging.

Sinkwitz bat Asmus in seinen Arbeitsraum, und Asmus wunderte sich. Jep Thamsen hatte Dienst, Matthiesen durfte Feierabend machen, weil er Nachtdienst gehabt hatte.

»Das Motorrad können wir abschreiben«, grummelte Sinkwitz mit einem verärgerten Seufzer.

»Der Schaden ist bemerkenswert groß«, stimmte Asmus zu und meinte damit eigentlich, dass er unverhältnismäßig hoch war angesichts dessen, was augenscheinlich passiert war. »Als ob jemand nach dem Unfall draufgeschlagen hätte.«

Der Hauptwachtmeister schwieg.

»Wie ist Schröder überhaupt an das Motorrad gekommen?«

Sinkwitz verzog die Lippen. »Er hat den Schlüssel zum Schloss gestohlen. Er hängt ja hier am Haken.«

»Er war also hier in Ihrem Raum?«

»Muss er wohl.«

»Waren Sie denn auch da?«

»Jetzt reicht's aber, Herr Wachtmeister! Sie haben wohl vergessen, wer Sie sind!«

Asmus war der Versuchung erlegen, ein Verhör zu führen. Im Journal des Wachhabenden waren auch die Besucher aufgeführt, deshalb wäre es von Sinkwitz sinnlos gewesen, Schröders Anwesenheit zu bestreiten. Stattdessen hatte er den Chef herausgekehrt. »Was wollen Sie denn von mir?«, fragte Asmus.

»Sie behaupten doch immer, das Ermitteln sei Ihre Stärke. Stellen Sie fest, was passiert ist. Warum das Motorrad eines Unfallopfers hinterher demoliert wurde. Ich möchte wissen, ob die Mitglieder der kommunistischen Partei auf Sylt in besonderer Gefahr schweben.«

»Und Husum?«

Sinkwitz winkte ab. »Es ist ein Unfall. Dafür sind wir selbst zuständig.«

»Ich gehe gleich an die Arbeit«, versprach Asmus. Schröder interessierte ihn persönlich, nachdem er ihn schon fast der Sabotage auf der Werft verdächtigt hatte.

Die Gasse war inzwischen durch Bänder gesperrt worden, das Motorrad und der Ast lagen da wie vorher. Abgerissene Ästchen und Laub wirbelten im immer noch scharfen Wind wie in einem Kanal vor Asmus her, torkelten an den Hauswänden entlang und verschwanden schließlich am Ende der Straße.

Asmus blieb unter der Linde stehen und sinnierte ins Geäst hoch. Er konnte die helle Bruchstelle des Astes nahe am Stamm erkennen, die sich an der Luvseite des Baums befand. Allerdings wäre es wahrscheinlicher gewesen, er wäre nach dem Bruch im Geäst hängen geblieben und allmählich am Stamm hinuntergerutscht. Wie hatte er sich daraus lösen und dem Motorradfahrer entgegenwehen können?

Schröders Umrisse waren gegen den Wind gut einen Meter vor dem Baum zu sehen, wobei zu unterstellen war, dass er in Fahrtrichtung dorthin hingerutscht war. Asmus rief sich das Hämatom vor Augen, auf das ihn der Sanitäter aufmerksam gemacht hatte: quer über den Kehlkopf und insbesondere den Adamsapfel. Übrigens hatte es gewiss eine eigene Bedeutung, dass ihm und nicht seinem Chef die Verletzung vorgeführt worden war.

Asmus benötigte nicht lange, um die Lage zu beurteilen: Es war technisch unmöglich, dass der Ast Schröder waagerecht gegen den Wind entgegengekommen war – es sei denn, eine Hand hätte diesen Ast geführt. Anschließend war der Ast benutzt worden, um die Räder des Motorrads und dessen Lampe zu demolieren, was nach ungezügelter Wut aussah.

Asmus blieb einen Moment im geschützten Eingangsbereich der Polizeiwache stehen, um ein wenig mehr Klarheit über die Tatsachen zu gewinnen, die er seinem Vorgesetzten gleich zu präsentieren hatte.

Ohne Vorrede verkündete Asmus kurze Zeit später das Wichtigste seiner Ermittlung: »Ferdinand Schröder ist das Opfer eines Hinterhalts geworden. Der Ast gegen seine Kehle wurde geführt, aber ob es ein Streich sein sollte, ein Unfall, Totschlag oder Mordanschlag, lässt sich daraus nicht entnehmen.«

»Ich habe es befürchtet«, murmelte Sinkwitz in sich hinein. »Die Nazis machen sich immer breiter, auch auf Sylt.«

»Seit ihrem Verbot treten sie wenig in Erscheinung«, widersprach Asmus. »Von den Kommunisten werden hingegen aus allen Gegenden der Republik Störaktionen gemeldet.«

Sinkwitz maß ihn mit einem verächtlichen Lächeln. »Was wissen Sie denn davon? Für unsereinen wird das Leben mit jedem Tag gefährlicher. Ihnen ist nicht klar, dass der Täter mich gemeint haben könnte? Gelegentlich benutze ich nach Dienstschluss das Motorrad. Hingegen nur sehr zufällig ein Dieb.«

Daran hatte Asmus allerdings nicht gedacht. Für Sinkwitz' Annahme sprach immerhin auch, dass Schröder jetzt als Verdächtiger im Werftattentat ausgeschieden war. »Wir sollten Anzeige gegen Unbekannt erstatten.«

»Nein, das lassen wir lieber«, warf Sinkwitz hastig ein. »Es bleibt offiziell bei einem Unfall, und Sie können in aller Stille weiter ermitteln, das wollten Sie doch die ganze Zeit. Draußen in den Naturschutzgebieten ist ja nicht viel zu tun.«

Asmus nickte und salutierte. Kurz bevor er gehen wollte, klingelte das Telefon, das an der Wand neben der Tür hing.

Sinkwitz sprang auf, nahm ab, meldete sich und lauschte. »Schädelbruch. Primäre Quetschung der Kehle«, wiederholte er entgeistert. »Mit großer Wucht, ich verstehe. Danke. Ein Gärtner wird den Baum absägen.«

Als ob der Baum Schuld hatte. Asmus ging. Er hatte genug gehört.

Seltsamerweise würde er für seine Arbeit jetzt noch mehr Freiheit erhalten als vorher schon, was allerdings nicht als Vergünstigung gedacht war. Er fragte sich allmählich, ob Sinkwitz geglaubt hatte, in Gefahr zu sein. Hatte er damit gerechnet, einen erfahrenen Ermittler zu benötigen, der Husum unbekannt, hingegen in gewisser Weise von ihm abhängig war?

Um diesen Gedanken weiterzuspinnen: Hatte Sinkwitz für diesen Fall geglaubt, Asmus kaufen zu können, indem er die Anzeige wegen Möweneierdiebstahls unter den Tisch fallen ließ? Ein noch gröberer Versuch, Asmus gefügig zu machen, war allerdings die versteckte Drohung gewesen, Schröder könnte für einen weiteren Eintrag in Asmus' Personalpapieren sorgen.

Jetzt war diese Gefahr zwar vorbei, aber wusste man, ob die Beschuldigung nicht noch nachträglich auftauchen würde? Die Vorsorge, ein entsprechendes Papier bereitzuhalten, war Sinkwitz zuzutrauen.

Asmus fühlte sich allmählich wie in einer Schlangengrube. Er brauchte Luft!

Für seinen Rückweg gönnte sich Asmus den Umweg an der Promenade entlang. Der Regen hatte inzwischen aufgehört, und die Luft roch frisch, trotzdem war die Zahl der hier Flanierenden nicht vergleichbar mit denen an seinem ersten Sylter Tag mit Matthiesen. Damals hatten die umherschlendernden Gäste Zeit gehabt, mit einheimischen Kindern oder Hunden volksnahe Worte zu wechseln, sie hatten Einkaufstüten mit dem Aufdruck bekannter amerikanischer oder französischer Modehersteller zur Schau gestellt und sich in den Schaufenstern gespiegelt, um sich von ihrem guten Aussehen zu überzeugen.

Heute waren die Straßen ohne jeden Zweifel weniger belebt. Gewiss zogen die Gäste die Konsequenzen. Vor allem natürlich aus den unaufhaltsam steigenden Preisen, mit denen sie bei ihrer Ankunft nicht hatten rechnen können. Aber auch aus dem Wetter, das im nördlichen Norwegen kaum schlechter hätte sein können. Die Kollegen erinnerten sich nicht an solche Sommersintfluten in den letzten Jahren, und das bei anhaltender Kälte.

Ose sei im Garten und grabe frühe Kartoffeln aus, teilte ihre Mutter Asmus mit, worauf sie ihn dann zur Hintertür hinausließ und ihm Oses Rücken zeigte.

Es war ein großer Garten: Neben der Klöntür die Zisterne, dahinter Reihe um Reihe mit Grünzeug verschiedener Sorten – identifizieren hätte er es nicht können –, und quasi vor den abfallenden Dünen und dem Meer im Hintergrund hockte Ose. Zur Nordseite schloss sich der Obstgarten mit Apfel- und Pflaumenbäumen an.

»Deine Mutter hat mich hierher geschickt«, sagte Asmus leise und etwas verlegen.

Ose blickte zu ihm hoch. »Das will ich doch hoffen. Ist heute früh wieder etwas passiert? Weil du nicht gekommen bist.«

»Ja. Ein Unfall am Polizeirevier.«

»Im Sturm?«

»Na ja, es scheint so.«

»Bei Archsum sind in der Marsch drei Schafe ertrunken, die sich nicht auf höheres Land retten konnten. Wer nicht viel mehr Gehirn als ein Schaf hat, kann schon mal bei viel Wind verunglücken.«

»Hm«, grunzte Asmus. »Ist es normal, dass Schafe ertrinken?«

»Eigentlich nicht. Aber der Sturm kam so schnell, und in der Dunkelheit konnten sie wohl vom Bauern nicht mehr gefunden werden. Aber nun lenke nicht ab. Es ist also kein Unfall gewesen«, schloss Ose. »Komm, wir setzen uns und unterhalten uns darüber.«

Zwar wollte Asmus das eigentlich nicht, aber da es ohnehin keine offizielle Angelegenheit war, und Ose überdies als Einheimische über Kenntnisse verfügte, die ihm nicht zugänglich waren, war er einverstanden. Er folgte ihr zu einer Sitzbank in der Südwestecke des Gartens, die sich in einem aufrecht gestellten und umgebauten alten Ruderboot mit plattem Boden befand. Er grinste. Sehr windgeschützt, diese ungewöhnliche Sitzbank.

»Dein Freund Ferdinand Schröder ist tot«, begann Asmus. »Sinkwitz behauptet, er habe den Schlüssel zum Schloss des Motorrads der Wache gestohlen, dazu die Motorradhaube und die Brille, und sei losgefahren. Nach einem tätlichen Angriff auf ihn verunglückte er in der Gasse neben dem Polizeirevier. Sinkwitz glaubt, es könne sich um eine Verwechslung handeln.«

»Mit ihm oder mit dir?«

»Mit mir? Darauf wäre Sinkwitz nicht gekommen. Ich auch nicht.«

»Wieso nicht? Was war mit dem Reifen, der dir angeblich unterwegs kaputtgegangen war, ohne dass ich etwas bemerkt habe?«

Asmus schmunzelte. So leicht ließ Ose sich nicht hinters Licht führen, was er im Übrigen auch gar nicht vermutet hatte. »Du hast schon recht. Beide Reifen waren mir in der Nacht zerstochen worden. Augenscheinlich habe ich einige Leute verärgert, aber das ist normal. Jedenfalls ist es ein himmelweiter Unterschied zu einem Anschlag, bei dem ein Knüppel mit großer Wucht gegen den Kehlkopf eines Motorradfahrers geführt wird. Ich vermute, Schröder war auf der Stelle ohnmächtig und verlor dann die Herrschaft über das Fahrzeug.«

»Wer sollte ausgerechnet ihn ermorden wollen?«

»Ich weiß es nicht. Aber da Schröder hier nicht wohnhaft war, kann es keine persönliche Feindschaft sein. Du hast mir erzählt, dass er sich in Versammlungen eingeschlichen hat und später Gespräche mit Teilnehmern führte. Es wäre interessant zu erfahren, worum es dabei ging.«

»Ich weiß es nicht«, insistierte Ose, »aber ich könnte versuchen, dir einen Gesprächspartner zu vermitteln, der es dir wahrscheinlich berichten würde, wenn ich mich für dich einsetze.«

»Ja, bestens. Wer ist das?«

»Ich werde ihn fragen, ob er einverstanden ist, dann erfährst du seinen Namen. Nicht jeder möchte mit einem erfolgreich durchgreifenden Polizisten gesehen werden. Für gewöhnlich wird Außenstehenden gegenüber Verschwiegenheit gewahrt.« Ose ergriff den Korb mit Kartoffeln und nahm Kurs auf die Doppeltür.

Asmus beeilte sich, den anderen Henkel zu packen, um ihr beim Tragen zu helfen. »Wie lange bleibe ich etwa Außenstehender?«

»Schlimmstenfalls für immer. Wenn es gut geht, kommst du mit dreißig Jahren davon.«

»Nun, gut. Dann habe ich noch etwas Zeit. Ich fahre jetzt erst einmal nach Munkmarsch zurück. Eigentlich habe ich keinen Dienst.«

»Guten Fang«, wünschte Ose schmunzelnd. »Drei Kartoffeln könnte ich dir mitgeben. Und einen Ratschlag: Ein paar Blätter des Strandwegerichs zusammen mit den Kartoffeln gebraten, dazu die Blaumuscheln … Das ist sehr lecker.«

»Danke«, sagte Asmus zögernd. »Aber ich möchte die Kartoffeln lieber nicht, es könnte mir als Bestechung ausgelegt werden. Ich wurde bereits wegen Diebstahls von Möweneiern angezeigt.«

»Möweneier?« Ose blieb stehen und sah ihn unter Stirnrunzeln an. »Doch nicht im Ernst!«

»Doch. Sinkwitz hat die Anzeige entgegengenommen.«

Ose schüttelte entschieden den Kopf. »Einem Sylter würde das nicht einfallen.«

Bisher hatte Asmus der Anzeige nicht viel Beachtung geschenkt. Jetzt war er neugierig, wenn nicht sogar ein wenig misstrauisch geworden. Sollte ein Gast ihn angezeigt haben? Er nahm sich vor, es bei nächster Gelegenheit zu überprüfen.

Am Mittag des nächsten Tages nahm Ose Asmus zur Keitumer Schule mit, die am Ostende des Dorfes in der Nähe vom Tipkenhoog lag, einem jahrhundertealten Hügel mit unbekanntem Inhalt. Unter ihnen befand sich das Kliff, auf der anderen Seite des Weges eine Bockmühle und nicht weit davon entfernt eine stattliche Holländermühle.

Honke Paulsen, der Lehrer der Schule, wusste, worum es ging, und er war bereit, Asmus Auskunft zu geben.

Wie sie durch die offen stehende Tür im Flur der Lehrerwohnung am Ostende des Schulgebäudes sehen konnten, saß er am Klavier und übte ein Lied ein. Die junge Haushälterin neben ihm versuchte mehrmals den richtigen Ton zu treffen, was ihr schließlich ein erleichtertes Nicken von Paulsen eintrug. Noch erleichterter als er, zog sie sich angesichts des Besuches sofort zurück.

»Singt Martha etwa nicht gern?«, flüsterte Ose.

»Sie backt besser.« Paulsen erhob sich, offenbarte dabei, dass er trotz seines jugendlichen Alters bereits einen Spitzbauch hatte, und gab Asmus lächelnd die Hand. »Sie wollen wissen, was Herrn Schröder in die Schule trieb.«

Asmus nickte. »Sehr gerne. Er ist verunglückt, und unsere Aufgabe ist, einen zusammenfassenden Bericht über sein Tun auf Sylt nach Flensburg zu schicken.«

»Ach so. Ich kannte Herrn Schröder gar nicht, aber neulich kam er zusammen mit den Eltern zur Elternversammlung. Ich weiß nicht, woher er erfahren hatte, wann wir uns treffen wollten. Er stellte sich mit Verbeugung und Handschlag vor«, erklärte Paulsen. »Und er gab mir keinen Grund, ihn abzuweisen. Jeder Bürger ist frei, sich zu informieren, wie es in einer öffentlichen Schule auf Sylt zugeht. Vielleicht will er herziehen, vielleicht hat er Kinder in einer Flensburger Schule und will vergleichen ... Was weiß ich.«

»Sehr tolerant«, murmelte Asmus anerkennend.

»Er hatte auch danach alle Zeit der Welt. Er wartete im Flur, bis die letzten Eltern gegangen waren, dann klopfte er an die Tür und schaute ins Schulzimmer, wo ich gerade die Schultafel abwusch.«

»Und dann?«

»Er fragte sehr höflich, ob ich ihm einige Minuten widmen könnte. Er erkundigte sich nach den Arbeitsbedingungen der Eltern. Ob sie alle Bauern seien, zum Beispiel. Ob es Landarbeiter gäbe. Wer am Hungertuch nage.«

»Interessant«, bemerkte Asmus.

»Eigentlich weniger«, widersprach Paulsen. »Keitum war seit der Walfangzeit recht wohlhabend, und die Kapitäne und Seefahrer sorgten für ihre Nachkommen vor. Außerdem haben wir zwei Mühlen, ein Kolonialwarengeschäft, zwei Pastoren, einen Arzt, einen Lehrer. Im Allgemeinen gut situierte Menschen. Und nur wenige Landarbeiter.«

»Was für Sie bedeutet?«

»Keitum ist kein Ort, in dem die KPD Wahlen gewinnen könnte, denn darauf wollte Herr Schröder doch wohl hinaus. Aber hier wählen wir anders. Wir haben besonders viele Bürger, die der Deutschen Demokratischen Partei zuneigen. Nach Rathenaus Ermordung haben wir uns hier in der Schule zu einem kurzen Gedenken an ihn versammelt. Den Sozialdemokraten hängen auch etliche an. Wir sind durch und durch liberale Anhänger der Weimarer Republik.«

Richtig bürgerlich, dachte Asmus überrascht.

»Bemerkenswert, dass Schröder auch weniger ruppig sein konnte«, stellte Ose spitz fest. »So wie er sich mir gegenüber verhielt, könnte ich mir durchaus vorstellen, dass er Feinde hatte.«

»Mehr ist über Schröders Besuch von meiner Seite nicht zu sagen«, meinte Paulsen abschließend und deutete mit gespreizten Fingern auf sein Klavier. »Ich würde gerne weiterspielen. Martha ist in dem neuen Lied noch nicht firm. Wir wollen es morgen mit den Kindern einüben …«

Ose wandte sich schon zur Tür. Asmus aber war noch nicht zufriedengestellt. »Ist Schröder noch einmal wiedergekommen?«

»Nein«, sagte Paulsen nachdrücklich mit allen Anzeichen von Ungeduld.

»Fällt Ihnen im Zusammenhang mit seinem Besuch vielleicht noch etwas ein?«

»Nein! Oder …, ja doch. Wenn Sie Herrn Böhrnsen meinen …«

Asmus wandte sich an Ose. »Ist das nicht der mit der Nazibinde?«

Ose nickte.

»Der wollte dasselbe wie Sie, Wachtmeister Asmus. Fragen, warum Schröder hier war, der doch gar keine Verwandten auf Sylt hat. Im Gegensatz zu ihm. Ich habe in meiner Schule zwei Böhrnsen-Enkel.«

»Was haben Sie ihm geantwortet?«

»Dasselbe wie Ihnen. Und ihm außerdem erklärt, dass die KPD auch für mich nie in Frage kommen würde. Er wusste es natürlich vorher schon. Deswegen hatte er einen Beutel mit kleinen Nazifähnchen mitgebracht, ausreichend für die ganze Schule, und packte sie mir auf mein Pult.«

»Die Partei ist doch verboten.«

»Er weiß es, aber er meinte, das Verbot würde nicht lange bestehen bleiben. Hitler sei ein rühriger Mann. Wollen Sie die Fahnen mal sehen?«

»Gerne. Und warum haben Sie sie angenommen?«, erkundigte sich Asmus, während sie dem Lehrer durch den Flur zu einer weiteren Tür folgten.

Paulsen schloss die Tür zu einer Abstellkammer auf.

Über seine Schulter hinweg fragte er: »Haben Sie wie alle aufmerksamen Beobachter festgestellt, dass die gegenwärtigen Unruhen in ganz Deutschland stets durch Kommunisten hervorgerufen werden, die sich mit anderen anlegen: in unserem eigenen Parlament in Kiel mit SPD-Abgeordneten, mit Feuerwehrleuten, mit dem Selbstschutz von Gewerkschaften, mit den Vertretern der öffentlichen Ordnung und so weiter? Sind Sie dafür, dass es so weitergeht? Ich nicht.«

Die Abstellkammer war vollgepackt mit Exponaten und Lehrmitteln für den Schulunterricht. Neugierig musterte Asmus Vogeleier in Nestern, ein ausgestopftes marderartiges Tier auf einem Holzbrett, einen Fuchs, dem das Alter große Löcher im Fell verpasst hatte. Paulsen ergriff ein Bündel Papierfahnen mit Hakenkreuz, für das er beide Hände benötigte. Wahrscheinlich konnten sich die Eltern der Kinder davon auch noch bedienen.

»Sie hoffen also darauf, dass die NSDAP den Kommunisten Einhalt gebieten kann?«, fragte Asmus, um Paulsens Meinung für sich zu klären.

»Wenn überhaupt jemand, dann die NSDAP, ja«, bestätigte Paulsen unerschrocken. »Alle anderen Parteien sind zu schwach. Mir wäre lieber, sie wären's nicht, aber dieses Chaos muss schließlich beendet werden.«

»Ja, die Zukunft sieht düster aus«, stimmte Asmus zu und reichte Paulsen die Hand. »Vielen Dank für Ihre offenen Worte.«

Als sie draußen und außer Hörweite waren, fasste Asmus zusammen: »Schröder hat offenbar die Leute einzeln bearbeitet, um sie als Wähler der KPD zu rekrutieren. Wer ist eigentlich Böhrnsen?«

»Boy Böhrnsen hat ein Fuhrunternehmen. Er bietet Gästen Kutschenfahrten auf ganz Sylt an, in die Dünen, zu den Stränden, zu den Leuchttürmen, Häfen und wo immer sie hinwollen.«

»Hm«, murrte Asmus. Unter diesen Umständen war ihm klar, dass dieser Mann auf der Seite der Kaufleute stand. Ein Gespräch mit ihm würde schwierig sein. Aber es musste sein.

KAPITEL 10

Asmus hatte vor, Böhrnsen unverzüglich zu befragen. Er ließ sich von Ose beschreiben, wo er wohnte: im Süderende, im südlichsten Teil der Fischerstraße.

Der Hof stellte sich als recht neu heraus: Das Vorderhaus war stattlich mit einem breiten Backengiebel statt eines schmalen Spitzgiebels ausgerüstet. Im rechten Winkel dazu befand sich ein älterer Anbau, vermutlich Stall und Wagenremise, worauf Rad- und Hufspuren sowie in die Wand eingelassene Ringe zum Anbinden von Pferden hindeuteten.

Das Wohnhaus war durch ein Mäuerchen von der Straße getrennt, auf dessen Krone in regelmäßigen Abständen kurze Röhren aus Metall schräg einzementiert waren. Sie gaben Asmus zu denken, bis er auf die Lösung kam: Wahrscheinlich wurden hier zu bestimmten Anlässen Fähnchen hineingesteckt, eben solche, die er in der Schule gesehen hatte.

Vor dem Haus war hinter einem schwarz-weißen Kaltblüter eine schwere Kutsche angeschirrt, der Kutscher wippte ungeduldig mit seiner Gerte und wartete offenbar auf eine Anweisung.

Asmus stellte das Motorrad ab, stakste in seiner Zivilkleidung zur Kutsche, lupfte die Schirmmütze und sprach den Kutscher etwas unsicher an. »Moin, Sie sind nicht Boy Böhrnsen, oder?«

»Bestimmt nicht«, knurrte der Mann und zeigte mit einer kantigen Kopfbewegung zur Giebeltür. »Wenn Sie Kunde sind – da rein! Wenn nicht – hintenrum!«

Nun, Asmus hatte keinen Grund, sich als Knecht an die Hintertür verweisen zu lassen. Er dankte und schritt zum Giebelvorbau.

Die Tür wurde aufgerissen, bevor er ganz da war. Ein junges Mädchen im weißen Kleid tänzelte heraus und trat Asmus so unglücklich auf die Füße, dass er sie mit einer beherzten Umarmung vor dem Straucheln bewahren musste. Von der Stirn bis zum Hinterkopf bändigte ein schmales Band schulterlange goldblonde Haare, darauf saß ein modisches Strohhütchen.

»Moin, moin«, sang sie. Dann betrachtete sie Asmus mit keckem Lidschlag und schien bei seinem Anblick angenehm berührt. »Sie wollen sicher zu meinem Vater. Schade, dass er da ist, sonst hätten wir beide uns unterhalten können.«

»Oh, das können wir auch so«, bot Asmus bereitwillig an. »Ich habe es nicht eilig.«

»Das passt gut. Ich auch nicht. Dabei muss ich doch unbedingt meinen Freundinnen von einem gut aussehenden Neuzugang berichten. Kommen Sie! Wir setzen uns in die Kutsche. Die ist recht bequem.«

»Gerne.« Asmus half ihr hoch in die Kutsche, was sie zu erwarten schien, sprang dann selbst hinein und setzte sich ihr gegenüber. Unbekümmertes Geschwätz lieferte häufig brauchbare Informationen.

»Sind Sie schon länger auf Sylt?«, fragte sie.

»Acht Wochen ungefähr.«

Ihr gespitztes Mündchen signalisierte so etwas wie Anerkennung. »Und wie gefällt es Ihnen?«

»Gut. Sind Sie einheimisch?«, fragte Asmus sachlich.

Sie lachte glöckchenhell. »Aber sicher doch. Seit Hunderten von Jahren. Die Familie, meine ich. Und wo wohnen Sie?«

»Auf meinem Segelboot. Es liegt in Munkmarsch.«

»Donnerwetter, eine eigene Yacht. Mein Papa hat nur eine Jolle, mit der er Gäste zum Fischen oder zu den Seehunden segelt.« Ihre blauen Augen rundeten sich zu Kulleraugen, die zu denen eines Kindes gepasst hätten.

»Nein, nein«, wehrte Asmus rasch ab. »Das ist ein Missverständnis. Ich bin nicht als Gast auf Sylt, ich bin der neue Polizeiwachtmeister.«

Unbeeindruckt musterte sie ihn vom Kopf bis zu den Füßen. So schnell gab sie wohl nicht auf. »So sehen sie aber nicht aus.«

»Nun ja.«

»Wo waren Sie vorher?«

»In Rostock. Hören Sie ...«

Sie unterbrach ihn resolut. »Ich glaube nicht, dass Sie dort Wachtmeister waren. Unser Matthiesen ist einer. Sie nicht.«

Asmus zuckte mit den Schultern. »Vieles ändert sich im Leben. Das werden auch Sie noch merken.«

»Das hoffe ich doch. Sind Sie ein strafversetzter Höherer?«

Asmus grunzte erbost. Dieser Göre gegenüber war er irgendwie wehrlos. Ohne jede Rücksichtsnahme – man konnte es auch Erziehung nennen – stellte sie Fragen, die sich unter erwachsenen zivilisierten Menschen nicht gehörten. »Ja.«

»Durch die neuen Sozialisten natürlich«, befand sie triumphierend und strahlte ihn so glücklich an, als hätte sie einen Strandfund gemacht.

Er überlegte, wie man sich als Bernstein im Sand fühlen mochte, und verkniff sich jede Antwort.

»Stimmt's?«

»Geht vielen so.«

»Sicher. Dagegen kann man was tun. Wollen Sie deswegen mit meinem Vater sprechen? Er hat einigen Einfluss auf Sylt und anderswo.«

Er verstand. »Mit Ihrem Vater als Parteimitglied? Um eine mögliche Mitgliedschaft abzuklopfen? Nein«, sagte er abweisend. »Ich habe einen Grund, der in meine Polizeiarbeit fällt.«

Sie lehnte sich mit funkelnden Augen vor. »Ein Mord? Eine Gewalttat? Soll er aussagen? Weiß ich auch etwas darüber?« Plötzlich lag ihre Hand auf seinem Knie.

»Fräulein Böhrnsen, es wäre mir angenehm, wenn Sie mich jetzt meine Arbeit tun ließen.« Asmus hob mit zwei Fingern demonstrativ ihre Hand von seinem Bein und sprang aus der Kutsche.

»Schön, wenn Sie meinen«, versetzte die Böhrnsen-Tochter mit pikiert gekräuselter Oberlippe, tippte dem Kutscher auf die Schulter und ließ sich grußlos davonfahren.

Etwas ratlos sah Asmus ihr nach. Er hatte das dumme Gefühl, einen Zweikampf verloren zu haben.

Die Tür tat sich bei seinem Klopfen nicht auf. Beim zweiten Mal ertönte ein Brüllen. »So komm doch herein!«

Asmus trat in die Diele ein und streifte sich die Holzpantinen auf dem Terrazzoboden ab, bevor er sich in das Wohnzimmer begab, das hier Dörns genannt wurde, sofern es beheizbar war.

Jetzt erkannte er Böhrnsen auch ohne Armbinde wieder. Der Mann mit dem feisten Gesicht und einem kurzgeschnittenen schlohweißen Backenbart ruhte halb liegend wie in einem Krankenstuhl mit emporstehendem Spitzbäuchlein und auf einen Hocker hochgelegten Füßen, neben sich eine zierliche blaue Tasse, aus der es nach scharfem Alkohol roch, wahrscheinlich einem Pharisäer.

Böhrnsen dirigierte seinen Besucher mit der Hand zu einem mit rotem Samt bezogenen Stuhl. »Setzen Sie sich bitte, Herr. Benötigen Sie eine Kutsche für galante Ausflüge? Meine Kutscher sind sehr diskret. Ich habe die bequemsten Fahrzeuge der ganzen Insel, und wir fahren Sie, wohin immer Sie wollen. Sie können stunden-, tage- oder wochenweise mieten.«

»Nein, besten Dank, Herr Böhrnsen. Ich habe nur ein paar Fragen an Sie.«

»Wer sind Sie, und was wollen Sie?« Das Gesäusel von vorher war unvermittelt in einen barschen Ton übergegangen.

»Ich entschuldige mich. Ich bin Wachtmeister Asmus.«

»Ach, Sie sind Asmus!« Sein aufmerksamer Blick erfasste Asmus rundum. »Habe schon von Ihnen gehört. Sind Sie im Dienst?«

Keine dumme Frage. Diesem Mann gegenüber durfte er sich keine Blöße geben.

»Ich würde Ihnen in diesem Fall keinen Pharisäer anbieten …«

»Nicht richtig im Dienst. Ganz privat aber auch nicht«,

bekannte Asmus bedauernd. »Ich bin inoffiziell hier. Ich hoffe auf Ihre Hilfe.«

»Oh.« Er war erkennbar überrascht.

»Man könnte auch sagen: Mitarbeit. Es spricht sich herum, dass Sie sich zuweilen als Mitglied der NSDAP betätigen.«

»Na und?«

»Die Partei ist verboten, wie Sie sicherlich wissen. Was Sie privat machen, geht die Polizei nichts an, aber wenn Sie im öffentlichen Raum agieren, müssen wir einschreiten.«

»Schreiten Sie denn gegen die Kommunistische Partei auch ein?«

»Sobald sie als solche öffentlich tätig wird, ja.«

»Und Ihr eigener Vorgesetzter? Was ist mit dem?«

»Er hütet sich, in seinen Reden und Vorträgen die erlaubte Grenze zu überschreiten. Seine persönliche Meinung darf er verkünden, sofern er nicht empfiehlt, sich der illegalen KPD anzuschließen.«

»Ach ja. Und ich nicht?«

»Die Weitergabe von NSDAP-Fähnchen für den Schulgebrauch ist etwas anderes. Nur so, als kleine Warnung.«

Böhrnsen richtete sich auf, die Hände auf die Armlehnen gestützt, ein Bild der Empörung. »Ich darf meinem Schwiegersohn keine Fähnchen für den privaten Gebrauch überlassen?«

Asmus ließ sich seine Überraschung nicht anmerken. Schwiegersohn? Diese Verbindung mit Böhrnsen hatte Honke Paulsen aber gut zu verstecken gewusst. »Die Fähnchen werden in der Schulsammlung aufbewahrt. Und Ihre Tochter ist also mit Herrn Paulsen verheiratet?«

Der Fuhrunternehmer sank zurück und machte es sich wieder bequem. »Noch nicht. Die Verlobung steht kurz bevor. Wir haben es bis jetzt geheim gehalten.«

»Sie sprechen also von der Verlobung des Lehrers mit der munteren jungen Dame, die vorhin auf die Kutsche flatterte?«

»Sie sind meiner Mausi begegnet? Ja, ja, gewiss.«

Mausi war Asmus unerwartet frivol erschienen. Jedenfalls fand er nicht, dass sie zu dem biederen Lehrer Paulsen passte. »Sie haben aber auch Enkel in der Keitumer Schule?«

»Mein Sohn wohnt dort.«

So erklärte sich das also. »Kennen Sie andere Kommunisten auf Sylt?«

Böhrnsen starrte ihn mit seinen ausdruckslosen hellblauen Fischaugen an. »Natürlich. Aber die sind alle miteinander harmlos. Bauern und Landarbeiter stellen keine politische Gefahr dar und sind obendrein lernbereit. Die Gefahr für Sylt, das sind die Fremden! Die gezielt herkommen, um ihre kommunistische Wühlarbeit zu verrichten, auch nachts.«

Asmus wurde hellhörig. »Ach ja?«

»Ja. Es gibt welche, denen Sinkwitz Logis bietet, und darin steckt doch wohl etwas mehr Kommunismus als in sozialistischen Reden, die im Wind verwehen. Oder? Das nenne ich jedenfalls eine kommunistische Verschwörung.« Böhrnsen erregte sich. Kleine Spucketropfen lösten sich von seinen Lippen und flogen wie Gischt in die Umgebung.

Asmus wischte sich unauffällig die Wange. »Meinen Sie jemanden Bestimmten?«

»O ja. Da war ein Flensburger …« Böhrnsen verstummte abrupt, als ob er schon zuviel gesagt hätte.

»Und was hat er getan, außer auf Sylt zu übernachten?«

»Er lief herum und bearbeitete die Leute einzeln. Wie schlecht es ihnen ginge, wie ungerecht Geld verteilt sei. Sie könnten ja auf ihrer eigenen Insel sehen, dass es stinkreiche Sommergäste gäbe, die mit Tausendern für Kaffee und Kuchen um sich werfen könnten, während sie selber schon wieder bei Steckrüben angelangt wären. Und immer hieß es: KPD wählen, die wird spätestens 1924 wieder zugelassen!«

»Nun ja. Damit ist jetzt Schluss. Dieser Flensburger fiel in der Sturmnacht einem Verkehrsunfall zum Opfer. Ich schreibe jetzt einen Abschlussbericht, und damit ist die Angelegenheit für uns beendet, denke ich.«

Böhrnsen nickte, als sei ihm Schröders Tod bekannt.

Asmus erhob sich mit Vertrauen erweckendem Lächeln und reichte dem Fuhrunternehmer die Hand, die dieser, inzwischen in Gedanken abwesend, nicht wahrnahm. »Tschüs, Herr Böhrnsen.«

Im Flur knipste Asmus sein künstliches Lächeln aus. Der Mann kannte Schröder, da war er sich ganz sicher.

Draußen stieg gerade Mausi in anmutiger Haltung aus der Kutsche, gestützt von der Hand des Kutschers. »Jetzt weiß ich, worum es Ihnen ging«, flötete sie Asmus entgegen. »Um diesen Kerl, der vom Wind vom Motorrad geweht wurde. Glauben Sie doch nicht, dass sich so etwas auf einer Insel wie Sylt geheim halten ließe! Sie hätten gar nicht so geheimnisvoll tun müssen. Dass mein Vater befragt wird, ist ja wohl selbstverständlich.«

»Wieso?«, erkundigte sich Asmus mit gespielter Verblüffung.

Mausi trat nah an ihn heran. »Es gibt nichts auf Sylt, von dem er keine Kenntnis hat. Selbst was in Berlin vor sich geht, weiß er.«

»Wie das?«

»Oh, er ist beliebt bei Berlinerinnen, die allein reisen … Vater hört viel … Er ist anders als andere in seinem Alter. Er hat einige Monate bei unseren Verwandten in Amerika gelebt. Ich bin stolz auf ihn. Er trifft auch galante Verabredungen wie ein Weltstädter.«

»Geht er denn abends lange aus?«

»In der Saison häufig. Und jetzt ist Hochsaison, selbst wenn Gäste wegen des Regens abreisen. Aber wenn er sich mit ihnen verabredet, überlegen sie es sich.«

»Ich hielt Ihren Vater für etwas siech«, bekannte Asmus. »So wie er auf dem Sessel lag.«

Mausi kicherte hemmungslos. »Wo denken Sie hin! Es ist nur wegen seines Rückens. Manchmal tanzt er die halbe Nacht durch und muss sich bei Tage schonen. Vor zwei Tagen hat er sich wohl übernommen.«

»Das beruhigt mich. Ich verabschiede mich, Fräulein Böhrnsen.« Asmus zog die Mütze und verbeugte sich.

Mausi sah ihm beim Starten des Motorrads mit mehr Interesse zu, als es sich für eine junge Frau schickte, die bald den Dorflehrer von Keitum heiraten sollte.

Am nächsten Morgen erstattete Asmus seinem Chef Bericht.

Sinkwitz versank in Nachdenken. »Sie meinen also, man sollte ihn zum Verhör laden? Mit Böhrnsen ist nicht gut Kirschen essen. Er hat die Kaufmannschaft von Westerland hinter sich.«

Das war es also. Auf der anderen Seite wollte Sinkwitz aus persönlichen Gründen Schröders Tod aufklären. »Als die Sprache auf Schröder kam, den Böhrnsen nur den Flensburger nannte, erregte er sich ziemlich. Und seine Tochter Mausi erzählte mir, dass er häufig nachts galante Verabredungen hat, auch vorgestern. Dieses alles würde ich gerne offiziell im Protokoll festhalten. In Zivil und inoffiziell, wie ich gestern war, hätte er mich ausgelacht, und sei es nur um zu beweisen, dass er seine Rechte kennt. Ich ziehe es vor, ihm mit der Vollmacht des Staates entgegenzutreten.«

»Das ist richtig.«

»Im Kurhaus war vorgestern Nacht Tanz«, fuhr Asmus fort. »Es könnte bei den Heimkehrern Zeugen dafür geben, was neben der Polizeistation passierte. Für den Anfang wäre durchaus Böhrnsen geeignet. Immerhin sollte er Auskunft geben können, wer außer ihm beim Tanzvergnügen war.«

»Ja, gut. Aber seien Sie um Himmels willen vorsichtig«, mahnte Sinkwitz. »Wir können uns einen Krieg zwischen Kaufleuten und Polizei nicht leisten.«

Natürlich nicht, dachte Asmus, lieber schauen wir bei ein bisschen Alkoholschmuggel beiseite oder auch bei ungeklärten Todesumständen wie in der Werft. Nur nichts aufrühren! »Ich mache mich sofort an die Arbeit«, verkündete er, und sah im Hinausgehen, dass Sinkwitz das Gesicht gegen die Decke gerichtet hatte. Was drückte sein seltsames Mienenspiel aus? Beunruhigung, Misstrauen, Angst oder Hoffnung?

Wachtmeister Jep Thamsen erklärte sich bereit, Böhrnsen die Vorladung als Zeuge zu überbringen, zumal er in dessen Nähe wohnte. Dafür durfte er einige Minuten früher Feierabend machen.

Um sechs Uhr ging auch Sinkwitz, und Asmus war allein in der Wache. Die anderen waren ohnehin schon fort.

Beste Gelegenheit für Asmus, nach dieser Anzeige wegen der Möweneier zu suchen. Der Zeitraum, um den es sich drehte, waren die letzte Maiwoche und der ganze Juni gewesen. Vorher hatte er sich um Naturschutz nicht gekümmert, danach waren viele Eier befruchtet, und man ließ die Vögel in Ruhe brüten.

Es sei denn, man war ein ganz gieriger Badegast ohne jegliche Ahnung. Dann schlug die Wirtin des Eiersammlers womöglich zehn Eier auf, um daraus Rührei zu bereiten, und fand acht davon besetzt mit kleinen unreifen Vögeln, die auf dem Misthaufen landeten. Vor solchen Fehlern hatte ihn Ose bewahrt.

Die abgeschlossenen Journale der vergangenen Monate befanden sich in Sinkwitz' Büro. Asmus hatte schon damals das deutliche Gefühl gehabt, dass sein Chef ihn abgewimmelt hatte, damit er der Anzeige nicht nachging. Und später in der Fülle der anfallenden Pflichten vergaß.

Das Büro war entsprechend der Vorschrift nicht abgeschlossen – hier hingen noch die Ersatzschlüssel für das nicht mehr existierende Motorrad, für die Ausnüchterungs- bzw. Gefängniszelle, für die Nebengebäude und einige Kellerräume, die jederzeit zugänglich sein mussten. Zum Glück.

Der Abend war so hell, dass Asmus ohne Lampe auskommen konnte. Auf Zehenspitzen trat er an das Regal an der Rückwand des Raums, in dem er die Journale vermuten musste, wachsam, die Ohren förmlich nach hinten angelegt. Nicht selten kam noch einer der Kollegen zurück, um eine vergessene Brotdose abzuholen, um einen versehentlich mitgenommenen Schlüssel abzuliefern oder um eine Akte mitzunehmen, die ihm am nächsten Morgen einen Umweg ins Dienstgebäude ersparte.

Die schwarz eingebundenen Büchlein waren nach Monaten nummeriert. In manchen Monaten gab es nur eine Kladde, in anderen zwei, als a) und b) bezeichnet. Eins bis vier für Januar bis April waren vorhanden. Die Nummern fünf und sechs fehlten, während Nummer sieben a) neben

Nummer vier eingeordnet war. Sieben b), derzeit in Arbeit, lag vorne in der Wache.

Sinkwitz hatte also die Journale von Mai und Juni anderswo deponiert. Versteckt mochte Asmus noch nicht sagen. Nicht alle Anzeigen aus dem Mai waren im Juli schon erledigt. Auffällig war ihr Fehlen allerdings schon.

Asmus setzte sich an Sinkwitz' Schreibtisch, die Hände flach auf der aufgeräumten Platte ausgebreitet, und dachte nach. Als er, ohne zu einem schlüssigen Ergebnis gekommen zu sein, endlich den Kopf hob und zum Fenster hinaussah, machte er eine Entdeckung.

Das Fenster ging auf die Gasse, in der Schröder zu Tode gekommen war. Der Gärtner hatte inzwischen den Baum in Hüfthöhe abgesägt, vielleicht in der Hoffnung, dass er wieder ausschlagen würde.

In dieser Nacht hatte Sinkwitz doch wohl nicht Dienst gehabt? In der Regel war er von der nächtlichen Routine ausgenommen, gelegentlich aber musste er einspringen. Und er hatte eingeräumt, dass Schröder mit ihm möglicherweise verwechselt worden war. War er tatsächlich diese ganze Nacht im Haus gewesen?

Das konnte Asmus gleich klären. Das musste in Nummer sieben b) erfasst worden sein. Er sprang auf und riss dabei versehentlich einen Stapel Unterlagen von der Ecke des Schreibtischs. Hefte des Polizeidienstes, kommunistische Traktate und Flugblätter verstreuten sich auf dem Fußboden. Und die Journale fünf und sechs. Die würde er sich gleich vornehmen. Asmus sammelte hastig alles zusammen, so wie er vermutete, dass sie gelegen hatten, packte sie auf den Schreibtisch zurück und eilte in den Wachraum.

Nummer sieben b), Sturmnacht. Leicht zu finden. Und natürlich hatte Sinkwitz Dienst gehabt. Ausgetragen war er morgens um 6.30 Uhr, als er zwar das Haus verlassen, aber dann Schröder entdeckt hatte. Asmus ärgerte sich, dass er diesem Detail noch nicht nachgegangen war. Sinkwitz hatte damals die Frage, ob Schröder ihn besucht hatte, nicht beantwortet. Ganz offensichtlich hatte er. Sinkwitz hatte Schröder den Schlüssel zum Motorrad ausgehändigt, damit der nicht im Sturm zu Fuß zu Sinkwitz' Wohnung gehen musste. Sein Chef musste mitbekommen haben, was vor seinem Fenster vorgegangen war.

Eine weitere Bemerkung fand sein Interesse. Unter 0.30 Uhr stand: *Es schüttet wie aus Eimern, selten ein solches Wetter gehabt.*

Das erinnerte Asmus daran, mehr über das Wetter dieser Nacht in Erfahrung zu bringen. Das gehörte zu einer sachgemäßen, sorgfältigen Untersuchung.

Es knarrte. Die Außentür! Jemand kam.

Asmus schlug die letzte leere Seite auf und begann seinen Nachtdienst einzutragen.

In den Wachraum trat Sinkwitz, wischte sich den Schweiß vom ungewohnten Marsch von der Stirn und ließ sich auf einen Hocker sinken. »Alles ruhig, Asmus?«

»Ruhig wie im Storchennest bei Nacht.«

»Wie? Ach so. Störche, ja. Schön.«

»Aber es kann ja noch wirbeliger werden«, meinte Asmus und dachte an die Journale fünf und sechs, die er nachher überprüfen würde.

»Ja, bestimmt«, versicherte Sinkwitz zerstreut. »Ich habe etwas vergessen, muss zu Hause nacharbeiten.« Ächzend erhob er sich und schwankte in sein Büro.

Das musste ja sehr wichtig sein, dachte Asmus, während er ihm nachsah. Wanderungen, auch kleine, war der Polizeichef nicht gewohnt. Seine Wohnung im Norden von Westerland war ein ganzes Stück entfernt.

Kurze Zeit später kam Sinkwitz zurück, inzwischen sichtlich besser gelaunt. An Asmus vorbeimarschierend, hob er die Hand und verließ grußlos die Wache.

Asmus atmete auf und schob sich auf den Hocker am Tresen. Interesselos blätterte er im Journal, das er vor sich liegen hatte, dabei aufmerksam alle Geräusche verfolgend, die er von draußen wahrnahm. Sinkwitz' Schuhe knirschten auf den drei Stufen vor dem Gebäude, dann entfernten sich seine Schritte Richtung Strand und Norden. Er war auf dem Heimweg.

Asmus wartete noch einige Minuten, dann schlich er in das Büro seines Chefs. Der Heftstapel lag auf der Schreibtischecke wie vorher, nur Licht hatte er nicht mehr ausreichend. Er nahm ihn mit hinüber in den Wachraum, wo die Lampe bereits brannte.

Polizeidienst, Fahndungen nach Personen, die sicher nicht auf Sylt waren, zwei kommunistische Flugblätter. Alles da. Nur nicht die Journale fünf und sechs, in denen sich die Anzeige gegen ihn hätte befinden müssen.

Asmus fluchte laut.

Er war zu spät gekommen.

Aber eines wusste er nun genau: Sein Chef war tief in diese Angelegenheit verwickelt.

KAPITEL 11

Kurz vor Mittag schlenderte Boy Böhrnsen in die Wache, keineswegs schuldbewusst, obwohl er die Angabe erhalten hatte, sich bitte präzise um neun Uhr einzufinden.

Asmus beschloss, es zu übersehen, ließ den Mann dafür aber warten, bis er auf seinem Hocker im Wachraum so ungeduldig zappelte, dass man das Knarren der Sitzfläche und das Scharren der Stuhlfüße in der ganzen Wache hörte.

»Matthiesen, Lorns! Ich bin es nicht gewohnt, dass man mich so lange warten lässt!«, brüllte Böhrnsen endlich.

»Tut mir leid, Boy«, antwortete Lorns, der ihm gegenüber saß und schrieb, beschwichtigend, »für dich ist Wachtmeister Niklas Asmus zuständig. Er ruft dich ganz sicher, sobald er für dich Zeit hat. So viel ich weiß, hat er um neun Uhr mit dir gerechnet, und so wie ich ihn kenne, hättest du Punkt neun deine Aussage machen dürfen.«

Gut geantwortet, dachte Asmus, der in dem kleinen Nebenraum saß, in dem üblicherweise vertrauliche Gespräche und Verhöre stattfanden, und dort einige Zahlen zur Bedeckung der Schutzgebiete mit Halligflieder und Strandhafer zusammentrug. Da sich sonst niemand für die Arbeit interessierte, hätte er sie auch verschieben können. Oder ganz unterlassen.

»Was für eine Aussage überhaupt?«, schnaubte Böhrnsen. »Er war doch gestern erst bei mir und hat mich ausgehorcht.«

»Das musst du ihn selbst fragen«, antwortete Matthiesen höflich bedauernd.

»Ach, hier herrscht wohl ein anderer Ton inzwischen! Aber welcher? Habt ihr die kommunistische Fraktion der Wache verstärkt, Lorns? Das wird euch nicht bekommen!«

Matthiesen enthielt sich klugerweise einer Antwort, und Asmus beschloss, ihn von weiteren Anwürfen zu erlösen. Er ging nach nebenan und bat Böhrnsen zur Befragung an seinen Schreibtisch.

Verwundert nahm Asmus zur Kenntnis, dass der gewiefte, wenn auch am Vortag etwas schonungsbedürftige Geschäftsmann Böhrnsen sich an diesem Tag in den Fuhrmann verwandelt hatte, der er zweifellos einmal gewesen war. Er trug Reithosen, die an den Oberschenkeln bemerkenswert weit waren, und Stiefel, außerdem roch er markant nach Pferdestall.

Asmus begrüßte ihn mit Handschlag, den Böhrnsen widerwillig akzeptierte. Der Besucher sah sich mit gerümpfter Nase um, bevor er sich ein weiteres Mal auf einen Hocker fallen ließ. Solche Abwehrhaltung war Asmus nicht fremd. Dem Mann war unbehaglich zumute.

»Wir suchen Zeugen für die Sturmnacht«, erklärte Asmus. »Sie wissen ja, dass Herr Schröder in dieser umkam, und da eine Menge Leute auf dem Nachhauseweg vom Tanzvergnügen gewesen sein muss, hoffe ich auf Sie. Und auf andere, die vom Kurhaus in das südliche Westerland unterwegs waren.«

»Dieser Maulheld«, blies sich Böhrnsen auf, »um den ist es nicht schade!«

»Das entzieht sich unserer Beurteilung. Wir haben den Unfall zu untersuchen.«

Böhrnsen lächelte verächtlich.

»Haben Sie etwas gesehen? Und wann waren Sie eigentlich auf dem Heimweg?«

Wieder das abfällige Verziehen der Lippen. Es dauerte einen Augenblick, bis der Fuhrmann sich zur Antwort bequemte. »Zwischen halb und eins. In der Nacht hat es von oben Wasser gegeben wie aus dem Spülrohr von Nösse. Den Kerl hätte man vom Anfang der Gasse nicht sehen können.«

Eine bemerkenswerte Aussage. Schröders Kleidung war klatschnass gewesen. Ungefähr gegen Mitternacht hatte es angefangen zu nieseln, danach war der Regen in einen Wolkenbruch ausgeartet, und ungefähr um ein Uhr war der

Spuk vorbei gewesen. Alles sprach also dafür, dass Schröder innerhalb dieser Zeitspanne zu Tode gekommen war. Zur selben Zeit war Böhrnsen unterwegs gewesen. »Woher wissen Sie, dass man Schröder nicht hätte sehen können?«

»Ich … kenne die Gasse.«

»Und die Lage der Leiche?«

Dieses Mal kam die Antwort prompt. »Die soll doch am Baum gelegen haben.«

»In Luv davon …«

Ein kurzes Stocken beim Atmen verriet Asmus, dass sein gewagter Vorstoß verstanden worden war. Ein Mann, der Gästen Segeltouren im Wattenmeer anbot, wusste, dass Äste nicht luvwärts fliegen. Aber er war nicht darauf gefasst gewesen, solche Kenntnisse neuerdings bei der Westerländer Schupo vorzufinden.

»Haben Sie ihn vom Motorrad herunter geholt und dann zu Tode geprügelt?«, fragte Asmus scharf, ohne Böhrnsen Zeit zum Nachdenken zu lassen.

Böhrnsen räusperte sich und schüttelte den Kopf. »Nein, nein«, krächzte er schließlich. »Es war anders.«

»Wie anders?«

»Ich wollte ihm eine kleine Lehre erteilen, nur eben ein bisschen umstoßen. Ich kam ja gerade vorbei, und es goss, dass man die Hand vor Augen kaum erkennen konnte. Kein Schwein hätte mich erkannt.«

»Wem galt die Lehre? Schröder oder Sinkwitz?«

»Wem …?«

»Wer war gemeint?«, verdeutlichte Asmus energisch. »Schröder oder Sinkwitz?«

»Schröder natürlich! Ja, gewiss. Schröder.«

Das hatte sich Asmus gedacht. Einen Fremden zu töten würde irgendwie akzeptiert werden, einen einheimischen Sylter, selbst einen Kommunisten, weniger leicht. »Und woher wussten Sie, dass Schröder in der Wache war? Das Tanzvergnügen begann um sieben. Ihn haben Sie zu der Uhrzeit gewiss nicht zu Gesicht bekommen, er kam gegen elf.«

»Das wusste ich nicht!«, widersprach Böhrnsen wütend. »Es war doch kein Plan! Ich bin da nur vorbeigekommen!«

»Aber Sie haben Licht im Raum von OWM Sinkwitz gesehen, sind in die Gasse geschlichen, haben den untersten Ast vom Baum gerissen und sich auf die Lauer gelegt. Woraus sich ergibt, dass Sie dachten, Sie würden Sinkwitz eins auswischen.«

»Er ist schlecht für Sylt«, murmelte Böhrnsen geschlagen. »Wir brauchen keinen kommunistischen Leiter unserer Polizeiwache.«

»Aus Ihrem Auswischen wurde ein tätlicher Angriff mit Todesfolge. Ist Ihnen das klar?«

»Nein, nein!« Wie Kai aus der Kiste im Kinderbuch sprang Böhrnsen in die Höhe und kreischte nochmals: »Nein! Schröder ist auch Kommunist!« Hinter ihm donnerte der Hocker an die Wand.

Matthiesen stürzte zur Tür herein, den Säbel blank gezogen, dessen stumpfe Spitze er Böhrnsen an die Kehle hielt.

»Schon gut, Lorns«, rief Asmus und ging dazwischen. »Nimm den Säbel herunter, damit er nicht aus Versehen zu Schaden kommt. Er ist cholerisch wie ein Teichhuhn mit Küken.«

Matthiesen senkte den Säbel und trat zurück, behielt aber den Fuhrunternehmer im Auge.

Sinkwitz und hinter ihm Jung drängten in die Türöffnung.

»Wir müssen ihn festnehmen«, sagte Asmus, plötzlich resigniert, zu seinen Vorgesetzten. »Er hat Schröder auf dem Gewissen.«

»Wir wollen nichts überstürzen, Asmus«, unternahm Sinkwitz den Versuch, für Beruhigung zu sorgen. »Nach kaum einer halben Stunde Vernehmung sind wir erst am Anfang einer Untersuchung, und jede Festnahme dürfte sich als voreilig erweisen.«

»Ich lege dir gleich ein Handbuch heraus, in dem aufgeführt ist, wie Festnahmen in Preußen korrekt durchgeführt werden, Asmus.« Jung setzte hinter Sinkwitz' Schulter ein hämisches Grinsen auf.

Asmus ignorierte ihn. »Er hat Sie gemeint, Hauptwachtmeister. Dass Schröder zufällig hier war, wusste er nicht, und die Gelegenheit, Ihnen inmitten eines Wolkenbruchs auf menschenleerer Gasse eins auszuwischen, ließ er sich nicht entgehen. Es sollte offenbar ein Denkzettel sein, kein Mordversuch.«

Sinkwitz überlegte einen Augenblick mit gespitzten Lippen. »Ein Attentat auf die lokale Polizei hat natürlich einen anderen Stellenwert als auf einen unbekannten Fremden, der für einen Sylter ein wenig verwirrt erscheinen mag. Mit mir persönlich hat das nichts zu tun, es hätte jeden treffen können.«

Jung schlängelte sich aus seiner zwischen Türholm und seinem Chef eingeklemmten Stellung heraus und trat salutierend vor ihn. »Ein Attentat, das mit voller Absicht einem Staatsorgan gilt, ist ungleich schwerer zu bewerten als ein gewöhnlicher Jungenstreich. Soll ich die betreffenden Paragraphen heraussuchen, Hauptwachtmeister Sinkwitz? Ich bin sicher, dass ein derartiger Überfall mit dem Tod am Strang bestraft wird.«

Böhrnsen begann zu zittern. Beginnend an der Unterlippe, flogen ihm schließlich sogar die Hände, und er schien nicht in der Lage, sich zu bezähmen.

»Nun beruhigen Sie sich, Herr Böhrnsen«, befahl Asmus in ruhigem Ton. »Wir werden sehen, was daraus wird. Allerdings müssen Sie erst einmal in unsere Arrestzelle, da hilft Ihnen gar nichts.«

»Unter diesen Umständen, ja«, stimmte Sinkwitz zu, machte auf den Hacken kehrt und verschwand wieder in sein Büro.

Jung schlurfte wortlos davon. Matthiesen verwahrte den Säbel in der Scheide.

»Geht's wieder?«, erkundigte sich Asmus teilnahmsvoller, als ihm zumute war. Aber die anmaßende Haltung von Sinkwitz und Jung machte ihn wütend, zumal sich beide drehten, wie der Wind wehte. Das war der Polizei nicht würdig und durfte nicht sein. Und hoffentlich verhielt sich die preußische Justiz anders. Früher hatte sie immerhin einen guten Ruf gehabt.

Am späten Nachmittag tobte Mausi Böhrnsen zur Wachstube herein, warf sich mit dem Oberkörper über den Tresen, trommelte mit ihren Fäusten auf das Holz und schluchzte die Frage heraus, ob jemand wüsste, wo ihr Vater abgeblieben sei.

Asmus, der noch mit dem Protokoll zum Verhör von Böhrnsen befasst war, atmete tief durch. »Fräulein Böhrnsen, wir haben Ihren Vater vorläufig festgenommen, um ihn morgen mit dem Vormittagsdampfer aufs Festland zu schicken. Er wird dem Untersuchungsrichter in Husum vorgeführt.«

»Warum? Was hat er denn getan?«

»Er hat sich einer Körperverletzung mit Todesfolge schuldig gemacht.«

»An wem?«, fragte Mausi verblüfft.

»An Ferdinand Schröder, in der Nacht des Tanzabends.«

»An dem Kommunisten aus Flensburg?« Beinahe hätte sie gelacht.

Mitgefühl sprach nicht aus ihr. Dennoch war es Asmus nicht entgangen, dass sie ihn dem Namen nach kannte und dieser Mann Familiengespräch gewesen sein dürfte. »Der Mann wurde von Ihrem Vater angegriffen, fiel vom Motorrad und kam dabei zu Tode.«

»Wahrscheinlich hat Papa ihn nur erschrecken wollen, weil er hier auf Sylt doch nichts zu suchen hat. Und wenn er dann so ungeschickt hinfällt … Wer kann denn dafür was?«

»Nun, Fräulein Böhrnsen, die Tatsachen stellen sich etwas anders dar, als Sie vermuten. Der Richter wird die Wahrheit ermitteln.«

»Ja. Umso besser.« Mausi ließ ihre Zähne sehen, die Asmus spitzer und wehrhafter wahrnahm, als sie in Wirklichkeit sein konnten.

Jedenfalls erinnerte sie ihn plötzlich an eine in die Enge getriebene bissige Ratte.

»Mit Ihrer Ankunft hat sich hier wohl allerlei geändert, dabei sind Sie doch nur allerniedrigster Rang«, versetzte Mausi gehässig. »In Husum werden sie besser wissen, was Sylt meinem Papa zu verdanken hat.«

Asmus verzog keine Miene. »Darf ich Sie hinausbegleiten?«

»Ich ziehe Lorns als Begleiter vor«, blaffte Fräulein Böhrnsen und schritt hocherhobenen Hauptes in den Flur hinaus, in den ihr Matthiesen nach einem erschrockenen Blick auf Asmus folgte.

Asmus zog hinter ihnen die Tür zu. Im Flur war kein Mensch zu sehen. Nicht einmal der Wachraum war besetzt.

Während Asmus auch für das Gespräch mit Mausi Böhrnsen ein Gedächtnisprotokoll anlegte, war er sich sehr wohl klar darüber, dass er sich endgültig Feinde innerhalb der Belegschaft geschaffen hatte. In erster Linie Sinkwitz, aber dem folgte Oberwachtmeister Jung wie das Schwänzchen dem Lamm.

Sinkwitz hätte den Todesfall Schröders als Unfall durchgehen lassen, um nicht in die Situation zu geraten, dessen privaten Besuch in der Wache erklären zu müssen. Jetzt war ihm das unmöglich gemacht worden. Darüber hinaus hatte er dienstlich den Anschein eines guten Einvernehmens zwischen Polizei und Kaufmannschaft aufrecht halten wollen – auch das hatte Asmus durch seine Aufklärung zunichte gemacht.

Asmus stieß einen tiefen Seufzer aus und legte den Füllfederhalter beiseite. Er beabsichtigte nicht, die allgemeinen Rechtsnormen der Länder des deutschen Reichs dem inselspezifischen Reglement zu opfern. Aber er sah voraus, dass es schwierig werden würde. Inzwischen hatte er eine überraschende Erkenntnis gewonnen: Sylt war eine weitgehend autarke Gemeinschaft. Und je mehr die maßgebenden Mitglieder einer abgeschiedenen Gemeinschaft miteinander verflochten waren, desto größer wurde die Gefahr eines selbstgestrickten Rechtssystems.

Am späten Nachmittag schon wurde Asmus die Richtigkeit seiner Überlegungen bestätigt. Vor der Polizeiwache wurden Stimmen laut, die sich schließlich zu einem Chor zusammenfanden. Es hörte sich wie ein beginnender Aufruhr an.

»Ich gehe mal nachsehen«, erbot sich Matthiesen freiwillig, was von allen Anwesenden dankbar angenommen wurde.

Der Lärm vor dem Haus schwoll an. »Boy Fuhrmann!

Boy Fuhrmann!«, wurde skandiert, aber Asmus widerstand der Anwandlung, hinauszugehen und nachzusehen, wer da protestierte.

Lorns kam zurück und legte sich mit ganzem Oberkörper auf den Tresen, hinter dem Asmus saß. »Das sind wütende Kaufleute in Sonntagskleidung. Sie wollen, dass wir Böhrnsen herausgeben. Und man kann es kaum glauben: Sie haben die Schulkinder von Keitum bei sich, die stehen in vorderster Reihe, schwenken Fähnchen und brüllen aus vollen Kehlen mit.«

»So etwas habe ich befürchtet!« Sinkwitz war, ohne dass sie es bemerkt hatten, gekommen. »Genau das!«

»Herr Oberwachtmeister, wir verzichten doch nicht auf eine Festnahme, weil die Kaufleute dagegen sind!«

»Zuweilen gibt es klügere Wege«, antwortete Sinkwitz spitz.

»Übrigens ...«, Asmus wandte sich an Lorns, »was für Fähnchen schwenken denn die Keitumer Kinder?«

Matthiesen runzelte die Stirn. »Sie sind hauptsächlich rot, aber sehr kurz. Irgendwie verstümmelt ...«

»Halbierte Fähnchen mit halbem Hakenkreuz, wetten?«

»Ja, da hast du recht«, stimmte Lorns erschrocken zu. »Genau so.«

»Die sind nicht einmal verboten, aber man weiß, was gemeint ist.« Asmus schüttelte missmutig den Kopf. Mausi Böhrnsen war die Tochter ihres Vaters. Er zweifelte nicht daran, dass dies alles ihrem Kopf entsprungen war.

»Und jetzt?«, erkundigte sich Lorns und sah von Asmus zu Sinkwitz.

»Wir werden sie beruhigen und nach Hause schicken«, erklärte Asmus.

»Das machen Sie, Asmus! Es ist Ihre Angelegenheit«, kläffte Sinkwitz und stiefelte in sein Büro zurück.

»Ja, völlig richtig.« Asmus hätte sich diese Verantwortlichkeit nicht aus der Hand nehmen lassen mögen. Nichtsdestotrotz war es von einem Vorgesetzten natürlich unverantwortlich, sich für nicht zuständig zu erklären, ganz gleich, was passiert war. Sinkwitz hätte auch den unbedarften Matthiesen als Schlachtlamm hinausgeschickt, darüber war sich Asmus nach diesen ersten Wochen in Westerland deutlicher im Klaren als vielleicht Lorns.

Als Asmus sich in der Tür zeigte, wurde aus dem Lärm Gebrüll. Es war bekannt, dass er Böhrnsens Festnahme veranlasst hatte. Er legte die Hände auf den Rücken und ließ die Männer schreien. Währenddessen musterte er sie aufmerksam. Einer nach dem anderen verstummte, unsicher geworden, weil er sich nicht beeindrucken ließ, vielleicht auch aus Furcht davor, sich selbst verantworten zu müssen. Nur Mausi krakeelte aus Leibeskräften und schlug mit den Armen den Takt, um die Männer mitzureißen.

Schließlich senkten auch die Kinder die Fähnchen und sahen sich nach den Erwachsenen um.

Das war Asmus' Signal. »Leewe Lüd«, begann er. »Liebe Leute. Ich verstehe, dass ihr euch für einen als ehrenwerter Kollege bekannten Freund einsetzt. Aber er hat in tiefer Nacht einen ihm unbekannten Mann angegriffen und seinen Tod verursacht. Wir sind genötigt, diesen Tod zu untersuchen, dafür sind wir da. Ich vermute, wenn es einen von euch getroffen hätte, würde er nicht wollen, dass die Tat eines Totschlägers unter den Teppich gekehrt wird. Oder?«

Antwort erhielt er nicht.

»Ihr gehört doch der ehrenwerten Zunft der Kaufleute an? Früher nannte man sie so, und ich bin ganz sicher, dass dieser Geist auch in der Kaufmannschaft von Sylt erhalten geblieben ist.«

»Wieso vermutest du das?«, brüllte jemand aus dem Hintergrund ungehalten.

»Meine Heimat ist die Hansestadt Rostock. Meine Brüder sind Reeder. Kaufleute wie ihr. Alle Kaufleute sind einander verbunden.«

Offene Zustimmung erhielt Asmus nicht, jedoch stillschweigende. Die meisten Männer drehten sich um und trotteten zu zweit oder zu dritt flüsternd davon. Einer der letzten Eindrücke, die in Asmus' Gedächtnis haften blieben, war Lehrer Honke Paulsen, der die halben Fähnchen einsammelte und dann die Kinder mit ausgebreiteten Armen vor sich her fortscheuchte.

Der andere Eindruck gehörte Mausi.

Wie festgefroren blieb sie auf dem sich leerenden Platz vor der Polizeiwache stehen. Dass ihr Verlobter Honke Paulsen eingeknickt war, scherte sie offenbar nicht im Geringsten. Aber Asmus warf sie einen lodernden, hasserfüllten Blick zu.

»Fräulein Böhrnsen …«, begann er.

»Schweigen Sie!«, schnaubte sie. »Noch nie hat mich ein Mann so enttäuscht wie Sie!« Sie drehte sich um und marschierte mit klackernden Hacken davon.

»Welch unübersichtliche Verhältnisse hier«, stöhnte Asmus und vergrub die Hände in seinen blonden Haaren.

»Ist wohl so.« Hans Christian Bahnsen, der am späten Abend neben Asmus auf der Bank saß, nickte tiefsinnig und sog an seiner schnorchelnden Pfeife.

»Man kennt hier nicht Freund oder Feind«, fuhr Asmus gedämpft fort, »man weiß nicht, wer auf der Seite des Gesetzes steht. Im Großen und Ganzen gibt es nur eins: Schweigen.«

»Insel eben.«

Für den Werftbesitzer mochte das ein ausreichender Grund sein, für Asmus nicht. »Hat Böhrnsen mal versucht, dich zur NSDAP hinzulocken?«

»Sicher. Ein erstes Mal vor langer Zeit. Dann nicht mehr. Er weiß, dass ich seine Partei nie wählen würde.«

»Kann Jochims Unfall mit diesen politischen Verwicklungen zu tun haben?«

»Bestimmt nicht. Sieh mal, die Verhältnisse, die du unübersichtlich nennst, waren lange stabil. Was neu ist, ist deine Anwesenheit. Es gibt Leute, die nervös werden. Das soll kein Vorwurf sein.«

Vermutlich hatte Bahnsen recht. Und Schröders sporadisches Auftauchen in Munkmarsch hatte lediglich damit zu tun, dass hier die Fähre zum Festland ablegte. Mit der Überstellung von Böhrnsen nach Husum am nächsten Morgen sollte dieses Kapitel also beendet sein.

KAPITEL 12

Das Kapitel Böhrnsen war leider am nächsten Morgen nicht beendet. Böhrnsens Arrestzelle war aufgebrochen, er selbst verschwunden.

Als Verantwortlicher wurde wiederum Asmus per Telefonanruf in die Wache beordert. Alarmiert durch Matthiesen, traf er ein, bevor Sinkwitz angekommen war.

Asmus machte ein fragendes Gesicht, als er es bemerkte.

Matthiesen zuckte voller Unschuld die Schultern. »Ich habe erst das Journal vervollständigt, bevor mir einfiel, dass Sinkwitz alarmiert werden muss. Es ist auch vernünftiger, ihn ausschlafen zu lassen, hier kann er ja doch nichts ausrichten.«

»Oh ja, da hast du recht.« Asmus grinste, und Matthiesen grinste zurück. »Wer kann Böhrnsen befreit haben?«

»Jeder, der durchs Tor in den Hinterhof marschiert. Wir haben vergessen, es abzuschließen.«

»Und wir haben nicht genügend Leute, um alle Boote zu bewachen, die auslaufen könnten: in Munkmarsch, Hörnum, List ...«

»Du sagst es.«

»Es dürfte also zwecklos sein, auch nur den Versuch zu machen.«

»Genau.«

Asmus setzte sich an seinen Arbeitsplatz im Verhörzimmer, den er inzwischen annektiert hatte, und verfiel ins Grübeln. Die wichtigste Erkenntnis der letzten Tage waren die Stärke und Durchsetzungskraft der Kaufmannschaft, sobald es galt, ihre Interessen zu wahren. Böhrnsen durfte als der etwas grobgestrickte Ausführende des kaufmännischen Willens gelten, wozu der Anschlag auf den Polizeichef zu zählen war – Schröder war wohl eher zufällig dazwischengeraten. Revanchiert hatte sich die Kaufmannschaft mit der Befreiung des Fuhrunternehmers.

In den gleichen Täterkreis gehörte sicher auch der Saboteur in der Werft, der Bahnsen davor warnen sollte, Asmus zu viele Interna über Sylt zu erzählen. Eine ganz andere Kategorie stellte der Platten an Asmus' Motorrad dar – gewiss handelte es sich nur um einen verärgerten Dorfbewohner.

In seinen Überlegungen unterbrochen wurde Asmus durch die Ankunft von Sinkwitz. Matthiesen begleitete ihn unter Erklärungen zur aufgebrochenen Arrestzelle, was Asmus ein paar Minuten gab, um sich gegen die zu erwartenden Vorwürfe zu wappnen.

Diese kamen wenig später geballt. Asmus mit seiner langjährigen Erfahrung hätte jemanden abstellen sollen, der die Arrestzelle bewachte, nicht die ganze Verantwortung einfach dem jungen, unerfahrenen Matthiesen überlassen dürfen! Der Eintrag in die Personalakte sei Asmus sicher. Seine derzeitige einzige Aufgabe sei, den Fehler wiedergutzumachen und Böhrnsens Versteck zu finden. Und zwar vor dem Besuch des Abgeordneten der DNVP!

Asmus nickte und ging, innerlich kochend. In seinem Rücken zeterte Sinkwitz weiter, aber das interessierte ihn nicht. Er glaubte seine Position inzwischen gesichert genug, um nicht hinausgeworfen zu werden. Die Erfolge der jüngsten Zeit in dieser Wache waren seine.

Asmus fuhr kurz in List vorbei, um nach dem Rechten zu sehen, fand dort alles in Ordnung und ratterte weiter bis zum Möwenberg, wo er sein Motorrad abstellte und dann in das gegenüberliegende Tal der Wanderdünen einstieg. Irgendwo setzte er sich in den Sand, beobachtete die Seevögel vor dem blauen Himmel, genoss die Stille und gewann allmählich sein Gleichgewicht wieder.

Als ärgerlich empfand er, dass nach einer Weile ausgerechnet hier auf dem Dünenkamm ein Mann auftauchte, der sich umsah und ihn dann entdeckte. Und obwohl Asmus das Tal gewissermaßen als sein Refugium für kurze

Zeit besetzt hatte, schlitterte der Neuankömmling in Asmus' Richtung im Sand hinunter.

Unten angekommen, hielt der blonde Kerl im blauen Arbeitsanzug weiterhin auf Asmus Kurs, zog die Kappe vom Kopf, zeigte auf den Sand neben Asmus und fragte: »Darf ich?«

»Wenn es unbedingt sein muss«, knurrte Asmus.

»Ja. Tut mir leid.«

Asmus merkte auf. Es handelte sich offensichtlich nicht um ein Schwätzchen. Da er selber in Uniform war, ging es wohl um dienstliche Belange. »Ich höre«, sagte er weniger unfreundlich.

»Ihr sucht den Fuhrunternehmer Böhrnsen.«

»Ja. Und?«

»Nein, nein«, protestierte der Mann, »so war es nicht gemeint. Er ist nicht hier, und ich glaube auch nicht, dass er ausgerechnet bei uns in List ausreisen würde. Wir sind ihm zu dänisch, wenn du verstehst, was ich meine.«

Asmus schmunzelte. »Ja, inzwischen weiß ich das. Er wird es in Hörnum versuchen, denke ich.«

»Ja, gut. Du bist also nicht seinetwegen heute hier?«

»Nein, ganz gewiss nicht. Ich erhole mich. Ich versuche es wenigstens. Wie heißt du eigentlich?«

»Ole Söndergaard.«

»Gut, Ole, warum bist du gekommen?«

»Wir Dänen sind beunruhigt wegen der Vorfälle in deinem Umfeld.«

»Welche Vorfälle?«

»Der Platten. Außerdem stehst du ständig unter Beobachtung. Wir möchten nicht, dass du glaubst, das alles ginge von uns aus. Wir haben nichts gegen dich. Einem Polizisten wie dir, der gegen wen auch immer durchgreift, bringen wir vielmehr Vertrauen entgegen.«

»Oh. Sehr aufmunternd zu hören«, murmelte Asmus überwältigt.

»Reiner Selbstschutz. Wenn du an Weihnachten noch auf Sylt bist, würden wir dich gerne zu einer unserer Weihnachtsfeiern einladen. Mit Nisse, Tanz, Kaffee und Kuchen und allem, was sonst noch dazugehört.«

»Danke«, stammelte Asmus. »Ich werde gerne kommen. Wer beobachtet mich denn?«

»Das wissen wir auch nicht. Er ist schlau wie ein Frettchen. Er scheint beizeiten zu wittern, wenn jemand hinter ihm her ist.«

»Ich habe selbst gemerkt, dass mich zuweilen jemand beobachtet. Das gehört zum Beruf, deswegen hat es mich nicht sonderlich beunruhigt. Weißt du, warum?«

»Nein, auch das wissen wir nicht. Aber wir denken, dass die Kaufleute jemanden beauftragt haben, dich im Auge zu behalten. Vor ihnen solltest du dich sowieso in Acht nehmen. Sie sind nicht zimperlich, wenn sie sich bei ihren Geschäften gestört fühlen.«

Asmus nickte.

»Es gibt noch etwas, das uns bekümmert«, fuhr Ole fort. »Im Frühjahr wurde ein toter Mann am Westerländer Strand gefunden.«

»Der Mann ohne Namen«, erinnerte Asmus sich. »Ich hatte gerade meinen Dienst angetreten.«

»Einer aus List hat ihn gefunden, der im Morgengrauen Bernstein suchte. Der hat auch die Polizei benachrichtigt. Der Tote wurde in der Zeitung als Landstreicher beschrieben, aber dass er Däne war, wurde unterschlagen. Oder sie wussten es nicht. Auf einem seiner Schuhe befand sich eine Plakette, auf der Bredebro stand, das ist ein Ort hier in der Nähe, in Dänemark also, der eine Schuhfabrik hat.«

»Ja.«

»Der Mann hatte einen Beutel bei sich, in dem sich viel Geld befand. Wieso, wenn er doch angeblich ein Landstreicher war? Der Bernsteinsucher hat ihn gesehen, aber alles liegengelassen, wie er es vorfand. Aber er wurde nicht einmal von deinen Kollegen als Zeuge befragt. Der Tote war voller Sand, vor allem sein Gesicht. Ein Erwachsener buddelt doch nicht im Sand wie ein Kind. Legt sich hin und atmet Sand ein.«

»Jedenfalls nicht ohne Grund«, bestätigte Asmus. »Wie hat der Finder die Polizei verständigt?«

»So viel ich weiß, ist er zum Vermieter gelaufen, der

schon in seiner Bude war, und ist dann wieder zum Toten zurückgekehrt. Man lässt eine Leiche nicht allein …«

»Nein, das tut man nicht«, bestätigte Asmus. »Der Fall wurde abgeschlossen.«

»Leider.« Ole erhob sich. »Wir wollten ihn dir trotzdem ans Herz legen.«

Asmus schaute zu ihm hoch. »Danke, Ole. Ich weiß eure Warnung und euer Vertrauen zu schätzen. Und grüß diejenigen, die dich beauftragt haben.«

Ole nickte und eilte leichtfüßig durch die Senke in Richtung zur See. Auf seinem Umweg ins Dorf würde keiner ihn mit Asmus in Verbindung bringen, und das war ihm ganz recht so.

Asmus sah ihn gedankenlos hinter einer weiteren Düne verschwinden, bis ihm aufging, dass er nun die Dänen auf seiner Seite hatte, dass aber die Kaufleute viel mehr Macht besaßen, als bis dahin geahnt. Selbst die kleineren Vorkommnisse, man konnte auch sagen Ärgernisse, gingen offensichtlich von ihnen aus. Und was war mit dem dänischen Landstreicher? Und dem Geld? Ein Pathologe hätte feststellen müssen, ob wirklich ein Herzinfarkt der Grund für seinen Tod gewesen war. Aber in die Westerländer Dienststelle hatte sich eine Oberflächlichkeit eingeschlichen, die verhinderte, dass mögliche Verbrechen korrekt untersucht wurden, und damit konnten Polizei und Täter gut leben – die Opfer natürlich nicht.

»Wärst du wohl in der Lage, mir ein Gespräch mit Cord Sibbersen zu vermitteln?«, erkundigte sich Asmus bei Ose am nächsten Tag.

»Ja, warum denn nicht? Es könnte nur sein, dass er sich weigert, weil er die Polizei auf der Seite der Kaufmannschaft wähnt.«

»Und wenn du es ihm ausredest?«

»Ich kann es versuchen. Was versprichst du dir denn von ihm?«

»Bei der Versammlung der DNVP wies dieser Cord sehr bestimmt darauf hin, dass die Reichen Sommerhäuser in den schönsten Gebieten von Sylt bauen … Ich wüsste gerne, welche Reiche und wo. Vermutlich ja auch in den ausgewiesenen Schutzgebieten, in denen ich zu patrouillieren habe. Anscheinend bin ich zu ihrem Feind erklärt worden, jedenfalls stehe ich unter Beobachtung. Vielleicht kann ich größere Schurkereien noch verhindern.«

Ose schmunzelte wehmütig. »Vielleicht. Ich spreche mit ihm.«

Asmus sah ihr nach, als sie zur Haustür zurückging. Sie drehte sich kurz um, um ihm zuzuwinken, dann ließ er den Motor an und knatterte in Richtung Dienststelle los. Ose glaubte nicht daran, dass irgendetwas zu verhindern war, dessen sich die bewährten Hände der Kaufleute angenommen hatten.

Am nächsten Tag hatte Asmus die Antwort. »Cord ist abgereist, aber Bonde – das ist sein Vater – möchte mit dir sprechen«, meldete Ose. »Du sollst einfach in sein Geschäft kommen und Lebensmittel kaufen, das ist am unauffälligsten.«

»Der Laden befindet sich in der Friedrichstraße, ich kenne ihn. Ich habe da nur noch nie eingekauft, dachte immer, er sei vor allem für die Gäste. Und entsprechend teuer.«

»Das stimmt auch. Ich bringe dich rein.«

Asmus schmunzelte. Aber Ose meinte es ernst, und sie machten sich sofort auf den Weg.

Es hatte etwas von Konspiration an sich, wie Ose Asmus vor sich herschob, dem Ladenbesitzer unauffällig einen Wink gab und dann wieder auf die Straße zurückkehrte. Die war für den Besuch des Politikers Bauer bereits geschmückt. Fahnen und Girlanden waren an den meisten Geschäften aufgehängt, allerdings nicht bei Sibbersen.

Asmus entschied sich für zwei Flaschen Bavaria-Bier, bis Sibbersen ihm *Rebellenbock* aus Husum vorschlug.

»Sie kennen es vermutlich nicht. Wenn Sie mir nach nebenan folgen, können Sie dieses Starkbier verkosten, ich habe gerade eine Flasche geöffnet«, schlug Sibbersen einladend vor.

Der Kaufmann, mit grauem Haar und vielen Furchen im Gesicht, starrte Asmus aus hellblauen Augen an, deren

Blick etwas Zwingendes an sich hatte. Kein Zweifel, er wollte Asmus dringend unter vier Augen sprechen, ohne dass das junge Mädchen neben ihm sowie die Dame, die sie bediente, mithören konnten. »Es ist zwar früh am Tage, aber wer frei hat, darf auch mal über die Stränge schlagen«, meinte Asmus zustimmend.

Die Dame im kurzen Nerzjäckchen giggelte geziert, während sie die Qualität von Knochen begutachtete, bevor diese für ihren missgelaunten, leise knurrenden Mops eingepackt werden durften.

Asmus folgte dem Ladenbesitzer in das Lager, wo er sich umsah, während Sibbersen sich vergewisserte, dass die Tür fest geschlossen war.

Sibbersen schien ähnlich gelaunt wie der Mops. »Sie wollen meinen Sohn sprechen?«, erkundigte er sich finster. »Ist es die alte Geschichte, die Sie nur aufrollen wollen, weil Sie neu auf Sylt sind?«

»Alte Geschichte?« Asmus war ahnungslos.

»Hat man Ihnen nichts über meinen Sohn erzählt?«

Asmus schüttelte den Kopf. »Auch wenn er gestohlen oder gemordet hätte – mir ist gar nichts über ihn bekannt. Ich wollte ihn wegen seiner Bemerkung bei einer Versammlung der DNVP sprechen.«

Sibbersen schnitt eine Grimasse. »Cord ist nicht zu belehren. Kaum ist er zurück, hat er schon wieder die Polizei am Hals.«

»Sie sind ganz auf dem Holzweg, Herr Sibbersen«, erklärte Asmus unverblümt. »Ich dachte, Ihr Cord könnte mir mit einer Auskunft helfen. Er schien mir sehr sachkundig auf dem Gebiet, um das ich mich als Polizist zu kümmern habe.«

»Er ist nicht hier, sondern in Frankfurt.«

Asmus horchte auf. »Ich dachte, er studiert in München.«

Sibbersen gab ein kurzes Lachen von sich, das sich höhnisch anhörte. »Würde er nur studieren! Allerdings nicht in München. Soviel Verstand hat er gerade noch, dass er nicht in die Höhle des Löwen geht.«

»Jetzt klären Sie mich doch bitte auf, bevor ich in den

Journalen nachforschen muss, was man Ihrem Sohn vorwirft«, verlangte Asmus ärgerlich.

»Er ist ein Urning, wie diese Männer sich selbst bezeichnen«, erklärte Sibbersen müde. »Hier auf Sylt hat er es nicht mehr ausgehalten. Er studiert nicht, er lebt sein Leben aus, so wie er es versteht. Ich muss ihn finanziell unterstützen.«

Dieses Bekenntnis verschlug Asmus die Sprache, aber jetzt verstand er den Kaufmann endlich. Nicht überall wurden homosexuelle Männer entsprechend dem Paragraphen 175 sofort bestraft, es gab auch tolerante Städte, zu denen Berlin und Frankfurt gehörten, beide das Gegenteil von München. »Herr Sibbersen, das tut mir ungeheuer leid, auch, dass Sie sich womöglich jetzt von mir zu diesem Geständnis erpresst fühlen könnten.« Er machte eine Gedankenpause. »Cord schien mir sehr genaue Kenntnis zu womöglich illegaler Bautätigkeit von Fremden in den Naturschutzgebieten zu haben, und darüber wollte ich mit ihm sprechen. Ich bin gewissermaßen der Beschützer der neuen Naturschutzgebiete. Cords Privatleben interessiert mich nicht.«

Bonde Sibbersen lächelte befreit. »Sie beweisen guten Instinkt. Cord hielt nie viel von gewöhnlicher Arbeit, er streifte bevorzugt in Ämtern, Ministerien und Archiven herum, um sich dort in interessanten Akten zu vergraben. Auf diese Weise hat er eine Menge an einschlägigem Wissen über die Bautätigkeit auf Sylt erworben und daraus kein Hehl gemacht. Er hat auch gegen diesen verfluchten Damm gewettert, gegen die gigantischen Verdienste der Unternehmer, gegen die Erpressung der Arbeiter …«

»Bestens«, befand Asmus. »Wird er mir denn Auskunft geben?«

»Oh, ganz bestimmt. Seine ganzen Kenntnisse hat er ja zusammengetragen in der Hoffnung, dass sich endlich einmal jemand aus der Verwaltung für den Missbrauch interessiert und dagegen angeht.«

Die Laune des Kaufmanns war wie ausgewechselt. Offenbar war ihm schon seit langem das Gefühl dafür abhanden gekommen, dass sein Sohn etwas Sinnvolles tat. Aber soeben war es zurückgekehrt. »Wie sehen Sie eigentlich Cords Auflehnung gegen das, was er als illegal erachtet?«

»Ich stehe auf seiner Seite. Aber sehen Sie: Ich bin Kaufmann und muss mich mit den Kollegen arrangieren …«

Asmus lächelte ihm ermunternd zu. Offensichtlich konnte die Familie Sibbersen es sich leisten, eines ihrer Kinder, das gemeinnützig tätig sein wollte, durchzufüttern. »Dann würde ich gerne die Adresse des jungen Mannes haben«, sagte er. »Ich werde ihm schreiben.«

Das Gesicht von Bonde Sibbersen legte sich wieder in Falten wie bei dem Mops im Laden. »Tja«, sagte er bedächtig. »Cord hat bisher in der Nähe der *Klappe* in der Friedberger Anlage von Frankfurt gewohnt, wie viele der Freunde. Nach seiner Rückkehr wollte er umziehen. Das ist ungefähr drei Wochen her. Aber bisher hat er noch nicht geschrieben.«

»Hm«, murrte Asmus. »Das ist ja Pech, was mich betrifft. Pflegt er denn oft zu schreiben?«

»Eigentlich ja«, meinte Sibbersen. »Allerdings verschwinden seine Briefe manchmal und kommen nie an. Ich vermute, es hängt davon ab, wer im Westerländer Postamt Dienst hat. Die preußische Post selbst ist zuverlässig, aber nicht alle Angestellten …«

»Ja, gewiss«, stimmte Asmus zu und wunderte sich trotz allem, dass er dem Kaufmann in diesem Punkt nicht recht glauben mochte. Dessen Hände tasteten jetzt unruhig über eine Kiste mit schrumpeligen Kartoffeln. Seine zitternden Finger brachen alte Triebe ab, die unbeachtet in die Kiste zurückfielen. Der Mann fürchtete sich oder etwas, das ihm anscheinend soeben wieder bewusst geworden war. Jedoch wusste Asmus, dass er hier an seine Grenze stieß. Mehr würde der Vater über seinen Sohn nicht erzählen.

Asmus gab Sibbersen die Hand. »Würden Sie mich benachrichtigen, sobald Sie eine Nachricht von Cord bekommen? Es wäre sehr wichtig.«

»Das kann ich leicht.«

»Übrigens sollte ich noch erwähnen, dass dieses Gespräch unter uns bleibt. Auch für meine Arbeit ist es besser, wenn ich meine Kontakte nicht erwähne.« Asmus hatte die Türklinke schon in der Hand, als der Kaufmann ihn zurückrief.

»Das Bier, Herr Asmus! Probieren Sie es wenigstens.«

»Ja, das hätte ich fast vergessen.« Von dem inzwischen eingeschenkten dunklen Bier kostete Asmus und fand es sehr wohlschmeckend. Er nickte anerkennend.

»Nehmen Sie eine Flasche mit«, schlug Sibbersen vor und holte eine angestaubte aus einem Holzkasten.

»Ich kann sie mir einfach nicht leisten, Herr Sibbersen.« Asmus bedauerte es sehr. »Vielleicht einmal, wenn die Regierung die Inflation im Griff hat und das Verhältnis von Verdienst zu Lebenshaltungskosten wieder normal ist.«

»Nehmen Sie, ich schenke sie Ihnen«, drängte der Kaufmann und hielt ihm die Flasche hin.

Asmus seufzte und schüttelte den Kopf. »Ich danke, aber das geht nicht.«

Bonde Sibbersen legte die Stirn in Falten. Dann verstand er. »Vorwurf der Bestechlichkeit?«

»Ja, genau das. Ich möchte mich auf Boshaftigkeiten diverser Leute nicht einlassen.«

»Auch Sie haben Feinde«, platzte Sibbersen erstaunt heraus. »Das hätte ich nicht vermutet. Ich dachte immer, in Ämtern stecken alle unter einer Decke. Und die Amtsleiter mit allen anderen, die Macht und Einfluss besitzen.«

Asmus hielt ihm die Hand hin. »Nein, das trifft nicht zu. In allen Ämtern gibt es viel Neid, Feindschaften und Fallgruben. Passen Sie auf sich auf.«

Sibbersen schüttelte ihm kräftig die Hand. »Sie aber auch!«

Am nächsten Tag erkannte Asmus Ose, die am Strand entlang auf dem Weg nach Munkmarsch war. Er änderte sofort den Kurs der Jolle und steuerte ans Ufer zwischen kleinen Inseln mit Riedgras hindurch. Ose hatte ihn inzwischen gesehen, die Schuhe ausgezogen und watete ihm entgegen.

Als sie zu Asmus ins Boot geklettert war und die Ruder wieder Wasser unter sich hatten, fragte sie: »Wie war's? Hast du etwas erfahren?«

»Über Cords Gründe, Sylt zu verlassen, ja. Darüber können wir aber nicht reden. Was mich beschäftigt, ist die Tatsache, dass Cord vor etwa drei Wochen die Insel verlassen hat und Bonde erkennbar beunruhigt war, weil er noch keine Nachricht von ihm hat. Er versuchte, es zu verbergen.«

Ose zog die Augenbrauen in die Höhe, so dass ihre tiefblauen schönen Augen im Abendlicht aufleuchteten. Asmus ließ die Ruder ruhen. Das Boot machte kurze Nickbewegungen in den auflaufenden Wellen. In der Nähe zerrten auf einer Schilfinsel zwei Austernfischer an einem nicht zu erkennenden Gegenstand, und in der Ferne schrien Möwen. Alles war fast unwirklich friedlich.

»Was ist?«, fragte Asmus.

»Wenn Bonde dir freiwillig erzählt, dass Cord vom anderen Ufer ist – was auch hier als schlimmes Verbrechen gilt. Und wenn Bonde darüber hinaus Grund findet, sich zu beunruhigen und es trotzdem verschweigt – dann würde ich mir als Polizist Gedanken um Cord machen.«

»Völlig richtig. Die mache ich mir auch. Aber ich kann nicht nach Frankfurt fahren und ihn suchen. Und ihn auch nicht durch die dortigen Kollegen suchen lassen. Vermutlich würden sie ihn festnehmen, allein mit der Begründung, dass sein Name in den Akten auftaucht.«

»Auch ich kann nicht hinfahren«, murmelte Ose bedrückt. »Es geht Ferdinand Avenarius immer schlechter. Ich kann ihn nicht allein lassen.«

»Ich würde dich auf keinen Fall in die aktive Polizeiarbeit einbinden, liebe Ose«, erklärte Asmus entschieden. »Das ist absolut nicht gestattet. Ich habe eine andere Idee: Cord verließ Arm in Arm mit einem Bekannten die Parteiversammlung. Der sprach ein sehr südliches Deutsch und war ganz bestimmt ein Gast. Den sollte man finden können. Vorausgesetzt, er ist noch auf Sylt.«

»Das wäre eine Aufgabe, die ich bestimmt unauffälliger erledigen könnte als du. Cord umgibt sich gerne mit Reichen und Schönen. Ich kann es in den guten Hotels versuchen«, bot Ose an. »Mir wird schon etwas einfallen, weshalb ich den Süddeutschen suche, obwohl ich seinen Namen nicht kenne. Eine Pflanze etwa, die erst jetzt blüht und nach der er Ausschau hielt …«

»Das könnte funktionieren«, sagte Asmus widerwillig. »Du hast zwar recht, aber angenehm ist es mir nicht. Die besten Pläne können auffliegen.« Schweigend ruderte er in den Hafen zurück, im Zweifel, ob er Oses Angebot annehmen sollte.

Als er Bahnsens Ruderboot zwischen zwei Pfählen vertäut hatte, fiel ihm ein, dass er nun auf Muscheln verzichten musste. Das Grünzeug, das er gesammelt und vorgekocht hatte, musste für diesen Abend reichen.

So dürftig ging es dann doch nicht zu. Ose hatte vier hartgekochte Eier und Kartoffeln mitgebracht, mit denen sie ihnen ein Festessen zauberte. Mit der letzten Flasche Wein aus Asmus' Vorräten machten sie es sich im Cockpit der Franziska gemütlich und lauschten auf das Gluckern der Wellen an der Bordwand und auf die leisen Rufe von Gänsen, die zu dieser Jahreszeit gar nicht mehr in der Gegend sein sollten.

Im Licht des sehr hellen Vollmondes schickte sich Asmus an, Ose nach Keitum zu begleiten, was sie ablehnte. Asmus hatte es gar nicht anders erwartet, so selbstbewusst, wie sie war.

»Ose«, sagte Asmus eindringlich, »bitte gestatte, dass ich mitkomme. Als Kavalier würde ich deinen Willen ohne Widerspruch respektieren, doch als Polizist habe ich Grund, um deine Sicherheit besorgt zu sein. Ich weiß nicht, was hier vorgeht, aber der Uferstreifen zwischen Keitum und Munkmarsch ist nächtens häufig seltsam belebt. Von Schabernack bis Schmuggel ist als Grund alles denkbar. Jetzt, wo Boy Böhrnsen gesucht wird und möglicherweise aufs Festland geschafft werden soll, könnte das nächtliche Treiben um eine weitere Komponente verstärkt sein. Und nicht jeder mag Zeugen oder Mitwisser.«

»Wenn du meinst …«

Asmus nickte erleichtert, und sie machten sich schweigsam auf den Weg. Die Atmosphäre schien plötzlich bedrückend, als sich Wolkengebirge vor den Mond schoben und die bisherige Helligkeit tiefer Schwärze wich.

Wieder befanden sie sich im Klentertal, als ein schwacher

Lichtschein nicht weit von ihnen entfernt Asmus' gespannte Nerven fast zum Zerreißen brachte. Ohne Vorwarnung stieß er Ose zu Boden und warf sich über sie. »Still!«, flüsterte er ihr ins Ohr. »Da ist jemand.«

Aber er hörte nichts Verdächtiges, nur das Säuseln des Windes im hohen Gras und schläfriges Quaken.

Unter ihm versuchte Ose sich freizukämpfen. »Meinst du nicht, dass du allmählich Gespenster siehst?«, schimpfte sie halblaut. »Da quaken nur Enten.«

Asmus schüttelte unwirsch den Kopf. Er konnte ungeheuer stur sein. Ose verschloss er mit leichter Hand den Mund und hielt sie fest.

Die Enten in nächster Nähe verstummten plötzlich. Kurz danach hörten sie schwere Schritte auf hartem Boden und irres Gelächter, das sich entfernte. Asmus richtete seinen Oberkörper halb auf und spähte in die Umgebung. Die Dunkelheit über Land war undurchdringlich, nur über der See lag ein schmaler Streifen Helligkeit.

Er drückte Ose an sich, die zu zittern angefangen hatte. »Keine Angst, Ose. Er kriecht vermutlich durch trockene Wassergräben davon. Den Lärm durch die Holzschuhe erzeugt er künstlich. Rammt sie an die Prielwände oder ähnlich.«

»Ist das ein Verrückter?«, brachte sie zwischen klappernden Zähnen hervor.

»Eher nicht. Vielleicht will er, dass wir es glauben. Auf jeden Fall will er uns Angst machen. Ich vermute, er will anderen den Weg am Strand verleiden. Komm, du musst jetzt rasch in die Koje, um dich aufzuwärmen!«

»Wie hast du eigentlich gemerkt, dass jemand in der Nähe war?«

»Instinkt. Außerdem sah ich etwas aufblitzen. Das Mondlicht hat einen Widerschein auf Metall erzeugt, vielleicht auf einer Messerklinge …«

»Gut, einen persönlichen Polizisten zu haben«, murmelte Ose und wehrte sich nicht, als Asmus ihre Hand nahm.

KAPITEL 13

Da das an der Südspitze von Sylt gelegene Hörnum auf dem Sandweg sehr mühselig zu erreichen war, entschied Asmus sich, die Südbahn zu nehmen. Immerhin hatte er Anspruch auf Vergütung der Kosten durch den Staat.

Nicht nur der Südbahnhof in Westerland, sondern auch die Waggons der Bahn waren besser ausgestattet als alle anderen, die Asmus bisher auf Sylt gesehen hatte. Eben Einrichtungen für das zahlungskräftige Publikum, das in einem einzigen Tag von Hamburg aus per Dampfer Sylt erreichen konnte.

Im hölzernen Empfangsgebäude von Hörnum, das ebenfalls auf begüterte Reisende ausgerichtet war, gab es eine kleine Fahrkartenausgabe für die Bahn sowie eine für die HAPAG Dampfschiffgesellschaft.

Dem Schiffsangestellten gegenüber spulte Asmus seine Fragen nach einem Mann in Reithosen oder auch in gewöhnlicher Gesellschaftskleidung ab, der mit einer Kutsche gebracht worden sein konnte.

Weder erwartete er einen Hinweis auf Böhrnsen, noch bekam er einen.

»Was meinen Sie denn, wie viele Fahrgäste wir jeden Tag haben, Herr Schupo? Mit Reithose oder ohne«, bekam Asmus patzig zu hören.

Asmus nickte und bedankte sich für die Auskunft. Der einzige Zweck seiner nutzlosen Fahrt nach Hörnum war, einem Eintrag in die Personalakte zu entgehen. Könnte Asmus eine solche Befragung nicht protokollieren, würde Sinkwitz die Unterlassung als schweren dienstlichen Fehler kritisieren und schriftlich kommentieren.

Wieder draußen, überlegte sich Asmus, dass ein Spaziergang durch die kleine Siedlung Hörnum und hinunter zum Hafen nicht schaden könnte. Die Polizei zeigte Präsenz, und vielleicht erfuhr er trotz allem etwas Interessantes. Der Leuchtturm vor allem, der etwas höher als das Dorf lag, zog ihn magisch an.

Gerade als er zu dem rot-weiß gestreiften Turm hochstieg, stürmten ihm die Schulkinder entgegen, deren Klassenraum sich im Leuchtturm befand. Schule aus!

»Hast du heute schon einen Dieb gefangen?«, schrien sie durcheinander, nachdem sie Asmus umringt hatten.

»Nein, heute noch nicht«, gab er lächelnd zu. »Diebe für jeden Tag haben wir ja gar nicht.«

»Seeräuber denn? Oder Schmuggler?«

Noch bevor Asmus antworten konnte, drängte sich ein kleines blondes Mädchen durch die Jungenschar hindurch. »Schmuggler gibt es!«, rief sie triumphierend. »Ich hab in der Nacht gesehen, wie ein Boot aus dem Hafen raus ist. Zuerst sind die Männer gerudert, und draußen haben sie Segel gesetzt.«

»Line, du Angeberin! Das hast du irgendwo gelesen, und jetzt flunkerst du wieder, um dich wichtig zu machen!« Ein Junge mit erbitterter Miene schien sich mit geballten Fäusten auf das Mädchen stürzen zu wollen.

»Aber, aber«, beschwichtigte Asmus die Schar. »Keine Aufregung unter euch Jungvolk. Möchte einer mal meinen Helm aufsetzen?«

»Ja!«, schrien alle im Chor, und der sich anbahnende Streit war vergessen.

Asmus' Helm ging rundum. Anschließend hatten alle Jungs beschlossen, Polizist zu werden.

Asmus sah ihnen lächelnd nach, als sie sich schwatzend auf den Heimweg in die Siedlung machten, und bemerkte erst dann, dass Line zurückgeblieben war. »Nun, Line?«, fragte er freundlich. Sie wirkte zart wie eine Elfe, und neben ihr kam er sich wie ein Klotz vor.

»Ich habe die Männer wirklich gesehen«, beteuerte sie. »Der eine war der Knud, den anderen kannte ich nicht.«

»Aber in Hörnum wohnt der andere nicht?«, vergewisserte sich Asmus.

»Nein! Dann würde ich ihn ja kennen.«

»Natürlich. Entschuldige bitte. Die Frage war dumm.«

Line betrachtete Asmus mit nachdenklich schief gelegtem Kopf. »Erwachsene entschuldigen sich nicht.«

»Wer einen Fehler gemacht hat, sollte sich entschuldigen, ob Erwachsener oder Kind.«

»In Büchern tun sie das auch nicht.«

»Liest du gerne?«

»Oh ja. Du auch?«

»Aber natürlich, Line!«

»Der Lehrer leiht mir manchmal welche«, verriet Line sehnsüchtig. »Mein Papa will das nicht. Deshalb lese ich nachts.«

Asmus verstand. »Bei Mondlicht am Fenster. Stimmt's?«

Line wirkte betreten, weil sie sich erwischt sah. Dann hob sie plötzlich den Kopf und schenkte Asmus ein strahlendes Lächeln, während sie einen Finger auf ein Einzelhaus am Ende der Gasse richtete. »Unser Haus steht gerade oberhalb der Mole, siehst du? Aber du verrätst mich nicht, oder?«

»Nein, natürlich nicht. Aber du musst jetzt nach Hause, und ich sollte auch weiter.« Asmus erhob sich und streckte die Knie. Dann zupfte er behutsam an Lines Zopf, als bediene er einen Glockenschwengel. »Ich freue mich, dass ich dich kennengelernt habe, Line. Tschüs.«

»Ja, das war spaßig«, entgegnete Line und tanzte davon.

Der Unbekannte auf Knuds Boot konnte natürlich Böhrnsen gewesen sein. Die Zeit stimmte, und der Ort war im Gegensatz zu einer Flucht über List nachvollziehbar.

Während sich Asmus durch die Dünen zum Südbahnhof zurückrütteln ließ, kam er zum Schluss, dass selbstverständlich für eine nächtliche Segeltour auch jede andere Begründung in Frage kam. Weiter war er also eigentlich nicht gekommen, aber für das Protokoll taugte Lines Beobachtung allemal.

Sollte Böhrnsen tatsächlich mit dem fraglichen Boot geflohen sein, wäre er mittlerweile auf Amrum oder Föhr zu vermuten, noch wahrscheinlicher auf dem Festland. Unauffindbar also.

Am frühen Abend kam Ose. Asmus hatte nicht das Herz, ihr Vorhaltungen zu machen, dass sie schon wieder auf diesem suspekten Uferweg unterwegs gewesen war. Auf sein missbilligendes Kopfschütteln hin warf sie abwehrend die Hände in die Höhe.

»Ich war nicht allein, Asmus! Jörn Frees hatte die gleiche Richtung wie ich. Er wollte zu Mart. Da konnte mir wirklich nichts passieren.«

»Ah so. Na, dann ist es ja gut«, sagte Asmus, obwohl sein mulmiges Gefühl blieb.

»Ich habe mich nach dem Bekannten von Cord umgehört«, erklärte Ose niedergeschlagen.

»Dann komm erst einmal an Bord und setz dich. Ich habe gerade Tee gekocht. Mit Zitronenmelisse aus Frau Bahnsens Garten.«

»Ja, schön.«

Ose nahm im Cockpit Platz, erhielt ihren Becher mit Tee und drehte ihn eine Weile in den Händen, während Asmus an seinem eigenen nippte und wartete.

»Es war ein Schlag ins Wasser. Ich habe mehrere Familienhotels abgeklappert, schließlich wurde ich im Hotel Dünenhalle fündig.« Ose grunzte erbost.

»Trink erst einmal«, mahnte Asmus.

Ose tat es. »So ein blöder Kerl«, schimpfte sie dann. »Hat mich richtig auflaufen lassen.«

»Wer?«

»Gerrit. Der Concierge. Ich fragte, ob er der Portier sei oder nur zufällig am Tresen stehe. ›Du darfst mich als Concierge unseres Hauses ansprechen, Ose‹«, zitierte sie geziert.

»Ihr kennt euch.«

»Unglücklicherweise sind wir zusammen in die Mittelschule gegangen, er ist einige Jahre älter als ich und immer noch so pickelig wie früher. Schon damals konnte ich ihn nicht leiden, jetzt noch weniger.«

»Warum?«, fragte Asmus geduldig.

»Als ich den Bekannten von Cord beschrieb, wusste Gerrit gleich, um wen es ging. Erst sah er sich um, stellte fest, dass sich in der Hotelhalle gerade keine Gäste befanden, dann streckte er die gespreizten Hände in die Höhe, trippelte wie auf hohen Hacken hinter dem Tresen hervor und schleuderte mir im Sopran entgegen: ›Ich weiß, wen du meinst, liebe Ose, natürlich unseren bayerischen Zitteraal.‹«

»Oh je.«

»Ja. Dann sprang er wieder hinter den Tresen, griff sich ein Journal oder so etwas und erkundigte sich in geschäftigem Ton: ›Und was willst du von der Schwuchtel?‹«

Ose hätte an dieser Stelle die Befragung abbrechen sollen, dachte Asmus mitleidig, der an ihrem Gesicht ablas, dass es danach erst richtig schlimm geworden war.

»Ich hatte mir keinen Ersatzplan für den Fall ausgedacht, dass der Bayer etwas anderes ist als ein gewöhnlicher Urlauber und dies obendrein im Hotel noch bekannt ist«, fuhr Ose mühsam fort, »deshalb erklärte ich Gerrit, dass der Bayer eine bestimmte Pflanze gesucht hätte und ich sie ihm jetzt zeigen könnte ... Na ja.« Sie zuckte mit den Schultern.

»Und dann?«

»Gerrit brach in ein Gelächter aus, das durch die ganze Halle ging, bevor er sich wieder einfing. ›Der doch nicht!‹, quiekte er heraus, ›der hat sich nur für Mode und Männer interessiert. Ich glaube nicht, dass der jemals aus Westerland hinausgekommen ist.‹«

»Und damit war deine Suche am Ende.«

»Ja. Adressen gäben sie nie heraus, das seien sie ihren Gästen schuldig, erklärte Gerrit und fragte mich anschließend, ob ich die Schwingtür ohne Hilfe aufbekäme.«

»Ein ziemlich schnoddriger Concierge.«

»Ja. Aber bitte schreite du nicht jetzt meinetwegen ein.«

Asmus schüttelte den Kopf. »Leider geht das sowieso nicht. Ich bin nicht autorisiert, nach Cord und seinem Bekannten zu suchen. Um Namen illegaler Bauherren herauszufinden, wäre der Weg durch ein paar Ämter wohl schneller. Abgesehen davon, dass Sinkwitz es mir rundheraus abschlagen würde. Es ist sowieso wichtiger, den Mörder oder Totschläger Boy Böhrnsen zu suchen, als nach Namen von Männern, mit denen es sich Sinkwitz nicht verderben möchte. Übrigens soll ich den Fuhrunternehmer gefunden haben, bevor der Abgeordnete Bauer Sylt besuchen kommt. Welche Illusion!«

»Sinkwitz pflegt sich nach allen Richtungen abzusichern, das weiß man. Auf diese Weise hält er sich auch als Kommunist unter konservativen Kaufleuten.«

»Ich habe mich auch schon gewundert. Anscheinend versteht er es, geschickt die Bedürfnisse entgegengesetzter Gruppierungen zu bedienen.«

»Offensichtlich. Etwas ganz anderes, Asmus. Mir ist noch eingefallen, dass ich einmal von Böhrnsens Verwandtschaft auf der Hallig Langeneß sprechen hörte. Vielleicht hat er sich ja dort verkrochen. Und jetzt muss ich nach Haus.« Ose stand so unvermittelt auf, dass die Franziska schwankte. »Vielleicht begleitet mich ja wieder Jörn.«

»Kommt nicht in Frage, das werde ich tun!«

Ose wagte keinen Widerspruch.

Asmus verfolgte noch ein weiteres Ziel, außer dass er Ose sicher zu Hause wissen wollte. Im Cockpit der Franziska hatte er sich so hingesetzt, dass er den Hafen überblicken konnte und eben auch das Fährgebäude. Jörn Frees war herausgekommen, als sie ihre Becher noch nicht halb leergetrunken hatten, und hatte sich augenscheinlich auf den Heimweg gemacht.

Selbst wenn dieser Jörn in Bahnsens Augen als dumm galt, konnte es gut sein, dass er etwas von den Vorgängen am Ufer bemerkt hatte. Asmus würde sich gerne einmal mit ihm unterhalten. An diesem Abend war daran natürlich nicht zu denken.

Stattdessen legte er sich selber auf die Lauer. Er suchte sich mit Umsicht eine Stelle, von der aus er das Ufer beobachten konnte, er selbst aber unsichtbar blieb. Am besten geeignet waren Priele im Klentertal, die häufig nicht tiefer waren als ein darin liegender Mann. Zwar waren sie trotz der viele Regentage nicht mit Wasser gefüllt, aber der Schlick war nass. Asmus' Kleidung war nach kurzer Zeit durchweicht.

Die Ellenbogen auf dem Gras am Prielrand abgestützt,

suchte er mit dem Fernglas das Ufer ab. Der Sandstreifen lag leer vor dem Watt, in dem Austernfischer und aus welchem Grund auch immer nicht abgeflogene Ringelgänse nach Futter suchten. Gelegentlich erreichte ein Schnattern der zufriedenen Gänse Asmus' Ohren, der Wind strich hörbar durch die Gräser, aber darüber hinaus gab es keine fremden Geräusche. Jäger waren am Ufer noch nicht unterwegs, da die jagdbaren Vögel, die das Watt ab Oktober bevölkern würden, sich noch nicht sammelten.

Asmus hielt geduldig aus, bis es stockdunkel geworden war, jetzt im August doch schon beträchtlich früher als im Juni und Juli. Etwas unzufrieden wanderte er zu seinem Boot zurück. Er konnte sich weiterhin keinen Reim auf die geheimnisvollen Vorgänge an diesem Ufer machen.

Am nächsten Morgen erwachte Asmus von ungewohntem Klappern und undefinierbaren Geräuschen im Hafen. Er fuhr in die Höhe. Verschlafen!

Als er aus dem Luk seines Bootes schaute, sah er, wie Jörn Frees aus einer Jolle heraus zwei schwere Blecheimer auf den Fähranleger hochwuchtete.

Aha. Offensichtlich hatte er Miesmuscheln gesammelt, wahrscheinlich für einen Auftraggeber auf dem Festland, und die Eimer würden mit der Morgenfähre weiterreisen.

Asmus fuhr in Uniformhose, Hemd und Jacke hinein und schlenderte zum Fährhaus hinüber, in das Jörn verschwunden war. Dort begann er, die Fahrpläne zu studieren.

Es dauerte nicht lange, bis Jörn wieder herauskam. Das monotone Pfeifen, das er auf den Lippen hatte, versiegte, als Asmus auf ihn zutrat.

»Moin, moin, ich wollte gerne einmal mit dir sprechen, Jörn.« Asmus lächelte freundlich, während er den jungen Mann betrachtete. Den entstellte ganz gewaltig eine Hasenscharte, die von der Oberlippe bis zur Nase reichte und auf der linken Wangenseite auslief. Das linke Auge schielte, und es war nicht zu erkennen, wohin es gerichtet war.

»Hä«, hackte Jörn heraus.

»Du weißt bestimmt, wer ich bin – der Schupo, der auf seinem Boot wohnt.«

Jörn nickte eifrig, während seine Augen Verständnis signalisierten.

»Ich glaube auch, dass du öfter als jeder andere zwischen Keitum und Munkmarsch am Ufer entlang wanderst. Hast du jemals etwas Ungewöhnliches bemerkt?«

»Hä?«

Viel verstand Jörn nicht. Asmus versuchte es nochmals. »Manchmal treiben sich hier nachts Leute herum. Sie könnten Böses wollen. Weißt du etwas davon?«

Dieses Mal hatte Jörn die Frage begriffen. Er schüttelte vehement den Kopf. »Niemand böse«, murmelte er und nahm die Hacken in die Hand, als ob er Angst vor Asmus hätte.

Asmus sah dem Mann unschlüssig nach, der das Hafenbecken umrundete und sich wie üblich auf den Heimweg nach Keitum machte. Noch in Sichtweite tat Jörn etwas Seltsames – er hechtete der Länge nach ins hohe Gras. Als er wieder auftauchte, hatte er eine Ente in den Händen, der er geschwind durch Ringeln das Leben ausblies. Vermutlich seine nächste Mahlzeit, dachte Asmus, aber dann schmetterte Jörn den Kadaver auf den Boden und trampelte auf ihm herum. Keine Jagdbeute – pure Wut.

»Hast du dem Jörn Angst gemacht?«, fragte der Werftbesitzer, der gleich darauf in Asmus' Sichtfeld geriet, als er um die Ecke seines Schuppens bog.

»Offensichtlich«, bestätigte Asmus vergrätzt. »Aber deswegen muss er doch nicht einen Mord an einer Ente begehen, dem ich gerade zusehen musste. Ich frage mich, wie viel er überhaupt begreift.«

»Er benimmt sich manchmal seltsam. Landläufig gilt er als dumm und zurückgeblieben.« Bahnsen legte eine nachdenkliche Pause ein. »Ich dachte das zuweilen auch. Aber ich frage mich schon lange, ob es wirklich stimmt. Bisweilen kommt mir der Verdacht, dass er womöglich Dummheit geschickt als Waffe einsetzt. Niklas, ich muss weiter, die Fähre läuft gleich ein. Ich erwarte einen neuen Motor.«

Asmus drehte sich um. Tatsächlich. Die Fähre umrundete gerade die Mole. Auf dem Ober- und Unterdeck der Frisia standen an der Reling dicht an dicht die Gäste, und die erwartungsvollen Schreie von erstaunten Kleinkindern übertönten sogar das Gekreisch der Möwen, die im aufgewirbelten Wasser neben den Schaufelrädern nach Futter suchten. Er lächelte skeptisch, während er über Bahnsens letzte Bemerkung nachdachte, die ihn außerordentlich erstaunte.

»Sie haben Böhrnsen natürlich noch nicht aufgespürt!«, schnauzte Sinkwitz übelgelaunt, als sich Asmus am nächsten Tag wieder einmal in der Wache blicken ließ.

»Nein.«

»Und das melden Sie mir so einfach ins Gesicht?«

»Wohin sonst, Hauptwachtmeister Sinkwitz?«

Über die Schulter seines Vorgesetzten hinweg sah Asmus Lorns, der ihm signalisierte, dass im Augenblick äußerste Vorsicht geboten war.

Asmus fiel ein, dass an diesem Tag der Politiker erwartet wurde. Wahrscheinlich waren alle Beteiligten an seinem Empfang, dem Umzug und dem anschließenden Festessen hochgradig nervös. Er beschloss, ein wenig zur Beschwichtigung beizutragen. »Auf Sylt ist Böhrnsen wohl nicht mehr. Es gibt Indizien, dass er sich von Hörnum aus abgesetzt hat. Vielleicht nach Langeneß zu seinen Verwandten.«

»Möglich ist es«, stimmte Matthiesen eifrig zu. »Ein Vetter von ihm hat dort einen vergleichsweise ansehnlichen Hof. Verdient mit der Lieferung von Butter und Strickstrümpfen nach Föhr immerhin Bargeld.«

»Heute fahren Sie jedenfalls nicht dorthin, Asmus«, schnarrte Sinkwitz, der sich kaum beruhigen ließ. »Heute sind Sie verantwortlich für die Sicherheit des Abgeordneten Bauer und seiner Begleitung. Sie und Matthiesen: auf der Straße in Uniform, beim Bankett in Zivil.«

Matthiesen klackte mit den Stiefeln und stand stramm. »Wachtmeister Asmus hat immer noch keinen Degen, Hauptwachtmeister Sinkwitz.«

»Wieso nicht? Was fällt Ihnen denn ein, unvollständig bekleidet Ihren Dienst zu versehen, Asmus?«

»Die Anordnung zu meinem Dienstantritt wurde noch nicht aufgehoben«, erklärte Asmus ruhig.

»Dafür haben Sie selbst zu sorgen! Dies ist doch kein

Kindergarten!« Sinkwitz rauschte aus dem Wachraum. Hinter ihm schlug die Tür zu seinem Zimmer zu.

»Ajajaj«, seufzte Matthiesen und ließ sich auf einen Hocker sinken. »Hoffentlich bringen wir das hinter uns, ohne dass größere Katastrophen eintreten.«

»Als da wären?«

Matthiesen sinnierte zur Zimmerdecke hoch. »Gezielt auf den Abgeordneten scheißende Möwen, uninteressierte Friesen, Regen, Gewitter und Sturm, Motorschaden an der Prunkkarosse … Ach, es ließen sich noch so viele Sabotagemöglichkeiten finden.«

Asmus grinste über alle Backen. »Stell dir vor, man könnte Möwen abrichten«, sagte er träumerisch.

In aller Hast ratterte Asmus nach Munkmarsch zurück, um sich seine Zivilkleidung zu holen. Später würde dafür keine Zeit mehr sein. Etwas verschämt erschien er an Oses Tür, um zu bitten, ob er sich Hose und Jacke bei ihr plätten dürfe. Auf einem Kosterboot konnte man in den engen feuchten Schapps keine Kleidung gesellschaftsfähig halten. Man durfte dankbar sein, wenn sie nicht zu spaken anfing.

Ose war nicht da. Aber ihre Mutter hatte jedes Verständnis. »Ich habe gerade den Anzug meines Mannes unter dem Plätteisen. Er soll auch zu dem Empfang im Hotel. Das geht in einem Aufwasch. Nun kommen Sie schon herein, Herr Asmus!«

»Ich kann es selbst tun«, wagte Asmus zu bemerken.

»Zweifellos. Aber Sie müssen nicht alles selbst machen. Ich würde auch keine Diebe fangen wollen. Das erledigen Sie für mich.«

»Na ja, so gesehen … Das ist nett von Ihnen.«

Kurze Zeit später wirbelte Ose ins Haus, wo sie Asmus in der Küche bei einem Becher Tee vorfand. »Die Straßen füllen sich schon«, schnaufte sie und bediente sich ebenfalls an der Teekanne, die auf dem heißen Herd stand. »Hat dich Mutter schon eingemeindet?«

»Wie meinst du das?«

»Oh, Fremde bittet sie in die Dörns oder gar in den Pesel. Wer am Küchentisch hockt, gehört zu uns.«

»Das weiß ich jetzt nicht«, sagte Asmus verwirrt. »Deine Mutter plättet meinen Gesellschaftsanzug.«

Ose staunte. »Der Sinkwitz macht sich alles zunutze, schlau, der Kerl. Der weiß, dass du dich in den höheren Schichten benehmen kannst, im Gegensatz zu Jung oder Thamsen.«

»Meinst du?«

»Ja, klar.«

Oses Mutter trat in die Küchentür. Sie hielt Jacke, Hose, Kummerbund und Schleife hoch, die auf einem Bügel hingen. »Recht so, Herr Asmus?«

Asmus sprang auf und verbeugte sich. »Meinen ganz herzlichen Dank, Frau Godbersen! Ganz sicher haben Sie das Ansehen der Schutzpolizei von Sylt gerettet.«

»Sie übertreiben, Herr Asmus. Aber Sie sind jederzeit willkommen, um weiter zu übertreiben.«

Asmus schmunzelte, ließ sich den Anzug über den Arm drapieren und fuhr vorsichtig zurück nach Westerland.

KAPITEL 14

Am Mittag traf der Zug mit den festländischen Honoratioren von Hörnum kommend am Westerländer Südbahnhof ein. Asmus und Matthiesen waren zur Stelle, mit blank geputzten Stiefeln und Säbeln. An seinem Helm hatte Matthiesen als Freudenkundgebung die schwarzweiße preußische Kokarde aufgesteckt. Asmus war auf die gleiche Idee gekommen, hatte sich aber eines Straußes Strandwermut bedient, dessen graue Blätter traurig herabhingen.

»Mensch, Niklas«, sagte Lorns mit einem Blick auf das unpassende Gewächs erschrocken. »Muss das sein? Jemand könnte meinen, dass der Abgeordnete Bauer für dich ein Wermutstropfen ist.«

»Mag er denken, was er will«, entgegnete Asmus gleichmütig. »Die sollen dankbar sein, dass ich nicht mit einer auf der Pickelhaube aufgespießten Kreuzkröte erscheine. Als sichtbares Zeichen dafür, in welcher Geschwindigkeit diese seltenen Tierchen aus ihrem Lebensraum vertrieben werden.«

Matthiesen grinste. »So gesehen …«

Neugierige säumten die Straße, als der Abgeordnete Bauer im offenen grünlackierten Wagen langsam vorbeigefahren wurde. Sie schrien begeistert und schwenkten nordfriesische Fähnchen. Dem Auto voraus tänzelten Pferde des Ringreitervereins, es folgte eine Kapelle von Jungen und Mädchen mit Blasinstrumenten und Trommeln, die allerdings vom Festland importiert worden war.

Dahinter marschierten in strammem Schritt die wichtigsten Männer von Sylt: Bürgermeister Müller, der Kurdirektor, die Direktoren der großen Hotels und die maßgeblichen Kaufleute. Und Rörd Jacobsen. Er ragte über die meisten anderen empor. Im Übrigen mischte sich auch allerhand Volk unter die Menge, das Asmus unbekannt war. Die in Kampen lebenden Künstler beteiligten sich offenbar nicht; an ihren Phantasiegewändern und mitunter langen Haaren wären sie leicht zu erkennen gewesen.

Der im Auto stehende Abgeordnete Bauer verneigte sich steif abwechselnd nach rechts und links und lupfte immer wieder seinen pechschwarzen Zylinderhut, auch in Richtung der Obergeschosse der Häuser, an deren Fenstern sich die Zuschauer drängten. Matthiesen und Asmus folgten seinem Wagen in angemessenem Tempo und hatten an ihrer jeweiligen Straßenseite potentiell boshafte Möwen und aggressive Kommunisten im Auge.

Feinde jeglicher Sorte waren jedoch nicht zu erkennen.

An der Einfahrt zum Hotel wurde das gemeine Volk zurückgehalten. Das Gedränge löste sich auf, und es gab etwas Luft.

»Gehört dieses Auto dem Abgeordneten?«, erkundigte sich Asmus leise bei Matthiesen.

»Der Horch?«, fragte Matthiesen erstaunt zurück. »Nein, das ist der Jagdwagen von Rörd Jacobsen.«

»Aha«, murmelte Asmus verblüfft. Und doch fuhr Jacobsen weder im Auto mit, noch hielt er sich dicht daneben. Ein Zeichen von Bescheidenheit? Wollte er allein dem Abgeordneten die Begeisterungsstürme zukommen lassen? »Was hältst du von ihm?«

»Von Jacobsen?«

Asmus nickte.

»Er hat einen guten Leumund«, sagte Matthiesen zögerlich.

»Aber?«

»Man weiß nicht sehr viel über sein Leben. Man könnte denken, er versteckt sich da draußen in seiner Villa. Er soll viele Kontakte auf dem Festland haben.«

»Aha.« Asmus war nicht schlauer geworden. Ohnehin hatten sie jetzt keine Zeit mehr für ein Gespräch.

Der Jagdwagen rollte vor dem Eingangsportal des *Sylter Hofs* aus. Während der Abgeordnete unter großem Pomp begrüßt und ins Haus geleitet wurde, rannten Asmus und

Matthiesen hintenherum in den Keller, wo sie ihre Anzüge bereitgelegt hatten.

Matthiesen trug zur dunklen Hose ein dezentes schwarzes Jackett, während Asmus formvollendet im kleinen Gesellschaftsanzug auftrat, so wie es Sinkwitz angeordnet hatte.

Bauer war nach dem Eintragen ins Gästebuch erst bis zur Saaltür gelangt, als die beiden Polizisten auch schon oben waren und sich wenige Schritte hinter ihm mit dem geflüsterten Erkennungswort Einlass verschafften.

Im Bankettsaal waren viele runde Vierer- und Sechsertische weiß eingedeckt. Während Asmus und Matthiesen sich unauffällig in der Nähe des Rednerpults ihre Stehplätze an der Fensterseite suchten, wo auch schon mehrere andere Herren standen, die offensichtlich zur Begleitung des Politikers gehörten, aber nicht geladen waren, füllte sich der Raum.

Noch schwatzten die Gäste unbekümmert und laut miteinander und fanden sich zu Gruppen zusammen, während sie sich an den Tabletts der sich geschäftig durchschlängelnden Kellner mit gefüllten Gläsern bedienten. Schließlich suchten sich die meisten ihren Platz.

Endlich saßen alle, aber noch summte der Saal von gegenseitiger Vorstellung und ersten Sachgesprächen.

Matthiesen beugte sich bedächtig zu Asmus hinüber. »Hier kannst du sehen, wer auf Sylt was darstellt«, flüsterte er. »Wer nicht da ist, hat keinen Einfluss.«

»Ich sehe Rörd Jacobsen, aber Bonde Sibbersen nicht. Ich denke, er ist einer der Wichtigen in Westerland.«

»Er ist einer der reichsten Kaufleute«, verbesserte Lorns. »Das ist etwas anderes. Ich schätze, er bleibt aus Protest fern, und das kann er sich leisten. Er spendet an viele Vereine und betätigt sich gemeinnützig.«

»Wogegen protestiert er denn?«

»Gegen all das, was sich die Geldgierigen vom Damm erhoffen. Er ist redlich genug, um anzuerkennen, dass ganze Berufsgruppen zu recht in Angst vor dem Damm leben.«

Das alles hatte Sibbersen Asmus nicht erzählt, wahrscheinlich aus Bescheidenheit nicht. Während der Bürgermeister Müller – derselbe, der die Versammlung der DNVP geleitet hatte – Grußworte abspulte, hatte Asmus Zeit, die Gesichter zu studieren, die er aufgrund seiner Bewacherposition gut im Auge hatte. Inzwischen kannte er viele vom Sehen, die meisten augenscheinlich Kaufleute. Aber auch Dr. Katzenstein, der Kurarzt, war da. Er saß neben Mausi Böhrnsen, die wahrscheinlich die Einladung ihres Vaters wahrnahm, jedenfalls war ihr Verlobter nicht anwesend.

Plötzlich erschien ein Kellner vor Asmus. »Bitte, der Herr, wenn Sie jetzt Platz nehmen wollten«, flüsterte er aufgeregt. »Die Festlichkeit hat schon angefangen, und alle anderen sitzen bereits. Ich geleite Sie zu Ihrem Platz, wenn Sie erlauben, und bringe Ihnen Champagner.«

Asmus ließ es sich nicht zweimal sagen. Er folgte dem erleichterten Hotelangestellten zu einem frei gebliebenen Stuhl in der Mitte des Saals, wobei er zu seiner Verwunderung an Sinkwitz vorbeikam, auch dieser nicht in Polizeiuniform, wenn auch nicht in einem so eleganten Smoking wie Asmus.

Unterwegs waren ihm schon einige erstaunt hochgezogene Augenbrauen von Syltern aufgefallen, die ihn als einfachen Wachtmeister kannten, aber nun schnell begriffen, wie sehr sie seine gesellschaftliche Stellung unterschätzt hatten. Mindestens vier dieser Herren würden anschließend das Bedürfnis haben, ihn privat zu beschnuppern, dachte Asmus amüsiert, während er darauf wartete, dass der Kellner ihm den mit gestreifter Seide bezogenen Lehnsessel zurechtrückte. Auch Oses Vater beobachtete ihn, und sein verschmitztes Schmunzeln war gar nicht zu übersehen; Asmus musste sich zurückhalten, um nicht zurückzugrinsen, empfand er doch diesen Sitzplatz als wesentlich angemessener als den Stehplatz an der Wand.

»Haben Sie es noch geschafft, Herr Kollege«, raunte sein Nachbar zur Rechten, verbeugte sich leicht und stellte sich in süddeutscher Mundart als Robert Meier vor.

»Niklas Asmus, Rostock«, flüsterte Asmus.

»Die Reederei?«

Asmus nickte und richtete seine Aufmerksamkeit nach vorne zum Rednerpult, auf dem soeben der Abgeordnete Bauer zu seiner Rede anhob.

»Werte Gäste, in diesen stürmischen Tagen, sowohl politisch als auch finanziell, darf ich Sie als Speerspitze kommender Veränderungen aufs Herzlichste begrüßen. Sie alle sind bereit, größere Geldsummen in Sylt zu investieren, und ich verspreche Ihnen, es wird sich lohnen! Welche Insel kann schon von sich behaupten, über Damm und Eisenbahn mit einer schnellen Verbindung zum Festland zu verfügen, über eine noch schnellere durch den Flughafen und als besondere Attraktion für künftige Gäste einen Zeppelinhafen? Lediglich der Bau der Untergrundbahn bereitet uns noch einige technische Probleme, aber auch die werden wir lösen.«

Das herzhafte Gelächter und das anschließende Gemurmel an allen Tischen bewiesen, dass Bauer den Zuhörern aus dem Herzen sprach. Er hob die Hand, und der Lärm ebbte ab.

»Mit anderen Worten: Die Insel Sylt wird dank der klugen Wirtschaftspolitik meiner Partei einen verkehrstechnischen Komfort aufweisen wie New York, dabei mit Sehenswürdigkeiten locken wie Paris und dank ihres Liebreizes bald einen Besucherstrom erleben wie Berlin. Dafür zu sorgen, dass alle zu erwartenden Gäste untergebracht, verköstigt und unterhalten werden, bleibt Ihnen überlassen.«

Allgemeine Zustimmung. Nur Asmus hatte es die Sprache verschlagen.

»Sie alle haben den ersten Zugriff und können die besten Plätze besetzen, meine Herren. Und damit darf ich Sie zunächst einem opulenten Mahl überlassen, in dem Sie bergeweise Ideen entwickeln werden, die als Grundlage späterer konkreter Planung dienen sollen. Ich wünsche guten Appetit.«

Dröhnendes Händeklatschen beendete diesen ersten Teil der Veranstaltung. Es war noch keine Ruhe eingekehrt, als die Saaltüren aufschlugen und ein Strom von Kellnern, beladen mit Fleisch- und Gemüseplatten, unter leiser Kammermusik hereinmarschierte.

Entgeistert nippte Asmus an seinem Champagner, der ihm nun nicht mehr schmeckte. Was stellte sich dieser Abgeordnete überhaupt unter Sylt vor? Hatte er nicht wenigstens zwischen Hörnum und Westerland aus dem Zugfenster geschaut und bemerkt, welche Illusionen er im Begriff war zu verkaufen? Ganz abgesehen davon, dass innerhalb dieser hochfliegenden Pläne kein Platz mehr für die Einheimischen blieb. Es sei denn, Frauen in Sylter Tracht würden zu annoncierten Zeiten durch die Straßen geführt, zusammen mit ihren Männern, deren weiße Oberhemden, weite Hosen mit Hosenträgern und Holzpantinen weniger malerisch waren, aber immer noch als eine Art einheimische Arbeitstracht deklariert werden konnten.

»Nun, was sagen Sie? Sind Sie hier, um Pläne für einen Hafen mit Ausflugsschiffen zu eruieren?« Meier prostete Asmus zu.

Asmus wiegte zweifelnd den Kopf. »Munkmarsch eignet sich nicht, weil die Wasserstraße nach Süden durch den Damm versperrt wird. Nach Norden wollen die Leute wahrscheinlich nicht, weil es Animositäten gegenüber den Dänen gibt. Hörnum wäre die einzige Möglichkeit für Ausflüge zu den Inseln und nach Helgoland, aber komfortabel ist es von Westerland aus nur mit dem Zug erreichbar. Es fehlt eine feste Straße für Autos, es gibt nur den Sandweg. Und die Gegend ist natürlich das genaue Gegenteil von dem, was Bauer beschrieben hat. Das Publikum, das nach Sylt gelockt werden soll, interessiert sich nicht für den Halligfliederspitzmausrüsselkäfer und das Schwingelgras.«

Meier brach in ein schallendes Lachen aus. »Nun, ich muss sagen, Sie sind gut vorbereitet. Ich weniger. Mein Fachgebiet sind Luftschiffe und Zeppeline.«

»Ach was«, staunte Asmus.

»Ja. Aber solange die Binnenstruktur der Insel nicht auf modernem Stand ist, kann man einen Landeplatz nicht ordentlich betreiben. Verstehen Sie: In der Einöde ist er nutzlos, wenn es keine Straßen gibt, auf denen die Besucher die anvisierten Sehenswürdigkeiten erreichen können. In die Nähe von Siedlungen möchte ich damit auch nicht. Die Brandgefahr für meine Flugobjekte ist zu groß …«

Von der anderen Seite wurde Asmus angesprochen, noch bevor er Meier zustimmen konnte. »Gestatten, Karl Vesper.

Entschuldigen Sie, ich habe mit halbem Ohr Ihr Gespräch mitgehört. Haben Sie den Eindruck, dass sich ein Hotel in Munkmarsch tragen könnte?«

Asmus wandte sich ihm zu. »Für Hotels bin ich weiß Gott kein Fachmann. Aber ich glaube nicht. Die Fährverbindung zum Festland wird eingestellt werden, sobald der Damm fertig ist; die Werft schließt bald; die Mühle ist schon abgerissen. Es ist ein sterbender Ort. Einen breiten Sandstrand gibt es nicht, nur Schlick, baden kann man also nicht. Ich wüsste nicht, warum Gäste sich dort aufhalten sollten.«

»Tatsächlich?« Vespers rhetorischer Einwurf signalisierte Enttäuschung.

»Wenn irgendwo«, fuhr Asmus ermunternd fort, »würde ich für ein Hotel den Standort Kampen empfehlen. Unter der Voraussetzung, Ihr Hotel wird eine gute Restauration bieten.«

»Kampen …«

»Ja. Es ist ein Ort, in dem sich Berliner Künstler niedergelassen haben, die ihrerseits bereits als Attraktion gelten. Deren Kolonie wächst stetig. Der Kampener Leuchtturm und ein Nacktbadestrand werden von vielen Gästen aus Westerland besucht, die mit der Kutsche kommen …«

»Und werden womöglich vom Kutschunternehmen nur mit einem Picknickkorb verpflegt?« Vesper schüttelte sich.

Asmus bestätigte wider Willen. Er, der diesen Zirkus am liebsten verhindert hätte, war jetzt bereits dabei, gute Ratschläge für Investoren zu geben.

»Wunderbar! Für mich, meine ich«, raunte Vesper aufgeregt. »Ich werde mich gleich morgen nach Kampen kutschieren lassen. Sie hätten nicht zufällig Zeit …?«

»Nein, Herr Vesper, bedauere.«

»Schade. Aber es freut mich, Sie kennengelernt zu haben.«

Asmus widmete sich wortlos dem Rinderbraten mit einer Art Teigkugel, die auf der Karte als Knödel annonciert wurden. Offenbar hatte die Partei sogar für süddeutsche Köche gesorgt. Es schmeckte ihm großartig, hinterließ aber ein ungutes Gefühl, weil der kommende Umbruch auf der

Insel bereits jetzt in jeder Beziehung zu erkennen war und unumkehrbar schien.

Entsprechend wurde in diesem Saal schon geschlemmt, während diejenigen, die alles verlieren sollten, kaum mehr richtig satt wurden. Beinahe hätte er Sympathie für die kommunistischen Protestbewegungen aufgebracht – hätte nicht Sinkwitz selber am Nachbartisch die Delikatessen in sich hineingeschaufelt.

»Ich hätte noch ein kleines Anliegen an Sie als Syltkenner.« Meier sah Asmus prüfend an, während die Gesellschaft sich allmählich erhob und sich für eine Mittagspause auflöste. »Sibbersen ist doch ein Sylter Name, oder?«

Asmus' Atem stockte für einen Augenblick. »Ja. Nordfriesisch. Kommt auch auf dem Festland vor.«

»Das stimmt also«, murmelte Meier. »Man hat mir erzählt, dass ein Cord Sibbersen aus Westerland ausgezeichnet über Grundstücksrechte Bescheid weiß.«

»Das ist richtig«, bestätigt Asmus, bevor ihm einfiel, dass diese Kenntnis für einen Rostocker Besucher denn doch etwas zu weit ging. Aber Meier schien es nicht aufzufallen. »Ich habe es jedenfalls so gehört.«

»Ich habe sogar seine Adresse in Frankfurt. Aber da ist er nicht. Einer seiner Freunde, dem ich zufällig begegnete, legt ihm seit mehreren Wochen die Post in die Wohnung. Sie bleibt unberührt. Kennen Sie ihn?«

Asmus verneinte. Eine Art Furcht kroch ihm über den Rücken. Wo hatte er sich bloß hineinmanövriert?

»Na ja, hätte ja sein können«, fuhr Meier fort. »Es ist immer gut, sich nach allen Seiten umzuhören.«

»Ja, das ist weise«, bemerkte Asmus. »Ich muss mich verabschieden, ich habe noch etwas vor.«

»Man trifft sich im Leben immer zweimal. Tschüs auch, Herr Asmus.«

»Tschüs, Herr Vesper, tschüs, Herr Meier.« Asmus eilte aus dem Saal, während ihn der herunterlaufende Schweiß am Rücken kitzelte. Beiden Gesprächspartnern sollte er während ihrer Sondierungen auf Sylt besser nicht mehr begegnen.

»Hoppala! Nicht so schnell zu Boden gehen!« Ein Herr hielt Asmus fest, der zur Seite ausgewichen und dabei neben der Garderobe über eines der vielen Gepäckstücke gestolpert war, die den halben Gang blockierten.

»Besten Dank, Herr Jacobsen. Man kommt hier ja kaum durch.« Der Herrenausstatter war sehr gepflegt und duftete nach etwas, das Asmus unbekannt war.

»Nicht wahr? Spricht für das auswärtige Interesse an Sylt. Nett, Ihnen hier als Gast zu begegnen.«

Ja, das fand Asmus auch. Vor allem, dass er diesem kultivierten Mann nicht mehr als einfacher Wachtmeister gegenüber stand. »Wahrscheinlich sehr erfolgreich, diese Veranstaltung. Hoffentlich droht nicht demnächst Überfüllung auf Sylt.«

»Ja, das könnte ein Problem für die einheimischen Kaufleute werden.«

»Für Sie selbst auch?«

»Nein, ganz gewiss nicht. Meinem Geschäft wird es besser gehen, je mehr Gäste hierherkommen. Aber man muss abwägen. Zu viele dürfen es nicht werden. Krethi und Plethi müssen draußen gehalten werden, damit wir das Niveau wahren.« Jacobsen nickte Asmus zu und ging wieder in den Festsaal zurück.

Niveau wahren. Nun ja. Das wäre das Reizthema für seinen Vorgesetzten, dem Asmus auf der Terrasse in die Arme lief, ohne ihm ausweichen zu können.

»Sie«, schnaubte Sinkwitz verhalten, »Sie waren nicht autorisiert, am Bankett teilzunehmen! Was fiel Ihnen denn da wieder ein?«

»Sie haben mich im Gesellschaftsanzug hinbeordert«, entgegnete Asmus kühl. »Hätte ich dem Kellner, der mich dringend auf den noch freien Platz nötigte, sagen sollen: ›Irrtum, mein Lieber, ich bin hier nur Aufpasser‹? Ich zog es vor, Aufsehen zu vermeiden, und dachte, das sei in Ihrem Sinn.«

»Na ja. Es ist ja nichts passiert«, gab Sinkwitz knurrend zu. »Aber jetzt verschwinden Sie. Schieben Sie draußen in Uniform Wache.«

Asmus faltete die Hände über dem Kopf und dehnte seinen ganzen Körper, der vom Sitzen in den zierlichen Sesseln steif war. »Ja, Herr OWM. Genau das hatte ich vor«, sagte er lässig. Die Wut blitzte in Sinkwitz' Augen auf, aber er war machtlos.

Die Auflehnung gegen seinen Chef war eine kindische Reaktion gewesen, fand Asmus selber, aber er bereute sie nicht. Der ganze Vormittag war verrückt gewesen, wenn auch keine totale Zeitverschwendung. Meiers Bemerkung über seine vergebliche Suche nach Cord Sibbersen beunruhigte ihn, während er sich im Keller des Hotels wieder in einen Schupo verwandelte. Er musste unbedingt mit Bonde sprechen.

Asmus nahm den Lieferantenausgang, damit ihn nicht etwa die auf der vorderen Treppe Zigarre rauchenden und plaudernden Gäste erkannten. Er hatte dieses alles so satt. Am liebsten wäre er jetzt nach Nösse rausgefahren, um sich zu vergewissern, dass es die Natur, die er so lieben gelernt hatte, noch gab, oder noch weiter weg, zur Hallig Langeneß, um Boy Böhrnsen zu suchen.

Aber das ging natürlich nicht. Stattdessen wanderte er straßauf, straßab durch Straßen, die weiterhin mit festlich gestimmten Syltern gefüllt waren. Die Kinder des Spielmannszuges streunten neugierig in Gruppen durch Westerland, und einmal musste Asmus ihnen Auskunft zu einem gewünschten Ziel geben. Sie freuten sich von Herzen, als er bei seiner Antwort stramm stand, und er mit ihnen.

Die allgemein lockere Stimmung wunderte Asmus. Trotz der so schwierigen Zeit lag etwas wie Zuversicht über der Stadt. Die DNVP war am gegenwärtigen Kabinett nicht beteiligt, aber sie genoss Sympathie bei den Leuten – vielleicht hofften sie auf Besserung der Lebensumstände nach der Wahl im nächsten Jahr.

Spät am Abend machte Asmus Schluss, ohne Matthiesen oder Sinkwitz zu Gesicht bekommen zu haben. Der Politiker und seine Begleitung waren mit einem gecharterten Schiff nach Hamburg gedampft, die Spielmannskinder mit der Fähre und dem plombierten Eisenbahnwaggon zum nordfriesischen Festland zurückgereist, und einige besonders Sparsame sammelten Blumen und verlorene Preußenflaggen auf den verlassenen Straßen auf, als Asmus sein Motorrad im Hof der Wache abholte und nach Hause fuhr.

Nach Hause. Das war immer noch die *Franziska.* Jetzt, Anfang August, wurde es Zeit, sich Gedanken zu machen, wo er im Winter wohnen sollte. Das Schiff war zu kalt und zu feucht. Und zu klein, um es anständig zu beheizen. Andererseits war es zu früh, um sich nach einem Zimmer zu erkundigen. Solange die Vermieter noch auf einen späten Sommergast hofften, würden sie für Asmus unerschwingliche Preise verlangen. Wahrscheinlich konnte er erst im Oktober auf ihre Einsicht setzen. Das Problem musste er also einstweilen vertagen.

KAPITEL 15

Ohne absichtlich die Suche nach Böhrnsen hinauszuzögern, begab sich Asmus am nächsten Tag wieder einmal zur Nössehalbinsel, um die Fortschritte des Dammbaus zu besichtigen. Seit einigen Tagen war es trocken und sonnig, also waren die Umstände bestens für die Arbeiten.

Die Fortschritte waren erkennbar. Der Damm zog sich so weit in die See hinaus, dass sein Ende trotz der klaren Sicht nicht auszumachen war, und die mit Steinen beladenen Waggons hinter der dampfenden Arbeitslok verschwanden im Dunst des Wattenmeeres.

Danach wandte sich Asmus dem Hilfsdamm zu, an denen die Schuten anlegten, die das Baumaterial brachten. Es waren mehr Transportschiffe, als er je gesehen hatte, gewiss lagen sie beiderseits des Dammes im Sechserpäckchen.

Recht hatte der Bauleiter, der die Anstrengungen forcierte. Auch für Bauvorhaben näherte sich der Winter mit seinem stürmischen Wetter in Riesenschritten. Bis dahin musste alles niet- und nagelfest sein, was nicht wegfliegen oder überschwemmt werden durfte.

Die Leute arbeiteten, soweit Asmus es beurteilen konnte, koordiniert und zügig. Er sah überall Trupps von Arbeitern, denen eine bestimmte Aufgabe oblag.

Am Nachmittag war Asmus wieder in Westerland, mit der Absicht, bei Bonde Sibbersen vorzusprechen. »Dürfte ich noch eine andere Biersorte verkosten, am liebsten eine Frankfurter?«, fragte er bescheiden, als er dran war.

Der Kaufmann verstand sofort und bat ihn nach nebenan. »Haben Sie etwas über Cord herausgefunden?« Er knetete nervös seine Hände.

»Nein. Ich nicht, aber einer der Gäste des Banketts der Kaufleute und der DNVP. Ein Robert Meier aus Süddeutschland.« Asmus berichtete wortgetreu, was dieser erzählt hatte. »Meier sprach von Wochen. Wann ist Cord eigentlich abgefahren?«

»Am Tag nach dieser Versammlung der DNVP. Er wollte gerne mit eigenen Ohren hören, was die Politiker vorhaben. Gesehen habe ich ihn allerdings am Abreisetag nicht mehr. Wir mögen keine Abschiede, wir beide, womöglich noch am Schiff. Cord nimmt am Vortag seinen Koffer mit, feiert in der Nacht mit einem Freund Abschied, bei dem er auch übernachtet, und fährt dann direkt von dort zur Fähre.«

Dieser Freund konnte der Knickerbockermann mit dem süddeutschen Beiklang gewesen sein.

Es blieb lange still, bis Sibbersen die Hände faltete und zur Decke hochsah. »Hoffentlich ist Cord nichts passiert!«

»Unter Freunden?«

Bonde Sibbersen zog die Schultern hoch. »Man weiß nie. Auch im toleranten Frankfurt sind schon Männer mit Cords Neigungen ins Gefängnis geraten. Es kommt immer auf die zufällige politische Konstellation an. Wenn einer dieser käuflichen Parteihammel gerade einen Erfolg braucht, statuiert er ein Exempel.«

Asmus nickte. Es stimmte. Es gab nur wenige Politiker, die uneigennützig zum Wohl der Bürger tätig waren und darüber notfalls die eigene Karriere aufs Spiel setzten. Er hätte keinen einzigen Namen nennen können. Von der anderen Sorte hingegen wimmelten die Parlamente. »Wenn Ihnen der Name von Cords Freund bekannt ist, können Sie ihm ja schreiben«, schlug er vor. »Vielleicht weiß er Näheres, das er dem Herrn Meier natürlich nicht auf die Nase gebunden hat.«

»Das ist eine gute Idee! Ich kenne namentlich nur einen Markus. Aber ein Brief an ihn an Cords Adresse wird ihn zuverlässig erreichen. Die Freunde halten zusammen.« Sibbersen ergriff Asmus' Hand und drückte sie herzhaft. »Sie sind ein ausgesprochen hilfreicher Polizist.«

»Es ist wenig genug, was ich tun kann«, seufzte Asmus. »Offiziell suche ich ganztägig einen Totschläger.«

»Boy Böhrnsen, ich weiß. Es wundert mich nicht. Er verhielt sich als Kind schon heimtückisch.«

»Sie kennen ihn genauer?«

»Na ja, wie man Klassenkameraden so kennt, die man nicht leiden kann. Hinterhältigkeit und Großmannssucht zeichneten ihn aus. Er besaß natürlich die Gefolgschaft, die sich immer um solche Leute sammeln.«

»Ja, das kenne ich. Schmeißfliegen, die sich von Mist ernähren, gibt es überall.«

»Genau. Das Gefährliche an derartigen kindlichen Bündnissen ist, dass sie zuweilen das ganze Leben halten und man immer wieder über sie stolpert.«

Asmus schreckte auf. »Meinen Sie etwas Bestimmtes?«

»Ja. Nehmen Sie sich vor Sinkwitz in Acht.«

»Ist er eine der Schmeißfliegen?«

Bonde Sibbersen wiegte unschlüssig den Kopf, nickte dann kaum sichtbar und griff zur Türklinke, um Asmus in den Laden zu entlassen.

Unglücklicherweise gaben sich Asmus und Meier die Klinke des Kolonialwarenhandels von Sibbersen in die Hand. Asmus hatte nichts eingekauft, was ihm erst bewusst wurde, als Meier seine Hände musterte.

»Verkaufen Sie vielleicht Gerüchte vom Hörensagen, aufgeschnappte Kenntnisse, belauschte Geheimnisse?«, fragte Meier drohend. »Ein Reeder Asmus aus Rostock hat an der Konferenz nicht teilgenommen, denn die Rostocker Gesellschaft ist kaum noch liquide und alles andere als fähig zu investieren. Ich habe mich erkundigt. Wer sind Sie?«

»Ich bin Polizist. Zur Konferenz abgeordnet, um Störer zu verhindern«, erklärte Asmus erbittert.

»Ein einfacher Polizist bewegt sich nicht im Smoking, als wäre er darin geboren. Wie ist Ihr Name?«

»Niklas Asmus, aus Rostock. Die Reeder sind meine Brüder.«

Meier verschlug es im ersten Augenblick die Sprache. »Ich werde mich erkundigen, ob Sie wenigstens jetzt die Wahrheit sagen«, erklärte er dann, betrat das Geschäft und schlug die Tür hinter sich zu.

Sinkwitz und Böhrnsen mussten sich zerstritten haben, da der Fuhrunternehmer seinem früheren Gefolgsmann ja einen Denkzettel hatte erteilen wollen. Dennoch war Asmus unklar, wie weit das Zerwürfnis ging und ob nicht sein Chef Böhrnsen zur Flucht verholfen hatte.

Unter diesen Umständen wäre es unklug gewesen, Sinkwitz nochmals darauf aufmerksam zu machen, dass er nach Langeneß fahren wollte. Wenn dieser es untersagte, konnte Asmus dem Befehl nicht zuwider handeln, selbst wenn die Wahrscheinlichkeit, dass Böhrnsen tatsächlich auf der Hallig war, sich dadurch etwas erhöhte.

Das hieße also, ohne Genehmigung mit der Franziska nach Langeneß zu segeln. Asmus schlug im Segel-Handbuch die Wattstraßen nach und stellte zu seinem Ärger fest, dass die Tiefs an vielen Stellen nicht ausgepricktund nur durch genaue Befolgung der Anweisungen von Kurswechseln anhand von Landmarken zu besegeln waren. Für Unkundige eine schwierige Strecke.

Wieder einmal wanderte er zu Bahnsen hinüber, um sich mit ihm zu beraten. Der bestätigte ihm, dass außer bei sichtigem Wetter nur Einheimische, die die Strecke kannten, sie segeln sollten. Für alle anderen sei sie zu unberechenbar, insbesondere die Föhrer Ley, womit Wyk als erster Anlaufhafen ausfiel. Über das Festland zu reisen könnte Tage dauern, meinte er.

Asmus verfiel ins Grübeln. Keiner außer ihm auf der Wache hatte Seeerfahrung, und selbst seine reichte für dieses Revier nicht aus. Dass er heil hergekommen war, war wohl hauptsächlich dem Glück zuzuschreiben.

»Ich kann mitfahren, wenn es dir recht ist«, bot der Werftbesitzer an.

Asmus stutzte. »Das wäre ja großartig! Nur ist es unmöglich, weil es sich um eine Dienstreise handelt.«

»So fährst du eben privat. Reiche um Urlaub ein.«

»Das dauert zu lange. Bis dahin kann der Kerl über alle Berge sein.«

»Dann ohne Uniform. Nimm sie nur zur Vorsicht mit. Übrigens glaube ich eher, dass Boy sich auf der Hallig sicher wähnt. Für Revierfremde ist sie auf eigenem Kiel von

Sylt aus nur schwer erreichbar, wie ich schon sagte. Und er kennt Sinkwitz und seine Abneigung gegen die See, die er übrigens teilt …« Bahnsen blinzelte Asmus zu, während seine Frau die Hände in die Seiten stemmte und den Kopf schüttelte.

»Hans Christian, du bist zu alt für Abenteuer …«, tadelte sie.

Aber Asmus hatte Blut geleckt. »Ich verhole die Franziska an die Pier, sobald die Fähre abgelegt hat«, überlegte er laut. »Mit Proviant …«

»Den übernehmen wir«, bestimmte Hans Christian. »Gekochte Kartoffeln, gekochte Eier, ein Schinken und Brot sollten für drei Tage reichen.«

»Und Pfefferminztee.« Die Hausfrau schmunzelte geschlagen. »Bier fällt aus Sicherheitsgründen weg.«

Bahnsen sprang auf und umarmte seine Frau. »Du bist die Beste«, raunte er.

Das Segelhandbuch war nicht auf dem neuesten Stand, wie er ja schon an der nicht mehr vorhandenen Munkmarscher Mühle gesehen hatte. Andererseits gab es mehr Pricken als beschrieben. Trotzdem war die Strecke mit Ostkurs zum Horsbüller Kirchturm und mehr südlichem Kurs auf die Emmelsbüller Kirche zu sowie einigen Baken an der Föhrer Schulter recht fordernd. In der Föhrer Ley rutschten sie bei beginnendem Niedrigwasser noch gerade über die Strecke rüber, die später trockenfallen würde.

Bahnsen lachte nur. »Dem Ebbwasser drehen wir eine Nase«, verkündete er. »Früher konnte man übrigens in jedem breiten Priel von Langeneß und Nordmarsch anlegen. Seitdem die Steinkante zum Schutz des Ufers gebaut wurde, geht das nicht mehr. Dafür gibt es den Hafen Ilef an der Westseite der Hallig. Zu welcher Warf müssen wir?«

»Zur Ketelswarf. Aber man hat mich darauf aufmerksam gemacht, dass Böhrnsen auch in der einzigen Kneipe zu finden sein könnte.«

»Auf der Warf Hilligenlei. Stimmt. Da sollten wir zuerst nachsehen. Ist nur ein paar Minuten vom Hafen entfernt. Zur Ketelswarf marschieren wir mehr als eine Stunde.«

Bahnsen saß an der Ruderpinne, als sie auf die Einfahrt des Ilef zwischen den steinernen Molenköpfen zuhielten, und gab Asmus das Zeichen, das Großsegel einzuholen. Von den Molen hoben Kormorane und Eiderenten ab, um sich im Priel außerhalb des Hafens im Wasser niederzulassen. Währenddessen glitt unter leisem Plätschern die Franziska durch das runde Hafenbecken auf einen hölzernen Steg zu, an dem schon zwei Fischerboote lagen.

Hilfreiche Hände nahmen die angereichte Festmacherleine entgegen und packten ein Want, um den Neuankömmling in die Lücke zwischen den Schiffen zu lenken. Ruckzuck waren sie im Hallighafen fest.

»Aus Rostock seid ihr. Nicht schlecht, nicht schlecht. Weite Fahrt mit dem Bötchen. Prost!« Einer der Fischer hob die Flasche und prostete den Neuankömmlingen zu, die kurz nach dem Belegen aller Leinen schon Bier herübergereicht bekommen hatten.

Asmus betrachtete die Flasche kurz. Holländische Aufschrift. Schmuggelware? Aber deswegen war er nicht hier. Ein Bier konnte man nach dem langen Tag mit Pfefferminztee wirklich aus vollem Herzen genießen.

Nach einigen unverbindlichen Sätzen mit woher und wohin verschwanden die Fischer nach unten, und der Duft von gebratenem Fisch stieg nach oben. Asmus tischte Hans Christian im Cockpit auf, was dessen Hausfrau ihnen mitgegeben hatte. Es schmeckte köstlich, zumal sie unterwegs zu konzentriert gewesen waren, um auch nur ein Ei nebenher zu verschlingen.

Nach dem letzten Schluck aus der Bierflasche stieß Asmus einen Seufzer aus. Im Westen flimmerte der Sonnenball kurz vor dem Untergehen über dem Horizont, darüber ballten sich einige harmlose Wolken und tauchten den Himmel in einen helleren und einen dunkleren rötlichen Schein. Irgendwo schrien Möwen, die noch einen Fischschwarm entdeckt hatten. Es war ein friedlicher Abend.

Asmus stieg nach unten und kam mit den Handschellen zurück, die er leise klimpern ließ. »Ich muss los nach Hilligenlei, da hilft alles nichts, Hans Christian.«

»Gut, gehen wir.« Bahnsen nahm die Bierflaschen von der Back und stellte sie nach unten, damit sie bei einem unerwarteten Wellenschlag keinen Schaden anrichteten. Dann war er mit einem Satz oben auf dem Kai.

»Du doch nicht!«

»Natürlich ich! Wer sollte dir sonst den Schlüssel für die Handschellen reichen?«

Asmus grinste. »Solcher Komfort ist bei uns für gewöhnlich unbekannt. Aber einen eigenen Schlüsselträger zu haben, ist bestimmt nicht schlecht. Ich werde einen Antrag für dieses neue Amt einreichen müssen.«

»Tu das. Hilligenlei ist die Warf links neben der Kirchhofwarf. Siehst du sie?«

Asmus nickte. Allzu weit war es nicht. Die Entfernung wäre auch nur dann ein Problem, wenn er den Gesuchten tatsächlich zu fassen bekam, der sich aber sträubte, zum Hafen zu gehen. In dem Fall musste er einen Karren mieten, wenn es denn so etwas hier gab, um den Gefangenen zu verladen.

Zu sehen war ein zweispuriger Weg, sonst nur Gras, soweit das Auge blickte, in der Ferne weiße Punkte, vermutlich eine Schafherde, es konnten aber auch Möwen sein. »Also los«, sagte er entschlossen.

Die Kneipe war voll mit Männern. Es roch nach Schweiß, Bratfett und Fisch.

Bahnsen blieb auf Asmus' Bitte an der Tür stehen, während er sich selber den Weg zum Tresen bahnte.

Der Kneipenbesitzer hob erstaunt die Augenbrauen. »Gerade eben eingelaufen?«

Asmus bestätigte. »Ich bin Wachtmeister Asmus von Westerland. Ich suche Boy Böhrnsen.«

Der Wirt stutzte, schien völlig verwirrt und antwortete nicht, aber er konnte nicht verhindern, dass sein Blick in eine Ecke wanderte, in der an einem runden Tisch fünf Männer Karten spielten.

Einer von ihnen war Böhrnsen. Asmus zog behutsam die Handschellen aus seinem unverfänglichen Einkaufsbeutel und schlängelte sich zum Ecktisch durch. Ein Seitenblick belehrte ihn, dass Bahnsen sich inzwischen Hilfe geholt hatte, vermutlich von dem Vetter, von dem er unterwegs erzählt hatte. Jedenfalls verstellte neben ihm ein weiterer Mann den Ausgang.

Böhrnsen sah auf und erkannte Asmus, genau wie die Blockade der Außentür. »Meinen Gewinn zahlst du trotzdem«, blaffte er einem der Spieler zu. Er erhob sich in aller Ruhe und streckte Asmus die Hände entgegen.

»Sie sind im Namen des preußischen Staates verhaftet«, verkündete Asmus und schloss die Handschellen um Böhrnsens Handgelenke.

Der Fuhrunternehmer nahm seine Verhaftung mit Ruhe auf. Er vermittelte Asmus dreist den Eindruck, dass er glaubte, bald wieder frei zu sein.

Für die Nacht wurde Böhrnsen in einem Schuppen des Kneipenwirts eingeschlossen, vor dem Asmus Wache schob. Bahnsen hingegen kehrte auf die *Franziska* zurück.

Am frühen Morgen erschien Asmus mit dem vor Schlafmangel taumelnden Böhrnsen am Ilef. Der Frühstückstisch im Cockpit war bereits für drei gedeckt. Nachdem der Fuhrunternehmer mit einer Fußfessel an der achterlichen Ankerkette angeschlossen worden war, durfte auch er an der Back Platz nehmen und beim Essen mithalten.

Böhrnsen war mürrisch und blieb es auch unterwegs. Erbost war er offensichtlich vor allem, weil Bahnsen der Polizei geholfen hatte.

Der Werftbesitzer ließ sich dadurch nicht stören. Aber er war unruhig, was auch Asmus merkte. Er witterte immer wieder in die Luft.

»Der Wind hat auf Südwest gedreht. Für unseren Kurs ist das ja in Ordnung. Siehst du darin mehr?«, fragte Asmus.

Bahnsen blähte wieder die Nasenflügel und nickte. »Ich glaube, es kommt schlechtes Wetter auf. Sturm. Der erste Herbststurm vielleicht.«

»Aber wir werden Munkmarsch vorher erreichen«, meinte Asmus beschwichtigend, mit einem Blick auf Böhrnsen, der blass geworden war und kein Wort sprach. Die Wellen trugen bereits Schaumkronen, aber sie schoben die *Franziska* vor sich her. Das Kosterboot konnte fünf Beaufort wie jetzt sehr gut ab, aber auch sieben und acht Windstärken würde es abreiten können. Stören würden dabei vor allem Passagiere, denen schlecht wurde, die man an Deck mit Leinen sichern und denen man Trost zusprechen musste.

Aber Böhrnsen hielt sich einigermaßen, obwohl der Wind weiter auffrischte. Mit gerefftem Großsegel liefen sie abends bei Starkwind in Munkmarsch ein. Den vom Spucken geschwächten Fuhrunternehmer mussten sie an Land hieven. Asmus war dankbar, als der Delinquent endlich hinter Schloss und Riegel saß, versehen mit ausreichend Wasser für die Nacht und einem Eimer für seine Bedürfnisse. Essen lehnte er ab.

Der Schuppen, in dem Böhrnsen einsaß, war stabil gebaut und besonders gesichert, weil teures Frachtgut und Postsäcke, die nicht sofort befördert werden konnten, hier gelagert wurden. Asmus versiegelte die Tür obendrein mit einer Polizeibanderole, dann informierte er mit Bahnsen als Zeugen Mart und Jon über den Gefangenen. Gustav, den Postmeister, gab es in dieser Außenstelle nicht mehr, er war schon vor einiger Zeit nach Westerland zurückbeordert worden.

»Das sollte reichen«, erklärte Bahnsen und erhielt dafür Asmus' uneingeschränkte Zustimmung. »Jetzt gehen wir essen. Engeline hat sicher schon aufgetischt.«

Der Werftbesitzer kannte seine Frau. In der Tür schlug ihnen der Duft von Bratkartoffeln mit Scholle und Speck entgegen. Ungeheuer zufrieden mit sich sprachen sie dem Essen und dem zur Belohnung gewährten Bier zu.

Am nächsten Morgen wiederholte sich Asmus' Albtraum: Der Gefangene war fort.

Dieses Mal ohne Gewalt. Das Schloss war mit einem Schlüssel auf- und wieder zugeschlossen worden, und die Polizeibanderole hing sauber aufgerollt an einem Nagel hinter der Tür.

Asmus ließ sich am Telefon mit seiner Dienststelle verbinden, in der zum Glück Matthiesen Dienst hatte, dem er ungeschminkt erklären konnte, was passiert war. Leider war Matthiesen allein in der Wache und außerstande, nach Munkmarsch zu kommen.

Asmus musste Zug und Fähre ohne Hilfe bewachen, vor allem natürlich die Passagiere, die zum Festland fuhren.

Ankommende Gäste gab es deutlich weniger als in den noch kühlen Frühlingstagen, dafür umso mehr abreisende. Trotzdem wurde Asmus immer wieder von Neuankömmlingen angesprochen, die unter ihren krampfhaft festgehaltenen Strohhüten den unter Dampf stehenden Zug nach Westerland nicht erkennen konnten und empört wegen des Sturmes Auskunft begehrten, wobei ihnen jeder Uniformierte recht war.

Im Stillen verfluchte Asmus diese Leute, die ihn bei der Arbeit störten. Sorgfältig wäre gewesen, jeden Abreisenden auf Aussehen und mögliche Verkleidung zu prüfen.

Er war sich im Klaren darüber, dass die nicht genehmigte Fahrt nach Langeneß und der Verlust des Gefangenen das Ende seiner Tätigkeit auf Sylt bedeuten konnten.

KAPITEL 16

Niemand wusste, mit wem Sinkwitz telefonierte, seitdem er sich in sein Arbeitszimmer zurückgezogen hatte. Asmus lief nervös zwischen Außentür und Wache hin und her, während er auf das Ende des Telefonates wartete, das offenbar sein Urteil sein sollte.

»Wird schon nicht so schlimm werden«, murmelte Matthiesen, während Jung nur hämisch grinste. Als Matthiesen und Asmus am Morgen noch allein gewesen waren, hatte sein junger Kollege die Meinung vertreten, dass Sinkwitz wesentliche Erfolge erst seit Asmus' Zugehörigkeit zur Wache Westerland melden konnte. Er würde sich hüten, Asmus zu entlassen.

Endlich wurde das Gespräch beendet. Asmus, dessen gesamte Sinne dorthin gerichtet waren, hörte das Klicken beim Auflegen des Hörers auf die Gabel.

Sinkwitz kam mit düsterer Miene in den Wachraum gestiefelt. »Wir haben lange überlegt, ob Sie fristlos zu entlassen seien, Herr Asmus. Gründe gäbe es genug. Dann haben wir uns aber doch entschieden, Sie zu behalten. Aus der Verantwortung für Böhrnsen entbinde ich Sie jedoch nicht. Sehen Sie zu, dass Sie ihn wieder einfangen, zumal er im Augenblick wohl noch auf Sylt sein muss.«

Matthiesen hatte recht behalten. »Soll ich die Eintragung ins Journal über meinen Verbleib selber machen?«, bot Asmus an. »Dann müsste ich aber den Namen Ihres Gesprächspartners erfahren.«

»Sie spinnen wohl!«, blaffte Sinkwitz, schnurrte auf den Hacken herum und rauschte zurück.

Matthiesen bog sich vor Lachen, bis ihm Jung ins Auge fiel, der ihn missbilligend beobachtete.

Die Gefahr war erstmal überstanden. Asmus eilte in die Buchhandlung in der Friedrichstraße, wo er schnell fündig wurde, und stieg kurze Zeit später in die Südbahn nach Hörnum.

Der Sturm hatte inzwischen nachgelassen. Der Wind kam nun aus Nord, wie an der Rückseite eines Tiefdruckgebietes üblich. In der kommenden Nacht war zwischen den schnell ziehenden Wolken klare Sicht zu erwarten.

Line kam wie vermutet ein wenig hinter den Klassenkameraden hertrödelnd, die Asmus nicht beachteten, weil er im Gras saß und seinen Tschako abgenommen hatte. Als sie Asmus erkannte, stürzte sie auf ihn zu und schwenkte seine Hand wie einen Pumpenschwengel, bevor sie sich neben ihm niederließ.

»Suchst du wieder jemanden? Den, der mit Knud zusammen fortsegelte?«

»Ja, tatsächlich«, gab Asmus zu. »Aber vor allem wollte ich dir ein Buch bringen. ›Der Strandwanderer‹ aus der preußisch biologischen Anstalt auf Helgoland.«

»Oh.« Line blätterte überwältigt und ganz vorsichtig das Buch durch, das auf jeder dritten Seite eine buntgedruckte Tafel mit Strandpflanzen und Meerestieren enthielt. »Und das willst du mir leihen? Hast du keine Angst, es zu verlieren? Du kennst mich doch nicht!«

»Wovor sollte ich Angst haben? Das Buch gehört dir.«

Die Tränen schossen Line in die Augen.

Asmus ergriff behutsam ihren Oberarm. »Line, ich gebe dir einen kleinen Brief an deinen Vater mit. Darin steht, dass ich dir das Buch geschenkt habe, weil ich als Polizist auf die Sylter Natur aufpasse und mich freue, wenn auch Kinder sie mit wachen Augen sehen. Er wird dann nichts dagegen haben.«

Line hob den Kopf vom Buch. »Nein, bestimmt nicht. Er ermahnt meine Brüder und mich immer wieder, gehorsam zu sein, damit Hauptwachtmeister Sinkwitz und Oberwachtmeister Jung nicht böse auf uns werden.«

Hoppla, dachte Asmus. Welche Verbindungen bestanden da nun wieder? »Was macht denn dein Vater in Hörnum? Ist er Fischer oder Angestellter der Fährlinie?«

»Nein, er ist Kaufmann. Den Mann, den Knud fortbrachte, habe ich nicht mehr gesehen.«

Asmus nickte und strich ihr lächelnd über den Kopf, bevor er aufsprang und seiner Wege ging. Das hatte er wissen wollen.

Am Abend erst fand Asmus Zeit, über Böhrnsens Flucht nachzudenken. Bahnsen und Jon waren als Helfer auszuschließen, Mart wahrscheinlich auch. Mart würde seine Tätigkeit als Betreiber des Fährhauses bestimmt nicht riskieren, solange die Fähre verkehrte. Er war im Besitz eines Zweitschlüssels für den Lagerraum, den er Asmus gezeigt und dabei geschworen hatte, dass es keinen weiteren gab.

Es musste folgedessen einen Nachschlüssel geben, den jemand heimlich angefertigt hatte, um die dort verwahrte Fracht heimlich inspizieren zu können. Oder die Postsäcke. Bonde Sibbersens Anklage gegen das Postamt ging Asmus nicht aus dem Kopf.

Ein leises Klopfen auf dem Bug der *Franziska* ließ Asmus hochschrecken und aus dem Luk schauen. Ose. »Komm«, sagte er weich und reichte ihr die Hand, als er an Deck stand. »Du bist hier ganz richtig. Denkarbeit ist gefordert.«

»Daran dachte ich weniger. Ich wollte dich nur ein wenig aufmuntern. Habe gehört, dass du an einer persönlichen Katastrophe vorbeigeschrammt bist.«

»Na ja. Ganz so schlimm wurde es nicht. Mir wäre im schlimmsten Fall die Rückkehr nach Rostock geblieben. Als Deckshand auf einem Schiff meiner Brüder. Oder so ähnlich.«

»Kohle schaufeln wäre tatsächlich eine Möglichkeit. Aber sauber siehst du besser aus«, sagte Ose und musterte Asmus eingehend. »Zum Beispiel im Smoking.« Plötzlich lachten sie beide.

Asmus verkrampfte seine Hände hinter dem Rücken, um nicht der Versuchung zu unterliegen, Ose zu umarmen.

Im Cockpit war es wieder windstill, seitdem das Sturmtief weitergezogen war. »Es muss ganz viele Leute geben, die über diesen Lagerschuppen der Fährgesellschaft Bescheid wissen«, meinte Ose, als sie sich auf dem knisternden Kapokkissen zurechtgerückt hatte.

»Ja. Aber wer hat schon einen Nachschlüssel?«

»Keine Ahnung. Könnte es sein, dass die Polizei …?«

Asmus verzog das Gesicht. Das konnte und durfte nicht sein! Andererseits herrschte große Verschwiegenheit in der Wache. Nicht einmal über den dänischen Landstreicher und sein Geld war jemals noch eine Bemerkung gefallen.

»Als ich neulich in Begleitung von Jörn Frees hierherkam – weiß du noch, du warst deswegen ziemlich ungehalten –, schwatzten wir über dieses und jenes. Von Austern und Aalen. Seltsamerweise landeten wir bei Schlössern. Ich fand, er war erstaunlich beschlagen in verschiedenen Modellen von Hängeschlössern … Aufgeregt sogar. Mich interessierten sie nicht im Geringsten, aber ich war doch erleichtert, dass wir nicht stumm nebeneinander herlaufen mussten. Nur: Wieso hat Jörn Kenntnisse über Schlösser? Eigentlich sind sie ziemlich kompliziert, soweit ich ihn verstand. Und ich dachte immer, dass er sich vielleicht für Miesmuscheln interessiert. Höchstens noch für Hufeisen.«

Jörns Verstand hatte Asmus ähnlich eingeschätzt. Allerdings nicht Hans Christian, der Jörn besser kannte. »Glaubst du, dass er Nachschlüssel schmieden kann? Und was meinst du mit den Hufeisen?«

»Ich weiß nicht, was er überhaupt richtig kann. Sein Vater ist der Schmied von Keitum. Deshalb.«

»Dann muss ich ihn wirklich näher in Augenschein nehmen«, beschloss Asmus. »Zu viel ist hier in Munkmarsch passiert, dessen Urheber unbekannt geblieben ist. Jörn Frees wurde als vermeintlich dumm nie von irgendjemandem für irgendeine Tat in Betracht gezogen. Dass er überhaupt zusammenhängend sprechen kann, wundert mich bereits.«

Möglicherweise war er zu sorglos gewesen.

Am nächsten Morgen war Asmus wieder in Westerland, um Bericht zu erstatten. Sinkwitz nahm die vorläufige Erfolglosigkeit der Fahndung nach Böhrnsen in Hörnum mit Gleichmut auf. »Dann treten Sie jetzt mal ein paar Stunden

Pflaster, um sich wieder an die normale Polizeiarbeit zu gewöhnen«, befahl er.

Auf einmal war die Suche nach dem Fuhrunternehmer nicht mehr wichtig? Auch Matthiesen furchte verwundert die Stirn.

»Sollte ich nicht als Erstes nachsehen, ob Böhrnsen in aller Gemütsruhe zu Hause in seinem Lehnsessel weilt?«, schlug Asmus vor.

»Sie!«, blaffte Sinkwitz. »Dass Sie unfähig sind und mir aufgebürdet wurden, obwohl Sie in meiner Gruppe völlig überflüssig sind, muss ich hinnehmen. Aber nicht diese ständig pampige Tonart mir gegenüber!«

»Ich war mir nicht bewusst, dass Sie es so auffassen würden, HWM«, entgegnete Asmus verwundert. »Auf Sylt weiß man leider nie, auf welcher Seite jemand steht …«

»Auf jeden Fall auf Seite der Sylter! Das wissen Fremde nur nicht zu würdigen! Am besten verschwinden Sie jetzt.«

»Jawohl, Hauptwachtmeister Sinkwitz.« Asmus schnallte das Koppel mit dem kurzen Degen um und verließ die Wache. Ihm war unklar, ob die Anordnung, durch Westerland zu patrouillieren, Sinkwitz' Form von Bestrafung war oder eine Methode, ihn von Nachforschungen nach dem Fuhrmann abzuhalten. Seine Bemerkung über den Lehnsessel hatte er vollkommen ernst gemeint.

Durch die Friedrichstraße bummelte er immer noch grübelnd. Plötzlich wurde er derb gestoßen und stolperte rückwärts über einen Blumenkübel.

»Sie haben mich wirklich frech auflaufen lassen, auch wenn die Angaben über Ihre Herkunft stimmten«, zeterte der Zeppelin-Meier, dem Asmus aus Unachtsamkeit fast auf die Füße getreten wäre. »So etwas ist mir selten passiert! Sind Sie von Ihrem Vorgesetzten als Maulwurf zu dem Bankett geschickt worden? Ich habe gehört, dass er Kommunist ist. Denen ist alles zuzutrauen!«

»Das hatte Herr Sinkwitz nicht nötig. Er saß am Nachbartisch. Sie haben sich von ihm den leeren Aschenbecher reichen lassen.«

Meiers Kiefer klappten zu. Offenbar hatte er sich seine nächsten Schimpftiraden bereits zurechtgelegt, die aber gerade unbrauchbar geworden waren. »Diese Insel scheint mir im Hinblick auf wirtschaftliche Moral und Klarheit wahrlich nicht genügend gefestigt, um hier zu investieren. Richten Sie Ihrem Vorgesetzten aus, dass mich am meisten der Zustand der Polizei abstößt.«

»Gerne«, warf Asmus ein.

Eine weitere Bemerkung, die Meier verblüffte. »Guten Tag, Herr Asmus«, schnarrte er, lupfte seinen Hut und spazierte mit schwingenden Armen davon, immer in der Mitte des Gehsteiges, ohne jede Rücksicht auf Kinderwagen und ältere, pelzbehängte Damen mit Gehstöcken.

Es würde dem Abgeordneten Bauer aber gar nicht gefallen, wenn noch mehr potentielle Investoren den gleichen Eindruck bekämen, dachte Asmus, der Meier nachsah. Für immer Ade Zeppelinhafen.

Da Asmus nun schon in der Friedrichstraße war, nutzte er die Gelegenheit, bei Sibbersen reinzuschauen.

Bonde Sibbersen schüttelte schon bedauernd den Kopf, als über Asmus noch die Türglocke ging. Außer ihm und dem Mädchen war niemand im Laden.

»Gute Nachricht habe ich nicht«, sagte Sibbersen gedämpft. »Aber Markus hat mir sofort telegrafiert. Die Freunde vermissen Cord und einen weiteren Urning aus ihrer engeren Gruppe. Sie nehmen an, dass beide zusammen in der Öffentlichkeit – einem Park etwa – erwischt und festgenommen wurden. Augenblicklich suchen die Kameraden nach dem Gefängnis, in dem die beiden vielleicht einsitzen, aber das ist nicht einfach, wie Sie sich denken können. Entgegenkommen gibt es meistens nicht, wenn es um Urninge geht. Als wären sie Hochverräter.«

»Aber wenigstens ist die Strafe milder. Weder Todesstrafe noch Festungshaft …«

»Stimmt, Cord würde wohl mit einigen Monaten davonkommen. Markus will mich informieren, sobald er Näheres weiß. Ich fahre dann runter nach Frankfurt, um Cord einen Verteidiger zu besorgen.«

»Dann ist das soweit geklärt«, sagte Asmus aufmunternd und verließ den Kaufladen mit fünf Eiern. Ihm war weit weniger zuversichtlich zumute als Cords Vater. Es gab so viele andere Möglichkeiten, warum ein junger Mann verschwand. Ohne Nachricht zu geben, waren schon viele junge Männer ins Ausland ausgewandert.

Als Asmus abends wieder im Cockpit saß und den friedlichen Abend genoss, stieg Hans Christian mit zwei Flaschen Bier zu ihm an Bord. »Hast du inzwischen herausgefunden, wer Böhrnsen befreit haben könnte?«, fragte der Werftbesitzer.

Asmus schüttelte den Kopf.

»Ich auch nicht. Aber meine Frau hat Jörn Frees im Hafen herumlungern sehen. Am Abend unseres Abreisetages und am nächsten, als wir dann mit Böhrnsen zurückkamen. Am zweiten Tag kam er etwas später, entsprechend der Tide. Es scheint, als hätte man ihm aufgetragen, wann er hier sein sollte. Den Tidenkalender kann er ganz sicher nicht lesen und auch keine Tiden berechnen.«

Jörn Frees. Das war ja ein ganz neuer Aspekt. Aber er fügte sich nahtlos in die seltsamen Ereignisse am Ufer. »Jörn wird also von jemandem beauftragt, uns zu überwachen, meinst du.«

»Ja.«

»Mittlerweile könnte selbst ich fünf Namen von Leuten aufzählen, die Böhrnsen schützen würden, jedenfalls solange es für sie gefahrlos bleibt.«

»Mindestens.«

»Und vom Fährhaus aus kann Frees telefonieren. Aber mit wem? Ich kann nicht glauben, dass mehr als diese fünf ungesetzlich handeln würden.«

»Ich auch nicht«, stimmte Bahnsen zu. »Ich vermute dahinter eine Handvoll sehr entschlossener Sylter, die ihre Macht über die Insel davonschwimmen sehen, wenn sie sie nicht mit allen Mitteln verteidigen. Oder sogar ein Einziger. Jedenfalls ist Böhrnsen ein wichtiger Bestandteil dieser Brut, weil er zur Tat schreitet, wenn es notwendig ist. Die anderen können sich dann hinter ihren Erwägungen verstecken.«

»Man muss bedenken, dass mit dem Damm nicht nur das Geld von Investoren fließen wird, sondern auch Geschäftsleute kommen werden, die sich hier niederlassen wollen. Die Clique, die du Brut nennst, sorgt sich ganz offenbar um ihre eigene Zukunft. Sie möchten die Vorteile des Damms, ohne die Nachteile in Kauf nehmen zu müssen, sprich Konkurrenz. Aber wenn schon Konkurrenz, dann klären die hiesigen Platzhirsche jetzt bereits die Fronten.«

»So könnte man es sich vorstellen. Übrigens intrigiert Mausi Böhrnsen gerne und besitzt Überzeugungskraft. Es ist denkbar, dass sie es schaffte, den spontanen Aufruhr zu organisieren, als ihr Vater das erste Mal im Gewahrsam saß. Aber inzwischen weiß ganz Sylt, dass die Polizei durchgreift, seitdem du hier bist. Deswegen glaube ich nicht, dass Mausi bei der neuen Befreiung ihres Vaters die Finger im Spiel hat. Da denke ich an höhere Kräfte.«

»An die Brut«, ergänzte Asmus, und Bahnsen nickte.

Am nächsten Tag kam Ose zu Asmus' Boot, noch bevor er seinen Dienst angetreten hatte. Sie hielt ihm das druckfrische Exemplar der *Sylter Rundschau* hin.

»Ich habe sie nur überflogen«, sagte Ose. »Aber sieh mal, was ich hier Wichtiges entdeckt habe. Unter den Anzeigen.«

Asmus las laut:

»Wer es bisher noch nicht wusste:
Ja, mein Sohn Cord hat die Neigungen eines Urnings,
er ist nicht der Einzige auf Sylt,
aber der Einzige, der sich dazu bekennt.
Sollten mir noch mehr anonyme Droh- und Schmähbriefe wegen Cord zugehen, werde ich nicht davor zurückschrecken, weitere Sylter Urninge öffentlich zu machen. Verwandte und Bekannte werden sich schämen …

Du liebe Zeit!« Asmus starrte auf die Zeilen und sah vor Entsetzen nur noch Druckerschwärze.

»Ja, genau. Was auch immer er dir von Cord erzählt hat: Er muss sehr verzweifelt sein.«

»Das war er«, bestätigte Asmus nachdenklich. »Diese Anzeige bestätigt es. Er beginnt um sich zu schlagen. Ich hätte ihm von solch einer Dummheit abgeraten.«

»Sie hilft ihm nicht?«
»Im Gegenteil. Ob er überhaupt Namen kennt, sei dahingestellt. Aber seine Gegner werden sich zusammenrotten.«
»Muss man ihn nicht warnen?«
»Doch. Heute noch. Ich werde bei ihm vorbeigehen. Weiß ja keiner, warum. Könnte ja eine Rüge seitens der Polizei sein.«
»Ja«, sagte Ose erleichtert. »Bonde ist ein Netter. Ein Kesseltreiben hat er nicht verdient.«

Asmus reichte ihr die Zeitung zurück und machte sich auf den Weg zum Königshafen. Die Sicht war an diesem Tag gut. Hinter dem Ellenbogen lagen die Insel Röm und das Festland im Dunst, die Vögel am Ufer und die Schafe auf der Weide schienen im Einklang mit sich. Und mit den drei ankernden Schiffen in der Bucht war auch Asmus zufrieden. Einfache Fischer. Die Schmuggler hatten sich offenbar andere Routen gesucht. Im Schlechten Hafen lagen nur Lister Boote.

Als er die Alte Dorfstraße entlangknatterte, kam ihm die Frau, die ihm Auskunft gegeben hatte, entgegen. Sie hob ihren Stock und winkte ihm damit emphatisch zu. Und Asmus winkte fröhlich zurück.

So war der Dienst leichter zu ertragen. Zwistigkeiten mit den Menschen, mit denen er lebte, verabscheute Asmus, vor allem, wenn sie einen persönlichen Anstrich erhielten. Das brachte ihn sogleich zurück zu seiner nächsten Aufgabe: Sibbersen ins Gewissen reden, damit dieser nicht noch mehr Dummheiten beging.

Jedoch entdeckte Asmus, als er nur eben sein Motorrad im Hof abstellen wollte, in der Wache die jüngste Eintragung in das Tagesjournal: »Bonde Sibbersen, Kaufmann in Westerland, eine Rüge erteilt wegen der heutigen Drohung in der *Sylter Rundschau*. OWM Alfred Jung.« Dieser stinkfaule Kerl, der sich selten an der ermüdenden Arbeit der Wachtmeister in den Straßen unter nassen oder frostigen Bedingungen beteiligte, witterte karrierefördernde Unternehmungen wie die Maus den Käse! Ein vom Chef geduldetes schäbiges Verhalten. Mit charakterlosen Männern wie

Jung und Sinkwitz war leider schwer zusammenzuarbeiten.

Jung stiefelte aus Sinkwitz' Arbeitszimmer heraus, als Asmus gerade gehen wollte. »Womit rechtfertigen Sie denn, jemandem eine Rüge zu erteilen, der eine private Anzeige in der Zeitung geschaltet hat?«, fragte er.

»Mit der öffentlichen Drohung«, antwortete Jung prompt.

»Hat Sibbersen Ihnen die Droh- und Schmähbriefe gezeigt, von denen er spricht?«

»Nö. Habe ich abgelehnt. Die sind privat und somit nicht relevant.«

»Ach so«, sagte Asmus. »Eine öffentliche Bekanntmachung als Antwort auf Briefe ist also eine Drohung, wenn Sie dies so entscheiden, aber persönliche Drohbriefe finden Sie privat. Ist Ihnen klar, dass Sie mit zweierlei Maß messen?«

Jung blies die Backen auf und wusste nichts zu erwidern.

Als Asmus vor Sibbersens Kaufladen ankam, standen dort einige flüsternde junge Leute beisammen, einheimische Lehrlinge, schätzte er. Sie schienen erregt, aber auch abenteuerlustig. Ein Passant steuerte auf die Eingangstür zu, überlegte es sich bei ihrem Anblick und bog ab.

Einer der Jünglinge fuchtelte mit einem hölzernen Spazierstock mit geradem Knauf, den Asmus argwöhnisch musterte. »Geben Sie mir den doch bitte mal.«

Widerwillig reichte ihm der pickelige Knabe das Stück. Geübt fand Asmus die Arretierung und zog mit dem Griff eine dreikantige Klinge aus dem Spazierstock. »Sie wissen, dass Stockdegen verboten sind, nicht wahr?«

»Ich wusste nicht einmal, dass es einer ist«, antwortete der Bengel frech. »Wie kann ich ahnen, dass mein Vater verbotene Waffen besitzt? Übrigens, er ist der Besitzer vom Strandcafé.«

»Mein Junge, das haben schon ganz andere Kaliber als Sie versucht. Einem Polizisten sollten Sie nicht drohen. Es ist nicht nur unhöflich, es verstößt auch gegen das Gesetz. Jetzt geht bitte alle an eure Arbeit zurück und lasst Bonde Sibbersen in Ruhe.«

»Er beleidigt Sylt und die Sylter!«, rief einer der Burschen erregt.

»Er verteidigt sich gegen feige anonyme Attacken. Möchte jemand von euch an seiner Stelle sein? Vielleicht Spottbriefe erhalten, weil der Vater unter den Augen der Familie fremdgeht und die Mutter betrügt? Ich bin sicher, der ein oder andere von euch kennt das.«

Die Jungen sahen einander stumm an, bis endlich einer Mut fasste. »Ich kenne das, Wachtmeister Asmus«, brachte er zögernd hervor. »Ich verstehe, was Sie meinen.«

»Na, wenigstens einer«, sagte Asmus lächelnd.

Der Sprecher sah sich unter den Kameraden um. Deren feindliche Haltung war so gut wie verschwunden. »Wir alle, Herr Wachtmeister. Und meine Hochachtung haben Sie, weil Sie Klartext reden. Manche von unseren Vätern sind einfach peinlich, weil sie so verdruckst sind.«

»Dann haben wir uns ja verstanden. »Und Sie«, sagte Asmus zu dem Besitzer des Stockes, »stellen den Degen wieder in den Schrank zurück, in den er gehört. Vielleicht bringen Sie den Mut auf, den Vater darauf aufmerksam zu machen, dass er ihn nie benutzen darf.«

Der junge Mann wusste sein Glück kaum zu fassen, als er den Stockdegen wieder in Händen hielt. »Das mache ich. Danke für das Vertrauen«, murmelte er und machte einen Diener.

Asmus nickte allen freundlich zu und betrat den Kaufladen.

Bonde Sibbersen stürmte um den Tresen herum, noch bevor das Glöckchen zur Ruhe gekommen war. »Sie!«, blaffte er. »Sie!«

»Ja?« Asmus blieb völlig verständnislos an der Tür stehen.

»Sie tun immer so, als ob Sie auf meiner Seite sind, womöglich sind Sie ja selbst ein Urning, holen alle möglichen Informationen aus mir heraus, und dann hetzen Sie mir diesen unsäglichen Kollegen von Ihnen auf den Hals!«

»Oberwachtmeister Jung, ich weiß. Ich habe deswegen gerade ein Sträußchen mit ihm ausgefochten.«

»Das können Sie gar nicht, er hat einen höheren Dienstgrad als Sie. Sie lügen schon wieder, Herr Asmus!«

Der Kaufmann war leider so erregt, dass er Argumente nicht akzeptieren würde. Asmus betrachtete ihn unschlüssig. Sollte er gehen, damit die Sache nicht eskalierte? Das junge Lehrmädchen war wie stets zugegen, und obwohl sie sich in den Schubladen eines deckenhohen Schrankes zu tun verschaffte, konnte man ihre nach hinten angelegten Ohrmuscheln besichtigen, die vor Aufregung rot waren.

»Herr Sibbersen«, begann Asmus versöhnlich, »die Anzeige entspricht Ihrem Zorn, ich weiß, aber es war nicht klug, sie zu schalten.«

»Was wissen Sie denn davon!«

»Eine Menge. Mehr als Sie.«

»Kann ich mir nicht vorstellen. Sie hätten mir andernfalls geholfen.«

»Vielleicht hätte ich mehr tun können, wenn Sie mir die Drohbriefe gezeigt hätten.«

»Die sind privat und zählen nicht als Beweismittel, wie mir der Jung deutlich gesagt hat.«

»Aber das stimmt nicht.«

»Ich weiß mittlerweile überhaupt nicht mehr, was stimmt und was nicht«, giftete Sibbersen. »Bitte gehen Sie, der Polizei traue ich nicht über den Weg und will mit ihr nichts mehr zu tun haben!«

KAPITEL 17

Der Rauswurf durch Bonde Sibbersen ärgerte Asmus. Dabei ging es ihm gar nicht so sehr um ihn selbst, sondern vielmehr darum, dass Sibbersen vermutete, von *der* Polizei betrogen worden zu sein.

Da gab es nur einen Ausweg. Wieder einmal musste Ose vermitteln. Asmus erklärte ihr das Problem inmitten von selbstgedrehten Saattütchen aus Zeitungspapier, die sie vor sich auf einem Brett im Garten aufgereiht hatte. »Wir Nachbarinnen tauschen Saatgut«, erläuterte sie. »Radieschen, Rübchen, Salat, Grünkohl, der allerdings schon längst in der Erde ist. Und Feldsalat. Da bin ich die Einzige, die ihn hat. Den kennt sonst niemand hier. Wenn es schneefrei bleibt, kann ich ihn den ganzen Winter ernten.«

»Ose, kannst du bei Sibbersen ein gutes Wort für mich einlegen? Er vermutet, dass ich ihm unseren unsäglichen Herrn Jung auf den Hals gehetzt habe, was natürlich Unsinn ist.«

»Unsinn. Ich weiß.«

Asmus hockte sich vor sie und ergriff sie an den Oberarmen. »Ose, hörst du mir zu?«

»Ja, gewiss tue ich das. Aber ich muss mich auch darum kümmern, dass die Familie im Winter zu essen hat!«, rief sie gequält. »Ferdinand geht es so schlecht, dass ich in letzter Zeit mehr bei ihm in Kampen als hier gewesen bin. Jetzt muss ich aufholen, was ich versäumt habe. Hoffentlich wird der Herbst warm, so dass die Saat aufgeht!«

»Ja, natürlich«, sagte Asmus und ließ sie los.

»Ich mach's ja«, versprach Ose, während sie sorgsam kleine schwarze Samen in eine Rille streute. »Petersilie. Die geht im Herbst sogar besser auf als im Frühling. Im vergangenen Jahr habe ich Mohnsamen mit Petersilie verwechselt. Die sind sich ganz ähnlich. Aber du glaubst gar nicht, wie mich die Familie ausgelacht hat.«

»Doch, das glaube ich.« Resigniert stand Asmus auf und verließ den Gemüsegarten an seinem seewärtigen Ende, um den Abhang zum Ufer hinunterzusteigen und nach Munkmarsch zu wandern.

Der Herbst lag jetzt, Ende August, in der Luft, in die Asmus auf seinem Heimweg schnupperte. Ein wenig Melancholie und Trauer, weil seine Hoffnung auf Ose unerfüllbar blieb. Und dann Wind aus Südwest. Womöglich kündigte sich ein neuer Herbststurm an. Der zweite im August? Das wäre sehr früh.

In der Nacht frischte der Wind auf, hartnäckig aus Südwest blasend. Asmus, der über Deck kroch, um die Festmacher zu überprüfen, sah die Wolken über den Himmel jagen. Noch regnete es nicht, aber es war kälter geworden.

Später fing es an zu gießen, die Regentropfen prasselten nur so auf das Deck herunter, und das Boot schob Lage. Asmus drohte aus der Backbordkoje zu rollen. Er wechselte auf die Steuerbordseite, so dass er einigermaßen bequem im Winkel zwischen Bordwand und Matratze zu liegen kam.

Am Morgen hatte der Wind immer noch nicht gedreht. Wenn er über mehrere Tiden die Richtung beibehielt, konnte es für Mensch und Tier gefährlich werden, da sich das Wasser der Nordsee immer weiter aufstaute und während des eigentlichen Niedrigwassers höher stand als bei Normalflut.

Obendrein war er so böig, dass Asmus beschloss, mit der Bahn nach Westerland zu fahren. Selbst der Zug benahm sich bockig. Und als Asmus mit Rückenwind bis in die Wache geflogen war, erfuhr er, dass der Außendienst an diesem Tag weitgehend eingestellt war. Zu viele Dachziegel und fliegender Unrat machten den Aufenthalt draußen gefährlich. Wer immer konnte, verharrte in seiner Wohnung, und die Polizisten blieben in der Wache.

Nun, Asmus konnte sich die Zeit auch mit Schreibarbeiten vertreiben.

Die Stimmung in der Wache war gereizt. Jung diskutierte mit Matthiesen in einer Lautstärke, mit der vermutlich Asmus am anderen Ende des Raums gemeint war, denn es ging um die Naturschutzgebiete. »So ein Blödsinn, jetzt schon wieder daran zu denken, weitere Gebiete für den Schutz auszuweisen. Bei einem Sturm wie diesem ertrinken sowieso jede Menge Jungvögel in ihren Nestern in den Salzwiesen. Unnützer Arbeitsaufwand. Und kostspielig.«

»Hmhm«, murmelte Matthiesen entschlusslos.

»Die Jungvögel sind Ende August schon geschlüpft«, berichtigte Asmus ruhig.

»Stürme können ja auch früher kommen, oder? Asmus, der Kenner der Nordsee!«

»Wenn in Zukunft so viel Geld nach Sylt strömt, könnte man die Bodenbrüter durch niedrige Sommerdeiche schützen.«

»Was denn noch alles! Am besten uns Einheimische evakuieren.«

Asmus verzichtete auf eine weitere unerquickliche Diskussion.

Später, als Jung wegen eines Bedürfnisses hinausgegangen war, rief Matthiesen leise: »Pst, Niklas!«

»Ja?«

»Er hat fürchterliche Angst vor Sturmfluten.«

»Na gut, dann wollen wir es ihm nachsehen«, meinte Asmus und betrachtete liebevoll Fotos von eleganten Halsbandregenpfeifern und Pfuhlschnepfen.

»Hast du eigentlich eine Ahnung, wo Böhrnsen stecken könnte?«, erkundigte sich Jung, als er zurück war.

»Nein, aber ich denke, dass er auf Sylt ist«, antwortete Asmus. »Wir hatten ihn zu seiner Überraschung schnell, als er nach Langeneß geflohen war, und er muss vermuten, dass wir ihm unbekannte Helfer haben, die jetzt die Häfen überwachen. Das wird ihn vorsichtig machen.«

»Und welche Helfer hatten wir?«

»Ach, diesen und jenen. Man hört mal hier, mal da etwas.« Asmus würde sich nicht auf ein aufmerksames achtjähriges Mädchen berufen, aber auch ohne Line hätte er seine Kontaktleute nicht genannt.

Matthiesen beugte sich tiefer über den Schreibtisch, damit niemand sein Schmunzeln sah. Außer Asmus.

Jung stieß ein Schnauben aus. »Von Kooperation hast du wohl noch nichts gehört?«

Doch, hätte Asmus am liebsten geantwortet. Und noch mehr von Verrat durch eigene Leute.

Bis zum Abend frischte der Sturm weiter auf. Es gab schon seit Jahrhunderten Windmesser, komplizierte und riesige Apparaturen. Eine davon besaßen Asmus' Brüder in Rostock, die sie neben ihren Schiffsmodellen im Kontor unter Glas aufgestellt hatten, zur Bewunderung durch die Besucher, in Anwendung kam er nicht.

Auf Booten gab es keine Geräte zum Messen der Windstärke. Asmus entschloss sich, zu Ose zu wandern. Ihr Vater besaß eins der wenigen Rundfunkgeräte von Sylt – vielleicht war eine Vorhersage oder eine Warnung durchgegeben worden.

Noch bevor Asmus den Hafen verlassen hatte, hastete Bahnsen auf ihn zu. »Du kannst heute Nacht nicht auf deinem Boot schlafen! Zu gefährlich! Mart und ich haben schon alle Jollen gesichert, aber wer weiß, was sich da trotzdem losreißen wird. Am Ende bekommen wir eine ordentliche Wuling von Bootstrümmern. Hatten wir schon mal. Und jetzt sieht es wieder nach einem ganz bösen Sturm aus.«

»Ja, gut.« Asmus gab ihm insgeheim recht, aber wo sollte er hin?

»Du hast die Wahl. Zu uns ins Haus, in das Fischerboot auf Helling, in das ich gerade den neuen Motor eingebaut habe – riecht ein bisschen nach Öl –, oder in den Warteraum des Fährhauses.«

»Danke«, sagte Asmus ganz gerührt wegen der Fürsorge. »Ich glaube, ich nehme den Warteraum …«

»Weil er gewissermaßen öffentlich ist und dich zu nichts verpflichtet«, ergänzte Bahnsen. »Verstehe ich. Ich sage Mart Bescheid, dass er ihn offen lässt.«

Asmus sicherte die *Franziska* mit noch mehr Tauwerk und brachte dann seinen Schlafsack ins Fährhaus. Essen würde er noch an Bord – da er dabei wach war, konnte er sich notfalls mit einem Sprung an Land retten.

Dann machte er sich auf den Weg nach Keitum. Trotz der Ebbe überflutete das Wasser schon die Salzwiese des Klentertals. Asmus musste auf den Karrenweg über den Hügel ausweichen, auf dem ihm die Regenschauer ins Gesicht trieben. Gummistiefel und Ölzeug hielten ihn oberflächlich trocken, bis das Wasser begann, ihm am Hals in den Troier und unter den Hosenbund zu kriechen.

Er atmete auf, als er endlich die Gartenpforte zu Oses Elternhaus aufstieß, die wie üblich in den Angeln quietschte.

Ose selbst öffnete die Haustür. »Ja, bitte?«, fragte sie kühl und starrte Asmus wie einen Fremden an.

»Ich bin es, Ose.« Asmus nahm den Südwester ab und schüttelte die Tropfen ab.

»Das sehe ich. Was willst du?«

»Ich dachte, dass ich vielleicht den neuesten Wetterbericht aus eurem Rundfunkgerät abhören dürfte«, stammelte Asmus verwirrt.

»Das kann ich mir denken. Du hast immer nur etwas von mir gewollt, stimmt's?«

Asmus schluckte und hielt mit einer heftigen Erwiderung zurück. »Ose, ich verstehe nicht, was los ist. Hat sich zwischen uns etwas verändert?«

»Oh ja!«, schrie Ose und schlug ihm die Tür vor der Nase zu.

War sie reizbar aus demselben Grund wie Jung, fragte sich Asmus auf dem Heimweg. Eigentlich nicht. Ose war ein ruhiger, besonnener Mensch. Folgedessen musste er ihr einen Grund für diese Wut gegeben haben. Aber er kam nicht darauf, was es sein konnte. Seiner Ansicht nach war er völlig unschuldig. Ein Missverständnis also?

Durch Nachdenken ließ es sich nicht aufklären. Asmus bereitete sich stattdessen ein karges Abendessen und ließ sich dann missmutig vom Wind ins Fährhaus schieben, wo er sofort in seinen Schlafsack kroch. Wenigstens war das Haus solide gebaut und das Dach dicht.

Am Morgen wurde er durch Mart geweckt, der aber verkündete: »Du brauchst dich nicht zu beeilen, der Fährbetrieb ist für heute eingestellt. Aber da scheint am Dammbau einiges passiert zu sein.«

»Ja?« Asmus setzte sich auf. Das Watt gehörte zu seinem Aufgabenbereich. »Weißt du, was?«

»Nö. Vielleicht sind einige Arbeiter ertrunken, keine Ahnung.«

Asmus fuhr in seine Kleidung, so schnell er konnte. »Fährt die Bahn schon?«

»Nein, warum auch? Aber der Sturm hat abgenommen.«

»Und wie sieht's hier im Hafen aus?«

»Glimpflich abgelaufen.«

Wenigstens zwei gute Nachrichten! Asmus' Frage nach der Ostbahn war natürlich überflüssig gewesen, da die Fähre stilllag. Er musste sein Motorrad nehmen.

Die Karrenstrecke war schwierig. Stellenweise war Sand über die festgefahrenen Spuren gespült worden, so dass man ihren Verlauf kaum erkennen konnte, an anderen Stellen standen Pfützen. Der Wind kam stoßweise abwechselnd gegenan und von der Seite, und Asmus gelang es manchmal nur unter Mühe, ein Umkippen zu vermeiden.

Endlich kam Asmus schnaufend in die Wache. »Was weiß man über das Morsum Kliff und die Nössehalbinsel?«, fragte er in die Runde.

»Von deinen Schutzgebieten weiß ich nichts. Aber am Dammbau ist eine Menge zerstört worden«, antwortete Jung mit hörbarer Befriedigung. »Gemeldet wurde uns bisher, dass zwei Schwimmbagger verschwunden sind, außerdem kilometerweise Spülrohrleitungen und tonnenweise aufgespülter Boden.«

»Und Menschen?«

»Keine Ahnung. Aber die meisten wurden noch gestern Abend in der Halle des Turnvereins untergebracht. Ich glaube auch, dass sich die Bauleiter mehr Sorgen um den Damm selbst machen. Die Arbeiter kann man ersetzen.«

»Natürlich«, stimmte Asmus mit feinem Hohn zu. »War schon jemand dort?«

Jung schüttelte den Kopf. »Ich warte auf Sinkwitz' Anweisungen, aber der hat seinen Dienst noch nicht angetreten.«

»Ja, gut«, entschied Asmus. »Ich fahre auf der Stelle hin.«

»Ohne Einsatzbefehl. Ich vermerke es im Tagesjournal«, verkündete Jung.

»Vermerken Sie, was Sie wollen.« Asmus verließ die Wache.

Nach unendlich mühsamer Fahrt war Asmus an einer Stelle angekommen, wo der Dammbau vermutlich seinen Anfang genommen hatte. So ganz genau konnte er es nicht orten.

Immer noch waren es bestimmt sechs Windstärken. Die Dammreste bis weit hinaus in die See wurden von den Schaumkronen überspült. Kaum etwas von der bisher fertiggestellten Strecke schien übrig geblieben. Nur in Ufernähe schlugen die Wellen gegen stehengebliebene Pfähle, an denen sich Tang und Unrat aufgehängt hatten.

Die Stapel der Bahnschwellen waren auseinandergerissen worden – vereinzelt sah Asmus ihre von grauem Schlick überzogenen Umrisse. Die meisten waren wohl bis in die nahen Weiden getragen worden. Eine kleine Arbeitslok lag auf der Seite, und unzählige Schiebkarren waren auf dem Baugelände verstreut. Die Bauarbeiterhütten existierten nicht mehr, die Hausplanken, Öfchen, Kochtöpfe, Schuhe und andere persönliche Besitztümer staken im Schlick.

Inmitten des Chaos' wanderten große Raubmöwen umher und suchten nach essbarer Beute. Gruselig, dachte Asmus angesichts eines blutigen Stückes Fisch, um das sich zwei Vögel gierig stritten.

Dann bemerkte er eine Bewegung. Ein Mann näherte sich ihm schnell. »Moin, Herr Wachtmeister. Ich bin Bauleiter Lorenzen.«

»Moin, Herr Lorenzen. Hier sieht es ja furchtbar aus«, stellte Asmus bedrückt fest. »Vermissen Sie Leute?«

»Noch wissen wir es nicht. Aber wir glauben, alle rechtzeitig nach Westerland evakuiert zu haben.«

Asmus blickte über den grauen Schlick, der sich gleichmäßig über alles gelegt hatte, was liegengeblieben war.

Überall schauten weiße oder schwarze abgerissene Flügel hervor, Bürzel, Köpfe ... »Aber tote Eiderenten, Trauerenten, Austernfischer, Möwen haben Sie zur Genüge ...«

»Ja. Immerhin gehören sie nicht zu meiner Verantwortung. Das ist das Beste, was ich darüber sagen kann.«

»Ich verstehe Sie. Und was sagen Sie zum Dammbau?«

»Wir werden von vorne anfangen müssen. Mit einem neuen Plan, mit neuer Bautechnik.«

»So geht es also nicht?«

»Nein, auf keinen Fall. Ein Sturm wie dieser dürfte so ungewöhnlich nicht sein, aber wir sind an ihm gescheitert. Und jetzt gegen den Herbst hin werden wir öfter stärkere Stürme erleben.«

Asmus reichte dem Bauleiter die Hand. »Ihnen persönlich wünsche ich viel Glück.«

Auf dem Rückweg zu seinem Motorrad entdeckte Asmus einen angeschwemmten Schuh, der bemerkenswert wenig mitgenommen war. Überrascht betrachtete er ihn, dann sah er sich um, um den Bauleiter zu entdecken, aber der war fort.

Der Schuh war modisch lang und schmal, dabei spitz, mit sehr flachem Hacken und zweifarbig rotbraun mit ehemals weißem, jetzt schlickfarbenem Oberteil. Auf keinen Fall konnte er im Besitz einer der Arbeiter gewesen sein. Vielleicht kannte ja der Bauleiter diesen auffälligen Modeartikel.

Asmus steckte ihn ein. Möglicherweise ließ sich der Besitzer ermitteln.

Zurück in der Wache, erfuhr er sofort von den allmählich einlaufenden Schadensmeldungen. Sinkwitz stand an der Wand vor einer riesigen Syltkarte und markierte die betroffenen Orte mit Stecknadeln. Matthiesen informierte Asmus. Auf seinem Gesicht breitete sich immer wieder ein Grinsen aus, das nicht zum Ernst der Geschehnisse passte.

»Was ist denn, Lorns?«, fragte Asmus schließlich irritiert.

»Wir haben Böhrnsen«, sagte Matthiesen und drehte das Journal so zu Asmus um, dass dieser die mit dem Finger markierte Zeile lesen konnte.

»Dach von Boy Böhrnsens Haus eingestürzt; unversehrte Bewohner (Mausi Böhrnsen, ein Hausmädchen, ein Knecht) in Nachbarschaft untergebracht. Boy Böhrnsen bei der Flucht aus seinem Haus ergriffen und von Wachtmeister Jep Thamsen in Gewahrsam genommen.«

»Er war tatsächlich in seinem Haus, wie du vermutet hast«, sagte Matthiesen triumphierend.

»Im Lehnsessel«, verbesserte Asmus. »Gut gemacht, Jep!« Er winkte zu ihm hinüber. »Wo sitzt Böhrnsen jetzt ein?«

Matthiesen machte eine Kopfbewegung. »Hinten in der Zelle. Wir haben zwei neue, kräftige Schlösser.«

»Und wo sind die Schlüssel?«

»Hier, neben mir. Vielleicht solltest du sie alle vier an dich nehmen, weil Böhrnsen doch in deiner Verantwortung ist.«

»Was fällt dir ein, hier Aufgaben zu verteilen, Lorns!«, schnauzte Sinkwitz, der mit den Stecknadeln herumhantiert hatte und jetzt herumfuhr, dass die Schachtel herunterfiel und sich entleerte.

»Kein Problem, HWM«, sagte Asmus beschwichtigend. »Am besten ist, Sie nehmen sie mit nach Hause. Nachschlüssel können wohl kaum gemacht worden sein, es sei denn durch einen von uns …«

»Denk an die Brandgefahr«, murmelte Matthiesen. »Wer sollte Böhrnsen bei Gefahr herauslassen?«

»Tja, dann bliebe wohl nur ein außerordentlicher Nachtdienst durch HWM Sinkwitz«, sagte Asmus voll Bedauern. »Morgen schaffen wir dann den Delinquenten zum Schiff nach Hörnum. Wer soll ihn nach Husum zum Richter begleiten, Herr Sinkwitz?«

»Matthiesen!«, blaffte Sinkwitz. Seinen auf dem Steinfußboden knallenden Schritten zu seinem Zimmer zurück war die Wut anzuhören.

Asmus schüttelte warnend den Kopf, als Matthiesen seine schadenfrohe Meinung kundtun wollte. Manche Äußerungen gehörten sich nicht.

Kurz danach kam ein Mann in gestreifter Hose und Lederschuhen in die Wache. Kein Fischer und kein Bauer. Asmus kannte ihn nicht.

»Ich bin Früdde Harksen«, stellte er sich vor.

»Schön, Früdde Harksen. Was führt Sie her?« Matthiesen stand bereits am Tresen.

»Eine Meldung. Gibt es hier einen Schupo, der Asmus heißt?«

»Ja, gewiss. Da ist er.«

Asmus trat bereits neben Matthiesen, als die Frage kaum ausgesprochen war. Früdde Harksen wandte sich an ihn. »Ich bin der Vater von Line aus Hörnum.«

»Ach, wie schön«, sagte Asmus, dem kurz der Atem stockte. Wollte der Mann sich beschweren? »Ist bei Ihnen alles in Ordnung?«

»Ja, ja. Im Dorf ist nichts passiert. Die Mole des Anlegers wurde ein paar Meter eingerissen, das können wir leicht selbst reparieren. Jedoch haben mich die Hörnumer ausgeguckt, um unsere Schäden am Ufer zu melden, und Line sagte, dass ich unbedingt zu Ihnen gehen soll. Weil die Abbrüche am Weststrand zur Natur gehören und in Ihr Fachgebiet fallen.«

Asmus lächelte unwillkürlich. Von Landabbrüchen verstand er natürlich nichts, aber er freute sich, dass sein Geschenk an Line offenbar nicht auf Empörung oder Abwehr ihres Vaters gestoßen war.

»Es sind an der Westseite wieder rund hundert Meter Ufer abgerutscht«, verkündete Harksen düster. »Wenn da nichts gemacht wird, und es geht so weiter, landen unsere Häuser eines Tages in der See.«

»Ja! Vermutlich!«

»Ganz sicher!«

»Früdde Harksen«, sagte Asmus fest. »Ich kenne das Problem. Die Westküste ist insgesamt betroffen. Das Einzige, was ich tun kann, ist, eine dringende Eingabe mit der Bitte um Hilfe im Kieler Ministerium einzureichen. Was die dort damit machen, entzieht sich meiner Kenntnis. Ich verspreche Ihnen aber noch eines: Ich werde einen der Abgeordneten, die derzeit kommen oder sich angekündigt haben, daraufhin ansprechen. Wer mit dem Wattenmeer-Damm Geld verdienen will, muss dafür sorgen, dass Sylt noch existiert, wenn der Damm fertig ist.«

»In Ordnung. Ihnen vertraue ich, weil Line es tut. Manchmal verlässt man sich auf die falschen Polizisten.«

»Kann wohl vorkommen«, bestätigte Asmus.

»Line ist ein kluges Mädchen, finden Sie nicht?«

»Oh, und wie! Vielleicht trägt sie eines Tages zur Rettung von Hörnum bei. Ich würde sie hüten wie einen Edelstein.«

»Habe damit angefangen.« Harksen hob die Hand zum Abschied und ging wortlos.

»Kanntest du Harksen nicht?«, erkundigte sich Asmus leise bei Matthiesen.

Dieser schüttelte den Kopf. »Nie gesehen.«

Dass Harksen seine Tochter mit dem Hinweis auf Sinkwitz und Jung ermahnt hatte, war wohl dem Urvertrauen geschuldet, das die meisten Menschen der Polizei entgegenbrachten. Aber in Zukunft würde er Abstand zu den beiden halten.

Boy Böhrnsens Abfahrt musste auf den nächsten Tag verschoben werden. Er erklärte sich bereit auszusagen, aber nur in Gegenwart von Asmus, der jedoch wieder im Außendienst unterwegs war. Sinkwitz sah sich zu seinem Ärger genötigt, Matthiesen zu beauftragen, Asmus herbeizuschaffen.

Mart im Fährhaus bedauerte, Asmus wäre seit dem frühen Morgen unterwegs. Gegen Mittag traf er ein, ohne zu wissen, dass er gesucht wurde.

Kurze Zeit später wurde Böhrnsen geholt und Asmus gegenüber gesetzt. Matthiesen saß am kurzen Ende des Tisches und führte das Protokoll.

»Sie möchten also aussagen«, begann Asmus. »Die Wahrheit am besten. Sie sehen ja, dass wir Sie immer wieder fassen. Möglicherweise werden Sie vom Richter milder beurteilt, wenn Sie uns helfen.«

»Ja, gut. Ich habe ja zugegeben, dass ich Sinkwitz eine kleine Lehre erteilen wollte, und das will ich jetzt bestätigen.«

»Das hatten Sie noch nicht zugegeben. Herr Böhrnsen, versuchen Sie nicht, mich für dumm zu verkaufen«, mahnte Asmus. »Sie sprachen von Schröder aus Flensburg. Aber erstens wussten Sie nicht, dass Schröder in der Wache war, und zweitens führt Ihr direkter Heimweg von der Tanzhalle nicht an der Wache vorbei.«

»Na ja. Aber ein Mordversuch war es nicht! Ein Unfall.«

»Und wer hat Sie aus der Arrestzelle herausgelassen?«

»Mausi, mein Töchterchen.« Böhrnsen lächelte selig. »Sie ist eine gewitzte Person, nicht?«

»Sie hat doch nicht eigenhändig das Schloss aufgebrochen.«

»Ach so, nein, natürlich nicht. Das war der Schmied von Keitum. Er ist mit ihrem Verlobten, dem Lehrer in Keitum, verwandt und hat Bärenkräfte.«

»Er wusste, dass er gegen das Gesetz verstieß, oder?«

Boy Böhrnsen zog die Schultern hoch. »Keine Ahnung. Und was heißt schon Gesetz? Bei uns ist die Familie das Gesetz.«

»Das dachte ich mir. Und wer hat Sie in Munkmarsch befreit?«

Der Fuhrunternehmer grinste breit. »Das wüssten Sie wohl gerne? Ich auch. Ich weiß es nämlich nicht. Ich hatte eine sauschlechte Nacht und bin irgendwann spät eingedämmert. Und wie ich da im Morgengrauen wach werde und so vor mich hindöse, sehe ich Schloss und Schlüssel am Nagel hängen. Ich bin sofort hoch und zur Tür raus.«

»Und dann? Wer hat Ihnen weitergeholfen?«

»Niemand. Ich habe mir eine Jolle geliehen, bin nach Keitum gerudert und habe mich dort von einem Bauern nach Westerland mitnehmen lassen. Die Decke, unter der ich auf seinem Karren lag, kratzte. Und die Wurzeln, die er auf dem Markt verkaufen wollte, schmeckten ganz gut, aber sie waren sandig. Ein karges Frühstück.«

»Manche Leute haben nicht einmal Wurzeln zum Frühstück.«

»Selber schuld. Man muss schon zusehen, dass man sich tummelt«, erklärte Böhrnsen großspurig, als ob er die Welt gepachtet hätte.

»Mit dieser Einstellung landet man leicht im Gefängnis, Herr Böhrnsen.«

»Wir werden sehen.«

Aber die Zuversicht, die der Fuhrunternehmer an den Tag zu legen versuchte, war nicht mehr ganz so groß. »Soll ich Ihnen noch was sagen, Asmus?«, fragte er und lehnte sich weit über den Tisch vor.

Matthiesen piekte ihm mit dem Bleistift in die Schulter. »Zurück, Boy«, befahl er. »Manchmal wird so etwas als tätlicher Angriff ausgelegt. Und die Strafe entsprechend erhöht.«

»Pff«, schnaubte Böhrnsen und zog sich zurück. »Also, Asmus! Sind Sie interessiert?«

»Wir sind an allem interessiert, was ein Festgenommener uns mitteilen kann.«

»Ich rechne auf Anerkennung, merken Sie sich das! Also, der Jörn Frees aus Keitum ist Ihnen öfter auf den Fersen gewesen. Ich hab's nur gehört.«

Asmus antwortete nicht. Aber die Gerüchte verdichteten sich.

KAPITEL 18

Als Matthiesen am nächsten Morgen mit Böhrnsen auf die Reise gegangen war, nahm Asmus seinen Außendienst wieder auf. Das Morsum Kliff bedurfte jetzt dringend einer Inspektion hinsichtlich möglicher Schäden.

Ein gutes Stück hinter dem fertiggestellten und unversehrten Morsumer Bahnhof wurde Asmus unterhalb der Munkehoi vom Bauleiter Lorenzen abgefangen.

»Moin, Herr Asmus! Sie sind aber schnell da!«

»Wieso? Haben Sie nach mir gerufen?«

»Vor etwa zehn Minuten habe ich mit der Wache telefoniert. Oberwachtmeister Jung wusste nicht, wohin Sie gefahren sind und wann Sie zu erreichen wären.«

O doch, er wusste es. Asmus hatte Jung sein Fahrtziel benannt, und dieser hatte noch in Asmus' Gegenwart zum Journal gegriffen. »Was ist passiert?«

»Wir haben einen Toten entdeckt, den wir allerdings nach der bisherigen Übersicht nicht vermissen. Ertrunken. Er liegt jetzt noch im Wasser, wir müssen erst ein Boot organisieren, um ihn zu bergen. Und da das Wasser aufläuft, eilt es. Ich weiß gar nicht, ob wir es heute schaffen.«

»Dann steigen Sie hinten auf, Herr Lorenzen. Sie müssen mir sagen, wie ich fahren soll.«

Nach einer abenteuerlichen Schlitterpartie waren sie so weit wie möglich an die Unglücksstelle herangefahren. Asmus verstand jetzt erst, dass der Ertrunkene weit draußen am Hilfsdamm lag, an dem während der Bauarbeiten die Steinschuten aus Husum angelegt hatten.

Inzwischen war das Wasser nach dem Sturm weiter zurückgegangen, und da auch der Wind sich beruhigt hatte, sah man endlich, dass der Dammsockel in Ufernähe so weit erhalten war, dass man auf ihm zu Fuß bis zum Hilfsdamm gelangen konnte.

»Die zwei Männer da draußen habe ich als Wache abgestellt«, bemerkte Lorenzen. »Kommen Sie, ich versuche, für Sie ein Paar Gummistiefel aufzutreiben.«

Asmus folgte ihm zu einer schnell errichteten Bauhütte, in der sich Schlechtwetterkleidung, Seekarten und Baupläne stapelten. Es fanden sich Gummistiefel, die er gegen seine derben ledernen Arbeitsstiefel austauschen konnte, die zwar für die Kletterei am Kliff, aber nicht für wadentiefes Wasser geeignet waren.

Der Dammkörper war an vielen Stellen ausgekolkt, mancherorts aber lagen noch die Eisenbahnschwellen, und dort kamen sie ganz gut vorwärts. Schwieriger wurde es am Hilfsdamm, der schmaler war, weil er lediglich provisorisch für den Transport der Steine von den Schuten bis zum Wattenmeer-Damm mit der kleinen Arbeitslok und ihren Loren errichtet worden war.

Endlich waren sie draußen an der Unglücksstelle angekommen. Die Arbeiter machten für Asmus Platz, der sich hinknien musste, um die Leiche am Seeboden in Augenschein nehmen zu können. Offensichtlich hatte sie sich an einem stehen gebliebenen Festmacherdalben verfangen.

»Den Leichnam kriegen wir heute nicht mehr raus«, bemerkte Lorenzen. »Selbst wenn wir die Jolle hier hätten, wäre das Wasser schon zu tief. Auf Tauchen sind wir nicht eingerichtet.«

Asmus nickte. Soweit er in den hin und her schwappenden und in der Sonne glitzernden Wellen erkennen konnte, hatte der Ertrunkene eine blaue Arbeitsjacke an. Die Hosenumschläge waren aufgekrempelt, so dass man die nackten Füße sah. »Sie vermissen wirklich keinen Arbeiter?«

»Alle, die wir listenmäßig erfasst haben – wegen des Lohns –, sind davongekommen. Er ist keiner von unseren Arbeitern, das habe ich schon überprüft«, antwortete Lorenzen entschieden. »Ich denke, er gehörte zu der Stammmannschaft auf einer Steinschute, oder die Husumer haben ihn uns als Nachschub geschickt, obwohl wir niemanden angefordert hatten. Husum arbeitet nicht sehr zuverlässig …«

»Von einer Steinschute, das wäre möglich.« Asmus wandte sich um und blickte zu den Arbeitern hoch. »Glaubt einer von Ihnen, ihn zu kennen?«

»So von der Seite, Herr Schupo … Schwierige Kiste. Könnte sein.«

»Glaube, eher nicht«, antwortete der andere. »Aus meinem Trupp jedenfalls nicht. Wir sind alles große, starke Kerle.«

Asmus blinzelte nochmals ins Wasser. Der Tote sah eher schmächtig aus, das stimmte. Er erhob sich und strich sich das Wasser an den Knien aus dem wollenen Hosenstoff. »Ich bin morgen früh wieder hier, Herr Lorenzen. Bis dahin werden Sie das Boot organisiert haben, und ich werde vielleicht wissen, ob jemand aus Husum geschickt wurde.«

Der Bauleiter nickte, mit einem spöttischen Lächeln auf den Lippen.

»Was bezweifeln Sie denn?«, fragte Asmus überrascht.

»Dass man in Husum irgendetwas Schriftliches hat, außer den Lohnlisten natürlich. Aber was unseren Bau betrifft, heißt es dort zu Bewerbern um eine Arbeitsstelle: ›Steig mal auf die Rasmus, könnte sein, dass die heute noch nach Sylt geschleppt wird. Wenn nicht, meldest du dich bei meiner Ablösung.‹ Danach hört und liest man von solch einem Bewerber nichts mehr.«

»Nun ja«, brummelte Asmus, und die Arbeiter grinsten wissend.

Zurück in der Westerländer Wache ließ sich Asmus mit der Außenstelle des »Preußischen Wasserneubauamtes Dammbau Sylt« verbinden. Nein, sie pflegten keine Arbeiter abzustellen, das sei alles Aufgabe des Betriebes, der die Steine an- und weiterverkaufte und auch den Transport nach Sylt organisierte.

Immerhin hatte der Betrieb einen Telefonanschluss.

»Unsere Steinschuten sind alle rechtzeitig und unbeschädigt zurückgekommen. Was denken Sie denn?«, antwortete der Geschäftsführer ungnädig.

»Vermissen Sie jemanden aus dem Personal auf den Schiffen?«

»Warum sollten wir?«

Asmus rollte die Augen, blieb aber höflich. »Wüssten Sie es denn, wenn jemand vermisst wäre? Oder wer weiß dergleichen?«

»Dergleichen kommt bei uns nicht vor. Wenn doch, müsste man es mir melden.«

»Seien Sie so gut, sich zu erkundigen«, bat Asmus und wunderte sich nicht, dass das Telefonat ähnlich weiterging. Ja, sie pflegten durchaus Arbeitssuchende nach Sylt weiterzureichen. Aber ob die eingestellt wurden oder nicht, läge nicht unter der Aufsicht eines Steinlieferanten.

Nein, natürlich nicht, gab Asmus zu. Aber hätten sie denn nicht wenigstens ein Protokoll oder ähnliche Aufzeichnungen über Namen?

Wozu?

Lorenzen hatte Asmus' vollstes Verständnis, als er aufgab.

Restlos frustriert fuhr Asmus nach Munkmarsch zurück. Es war nahezu windstill, in den blühenden Heckenrosen summten unzählige Insekten. Herrliches Spätsommerwetter. Er beschloss, ein paar Runden zu kraulen, um sich den Ärger aus den Knochen zu schütteln.

Aber auf dem Bug der *Franziska* saß mit untergeschlagenen Beinen Ose.

Asmus stoppte und starrte sie unschlüssig an. War sie gekommen, um ihn noch mehr zu beschimpfen? Allerdings signalisierte Oses Miene Reue. Jetzt war er restlos verwirrt.

»Ich muss mich bei dir entschuldigen«, sagte Ose leise, als Asmus auf Hörweite heran war. »Tut mir furchtbar leid. Ich bin einer Behauptung aufgesessen, die ich geglaubt habe. Sie war ja völlig falsch.«

»Ja, dann leg schon mal die Sitzpolster auf den Bänken aus, während ich Pfefferminztee aufgieße«, schlug Asmus reserviert vor und stieg an Bord.

Während Ose mit den Deckeln der Backskisten klapperte, setzte er den Wasserkessel auf. Zu allem Ärger ging sein Petroleum zur Neige. Auch das noch!

Als er mit den dampfenden Teebechern ins Cockpit stieg, saß Ose ruhig da und ließ sich mit geschlossenen Augen die milde Abendsonne ins Gesicht scheinen. Beinahe hätte Asmus die Becher vor Sehnsucht nach ihr zerquetscht. Aber er brachte es fertig, ihr gesittet den Becher in die Hand zu drücken und sich ihr gegenüber hinzusetzen.

Ose nahm einen Schluck Tee. »Du hattest mich gebeten, zu Bonde zu gehen, um herauszufinden, warum er so unleidlich war. Habe ich am nächsten Tag gemacht. Er glaubte, du hättest unentwegt den verständnisvollen Polizisten gespielt, um schließlich Jung mit einer Drohung zu ihm zu schicken. Du hättest ihn gezielt betrogen.«

»Nicht möglich!«

»Ja, doch. Er ist so schlecht auf die Polizei zu sprechen – aus Erfahrung –, dass er jederzeit dazu neigt, ihr Böses zu unterstellen. Man kann ihm das nicht übel nehmen.«

»Das würde ich auch nie tun. Leider hat er mich nichts erklären lassen, sondern mich einfach hinausgeworfen.«

»Ja, so kann es einem gehen«, sagte Ose mit gesenktem Kopf. »Noch jemand hat dich nichts erklären lassen. Ich.«

»Das habe ich gemerkt. Warum?«

»Bonde Sibbersen hatte sich zurechtgelegt, dass dein Verständnis für Cord darauf beruht, dass du selber ein Urning bist, dass du aber – wie alle anderen auch – durch konsequente Strenge von deiner eigenen Person abzulenken versuchst.«

Asmus stockte der Atem. »Und das hast du wirklich geglaubt, Ose?«, fragte er, als er wieder reden konnte. »Dass ich mich so charakterlos verhalte?«

Ose zuckte die Schultern. »Es kam mir zunächst logisch vor«, brachte sie gequält heraus. »Nur, je länger ich darüber nachdachte … Nein, ich glaube nicht, dass du zu solchem Betrug fähig bist.«

»Ganz bestimmt nicht«, beteuerte Asmus, immer noch reserviert. »Aber Beweise kann ich nicht vorbringen. Das Problem bleibt wie immer, dass etwas, das nicht geschehen ist, sich nicht beweisen lässt.«

»Du brauchst nichts beweisen«, sagte Ose weich. »Gesteh mir diesen einen Irrtum zu. Einen aus schlechter Erfahrung einerseits und Unkenntnis andererseits. Ich bin einem Mann wie dir noch nicht begegnet.«

Asmus lächelte erleichtert und gab ihr einen Kuss auf die Nasenspitze. »Akzeptiert. Da ist etwas, das ich gerne mit dir besprechen würde.«

»Nur zu!« Ose stellte den Becher auf das Deck und setzte sich erwartungsvoll hin.

Zum Glück war alles wieder in Ordnung. Asmus übersprang zwei Stufen des Niedergangs und kam mit dem aufgelesenen linken Schuh zurück ins Cockpit. Den dünnen Schlickbelag hatte er inzwischen abgewaschen, so dass er wieder fast weiß war. Nur in den Schnürsenkeln befand sich immer noch etwas Sand und Schlick. »Den habe ich draußen am Damm gefunden. Was meinst du dazu?«

Ose drehte den Schuh um und um. »Das ist ja ein hochmodischer Schuh. So etwas kannst du in den Journalen des Kurhauses und der Cafés besichtigen. Den besitzt kein Arbeiter!«

»Das war auch meine Vermutung. Und das Führungspersonal am Dammbau?«

»Asmus, auch die gehören nicht zu der Gesellschaftsschicht, die solche internationale Mode bezahlen kann! Zwanzig Dollar, wenn ich mich recht an ein ähnliches Modell erinnere. In deutschen Mark kannst du die gar nicht kaufen, auch wenn du Tausender oder Millionen bietest! Du musst Dollar besitzen!«

»Ach so.« Das warf ein völlig anderes Bild auf seinen Fund. »Dann kann der Schuh mit dieser Sturmflut eigentlich kaum etwas zu tun haben. Ein Zufallsfund. Aber warum ist der Schuh so neu? Lange kann er nicht im Wasser gelegen haben, also kaum von einem Passagierschiff auf der Nordseeroute stammen. Allenfalls von der Fähre Hamburg-Sylt.«

Ose betrachtete ihn nochmals gründlich. »Diese Art Schuh wird zum normalen Tagesanzug getragen, so viel ich weiß. Der Besitzer hat sich vielleicht Ersatz besorgen müssen.«

Asmus nahm ihn ihr wieder aus der Hand. »Er ist jedenfalls interessant genug, um sich um ihn zu kümmern. Matthiesen kann die Schuster befragen, wenn er wieder zurück und auf Streife ist.«

Matthiesen war noch nicht zurück, dafür aber war Sinkwitz früh in der Wache. »Was ist das denn für ein Toter?«, knurrte er, das Journal vor Augen. »Einer von den Arbeitern am Damm?«

»Nein. Er könnte in einer der Steinschuten verunglückt sein, er liegt neben einem der Dalben, an denen die Schiffe festgemacht hatten. Der Betrieb geht dem jetzt nach, ob sie jemanden vermissen.«

»Wahrscheinlich haben sie wie üblich die Schutzbestimmungen vernachlässigt!«, blaffte Sinkwitz. »Wissen Sie, dass wir jedes Jahr siebentausend Todesfälle in der Industrie haben? Ein Skandal, was die mit uns machen!«

»Nein, das wusste ich nicht. Aber jetzt weiß ich es ja«, antwortete Asmus seinem schlechtgelaunten Chef.

»Also lassen Sie sich von denen keinen Bären aufbinden! Vor allem nicht, dass sie keinen Mitarbeiter vermissen. Geschäftsführer neigen dazu, Tote ihres Betriebes wegzuschummeln.«

»Nein, ich kümmere mich nicht um Bären«, versprach Asmus und machte, dass er nach draußen kam, um zu verhindern, dass die unsägliche Arbeitsanweisung ihre Fortsetzung fand.

Asmus kam gerade an, als die Vorbereitungen zur Bergung der Leiche beendet waren. Ein mit zwei Mann besetztes größeres Boot, das für Arbeiten an Buhnen eingesetzt wurde, beladen mit Tauwerk, Bootshaken und zwei Rettungsringen, war zur Stelle. Er sprang ins Boot.

Bei niedrigem Wasserstand stakten sie hinaus zu den Dalben. Oben auf dem Dammrest hatte sich der Bauleiter eingefunden.

Erstmals konnte Asmus den Toten richtig sehen.

Die Männer sprangen ins Wasser, das ihnen bis zum Bauch ging, packten den Leichnam an Armen und Beinen und versuchten, ihn hochzuheben.

»So schwer kann das Fliegengewicht doch gar nicht sein.« Asmus spähte mit zusammengekniffenen Augen ins Wasser.

»Eigentlich nicht, selbst mit dem Schlamm in den Kleidern. Da scheint ein Widerstand zu sein«, erklärte der eine Mann keuchend.

»Er hat ja ein Tau um den Leib gebunden!«

Der Arbeiter tauchte bis zur Schulter ins Wasser, wo er umhertastete.

»Ist er festgebunden?«, erkundigte sich Asmus.

»Nein, aber das Reepende ist unter Steinen festgeklemmt. Einem ganzen Haufen sogar.«

Mit vereinten Kräften konnten sie es herauszerren und danach den Toten in den Prahm hieven.

»Der Kerl ist ins Wasser gekippt und der Steinhaufen hinterher«, mutmaßte der eine. »Da nützt die beste Sicherheitsleine nichts, wenn man das andere Ende nicht am Schiff anbindet.«

Die Schutzbestimmungen waren offenbar sehr lasch, ganz wie Sinkwitz gesagt hatte. Asmus erkannte es widerwillig an. Dennoch empfand er Unbehagen beim Anblick des Toten.

Den Mann kannte er nicht, und ein Rundblick zu den Männern und zum Bauleiter zeigte ihm, dass es ihnen genauso ging. Allerdings war das Gesicht des Toten wohl durch Schnitte der herabgestürzten scharfkantigen Steine und obendrein Verwesung aufgedunsen und entstellt. »Bringen wir ihn an Land«, befahl Asmus knapp und versuchte, sowohl dem Anblick als auch dem Geruch auszuweichen, bis er sich an beides gewöhnt hatte.

An Land wurde der Leichnam aus dem Leichter gehoben und abgedeckt, so dass die Neugierigen, die sich versammelt hatten, ihn nicht begaffen konnten. Bevor Asmus sich aufmachte, um einen Transportkarren zu organisieren, wandte er sich an seine beiden Helfer. »Wäre Ihnen mit je einem geräucherten Aal als Dank gedient? Unsere Polizeistation hat leider kein Geld für außerordentliche Mitarbeiter …«

»Für Aal holen wir Ihnen jederzeit Leichen aus dem Wasser, Herr Kommissar! So viele Sie mögen. Sagen Sie nur Bescheid!«

»Ja, besten Dank«, sagte Asmus schmunzelnd. »Ich hoffe, ich muss nicht auf das Angebot zurückkommen. Aber sehr nett von Ihnen. Die Aale lasse ich vorbeibringen.«

Bis Asmus den Transport organisiert hatte, hatte sich die Versammlung der Neugierigen aufgelöst. Zu zweit hievten sie den Ertrunkenen auf den zweiräderigen Karren, und der Bauer konnte losrattern.

Asmus war erleichtert, als sie nach langer Fahrzeit endlich am Krankenhaus vorfuhren. Nur dort gab es Räume, in denen Tote angemessen aufgebahrt und untersucht werden konnten.

Da die Klinik, wie Matthiesen gesagt hatte, keinen eigenen Pathologen hatte, ließ Asmus Dr. Godbersen, Oses Vater, rufen und erklärte ihm den Fall. Nach kurzer Rücksprache mit dem Klinikleiter übernahm Godbersen die medizinische Verantwortung.

»Wollen Sie sich das wirklich antun, bei der Sektion dabeizubleiben, Herr Asmus?«, erkundigte sich Godbersen vorsorglich, nachdem er das Leichentuch an einer Ecke hochgehoben und daruntergespäht hatte. »Ich kann hier während der Arbeit keine Kotzerei gebrauchen.«

»Seefest bin ich. Ist leichenfest dasselbe?«

»Höchstens verwandt. Dasselbe nicht. Auf See muss ich die Augen zumachen oder den Horizont im Auge behalten, damit mir nicht schlecht wird«, gab Godbersen zu. »Und wehe, da ist kein Horizont.«

»Kauen Sie Ingwerwurzel! Bestimmt kann Ose Ihnen eine besorgen«, sagte Asmus mit Sehnsucht in der Stimme.

Godbersen schien ihn zu verstehen, da er so verschmitzt lächelte. »Bestimmt. Aber zunächst widmen wir uns nicht einer Seereise, sondern einer Wasserleiche.«

»Ja«, sagte Asmus gedämpft und trat einen Schritt zurück, um einem Helfer mit einem Wagen Platz zu machen, auf dem das Waffenarsenal der pathologischen Abteilung kunstvoll angerichtet war.

Noch wurde aber zu Asmus' Erleichterung weder gehämmert noch geschnitten oder gesägt. Godbersen nahm sich die Hose des Toten vor. »Was sagten Sie, wann der Mann ertrunken ist?«

»Angeblich in der Sturmflut. Vor zwei Tagen.«

»Gucken Sie mal her, Herr Asmus. Sehen Sie diese Algen?«

Kurze grüne Fäden, schon eingetrocknet, wuchsen auf der Hosennaht und lagen nun parallel nebeneinander. »Ja.«

»Algenbewuchs bei einem im Wasser befindlichen Gegenstand tritt frühestens nach zwei Wochen ein. Dieser Tote lag geraume Zeit vor der Sturmflut im Wasser, wofür auch alle anderen Anzeichen sprechen, die ich bisher oberflächlich in Augenschein genommen habe.«

»Als da wären?«

»Das Aufquellen der Haut an Händen und Füßen, wir nennen das Waschhaut. Soweit ich es mit dem Auge beurteilen kann, werde ich sie in toto von Muskeln und Sehnen abstreifen können. Auch die Haare scheinen sich bereits von der Kopfhaut zu lösen. Ich erhöhe auf drei oder vier Wochen. Nach den vielen Regentagen waren das Nordseewasser kalt und die Zerfallsprozesse verlangsamt. Warum hat der Mann eigentlich keine Schuhe an?«

»Ich weiß es nicht. Die Erklärung für seinen Unfall ist, dass er auf der Steinschute gearbeitet hat, aber vergaß, sich bei Wellengang mit einem Tau zu sichern. Vielleicht kam er nachts schlaftrunken an Deck.«

»Oder betrunken?«

Asmus zog schweigend die Schultern nach oben. »Jedenfalls sollen die schweren Granitsteine hinter ihm her von Bord gerollt sein und seine Sicherungsleine in einem Steinberg eingeklemmt haben.«

»Dass er sich nicht absicherte, liegt vielleicht daran, dass er kein Arbeiter war und die Vorsichtsmaßnahmen nicht begriff. Sehen Sie mal her.«

Asmus kam vorsichtig näher und versuchte, so flach wie möglich zu atmen. Dann starrte er auf die Handflächen des Toten, dessen Finger Godbersen gestreckt hatte.

»Dieser Tote hat nie körperlich gearbeitet. Auch die Füße weisen keine Schwielen von Arbeitsstiefeln auf. Wenn er überhaupt auf einer der Steinschuten hergekommen ist, dann als Gast, als Journalist, als Beobachter aus unbekannten Gründen. Oder weil es schlicht billiger war als die Anreise mit Bahn und Fähre.«

»Als verkleideter Journalist womöglich«, ergänzte Asmus. »Man muss auch seine Kleidung bedenken. Die Gewerkschaften stellen nicht selten Untersuchungen über Arbeitsbedingungen an.« Dem Steinbetrieb war andererseits auch zuzutrauen, dass er Passagiere gegen Kleingeld mitnahm. Aber was auch immer er gewesen war, Mitglied der Mannschaft oder Fahrgast: er musste Besitztümer gehabt haben, Wechselwäsche im Seesack, im Koffer oder in einer Reisetasche. Bisher war kein Fund gemeldet worden. In diesen schlechten Zeiten war es allerdings denkbar, dass der Finder es behielt.

Asmus schlug einen Bogen um den Instrumententisch und ging hinter dem Kopf der Leiche in die Knie, um die Haare genauer zu betrachten, die sehr seltsam wirkten. Unregelmäßig abgeschnitten, waren sie mal lang, mal kurz, stellenweise war die Kopfhaut freigelegt. »Eine Frage habe ich noch. Können die Haare einer Wasserleiche einfach abbrechen, Doktor?«

»Sie meinen, weil er gewissermaßen gar keinen Haarschnitt hatte?«

»Ja. Als hätte ein Pferd sie abgerupft.« Asmus kam ein Seepferd in den Sinn, aber das laut zu sagen, gehörte sich aus Respekt nicht.

»Nein, das können sie nicht.«

»Dann hat er sich selber so zugerichtet. Das passt zur Arbeiterkleidung. Als ob er inkognito nach Sylt gekommen wäre«, schloss Asmus nachdenklich. Zwar gingen ihm noch andere Möglichkeiten der Erklärung im Kopf herum, aber die erwähnte er lieber nicht, vor allem nicht diejenige, die ihm im Augenblick am naheliegendsten schien. Er richtete sich wieder auf. »Dann weiß ich vorläufig genug.«

»Sie bekommen einen schriftlichen Bericht von mir, das wird einige Tage dauern. Sollte ich noch etwas Außergewöhnliches entdecken, melde ich es Ihnen sofort«, versprach Godbersen.

»Ganz herzlichen Dank auch, dass Sie die Sektion sofort durchführen konnten.«

»Im Augenblick kein Problem. Auch wir in der Klinik merken, dass weniger Gäste auf der Insel sind. Und mit Mangelernährung und seinen Folgen wie im Binnenland haben wir es glücklicherweise kaum zu tun, mit Skorbut, Tuberkulose und was es sonst noch so gibt.«

Plötzlich fühlte sich Asmus bestätigt, dass er beim Verdacht auf Klau von Möweneiern als Polizist nicht eingeschritten war, ebenso wie er es vermieden hatte, Jägern zu begegnen, deren Gewehrschüsse trotz der Schonzeit zu hören gewesen waren. In Hungerzeiten musste man als Gesetzeshüter Konzessionen machen, denn in erster Linie ging es um die Menschen.

Nachdenklich stieg Asmus aus dem Kellergeschoss wieder nach oben, wo es nur nach Desinfektionsmitteln, aber wenigstens nicht nach Tod roch. Oder war dies bloße Einbildung?

»Moin, Herr Asmus«, hörte er eine junge Stimme hinter sich und drehte sich um.

»Unser Rettungssanitäter«, stellte Asmus überrascht fest. »Moin auch.«

»Schön, mal wieder Polizisten im Haus zu sehen«, bemerkte der junge Mann. »Das hatten wir mehrere Jahre nicht.«

»Wie meinen Sie das?«, fragte Asmus verblüfft.

»Na, ja.« Der Sanitäter wirkte etwas verlegen. »Es beruhigt einfach, wenn Todesfälle wieder korrekt untersucht werden. Fragen Sie mal meine Mutter und Leute in ihrem Alter. Die haben die Schnauze restlos voll von Willkür und politischen Wirren und Inflation. Ihnen gibt es Hoffnung, dass Sie jetzt da sind.«

»Hm«, grummelte Asmus, einige Sekunden weitgehend sprachlos. »Dann richten Sie Ihrer Mutter einen schönen Gruß aus. Ich bin nicht nur da, ich bleibe auch.«

KAPITEL 19

Am nächsten Morgen fand Asmus Zeit, die medizinischen Befunde und seine eigenen Beobachtungen niederzuschreiben, bevor Sinkwitz zum Dienst zu erwarten war.

Danach ließ er sich wieder mit dem Geschäftsführer des Steinbetriebes in Husum verbinden. Seine Fragen nach einem Passagier auf einer der Schuten mussten nun völlig anders lauten.

»Wir vermissen niemanden, Herr Polizist«, meldete der Geschäftsführer gelangweilt. »Ich wäre dankbar, wenn Sie mich nicht ständig bei der Arbeit stören würden.«

»Der Zeitraum für meine Fragen hat sich grundlegend geändert«, sagte Asmus unbeirrt. »Es geht nicht um einen erst nach der Sturmflut vermissten Mann, sondern um die zwei bis sechs Wochen davor.«

»Auch da vermissen wir niemanden«, kam prompt die Antwort.

»Das wissen Sie aus dem Kopf? Keinen Arbeiter, keinen Gast, keinen leitenden Angestellten?«

»Das weiß ich aus dem Kopf. Ich habe es nachgeprüft. Lassen Sie mich jetzt …«

Asmus unterbrach ihn, bevor er womöglich auflegte. »Noch eine Frage zu der Sicherheit an Bord. Schützen Ihre Männer sich routinemäßig mit einem Tau, das mit einem Palstek am Leib festgebunden wird?«

»Mit einem Palstek?«

Zum ersten Mal meinte Asmus Verwunderung und eine Spur Aufmerksamkeit statt Überheblichkeit zu hören. »Genau. Mit einem Palstek, der sich nicht zusammenziehen kann. Ich hoffe, Sie haben schon mal einen gesehen.«

»Na, hören Sie mal! Und nein! Unsere Mannleinen haben

natürlich Karabinerhaken: einen mit eingespleißtem Ör zum Sichern am Leib und den zweiten zum Einpicken am Drahtwerk oder an der Reling.«

»Also keine losen Tauenden?«

»Nein! Ich sag's Ihnen doch. Damit würden wir gegen etliche Vorschriften verstoßen und es mit der Gewerkschaft zu tun bekommen.«

»Das beruhigt mich jetzt«, versetzte Asmus und legte nach einem knappen Dank auf.

Der Tote war offenbar weder ein Arbeiter des Steinbetriebes noch ein legaler Passagier gewesen. Aber auch für einen ohne Wissen der Geschäftsleitung an Bord genommenen Passagier hätte vermutlich eine bordübliche Sicherungsleine zur Verfügung gestanden.

Allmählich schälte sich die Gewissheit heraus, dass der Mann gar nichts mit dem Dammbau zu tun hatte. Allerdings – warum sollte er in dem Fall von den Basaltklötzen unter Wasser gefangen gehalten worden sein? Hatte er die betriebliche Arbeit mit einer gestohlenen Jolle ausspionieren wollen? Immerhin schien eine solche Erklärung noch möglich und würde auch damit übereinstimmen, dass er ohne Schuhe ertrunken war.

Kurz nachdem Asmus zu diesem Schluss gekommen war, traf Sinkwitz ein.

Zu seinem Ärger musste Asmus ihm alles lang und breit erklären. Dazu passte die Gleichgultigkeit nicht, mit der Sinkwitz schließlich bemerkte: »Hauptsache, der Tote hat mit Sylt nichts zu tun. Ich glaube ja nach wie vor, dass der Kerl von der Schute gefallen ist.«

»Nun ja. Ich schlage trotzdem vor, mich an die Polizeipräsidien der anderen Länder zu wenden …«

»Meine Genehmigung haben Sie dazu nicht!«, fuhr ihm Sinkwitz barsch in die Parade. »Wir wollen kein negatives Aufsehen, wo alle Anzeichen darauf deuten, dass es wirtschaftlich wieder aufwärts geht.«

»Aha. Und hinfahren?«

»Auf Ihre eigenen Kosten oder die Ihrer anscheinend immer noch stinkreichen Familie? Meinetwegen.«

Asmus schwieg verdrossen. Großes Interesse, den Fall aufzuklären, legte Sinkwitz nicht an den Tag. Es hatte deshalb auch nicht den geringsten Sinn, ihm Näheres über den Schuh zu berichten. Zweifellos würde er ihn als völlig unwichtig ansehen.

»Gehen Sie am besten wieder Ihrer Routineaufgabe nach«, empfahl Sinkwitz gönnerhaft. »Oder begleiten Sie Matthiesen durch die Stadt.«

Der Dienst vereinnahmte Asmus bis spät in die Abende. Nach Hause, zur *Franziska*, kam er nur noch zum Schlafen. Für Besuche bei Ose war keine Zeit mehr. Aber wenn er spätabends auf dem Bug einen kleinen Eimer mit Miesmuscheln fand, angereichert mit Austern, Herzmuscheln, Queller, einigen Gartenkräutern und einer Zwiebel, wusste er, wem er sie verdankte.

Sie reichten üblicherweise für drei Tage: Die Miesmuscheln zum Abendessen schmeckten hervorragend, wenn sie in einem Sud aus Zwiebeln, Knoblauch, Mehl und Petersilie gedämpft wurden. Wein, Sahne und Butter, die in der Rostocker Küche seiner Familie zur Veredelung verwendet wurden, waren entbehrlich.

Alternativ konnte er Herzmuscheln zubereiten, jedoch taugten sie aufgrund ihrer geringen Größe eher als Vorspeise und ließen ihn oft hungrig bleiben. Sie mit den Miesmuscheln zu mischen hätte bedeutet, Perlen vor die Säue zu werfen – gewissermaßen –, denn sie besaßen einen eigenen, sehr feinen Geschmack.

Die Austern hielten sich am längsten und sättigten wunderbar. Auch dazu hätte Asmus gern Wein, Butter, Eier oder Speck zur Verfügung gehabt, aber Tinkeltuten, wie man hier die Strandschnecken nannte, und wilder Thymian mit Pfefferkörnern reichten auch, um den Austern den perfekten Geschmack nach Delikatesse zu verleihen.

Als Asmus die letzte Auster mitsamt dem Strandwegerichbett verzehrt hatte, starrte er, ohne etwas zu sehen, in den nächtlichen Himmel, der von den unendlich vielen klar leuchtenden Sternen erhellt wurde. Der Herbst nahte. Es wurde Zeit, sich ein Zimmer zu suchen. Aber von welchem

Geld? Die Inflation fraß sein Gehalt auf. Diese persönlichen Sorgen mischten sich allmählich auf ungute Weise in seine dienstlichen Pflichten. Er musste sie unbedingt auseinanderhalten!

Doktor Godbersen erschien ungewöhnlich früh in der Wache, wo Asmus allerdings schon an der Arbeit war.

»Ose hat mir verraten, dass Sie schon hier sein müssten«, erklärte er und warf einen neugierigen Blick in die beiden Räume, deren Türen noch offenstanden, weil der offizielle Dienst noch nicht begonnen hatte. »Können Sie mit nach draußen kommen?«

»Nanu«, sagte Asmus und winkte den Arzt zum Hinterausgang, der in den stillen und uneinsehbaren Hof führte. »Hat sich etwas Neues ergeben?«

»Ja. Das Gesicht Ihres Toten wurde keineswegs von herabfallenden Steinen zerschnitten, sondern von einem Messer. Ein Schnitt neben dem anderen durch ein Messer von skalpellartiger Schärfe. Dies war wegen der aufgequollenen Haut nicht auf Anhieb ersichtlich.«

»Du lieber Gott!«, sagte Asmus erschüttert. »Wissen Sie, ob vor oder nach dem Tod?«

»Vermutlich kurz danach. Das ist das Seltsame.«

»Das gibt es durchaus gelegentlich. Es deutet meistens auf Rache des Täters. Woran starb der Mann?«

»Er erstickte. Aber nicht im Wasser, denn in der Lunge befindet sich kein Wasser. Seine Kehle wurde mit ungeheuren Kräften zusammengedrückt.«

Asmus begann umherzuwandern, um die mickrige Linde herum, die im Innenhof zu wenig Licht erhielt. »Um die Befunde zusammenzufassen: Der Mann, den niemand kennt, wurde ermordet und bei den Dalben im Wasser versenkt, in der Erwartung, dass er nie gefunden wird. Die Dalben wären wahrscheinlich bis zu ihrem Zerfall stehengeblieben, selbst wenn man den Hilfsdamm aus Sicherheitsgründen zurückgebaut hätte. «

»Ja. Ich kann Ihnen folgen. Aber ich finde es entsetzlich. Meines Wissens ist in den letzten Jahren ein heimtückischer Mord wie dieser nie vorgekommen.«

»Sind noch mehr Überraschungen am Leichnam zu erwarten?«

»Nein, ich habe die Sektion beendet.«

»Ich bedanke mich ganz herzlich«, sagte Asmus und reichte dem Arzt die Hand, mit den Gedanken schon bei den zu ziehenden Schlussfolgerungen. »Sie finden allein hinaus? Durch den Torbogen.«

»Ich soll Ihnen dies geben«, sagte Godbersen hastig und drückte ihm ein Päckchen in die Hand. »Mit einem herzlichen Gruß von Ose. Die Eier sind schon gekocht.«

»Ohne Ose hätte ich schon zehn Kilo abgenommen …«

»O nein, lieber nicht. Ich glaube, sie mag Sie gern, wie Sie sind …«

Gesagt hatte Ose nichts und er auch nicht. Aber ihren Eltern war es aufgefallen. Mit heißem Gesicht entfloh Asmus zur hinteren Treppe in die Wache. Die Eier in der Hand, kam er zum Schluss, dass sie nicht als Bestechung zu gelten hatten. Ose war ja keines Vergehens verdächtig. Im Gegenteil!

Noch bevor Sinkwitz im Amt war, telefonierte Asmus bereits mit dem Baustellenleiter Lorenzen. Er brauchte noch mal den Leichter, gerne seine beiden bewährten Helfer und mehrere dieser kurzstieligen kräftigen Hacken, die beim Dammbau verwendet wurden.

Lorenzen versprach ihm alles.

Dann ging Asmus nach nebenan, wo Jep bei Jung herumlümmelte und nichts zu tun hatte. »Hast du Lust, zur Dammbaustelle mitzufahren, Jep?«

Jep warf einen Blick auf Jung, der dazu keine Meinung hatte, und nickte dann zögernd.

Kurz vor zehn Uhr fuhren sie los, um bei Niedrigwasser draußen an den Dalben sein zu können. Die drei fetten geräucherten Aale, die Asmus sich von Bahnsen erbettelt hatte, lagen im Korb, den Jep festhielt. Eigentlich hatte er an diesem Tag Matthiesen mit ihnen hinausschicken wollen, aber nun war ja alles anders gekommen.

Dieses Mal hatte Asmus seine eigenen Gummistiefel bereits an, so dass sich der Leichter unverzüglich auf den Weg machen konnte. Er erklärte den Männern, was er vorhatte, und setzte unterwegs Jep ins Bild.

Der Steinhaufen neben dem Dalben lag unberührt da. Die obersten Steine waren heruntergerutscht, als sie das Tau herausgezogen hatten, aber trotz allem war eine Ordnung in der Ansammlung zu erkennen, sofern man nach ihr suchte.

Asmus spähte immer noch zwischen den zusammengelegten Händen ins Wasser, als der eine der Helfer neben ihm mit der mehrzinkigen Hacke in der Hand wieder hochkam. »Der Steinhaufen ist nicht aus einer Lore abgekippt worden oder so etwas, Herr Asmus. Den hat jemand aufgesetzt, der im Dammbau tätig ist.«

»Meinen Sie?«

»Aber ja! Die Steine liegen gegeneinander verkeilt, damit sie im Verband bleiben und das Tau beschweren. Diesen Haufen hat jemand vor der Sturmflut angelegt, und er wurde nicht zerschlagen, weil unter Wasser alles gedämpft abläuft.«

»Da haben Sie recht.«

»Aber Herr Asmus, wenn das stimmt, dann wurde der Kerl ja mit Absicht hier versenkt. Das ist doch Mord!«

»Ja, das befürchten wir inzwischen«, gab Asmus zu. Es hatte keinen Sinn zu leugnen, was sich die Arbeiter selber denken konnten.

»Der kam mir doch gleich so komisch vor!«

»Ja? Warum?«, fragte Asmus interessiert, während er sich das Wasser aus den tropfenden Haarspitzen wrang.

»Solche Fipse arbeiten doch nicht am Damm! Und er war wirklich bleich wie 'ne Wasserleiche. Ich meine, schon als er noch lebte. Wir auf der Baustelle sind doch alle stellenweise braungebrannt wie die Neger. Gucken Sie mal hier, Herr Asmus!« Der Arbeiter zog sein Hemd am Hals nach unten. »Wenn einer in der Sonne nie sein Hemd auszieht wie ich, weil ich so leicht Sonnenbrand kriege, dann ist das Gesicht braun, die Arme auch, aber die Brust bleibt weiß, und zwischen beiden ist eine scharfe Grenze. Der Ertrunkene war überall weiß. Der war ein Bürohengst. Wetten?«

Jep nickte heftig.

»Gut beobachtet, Kollege!«, fiel Asmus ein.

»Na, na, so weit müssen Sie nicht gehen, Herr Asmus. Ein Aal reicht schon.«

Asmus musste lachen. »Ja, ich besorge noch welche. Wahrscheinlich muss ich sie allmählich klauen.«

»Ach, die Polizei wird uns schon schützen!«

»Ja gut, wenn man es so sieht … Dann lasst uns zurückstaken. Ich habe erfahren, was ich wollte«, sagte Asmus sehr zufrieden.

Als sie auf das Motorrad stiegen, schwenkte Jep den Korb, in dem die Aale gelegen hatten. »Ich kann dir die Aale besorgen«, bot er an. »Mein Schwiegervater räuchert selbst.«

»Das ist ein Angebot, das ich gerne annehme!«, sagte Asmus überrascht.

»Na, der Befund ist doch schon Beweis genug, dass der Tote von der Baufirma stammte, jedenfalls vom Festland!«, sagte Sinkwitz hitzig. »Warum zweifeln Sie denn da, Asmus?«

»Ich habe keinerlei Beweis. Was wir bisher wissen, ist dürftig. Wo, zum Beispiel sind die Sachen des Toten, eine Tasche, ein Koffer?«

»Versenkt.«

»Vielleicht. Vielleicht auch nicht.« Asmus schüttelte unzufrieden den Kopf. »Aber da er an Land getötet wurde, können wir das Meer lange danach absuchen.«

Sinkwitz verließ den Wachraum. Asmus nutzte die Gelegenheit, um den zurückgekehrten Matthiesen in das Rätsel mit dem Schuh einzuweisen.

Bereitwillig machte sich sein Kollege mit dem Schuh in einem Beutel sofort auf den Weg in die Stadt. Auf jeden Fall war eine solche Aufgabe interessanter als die schriftliche Berichterstattung über Böhrnsen, der nun von zwei Schlössern gesichert in den Gefängniszellen des Husumer Schlosses einsaß.

Als alle gegangen waren, trat wieder Ruhe ein. Asmus lehnte sich in seinem Bürostuhl zurück, legte die Füße auf den Schreibtisch und dachte über die Frisur des Toten nach, die ja keine Frisur gewesen war, sondern eine wilde, ziellose Verunstaltung eines Haarschnitts, der vermutlich mal vorhanden gewesen war. Unter dem Aspekt eines Mordes musste man davon ausgehen, dass der Mörder die Haare derart zugerichtet hatte. Womöglich aus den gleichen Gründen wie die verunstaltenden Schnitte im Gesicht? Rache?

Oder aus einem sehr viel einfacheren Grund: Damit der Tote auf keinen Fall erkannt würde, selbst wenn er nach Wochen an die Oberfläche und an Land triebe. Das hieße, er war ein Sylter, auf Sylt bekannt, und Asmus hatte seine Vermutung mit Sinkwitz zu diskutieren.

Sinkwitz aber machte sich einstweilen rar. Dagegen kam Matthiesen zurück. Er rümpfte missmutig die Nase, während er den Schuh aus dem Beutel zog. »Niklas, solche Modelle gibt es in Deutschland nicht, sagt Jürgensen, der Schuster in der Paulstraße. Das ist ein amerikanisches Fabrikat. Schade.«

»Kopiert er solche Schuhe gelegentlich?«

»Nie. Es ist ein Fabrikschuh. Jürgensen hat weder die gleichen Materialien, noch könnte er einen Schuh so billig herstellen, weil er ja mit der Hand fertigt.«

»Ich dachte, der Schuh wäre teuer.«

»Für Deutsche, weil sie in Dollar zahlen müssen. Es ist ein Modeschuh von mittlerer Qualität, und so ist auch der Preis. Aber im deutschen Einheitsbrei von Schuhwerk ist er auffällig.«

»Andere Schuster wären derselben Meinung?«

»Soweit sie sich überhaupt mit den Schuhen der Badegäste aus eleganten, reichen Kreisen befassen, ja, sagt Jürgensen.«

»Gut, dann ist das wenigstens geklärt. Wahrscheinlich stammt der Schuh von einem kurz vor der Sturmflut abgereisten Gast. Trotzdem wundert mich, dass er so tadellos erhalten ist.«

»Vielleicht ist es ja ganz anders«, riet Matthiesen munter. »Möglicherweise ging er vor dem Sturm verloren, trieb an der Baustelle an und wurde von einem der Arbeiter aufgesammelt. Man kann immer hoffen, dass das zweite Exemplar von angetriebenen Schuhen auch noch ankommt. Ich habe einmal ein Paar Gummistiefel an unterschiedlichen Orten und mit zwei Tagen Abstand im Schlick aufgelesen. Sie passten mir sogar. Aber zurück zu unserem Fundschuh: In der Sturmflut wurden natürlich die Bauhütten zerschlagen und ihr Inhalt in alle Winde verstreut. Will sagen: von den Wellen irgendwo abgesetzt.«

»Auch das wäre möglich«, gab Asmus zu.

»Aber weißt du was, Niklas? Ich hatte trotz allem das Gefühl, dass Jürgensen sich nicht ganz sicher war. Das ist natürlich keine polizeiliche Dimension, und ich würde Sinkwitz nie damit kommen … Was hältst du davon?«

»Man nennt es Gespür, und das wird dich mit längerer Erfahrung zu einem guten Polizisten machen.«

»Wirklich?« Matthiesen errötete vor Freude.

Asmus schmunzelte in sich hinein. Wenigstens war er nicht der Einzige, der unter Gefühlsaufwallungen litt. Als er sich seinem Schreibtisch zuwandte, sah er, dass Jep sich verlegen davonstahl. Er musste die ganze Zeit zugehört haben. Ihn freute es, dass Jep endlich Interesse an seinem Beruf aufbrachte.

Sinkwitz tauchte am Spätnachmittag auf, zeigte aber nicht das geringste Interesse an Asmus' Erkenntnissen. »Lassen Sie mich doch mit Ihrem Toten in Ruhe«, fauchte er. »Der ist nicht von hier. Ich habe ganz andere Sorgen. Diese von den Reichen gemachte Inflation macht uns kaputt! Scheißkapitalisten!«

»Gewiss«, bestätigte Asmus. »Aber deswegen setzen wir uns doch nicht hin, um Däumchen zu drehen. Sollten Sie keine Lust haben, das Tagesgeschäft zu betreiben, HWM, mache ich es mit Matthiesen.«

»Machen Sie, was Sie wollen, Streber, Sie! Sie sind ja nur auf meinen Posten aus, das weiß ich!«

Daher wehte also der Wind! Allerdings hatte er Sinkwitz provoziert. Abgesehen davon, dass ein Aufstieg vom degradierten und strafversetzten Wachtmeister zum Hauptwachtmeister aus formalen Gründen unmöglich war, wäre der Versuch, Sinkwitz zu beruhigen, sowieso sinnlos gewesen.

Sinkwitz verschwand, und Asmus wandte sich wieder seinem Fall zu, was zunächst nur bedeutete, dass er die Füße auf dem Tisch deponierte. Aber schnell wanderten seine Gedanken wieder zu der seltsamen Frisur des Toten. Sofern man in Betracht zog, dass der Mann trotz der Arbeiterkleidung gar kein Arbeiter gewesen war, war er verkleidet gewesen, um seine wahre Natur zu verschleiern. Aber hatte er dies selber gemacht? Und warum sah er aus wie ein Hahn, der nur halb gerupft worden war? Oder hatte sein Mörder ihn so verunstaltet?

An dieser Stelle kam Asmus nicht weiter, so dass er sich den leidigen schriftlichen Arbeiten zuwandte, die auch erledigt werden mussten und stundenlang dauerten.

Höchst überrascht war er, als Sinkwitz so heftig in sein Zimmer stürmte, dass die Tür gegen die Wand prallte. »Wenn die Leute uns wenigstens von Nebensächlichkeiten verschonen würden«, murrte er laut, »aber nein, ein völlig überflüssiger Diebstahl wurde gerade aus Munkmarsch gemeldet. Den übernehmen Sie, Asmus, machen Sie hier etwas früher Schluss.«

»Worum handelt es sich denn?«

»Mart vom Fährhaus vermisst einen Postsack. Lächerlich!«

»Ja«, sagte Asmus und schloss erleichtert die Akten. Im Gegensatz zu seinem Vorgesetzten war er nicht der Meinung, dass ein gestohlener Postsack nebensächlich war.

»Vielleicht hat er ihn ja nur verlegt. Mart ist manchmal etwas schusselig.«

»Ich werde es feststellen. Bis morgen.«

Mart saß auf der Bank vor dem Fährhaus und ließ sich ein Bier schmecken. »Da sind Sie ja schon, Herr Asmus. Moin auch. Setzen Sie sich!«

»Meinetwegen – während Sie mir erzählen, was passiert ist.«

»Na ja, wie ich schon der Wache mitteilte: Ein Postsack fehlt, der heute angekommen ist und morgen früh mit dem übrigen Frachtgut nach Westerland sollte. War viel drin, deswegen …« Dem Mann war unbehaglich.

»Wieso ist er denn nicht gleich in den Zug geladen worden?«

»Passiert normalerweise nicht«, beteuerte Mart. »Aber diesmal hatten wir so viel Frachtgut, und die Gäste wollen doch schnell nach Westerland, da haben wir Rücksicht zu nehmen …«

Na ja, man konnte es verstehen. Ausgeliefert wurde die Post sowieso erst am nächsten Tag. »Wird öfter Post gestohlen?«

»Ein Mal vor einigen Wochen«, gab Mart zu. »Damals war es nur ein Säckchen, bestimmt für das Festland, deshalb habe ich es nur an die Poststelle gemeldet.«

»Das Frachtgut befindet sich doch wie immer im Schuppen, und der ist verschlossen. War er aufgebrochen?«

»Nein, nein«, sagte Mart entrüstet. »Das Schloss war aufgeschlossen.«

»Haben Sie es denn nicht ausgewechselt? Derjenige, der Böhrnsen zur Flucht verhalf, besaß einen Nachschlüssel.«

»Böhrnsen ist in Husum eingelocht, erzählt man sich. Es gibt doch keinen Grund mehr, unseren Schuppen zu öffnen!«

Mart, Mart!, hätte Asmus am liebsten ausgerufen. Offensichtlich gab es einen guten Grund! Womöglich war sogar Böhrnsen nur freigelassen worden, weil jemand die Postsäcke vor Abfahrt der Fähre kontrollieren wollte, wobei der Gefangene im Wege war. Diese Vermutung deckte sich wunderbar mit Böhrnsens Bericht über seinen anonym gebliebenen Retter. »Dann zeigen Sie mir jetzt einmal den Schuppen.«

»Würde gerne noch austrinken, bevor das Bier schal ist, Herr Wachtmeister. So teuer, wie es ist.«

Asmus nickte.

Nach einer Weile stellte Mart die Flasche auf die Bank, stand auf und reckte sich, bevor er sich langsam auf die Socken machte.

Der Frachtschuppen war auch jetzt offen. Das Schloss hing unversehrt hinter der Tür an dem Nagel, an dem neulich die Polizeibanderole gehangen hatte. »Sehr ordentlich, dieser Dieb.«

»Nicht wahr, Herr Asmus?«, stimmte Mart froh zu und zeigte auf ein Regal. »Dort stelle ich immer den Postsack ab.«

»Ist der jemals verschlossen oder mit einem Siegel versehen?«

»Nö. Warum auch?«

Was bedeutete, dass derjenige, der den Nachschlüssel besaß, die zum Festland ausgehende Post unbemerkt durchsehen konnte, wann immer er wollte. Oder den Auftrag dazu erhielt. »Ist schon früher ein vom Festland eingetroffener Postsack gestohlen worden?«

»Das weiß ich nicht so genau«, antwortete Mart vorsichtig. »Die kommen meistens mit der Frühfähre und gehen dann mit dem Zug gleich weiter nach Westerland. Ganz selten kommt auch mal einer abends …«

»Ah so. Sie müssen unbedingt der Fährgesellschaft Mitteilung machen, Mart«, befahl Asmus. »Und die müssen Ihnen ein neues, gutes Schloss beschaffen, so schnell es geht.«

»Ja.« Mart wirkte sehr geknickt. »Glauben Sie, dass die mich entlassen?«

»Vermutlich nicht«, antwortete Asmus und hatte nicht das Herz, ihm den wahren Grund für seine Zuversicht mitzuteilen: Wenn der Damm fertig war, würde der Fährbetrieb ohnehin eingestellt werden.

Es wurde spät, bis Asmus mit seinen Notizen fertig war und Feierabend machte. Endlich fand er Muße, die beiden Eier zu essen. Und trotzdem kreisten seine Gedanken um Bonde Sibbersens Bemerkung, dass er Briefe vermisse. Gab es möglicherweise jemanden, der verhindern wollte, dass Cord Kontakt mit seinem Vater hielt?

Er musste mit Bonde Sibbersen sprechen!

KAPITEL 20

»Sie haben doch wirklich so viel Unruhe wegen dieses Toten verbreitet, dass Bauer von der DNVP heute Nachmittag auf die Insel kommt und Sie sprechen will«, giftete Sinkwitz am nächsten Morgen.

»Davon weiß ich nichts, Herr Hauptwachtmeister.«

»Sie machen sich nie die Folgen Ihrer Handlungsweisen klar!« Sinkwitz stiefelte davon, aufgebläht von seiner eigenen Wichtigkeit.

Asmus zuckte die Schultern. Was immer er machte, Sinkwitz fand einen Grund zum Nörgeln. Anhaltende Erfolglosigkeit wäre vermutlich das einzige Mittel gewesen, dem zu entgehen. Aber das brachte er nicht fertig. Er stand im Dienst der Öffentlichkeit, Seilschaften wie auf einem Kriegsschiff lehnte er ab.

Matthiesen kam. »Niklas, wenn nichts Dringendes anliegt, würde ich gerne einen alten Mann aufsuchen, einen Schuster, der schon lange nicht mehr arbeitet, aber immer noch in seinem Beruf aufgeht. Er kam vor vielen Jahren aus Hamburg. Ich weiß von ihm, dass er täglich im Kurhaus ist, um dort die Modejournale zu studieren. Er gilt als etwas seltsam, das gebe ich zu … Ich traue dem Urteil von Jürgensen nicht.«

»Lorns, ich habe dir nichts zu erlauben«, sagte Asmus. »Frag Sinkwitz.«

»Merkst du denn gar nicht, dass wir uns mehr und mehr nach dem richten, was du anordnest?«

Das war das Problem, das Asmus zu schaffen machte. »Eines Tages fliegen wir alle«, knurrte er.

Matthiesen grinste besserwisserisch und verschwand in den Hof.

Zwei Stunden später kam Matthiesen zurück. Da niemand anders in der Wache war, wedelte er triumphierend mit dem Schuh.

»Jochen Bubendey konnte tatsächlich allerhand aus einem einzigen Schuh herauslesen«, berichtete er. »Mehr als Jürgensen. Jedenfalls ist der Schuh teurer, als Jürgensen annahm, der wahrscheinlich nur die nachgemachten Produkte kennt.«

Asmus lächelte zurückhaltend. Sowohl Matthiesen als auch Ose bewiesen guten Instinkt.

»Nur die beste Gesellschaft leistet sich solche Schuhe. Und trägt sie auch nur zu der Tageszeit, die dafür angemessen ist. Dieser Schuh wird in Gesellschaft nur am Vormittag getragen oder am Strand zu allen Tageszeiten.«

»Dass er vom Westerländer Strand nach Nösse geschwommen ist, scheint mir unwahrscheinlich zu sein«, versetzte Asmus.

»Das meinte Herr Bubendey auch. Deshalb muss der Schuh vom Deck der Hamburg-Sylt-Vormittags-Fähre geweht worden sein, nicht von der Nachmittagsfähre auf der umgekehrten Tour nach Hamburg. Das heißt, der Besitzer muss ohne dieses Paar Schuhe auf Sylt gekurt oder Urlaub gemacht haben.«

»Alle Achtung!«, sagte Asmus beeindruckt. »Das wäre eine schlüssige Erklärung.«

»Ja, der Mann ist gut. Er machte noch darauf aufmerksam, dass der Besitzer ziemlich schmachtig ist. Ein kräftiger Kerl hat keine Schuhgröße wie eine mittelgroße Frau.«

»Ja, das war mir auch schon aufgefallen.« Asmus ließ sich auf seinen harten Stuhl fallen, um vor sich hin zu brüten.

»Was ist, Niklas?«, fragte Matthiesen beunruhigt.

»Ich glaube, trotz Bubendeys einleuchtender Erklärung sollten wir sofort in dic Klinik fahren … Ich telefoniere eben noch mit Godbersen.«

Glücklicherweise war Sinkwitz nicht in seinem Büro, so dass Asmus ungestört mit dem Arzt sprechen konnte. Der Leichnam des Ermordeten war tatsächlich wegen Entlassung von Personal noch nicht unter die Erde gebracht worden, und sie fuhren sofort hin.

Der elegante Schuh passte dem aufgedunsenen Fuß des Ermordeten nicht.

»Hm«, murrte Asmus unzufrieden.

»Nein, lassen Sie sich nicht irremachen«, empfahl Dr. Godbersen. »Ein Gegenbeweis Ihrer Hypothese ist es nicht.«

»Aber auch kein Beweis dafür.«

»Richtig. Der lässt sich aus so entstellten Wasserleichen nur schwer gewinnen. Aber zur Körpergröße des Toten passt er sehr gut.«

»Immerhin. Tja, dann müssen wir sehen, wie wir auf anderen Wegen weiterkommen.«

Godbersen nickte schweigend und deckte den Toten wieder zu.

Asmus und Matthiesen kamen gerade rechtzeitig wieder zurück in die Dienststelle, vor der der Abgeordnete Bauer soeben aus dem Auto kletterte. Wo er sich zwischen der Ankunft des Schiffes aus Hamburg und seinem Eintreffen in der Wache aufgehalten hatte, blieb unerwähnt. Vielleicht im Haus von Rörd Jacobsen, dessen Auto er ja benutzte.

Herr Bauer überfiel die Wache gewissermaßen. Drei seiner Begleiter stahlen sich in den Wachraum, durchbohrten mit stählernem Blick Tresen und Regale und erlaubten endlich ihrem Chef nachzurücken. Asmus, Matthiesen, Jung und Thamsen drehten sich im Kreis und staunten die Männer an, die sich argwöhnisch an die Wände schmiegten.

»Was glauben Sie denn, wo Sie sind?«, fragte Asmus schließlich. »In einem feindlichen Heerlager?«

»Abgeordnete haben heutzutage so viele Feinde«, sagte Bauer hochfahrend, »dass Vorsicht immer angebracht ist.«

»Aber weniger wahrscheinlich in einer Polizeiwache, meinen Sie nicht, Herr Bauer?«

»Wer sind Sie denn eigentlich?«

»Wachtmeister Niklas Asmus.«

»Jung und frech, wie ich merke. Und wo ist der Verantwortliche dieser Wache?«

Asmus sah sich zu den Kollegen um. Alle drei hoben die Schultern. »Da Hauptwachtmeister Sinkwitz gerade nicht da ist, trägt gegenwärtig Oberwachtmeister Jung die Verantwortung«, erklärte er.

Der überraschte Alfred Jung trat vor und grüßte stramm.

»Es hat über die Westerländer Polizeidienststelle Beschwerden gegeben!«, schnauzte Bauer. »Ein Toter nach einer Sturmflut, aber das Aufsehen, das Sie hier machen, lässt tatsächlich auf Kriegsberichterstattung schließen. Warum wird das angesichts unserer aussichtsreichen Pläne für die Wirtschaft nicht endlich unterbunden? Interessenten springen bereits ab, Herr Oberwachtmeister Alt!«

»Jung«, verbesserte der zaghaft.

»Mir egal. Also?«

Jung wusste keine Antwort, und Asmus stellte sich ihm an die Seite.

»Darf ich die Frage übernehmen, Herr Abgeordneter?«, sagte er gelassen. »Ich bearbeite den Fall. Es handelt sich um einen Mord, der Wochen vor dem Sturm geschah. Dass der Täter gefasst wird, ist normale Polizeiarbeit, das erwarten auch Sie von uns. Dass wir in Westerland die Aufklärung eines Kriminalfalls übernommen haben, liegt an unserer speziellen Kenntnis der Sylter Strömungsverhältnisse, die hier eine Rolle spielen und die man in Husum nicht hat.«

»Hmm«, brummte Bauer, der keine Argumente mehr hatte. »Ein wichtiger Investor, der einen Zeppelinhafen plante, ist schon ausgefallen, und andere werden ihm folgen. Das ist eine Katastrophe, die Sie zu verantworten haben!«

»Herr Meier begrub schon während des Banketts seinen Plan für den Zeppelinhafen«, entgegnete Asmus völlig unbeeindruckt. »Mit unserem Mord hat das nichts zu tun.«

Bauer nahm seine Brille ab, putzte sie flüchtig und setzte sie wieder auf, um Asmus genau in Augenschein zu nehmen. »Sie sind das! Ich habe Sie doch beim Bankett gesehen. Mir kam Ihr Gesicht gleich bekannt vor. Sind Sie tatsächlich einer von den Asmusbrüdern der Rostocker Reederei? Meier hat sich über Sie beschwert, hat Sie als Hochstapler bezeichnet.«

»Der bin ich, richtig, Niklas Asmus aus Rostock. Es ergaben sich übrigens interessante Gespräche am Tisch. Herr

Vesper, zum Beispiel, ist offenbar entschlossen, in Kampen ein Hotel bauen zu lassen. Für Munkmarsch konnte ich ihm wegen der künftigen Stilllegung der Fähre nur schlechte Aussichten prognostizieren, aber er schloss sich meiner Meinung an, dass sich für ihn Kampen als Goldesel herausstellen könnte.«

»Also …«, murmelte Bauer etwas betreten. Dann wandte er sich an seine Begleiter. »Gehen Sie drei am besten draußen eine rauchen. Es wird noch etwas dauern.«

Während die Männer still verschwanden, schob Matthiesen dem Besucher einen Hocker hin.

»Danke, danke. Können Sie in Zukunft Aufsehen vermeiden, Herr Asmus?«

»Ich weiß gar nicht, von wem dieses Aufsehen ausgeht, Herr Bauer. HWM Sinkwitz achtet streng darauf, dass wir keinerlei Kontakt mit anderen Dienststellen deswegen aufnehmen. Wir lösen den Fall mit eigenen Kräften.«

»Dann sind die Gerüchte zweifellos politisch motiviert. Von wem das ausgeht, kann ich mir denken. Sie sind rehabilitiert, Herr Asmus.«

»Besten Dank, Herr Abgeordneter.« Asmus gab sich keine Mühe, seinen Spott zu verbergen. »Übrigens soll ich noch eine mündliche Botschaft an Sie weitergeben. Die Südspitze von Sylt ist in Gefahr. Bei jedem Sturm bricht Land ab, und irgendwann verschwindet Hörnum mitsamt der Mole für den Fährverkehr …«

Bauer sah ihn betroffen an. »Davon habe ich noch gar nichts gehört. Da muss man ja was machen …«

»Genau. Sie würden in die Geschichtsbücher eingehen, wenn Sie für Abhilfe sorgen. Die Sylter hoffen auf die Hilfe der Politiker. Es ist nicht nur Hörnum betroffen.«

»Ja. Ja! Ich werde es in Angriff nehmen!« Als Bauer die Wache gerade verlassen wollte, schoss Sinkwitz schwer atmend und schwitzend zur Tür herein.

»Bitte um Entschuldigung, Herr Abgeordneter! Wurde aufgehalten. Konnte mich nicht loseisen. Ein Blick in die Räumlichkeiten erwünscht oder eine Erklärung zu den Abläufen des täglichen Geschäfts dieser Wache?«

»Nicht nötig. Haben einen sehr interessanten Mitarbeiter,

Herr Stinkfuß«, schnarrte Bauer im gleichen Ductus. »Oder wie war doch gleich der Name? Kann so schlecht Namen behalten.«

»Sinkwitz«, knurrte dieser und machte gedemütigt dem Abgeordneten Platz, der erst Asmus, dann ihm die Hand gab. »Ich wünsche übrigens dringend, dass der Mord aufgeklärt wird. Geschäftsleute kommen nur, wenn ihre Sicherheit gewährleistet ist. Dieser Fall wäre ein gutes Beispiel für die bemerkenswert effektive Polizeiarbeit auf Sylt. Benachrichtigen Sie mich bitte vom Ergebnis.«

Sinkwitz kräuselte sauertöpfisch die Lippen, statt zu antworten, und stapfte unwirsch hinter Bauer her nach draußen, wo der ungeduldige Fahrer des Jagdwagens den Motor aufheulen ließ.

Währenddessen entdeckte Asmus erstaunt, dass die Journale für das Tagesgeschäft ordentlich in Reih und Glied auf einem Regal standen, wo sie sich noch nie befunden hatten. Die Nummerierung war durchgehend, die Hefte fünf und sechs, nach denen Asmus wegen der Anzeige gegen ihn vergeblich gesucht hatte, waren vorhanden.

Kurze Zeit später kehrte Sinkwitz zurück. »Bauer tut's ja wirklich nicht unter dem nagelneuen Horch Phaeton unseres geschätzten Bürgers Rörd Jacobsen«, schnaubte er, wütend wie eine Hornisse, den Blick fest auf Asmus gerichtet. »Nur für die Strecke vom Hafen hierher und zurück muss der sich den teuersten Wagen von ganz Preußen leihen!«

»Fünfunddreißig PS«, ergänzte Matthiesen in höchster Anerkennung. »Fährt achtzig Stundenkilometer!«

»Auf unseren Sandwegen auch?«, knurrte Sinkwitz und verschwand in sein Zimmer, wo er sich verbarrikadierte, was Asmus und Matthiesen Zeit ließ, die Erkenntnisse des Vormittags zu diskutieren.

»Der meinte dich, nicht den Wagen«, flüsterte Matthiesen.

Asmus zuckte gleichgültig die Schultern.

»Ich glaube, dass der Schuh in keinem Zusammenhang mit unserem Toten steht«, griff Matthiesen ihre vorherige Diskussion wieder auf. »Könnte er nicht auch von einer Besucherin mit Bubikopf, Herrenanzug und Krawatte getragen worden sein? Das passt zum Stil und wäre die letzte Konsequenz dieser männlichen Frauenmode.«

»Auch möglich, ja. Aber lass uns trotzdem noch mal zum Anfang der Geschichte zurückgehen: Man findet einen Toten, der ermordet worden ist und im Zuge der Deichbauarbeiten im Wasser versteckt wurde. Alles deutet wegen der Kleidung auf einen Arbeiter hin, dem widersprechen aber seine zarte Haut und fehlender Sonnenkontakt. Außerdem sind seine Haare übel zugerichtet, und er hat keine Schuhe an. Soweit sind wir uns einig?«

»Sind wir.«

»Sofern der Mann sich selbst verkleidet hat, hätte er sich vermutlich auch derbe Schuhe besorgen können – heutzutage läuft man nicht mehr barfuß auf einem Schiff herum, schon gar nicht, wenn dieses scharfkantige Eisensockel von Kränen aufweist und für den Steintransport ausgerüstet ist. Hat er aber nicht. Daraus könnte man schließen, dass ein anderer ihm die Arbeiterkleidung verpasst hat, aber keinen Ersatz für die feinen Schuhe in kleiner Größe finden konnte. Außerdem musste er möglicherweise die Frisur zerstören, die auf eine bestimmte Gesellschaftsschicht hingewiesen hätte. Etwa das modisch streng nach hinten gekämmte, pomadisierte Haar mit Seitenscheitel, wie ein Städter es trägt.«

»Das war mehr als eine unkenntlich gemachte Frisur.«

»Stimmt. Er schoß über das Ziel hinaus. Das könnte persönlich gemeint sein. Wut, Rache.«

»Aber dann kannte der Mörder sein Opfer!«

»Ja, das pflegt so zu sein.«

»Sie sind also beide Sylter.«

Asmus zögerte. Das war längst seine Vermutung. Aber er hatte vor, sie völlig wasserdicht zu machen, bevor er sie Sinkwitz vorlegte und dieser ihm womöglich einen Strich durch die Rechnung machte. »Vielleicht. Nicht zwingend.« Er stand auf. »Lorns, ich muss noch mal los. Mir rotiert eine Idee im Kopf, die ich erst ausmustern muss, bevor ich weitermachen kann. Sei bitte nicht ärgerlich etwa wegen fehlenden Vertrauens, das ist es nicht. Es geht um etwas Persönliches, das ich nicht preisgeben kann. Du wirst irgendwann auch in den Konflikt zwischen Amtstreue und der vertraulichen Mitteilung eines Zeugen geraten.«

Matthiesen nickte. »Alles klar.«

Die Friedrichstraße war auf ganzer Länge leerer denn je. Sibbersens Schaufenster machten keinen einladenden Eindruck, ebenso wenig wie die der Nachbargeschäfte. Allmählich schien sich auch hier Armut auszubreiten.

Bonde Sibbersens erwartungsvolle Miene wechselte in Abneigung, als Asmus sein Geschäft betrat. »Was wollen Sie denn?«, knurrte er.

»Herr Sibbersen, ich hoffe, dem Verschwinden der Briefe, die Sie erwarten, auf die Spur gekommen zu sein. Die Postsachen der Insel werden vor Abfahrt der Fähre in einem Schuppen aufbewahrt. Jemand besitzt einen Nachschlüssel und kontrolliert offenbar die ausgehende Post regelmäßig. Bei der vom Festland ankommenden ist es weniger einfach, aber auch das passiert.«

»Und was geht mich das an?«, schnaubte Sibbersen. »Ich habe damit nichts zu tun.«

»Doch. Ich habe den Eindruck, dass es ausschließlich um Ihre Briefe geht. Möglicherweise wurden insgesamt auch zwei ganze Postsäcke gestohlen. Aber Sie vermissen mehr als zwei mögliche Briefe, oder?«

»Ja. Ja, in der Tat. Cord antwortete selten auf meine Fragen, und was er erzählte, hatte für mich oft keinen Zusammenhang, weil es an einen Brief anschloss, den ich offensichtlich nicht erhalten hatte. Bei seinem letzten Besuch fanden wir dafür keine Erklärung, außer dass Briefe mit Absender Cord oder Bonde Sibbersen gelegentlich zum Verschwinden gebracht werden. Wir hatten die Westerländer Poststelle in Verdacht. Beschwerden wären sinnlos gewesen, deswegen haben wir geschwiegen.«

»Könnten Sie mir eine Aufstellung machen von erwarteten, aber nicht erhaltenen Antwortbriefen, oder ist das zu viel verlangt?«

»Wissen Sie, ich habe alles notiert, was Cord betrifft«, antwortete Sibbersen weich, um gleich wieder argwöhnisch zu werden. »Dieser Herr Jung …«

»… ist ein notorischer Opportunist, brandehrgeizig noch dazu. Er glaubte, seine Aufstiegschancen verbessern zu können, indem er Sie wegen der Zeitungsanzeige verwarnte. Ich war nicht da, um ihn zurückzuhalten.«

»Ich habe mich da wohl vertan, was Sie betrifft …«

»Ja, voll und ganz, Herr Sibbersen. Haben Sie denn in den letzten Tagen Nachricht aus Frankfurt erhalten?«

»Nein.«

»Vor zwei Tagen wurde ein Postsack aus dem Schuppen gestohlen, der eigentlich mit dem Zug nach Westerland hätte weiterreisen sollen. Der Diebstahl ganzer Säcke ist wohl eine Notmaßnahme des Täters, wenn er befürchtet, beim Durchsehen der Post erwischt zu werden.«

»Ja. Aber warum das alles? Wer gibt sich Mühe, meine Korrespondenz mit meinem Sohn zu stören?«

»Eben. Das ist die Frage. Ich vermute deswegen, dass es vor allem um Geschäfte geht. Um Sylter Geschäfte.«

Die Schultern des Kaufmanns zogen sich zusammen.

»Habe ich recht?«, setzte Asmus nach.

»Könnte sein«, stammelte Bonde Sibbersen. »Ich habe Cord immer das Neueste aus der Geschäftswelt berichtet, damit er auf dem Laufenden bleibt: Wer wo bauen will, also Privathäuser in einsamer Gegend, Hotels in schönster Umgebung. Manchmal nur Gerüchte, häufiger von beantragten Vorhaben. In letzter Zeit weniger …«

»Warum?« Asmus, der meinte, darin eine bestimmte Aussage auszumachen, ließ seine Frage sofort folgen.

»Ja … Einfach so.«

Asmus kaute unschlüssig auf seiner Wange und beobachtete Sibbersen. Der hatte einen Grund, mit dem er nicht herausrücken wollte. Da es keinen Sinn hatte, ihn zwingen zu wollen, wandte sich Asmus etwas anderem zu. Er kam um die vielleicht entscheidende Frage nicht herum. »Herr Sibbersen, welche Schuhgröße hat Ihr Sohn?«

»Um Gottes willen! Hat er ein Verbrechen begangen?« Sibbersen streckte Asmus die gefalteten Hände entgegen.

»Nichts dergleichen«, sagte Asmus rasch. »Bitte regen Sie sich nicht auf! Ich muss ausschließen, dass Ihr Cord mit einem anderen Fall zu tun hat.«

»Ach so. Er hat Schuhgröße neununddreißig.«

Im Gegensatz zu Sibbersen war Asmus keineswegs beruhigt, aber er ließ es sich nicht anmerken. Leider wäre nur die Größe einundvierzig und darüber geeignet gewesen, Cords Verschwinden und den Mordfall gänzlich unabhängig voneinander zu betrachten.

Nun kam der unangenehmste Teil. Asmus legte den Schuh auf den Kaufmannstisch. »Kennen Sie diesen Schuh?«

Sibbersen holte eine Brille hinter der Kasse hervor, rückte sie auf seiner Nase zurecht und nahm den Schuh zur Hand, um ihn von allen Seiten zu mustern. Dann schüttelte der den Kopf. »Noch nie gesehen. Cord gehört er nicht.«

Asmus nahm den Schuh wieder an sich. Er war nur halbwegs überzeugt. »Dann ist das geklärt. Schreiben Sie den Freunden von Cord heute noch, erklären Sie das Verschwinden von Briefen und erbitten Sie die Wiederholung des Wichtigsten, das man Ihnen bisher über die Suche nach Cord mitgeteilt hat. Sobald Sie die Antwort erhalten, benachrichtigen Sie mich bitte.«

»Ja.«

Bonde Sibbersen wirkte sehr niedergeschlagen, als Asmus seinen Laden verließ. Vielleicht befürchtete auch er das Schlimmste.

Als Asmus in der Wache zurück war, hatte Sinkwitz schon Feierabend gemacht, und Jung stand auf dem Sprung, das Gleiche zu tun.

Asmus erledigte seine schriftlichen Arbeiten als Erstes, aber sein Blick ging immer wieder zu den Journalen hin, als ob er sich vergewissern müsste, dass die Nummern fünf und sechs noch vorhanden waren.

Endlich war nicht mehr zu befürchten, dass einer der Kollegen zurückkäme. Fast andächtig schlug er Band Nummer fünf auf und hielt den Atem an in der Furcht, dass womöglich das Blatt, das er suchte, herausgerissen war.

Aber es fehlte nichts. Für den zwanzigsten Mai war vermerkt: »Jörn Frees, wohnhaft in Keitum-Tipkenhügel, erstattet Anzeige gegen Wachtmeister Niklas Asmus wegen

Diebstahls von Möweneiern an der Kreuz-Wehle in der Runs-Marsch.«

Frees also war es gewesen! Aber warum? Doch nicht aus eigenem Antrieb! Wer benutzte diesen Mann, von dem immer noch nicht klar war, ob er tatsächlich dumm war oder eine gewisse Schläue für zwielichtige Unternehmungen einsetzte? War es Sinkwitz, oder diente dieser wiederum auch einem Herrn?

Jedenfalls wurde es dringend Zeit, Jörn Frees auf den Zahn zu fühlen. Danach fiel Asmus noch etwas anderes ein. Der Landstreicher ohne Namen musste ja hier irgendwo vermerkt sein.

Auch ihn fand er in Band 5. Der Tote hatte im nördlichen Abschnitt der Strandkörbe von Christian Boysen/Westerland gelegen, tot, unauffällig, abgesehen vom Sand im Mund. Der Tod dieses älteren Mannes ohne Verwandtschaft war als natürlich angesehen worden. Seinen Leichnam hatte man eingeäschert.

Das Geld, das er bei sich gehabt hatte, wurde nicht erwähnt. Der Däne, der den Toten gemeldet hatte, hätte nichts darüber erzählt, wenn er es gestohlen hätte. War Boysen darüber informiert gewesen?

Dies war ein typischer Fall eines Abschlusses, dessen Ursache nicht interessiert hatte. Gleichgültigkeit auf ganzer Linie! Erbost schlug Asmus das Journal zu und verließ die Wache.

Am nächsten Morgen wurde Asmus wieder durch die Geräusche geweckt, die Frees' schwere Muscheleimer machten. Asmus sprang in seinen Trainingsanzug und bat ihn, wegen einer Aussage auf die Wache zu kommen.

Frees machte große Augen wie ein erstauntes Kind, widersprach aber nicht und versprach, am Nachmittag zu erscheinen.

Irgendwann trödelte er herein und sah sich neugierig um, dann wurde er von Matthiesen in das Besprechungszimmer zu Asmus geschickt.

Den Hinweis auf die Anzeige gegen Asmus bestätigte er bereitwillig mit heftigem Nicken. »Das gehört sich so, Herr

Asmus, wenn man jemanden beim Klauen erwischt. Seitdem wir den Naturschutz haben …«

Er konnte tatsächlich zusammenhängend sprechen. Und Asmus hatte sich zu verteidigen. Das Peinliche war, dass er keine Ausrede besaß, die er selber als aufrichtig hätte ansehen können. »Na ja, es waren Brandganseier, und im Naturschutzgebiet war es auch nicht.«

»Egal! Außerdem hat Herr Sinkwitz mir gesagt, dass ich auf alles ein bisschen aufpassen soll.«

»Haben Sie mir nachspioniert?«

»Beobachtet. Nur beobachtet.«

»Und Anzeige erstattet.«

Frees schob die Lippen trotzig vor und nickte. »Ich bin ein guter Deutscher.«

»Dann eine andere Frage. Ich habe Sie schon oft im Hafen gesehen, bei Mart auf der Bank, an den Booten, am Schuppen …«

»Ich tue nichts Unrechtes!«

»Und auch im Schuppen«, setzte Asmus fort, obwohl dies eine reine Vermutung war.

»Sicher. Wenn es mit der Tide nicht anders passt, muss ich meinen Eimer mit Blaumuscheln doch in den Schuppen stellen, damit Mart ihn sieht und auf die Fähre bringt. Manchmal bin ich frühmorgens unterwegs, sobald es hell ist. Vier Uhr oder fünf …«

»Aber Mart weiß nichts von einem weiteren Schlüssel«, wandte Asmus in seiner Überraschung ein.

»Ich habe ihn jedenfalls bekommen.«

»Von wem?«

»Weiß nicht. Eines Tages lag er auf meinem Küchentisch.«

»Gehörte dazu auch ein Brief?«

»Ja, der lag daneben.«

»Mit welchem Inhalt?«

»Ich soll immer mal in den Postsäcken stöbern, und wenn ich Post von oder an die Sibbersens finde, herausnehmen und abliefern.«

Asmus stockte einen Augenblick der Atem. »Wem?«

»Keine Ahnung«, beteuerte Frees aufrichtig. »Einem Strandkorb. Ich ziehe das rechte Fußbänkchen heraus und stopfe die Post in einen kleinen Briefkasten, der unter dem Sitz angebracht ist.«

»Es handelt sich also um einen bestimmten Strandkorb?«

»Natürlich«, sagte Frees vorwurfsvoll, »wie sollte ich denn sonst zu meiner Bezahlung kommen?«

»Ach so, da haben Sie natürlich recht. Und wem gehört er?«

»Den Boysens in Westerland. Die vermieten Strandkörbe. Es ist Strandkorb Nr. 175.«

Asmus musste an sich halten, um nicht laut zu lachen. Den Auftraggeber konnte man fast schon als Spaßvogel bezeichnen, wenn es nicht so ernst gewesen wäre.

»Haben Sie Herrn Böhrnsen freigelassen?«

»Herr Asmus, Ihnen muss man aber alles genau erklären, damit Sie es begreifen: Anders kam ich doch nicht ungesehen an den Postsack. Außerdem hatte Herr Böhrnsen nicht verdient, dort eingesperrt zu sein. Er ist ein netter Mann, wir schwatzen häufig miteinander, wenn er seine Enkelkinder besucht. Als er aus dem Hafen gepullt war, bin ich sofort in den Schuppen rein und habe die Briefe durchgesehen. Ich kann gut lesen!«

»Ja, das glaube ich«, stimmte Asmus mit abwesenden Gedanken zu und entließ Jörn Frees. Einige Minuten später erst fiel ihm ein, wie naheliegend es war, dass Frees auch der Attentäter in der Werft gewesen war.

KAPITEL 21

Asmus nahm Matthiesen zum größten Strandkorbvermieter Westerlands, Christian Boysen, mit, da die beiden sich natürlich kannten. Der ganze Strand unterhalb des Konzertplatzes war mit Strandkörben belegt, und diese setzten sich bis zum Burgenstrand im Süden und jenseits der Kurpromenade im Norden fort.

Lorns machte Asmus mit Boysen bekannt, einem blonden Hünen von Mann, geeignet, die Strandkörbe im Frühjahr auf dem Buckel zum Strand zu schleppen und im Herbst wieder zurück ins Winterquartier.

»Wir suchen nach dem Mieter eines bestimmten Strandkorbs«, sagte Matthiesen. »Es könnte einer von deinen sein, und es muss ein Dauermieter sein.«

Boysen nickte bereitwillig. »Könnt ihr haben, wird nicht lange dauern, ihn in der Liste zu suchen. Kommt mit.« Er lotste sie zu einer hölzernen Bude, fast nur ein Unterstand, der ein wenig Wind- und Regenschutz bot. Während er mehrere Bögen mit Namen aus einem Eimer kramte und sich auf einen Klappstuhl setzte, nahmen die Polizisten im Sand Platz.

Asmus nannte Boysen die Strandkorbnummer. »Haben Sie wirklich so viele Strandkörbe, dass Sie schon bei 175 angekommen sind?«, erkundigte er sich.

Boysen grinste. »Nein, bei weitem nicht. Aber wenn ein alter Korb ausgemustert wird, verwenden wir seine Nummer nicht mehr, sondern geben dem Ersatz die nächste laufende. So behalten wir den Überblick über das Alter der Körbe. Deswegen kann ich Ihnen auch sagen, dass Nummer 175 ein moderner mit ausziehbarem Fußbänkchen ist.«

»Ein praktisches Verfahren.«

Danach schwiegen sie alle. Der Strand war an diesem Septembertag fast leer. Niemand badete. Ein Mann lief mit aufgekrempelten Hosenbeinen an der Wasserlinie entlang, begleitet von einem langhaarigen nassen Hund. Aus einigen Strandkörben waren die Fußbänke herausgezogen, und Hosenbeine sowie lange Röcke bewiesen, dass sie besetzt waren.

»Hier hab ich den Mieter schon«, verkündete Boysen.

»Und wer ist es?«

»Jörn Frees, Keitum.«

Mist, dachte Asmus, während Matthiesen grinste und sich auf die Schenkel schlug.

»Hat er ihn denn benutzt?«

»Er selber natürlich nicht. Aber er schickt oft Gäste – wahrscheinlich hat er ein Abkommen mit einem Gästehaus –, und da sie den Schlüssel zum Gatter haben, habe ich in der Saison mit ihnen gar nichts zu tun.«

»Wo steht der Strandkorb eigentlich?«, erkundigte sich Asmus.

»In der letzten Reihe nach Norden.«

»Ja, gut, danke, das war dann alles«, meinte Asmus, sprang auf und mahnte Matthiesen mit einem Schulterklopfen mitzukommen. Die nördlichsten Strandkörbe des Vermieters Boysen, wo der Leichnam des angeblichen Landstreichers gelegen hatte. Zweifellos weckte diese Beschreibung den Verdacht eines Zusammenhangs.

»Gehen wir Nr. 175 besichtigen?«

»Nein, das machen wir nicht. Auch wenn Jörn Frees seinem Auftraggeber mitgeteilt hätte, dass Briefe der Sibbersens nicht mehr zu erwarten sind, könnten weitere Botschaften gewechselt werden. Wer weiß, was da läuft? Lass uns einfach die Promenade entlangschlendern, dann sehen wir 175 von oben.«

»Schlaues Kerlchen, dieser Auftraggeber.«

»Ja, eben. Darum halte ich es auch für möglich, dass da noch einiges andere dahinter steckt. Für pure Neugier auf ein paar Briefe ist der Aufwand zu groß«, stellte Asmus grimmig fest. Hinter Frees taten sich ja Abgründe auf, sobald man ihn unter die Lupe nahm.

Sie bummelten nach Norden, vorbei am Kurhaus, unter dessen ausgerollter Markise etliche Gäste an den Tischen saßen und Kaffee tranken. Hinter dem Musikpavillon blieben sie stehen, um gelangweilt über den Strand zu schauen. Etwas nördlich davon stand Nr. 175, der Promenadenmauer am nächsten und über eine Treppe zur höher gelegenen Promenade schnell zu erreichen.

»Wenn Jörn Frees hier Briefe deponiert und Geld holt, wird jeder, den es überhaupt kümmert, davon ausgehen, dass er eine Reparatur ausführt. Er braucht ja nur einen Handwerkskasten mit Werkzeug neben sich aufzustellen«, sinnierte Asmus. »Ein erstaunlich einfaches System. Und je einfacher, desto erfolgreicher.«

»Frees kann sogar am Tag kommen. Oder muss am Tag kommen, damit er nicht auffällt. Wahrscheinlich macht es der Auftraggeber genauso.«

»Mit Sicherheit«, bestätigte Asmus. »Das ist deshalb besonders günstig, weil du ab jetzt als Gast Wache schieben wirst. In dunkler Jacke, weißem Hemd und Fliege. Nimm eine kurze Pfeife mit und ein Buch und denk auch an eine Wolldecke, die du dir über die Knie legen kannst.«

»Dann«, sagte Matthiesen lang gedehnt und ohne Überraschung zu zeigen, während er über die Strandkörbe spähte, »nehme ich am besten Nr. 197. Den kann ich so drehen, dass ich 175 unauffällig im Auge behalte.«

»Gut, dann verschwinden wir jetzt. Wache in Uniform zu halten hat keinen Sinn. Du beeilst dich nach Hause zum Umziehen, und ich kläre mit Boysen, dass Korb 197 ab sofort vermietet ist.«

Asmus wanderte zurück und fand den Vermieter Boysen noch in dem Hüttchen vor, in dem er seine Buchhaltung aufbewahrte. »Herr Boysen«, fragte er, »wo wurde eigentlich die Leiche dieses Landstreichers gefunden?«

»Der Däne? Neben Nr. 197.«

»O je, ich hoffe, das hat keine schlechte Vorbedeutung. Ich wollte Nr. 197 gerne mieten. Ich, äh, ich sehe hoffentlich meiner Verlobung entgegen. Ist noch geheim …«

»Gratuliere!« Boysen grinste breit. »In meinen Strandkörben wurde schon manches Kind auf Kiel gelegt.«

»Soweit ist es noch nicht.«

»Aber den Strandkorb dafür haben Sie schon mal. Ist notiert.«

Niklas Asmus hatte ein ganz schlechtes Gewissen Ose gegenüber, weil er sich in letzter Zeit so wenig meldete. Er konnte nur hoffen, dass sie es verstand.

Danach fraßen ihn die Ereignisse wegen ihrer schnellen Abfolge auf. Matthiesen kam auf Umwegen abgehetzt im Büro an, wo er Asmus in aller Hast berichtete.

»Im Strandkorb 175 war ein Gast«, sprudelte er heraus. »Ganz junger Mann mit Spazierstock, weißer Hose, weißem Binder. Nachdem er sich eine Weile den Anschein gegeben hatte zu dösen, in Wahrheit aber die Umgebung beobachtet hat, zog er das Fußbänkchen auf und machte sich im Innenraum zu schaffen. Von wegen Handwerker! Da haben wir uns wohl geirrt. Es ging sehr schnell. Wetten, er hat dort etwas deponiert!«

»Und du?«, fragte Asmus.

»Ich habe auch gedöst. Der Länge nach im Strandkorb, die Knie hochgezogen, die Wolldecke bis zur Nase, den Arm lang herabhängend und die Pfeife im Sand.«

Asmus lächelte. »Und das Buch?«

»Aufgeschlagen auf meinem Bauch. Der Gast ging danach sofort. Ich muss auch wieder los, Asmus. Könnte sein, dass sie Zeiten verabredet haben und Frees schon unterwegs ist.«

»Ja! Viel Glück!«

Am späten Nachmittag saß Asmus immer noch am Schreibtisch, war aber zu unruhig, um zu arbeiten. Zum Glück war eigentlich nichts los außer der Anzeige wegen einer eingeschlagenen Fensterscheibe. Allerdings war der Täter unbekannt.

Endlich polterte Lorns Matthiesen herein. »Vollen Erfolg gehabt«, meldete er. »Jörn Frees kam tatsächlich. Aber etwas beschränkt muss er schon sein, denke ich, wenn er die Verbindung aufrechthält, obwohl er sie bei uns schon zu Protokoll gegeben hat.«

»Wahrscheinlich geht es ihm ums Geld. Seinen Auftraggeber wird er nicht informiert haben, dass Post von Sibbersen nicht mehr eintreffen wird und dass wir Bescheid wissen, erst recht nicht.«

»Könnte sein.«

»Möglicherweise handelt es sich also um weitere Aufträge. Ich werde morgen bei der Observation dabei sein«, sagte Asmus entschlossen. »Die ganze Sache hat durch die Beteiligung von auswärtigen Gaunern eine andere Dimension bekommen. Abgesehen davon, ist es in diesem Gemäuer schrecklich langweilig.«

»Und wie? Als Schupo?«

»Nein, natürlich nicht!«

Am Abend knatterte Asmus auf dem Motorrad nach Keitum. Ose öffnete die Tür. Ihr Blick wanderte verwundert zu seinem Arm, über den er seine einzige sehr helle Hose gehängt hatte, die stadttauglich war.

»Soll sie geplättet werden?«, fragte sie, und Asmus war erleichtert, dass sie ihn nicht hinauswarf.

»Das mache ich schon«, warf Oses Mutter ein, die in diesem Moment in der Diele erschien, und nahm Asmus die Hose ab. »Geht ihr nur in den Garten und betrachtet die wachsenden Bohnen. Das haben dein Vater und ich früher auch gemacht, Ose.«

Asmus brach in Lachen aus und reichte der etwas genierten Ose den Arm. »An dezenten Hinweisen fehlt es hier ja nicht.«

»Nein, nein, wir sind alle immer sehr direkt«, meinte Ose und kicherte leise. »Wofür brauchst du die Hose?«

Asmus erklärte es ihr.

»Aber, Niklas, da wäre es doch schlauer, wenn ich mitkäme! Als Paar wären wir unschlagbar unauffällig.«

»Das ist wahr«, sagte Asmus nach einem Augenblick verblüfften Nachdenkens. »Wir könnten uns dem Gast nähern, und du wirfst ihm feurige Blicke zu. Also mustere ich ihn aufgebracht, fordere ihn zum Duell, und hinterher können wir ihn besser beschreiben als Matthiesen, der immer nur döst, während er dort angeblich Wache hält.«

»Aber erstechen darfst du ihn nicht. Wir legen Wert auf sauberen Sand«, warnte Ose. »Wenn du das versprichst, suche ich mir jetzt ein Kleid heraus, das zur Promenade passt. Ich glaube, du musst die Bohnen allein besichtigen.«

Asmus runzelte argwöhnisch die Stirn. »Hat dein Vater das auch gemacht?«

»Was auch immer er gemacht hat, genützt hat es ihm nichts«, sagte Ose und schritt beschwingt davon.

Am nächsten Tag schien die Sonne, es war ein warmer Septembertag, geeignet für den Strand und für Sonnenbäder in den Strandkörben.

Matthiesen lümmelte lang ausgestreckt mit den Füßen auf dem Holzschemelchen, las in einem dicken Buch und warf Asmus und Ose einen uninteressierten Blick zu, als sie im Sand an ihm vorbeistapften.

»Hundertsiebenundachtzig?«, fragte Ose.

»Nein, hundertsiebenundsiebzig.« Asmus sah sich um und fand dann den Strandkorb südlich von Nr. 175. Der war unbesetzt.

Sie hatten stundenlang zu warten, aber plötzlich wurde die Warterei belohnt. Jörn Frees sprang die Treppe herunter und ging auf Nr. 175 zu, ohne sich viel um die Nachbarstrandkörbe zu scheren. Offensichtlich hatte er es sehr eilig.

Wie Asmus vorhergesagt hatte, war Frees in Arbeitskleidung und mit einem Handwerkerkasten erschienen. Offensichtlich kontrollierte er den Mechanismus, mit dem die Fußbänkchen herauszuziehen waren. Es dauerte nicht lange, bis er fertig war.

Als er die Treppe nach oben hochgestapft und außer Sicht war, war Asmus für einen Augenblick versucht, im Postkasten nachzusehen, was er hinterlegt hatte. Er unterließ es jedoch, obwohl es ihn juckte.

Gleich darauf war er dankbar dafür. Matthiesen gab ihm einen schläfrigen Wink mit der Pfeife, dass der Kontaktmann kam. Der junge Mann schlenderte herab, sah sich nach allen Seiten um, beobachtete einige Sekunden das ruhige Meer mit einigen Badenden, wahrscheinlich aber vor allem die Strandkörbe, von denen nur wenige belegt waren, und setzte sich dann auf die unterste Stufe, um sich die Schuhe auszuziehen. Modisch zweifarbige Strandschuhe, die er an den Schnürsenkeln neben dem Bein schlenkern ließ, während er mit gelangweiltem Gesicht barfuß zu Nr. 175 pflügte.

Asmus hatte ihn noch nie gesehen. Allerdings kam er aus dienstlichen Gründen auch nur wenig mit den Westerländer Gästen in Kontakt.

Ose lag in Asmus' Armen und schien es zu genießen. Er auch. Irgendwann stemmte sie sich hoch, um einen neugierigen Blick in die Runde zu werfen. In Nr. 175 begann der Mieter wie viele Urlauber, die Morgenzeitung zu entfalten.

»Der nimmt sich ja viel Zeit«, flüsterte Asmus, als er fühlte, wie Ose geradezu versteinerte und sich hinter ihn kauerte.

»Der ist doch kein Gast«, hauchte sie aufgeregt in sein Ohr. »Das ist Gerrit, der Concierge der Dünenhalle!«

Die Eröffnung machte Asmus erst einmal sprachlos. Es taten sich allmählich so viele Verbindungen zwischen den eingeborenen Syltern auf, dass er Papier und Bleistift benötigte, um diese graphisch darzustellen. Eines war jedenfalls nicht anzunehmen: dass ein pickeliger Jüngling dieses Komplott organisierte. Auch er war beauftragt. »Wem gehört eigentlich die Dünenhalle?« raunte er Ose zu.

»So viel ich weiß, Rörd Jacobsen. Aber er tritt dort nie in Erscheinung, er hat einen Geschäftsführer.«

Rörd Jacobsen. Das war der Besitzer des Horchs, des Jagdwagens, wie ihn auch der schwedische König besaß, und der viel zu teuer für einen Sylter Kaufmann war. Es hatte Matthiesen, dem Spezialisten in motorisierten Fahrzeugen, Spaß gemacht, Asmus ausgiebig aufzuklären.

Rörd Jacobsen, unauffällig im Hintergrund bleibend, aber mit maßgeblichen Politikern des Reichs verbündet oder befreundet, die auf oder mit Sylt das große Geschäft machen wollten. Auf der anderen Seite Bonde Sibbersen, der zusammen mit seinem Sohn den Ausverkauf der Inselschönheiten kommen sah und verhindern wollte.

So konnte es sein. Es gab für Asmus keinen Zweifel, dass er Jörn Frees in die Enge treiben musste, um an dessen

Auftraggeber heranzukommen und damit möglicherweise seinen Verdacht zu beweisen.

Gerrit, der sich auf dem Fußbänkchen den Sand von den Füßen putzte und die Schuhe anzog, langte gleich darauf mit der Geschicklichkeit eines Taschenspielers ins Innere des Strandkorbs und beförderte einen Gegenstand in die Tasche, in der sich auch ein mitgebrachtes Kopfkissen befunden hatte. Danach machte er sich gemächlich auf den Weg zurück ins Städtchen.

Sie brauchten Beweise. Also hieß es nochmals zu warten, bis Jörn Frees Geld oder Auftrag abholte und sie ihn in flagranti erwischen konnten. Mit etwas Glück am nächsten Tag schon, denn diese Angelegenheit war offenbar eilig.

Jedenfalls ruhten Asmus und Ose ab dem frühen Morgen in ihrem Strandkorb, Asmus versteckt hinter der aufgeschlagenen Zeitung, die angeblich dösende Ose neben sich. Matthiesen hingegen hockte in Uniform in einem Strandkorb in Wassernähe, die Wolldecke über sich, den Tschako unter dem Fußbänkchen, bereit, Frees unter Wahrung aller vorgeschriebenen Formalitäten zu verhaften.

Dann kam Jörn Frees, und alles ging sehr schnell. Ehe er sich's versah, war er mit Handschellen außer Gefecht gesetzt und ziemlich unauffällig auf die Strandpromenade hochbugsiert.

Frees wohnte im Tipkenhoog von Keitum. An der Schule sowie an einem grasbewachsenen Hügel vorbei gelangten sie zum letzten Haus des Dorfes. Idyllisch hinter einer Rosenhecke gelegen, bot es einen herrlichen Blick über das Meer, aber die Hausbewohner legten anscheinend darauf wenig Wert. Der Garten war verwahrlost, und das Wohnhaus verfiel.

Das Haus gehörte Jörns Eltern. Asmus informierte sie behutsam, dass er das Zimmer ihres Sohns durchsuchen müsste, aber sie steigerten sich trotzdem in eine panische Angst hinein, dass sie selber auch verhaftet würden. Selbst Matthiesen schaffte es kaum, sie zu beruhigen. Erst nachdem er ihnen einen Muckefuck aus Hagebutten und unbekannten Zutaten gekocht hatte, versiegten Mutter Frees' Tränen, und sie konnten endlich an die Arbeit gehen.

Jörn hauste im Sommer in einer Art Schuppen im Garten. Er war spartanisch eingerichtet. Ein verlängertes Kinderbett und ein Ofen nahmen den größten Teil des Raumes ein, zwischen beiden war Schwemmholz zum Heizen aufgeschichtet. Eine Wandlänge besetzte ein Tisch mit Strandfunden: rissigen, uralten Austernschalen, braunen Bakelitklumpen, Vogelskeletten, Entenmuschelschalen und noch mehr. Über allem hing von der Decke ein Schuh, offensichtlich Jörns Prachtstück: Es war das rechte Gegenstück zu dem Schuh, den Asmus gefunden hatte. Jedoch war das Oberleder makellos weiß und rotbraun, und die Schnürsenkel sauber wie gerade gekauft.

»Sieh mal«, sagte Asmus zu Matthiesen. »Ich hatte immer das Gefühl, dass der Schuh eine Rolle in unserem Fall spielt. Dieses Exemplar hat nie im Schlick gelegen, das ist vom Fuß des Besitzers direkt in diese Bude zum Tisch mit Devotionalien gewandert.«

»Und du folgerst daraus was?«

»Mit aller Vorsicht: dass Jörn Frees den Toten vom Damm seiner Kleider beraubt und Gesicht und Frisur verunstaltet hat. Ich erinnere mich, wie er eine Ente mit Fußtritten malträtiert hat, nachdem er sie getötet hatte. Auch dieser Tod war sinnlos, ein so zertretenes Etwas lässt sich nicht mehr braten. Ihn scheint bei bestimmten Anlässen eine Berserkerwut zu packen.«

»Glaubst du, dass er unseren Unbekannten ermordet hat?«

Asmus holte tief Luft. »Bewiesen ist nichts. Aber Frees hatte zweifellos Zugang zur Baustelle und wusste auch mit den Werkzeugen umzugehen, mit denen die Deichbauer Steine verlegen. Denkbar wäre, dass er Cords Leichnam – wenn es denn Cord ist – am Dalben deponiert und den linken Schuh verloren hat, als er nachts mit der Kleidung auf dem Rückzug war. Dessen Zustand spricht dafür, dass ihn jemand am nächsten Tag gefunden und aufbewahrt hat, bis er mit den übrigen Besitztümern der Arbeiter in die Sturmflut geriet. Diesen linken Schuh habe also ich gefunden, während der rechte hier hängt und ganz den Eindruck einer Trophäe nach Erlegen des Wildes macht. Wir müssen feststellen, ob Frees die Kleidung versteckt hat, die dem Toten gehörte.«

Aber die Bude enthielt nichts Aufschlussreiches außer einem Geldbündel, das heute weniger wert war als gestern, daher konnte man nicht feststellen, ob es viel oder wenig gewesen war, als es ausbezahlt worden war.

Asmus war beim Ausfertigen eines Protokolls, als Bonde Sibbersen hereinstürzte und ihm einen Brief auf den Tisch warf. »Markus aus Frankfurt hat geschrieben«, keuchte er und sank auf den Hocker, den Matthiesen ihm geistesgegenwärtig in die Kniekehlen schob.

»Ja?«

»Cord ist nach seinem letzten Heimaturlaub – als Sie beide bei der Parteiversammlung waren – nicht mehr in Frankfurt gesehen worden.« Sibbersen verbarg sein Gesicht schluchzend im Arm.

»Eine Nachricht vielleicht?«

»Nein, keine Nachricht. Nichts. Der andere vermisste Freund ist wieder aufgetaucht, er war auf Reisen und war mit Cord nicht zusammen. Sie haben außerdem herausbekommen, dass in Frankfurt derzeit niemand wegen des Paragraphen 175 inhaftiert ist. Es geht zufällig so tolerant zu, dass die Auskunft der Wahrheit entsprechen dürfte.«

Asmus wechselte einen bezeichnenden Blick mit Matthiesen. Es war soweit. Dann holte er die Photographien von der unbekannten Leiche, die er hatte anfertigen lassen, aus der Schieblade. »Herr Sibbersen, wir haben einen Toten am Damm gefunden, dem wir keinen Namen zuordnen können. Bitte sehen Sie sich …«

Sibbersen sah auf und betrachtete dann gefasst die Bilder. Die Tränen liefen ihm die Wangen herunter, als er sagte: »Ja. Cord.«

Asmus ließ dem Kaufmann Zeit, sich zu beruhigen.

»Warum ist er ertrunken?«

»Er ist nicht ertrunken, er wurde ermordet und seine Leiche im Wasser versteckt.«

»Wer war es? Wer hat ihn ermordet?«, fragte Bonde Sibbersen schließlich tränenerstickt.

»Wir glauben es zu wissen, haben aber noch keinen Beweis«, antwortete Asmus ehrlich. »Er ist einer, der für Geld mordet, ein primitives Subjekt also. Wichtiger ist deshalb, wer ihm den Auftrag dazu gab. Vermutlich ist der mehr noch Ihr Feind als der von Cord …«

»Stimmt.« Sibbersen brach in lautes Schluchzen aus.

Matthiesen ging, ein Glas Wasser zu holen, und Asmus winkte Sinkwitz energisch weiter, der auf dem Weg in sein Zimmer stehen bleiben wollte, die Neugier ins Gesicht geschrieben.

»Sie kennen ihn also! Wer ist es?«

Sibbersen trank das Glas Wasser auf einen Zug aus. »Rörd Jacobsen.« In das Schweigen der Polizisten hinein sagte er: »Jacobsen kauft auf Sylt Grundstücke auf, die er vermutlich zu hohen Preisen losschlagen kann, sobald der Damm in Betrieb genommen ist. Cord wusste es, weil ich ihm regelmäßig davon berichtet habe. Eines Tages warnte Jacobsen mich: ins Blaue, dachte ich und schlug die Drohung in den Wind. Woher sollte denn Jacobsen wissen, was ich Cord schrieb? Reine Vermutung. Ich konnte doch nicht wissen, dass er unsere Post liest. Außerdem: An wen hätte ich mich wenden sollen? Hauptwachtmeister Sinkwitz hält es immer mit dem jeweils Mächtigsten, ohne es mit den anderen Lagern zu verderben.«

Den Eindruck hatte Asmus schon länger. »Wie hat Jacobsen Ihnen gedroht?«

»Es könnte etwas passieren, wenn ich mich so ausführlich mit Dingen befasse, die mich nichts angehen und von denen ich nichts verstehe. Aber geschäftlich hatte ich mich abgesichert, und Cord wusste ich in Frankfurt geborgen in einer Gruppe von jungen Männern, die sich um einander kümmern … Andere Kinder habe ich nicht, und meine Frau ist tot. Um meine eigene Person hatte ich weniger Angst.«

Asmus nickte teilnahmsvoll. »Was hat Cord eigentlich mit Ihren Informationen gemacht?«

»Er hat Artikel darüber geschrieben. Die Zeitschriften

nahmen sie gerne, vor allem die linken. Sie fielen damit über die Investoren her, die Bauer nach Sylt locken wollte. Cord war richtig stolz, als auch seriöseste Zeitungen seine Aufsätze annahmen, die *Frankfurter Zeitung*, die *Berliner Börsenzeitung* … und so weiter. Cord schrieb ausgezeichnet, seine Absicht war, Sylt zu retten, nicht bestimmte Geschäftsleute zu diffamieren.«

Die Gerüchte, von denen Bauer gesprochen hatte. Sie waren wohl von den Sibbersens ausgegangen. »Wir werden Rörd Jacobsen unverzüglich vorladen«, bemerkte Asmus.

Sinkwitz stürzte in den Wachraum. »Das können Sie nicht machen, Asmus!«, fauchte er. »Dann ist hier der Teufel los! Er ist der wichtigste Geschäftsmann der Insel! Was soll Jacobsen von uns denken, wenn sich alles als Irrtum herausstellt?«

»Mich interessiert nicht, was er von uns denkt«, sagte Asmus ruhig. »Ich suche den Auftraggeber eines Mordes. Ich vermute, wir kennen ihn nun, und dem werden wir entschlossen nachgehen. Herr Bauer ist inzwischen zur Einsicht gekommen, dass mögliche Investoren von Sylt abgehalten werden, wenn sie an unserer Polizei Zweifel haben, Herr Hauptwachtmeister.«

Sinkwitz zog sich mit verwirrter Miene Schritt um Schritt aus dem Wachraum zurück.

Asmus sah ihm befremdet nach. Als Vorgesetztem stand es ihm zu, jedes Vorhaben seiner Untergebenen einfach zu verbieten. Warum tat er es nicht? Wohin wollte er?

Dann musste Asmus plötzlich an Sibbersens Exkurs über Schmeißfliegen denken. »Wachtmeister Matthiesen, wären Sie so gut, sich zum Telefon zu setzen?«, bat er. »Es könnte sein, dass der Abgeordnete Bauer anruft, um zu erfahren, wie weit wir gekommen sind. Nicht wahr, HWM, das ist doch in Ordnung, zumal Sie ja nicht immer im Raum sind?«

Matthiesen gelang es schnell, seine erstaunte Miene wieder unter Kontrolle zu bringen. Sinkwitz hatte nicht den Mut zu widersprechen.

Jörn Frees war nicht gewitzt genug, um den gezielten Fragen eines Verhörs standzuhalten. Er gab zu, Cord Sibbersen spät nachts am Landschaftlichen Haus in Keitum aufgelauert und erwürgt zu haben. Dann hatte er ihn am Kliff vorbei bis zur Baustelle geschleppt. Und dies mitsamt dem Paket, in dem die Kleidung lag, die er dem Toten anziehen sollte. Ja, die hatte er ebenfalls im Versteck unter dem Strandkorb vorgefunden. Die schicken Halbschuhe hatte er für sich behalten wollen und dabei leider den einen auf dem Rückweg von der Baustelle verloren.

Mehr wusste er nicht zu sagen.

»Hatten Sie einen genauen Tag genannt bekommen, an dem Sie Cord nachstellen sollten?«, fragte Asmus.

»Oh ja. Das war der Tag, an dem er bis spät nachts mit zwei Freunden feierte. Bis das Gasthaus zumachte und sie sich alle in unterschiedliche Richtungen davonmachten.«

»Ein ehrwürdiger Gasthof, das wichtigste Haus auf Sylt. Hier wurde seit alters her die Inselpolitik gemacht, daher der Name«, fügte Matthiesen leise ein.

Asmus nickte ihm zu. »Feierte Cord Abschied?«

Frees zuckte die Schultern. »Weiß ich nicht. Er hatte eine rote Reisetasche mit, so was ganz modernes.«

Durch die gestohlenen Briefe hatte Jacobsen von Cords Abreisedatum erfahren und den Mörder passend dazu losgeschickt. Eine sehr effektive Methode, einen Mord zu vertuschen. »Was wäre gewesen, wenn Cord mit einem seiner Freunde mitgegangen wäre?«

»Solche Wackelärsche gehen selbst immer sehr heimlich vor – irgendwo hätte ich sie beide zusammen erwischt, wo niemand mir zugesehen hätte.«

»Ihr Auftraggeber hat also dafür bezahlt, dass Sie einen Urning beseitigen?«

Frees nickte nachdrücklich. »Die brauchen wir auf Sylt nicht.«

»Und wohin haben Sie Sibbersens Reisetasche und Kleidung getan?«

»Die Kleidung in die Tasche und die wieder unter den Strandkorb. Der Sand war ja noch ganz lose.«

»Wer holt die Sachen ab, Jörn Frees?«, fragte Asmus mit drohendem Unterton. Eine Antwort bekam er nicht, aber damit hatte er auch nicht gerechnet. Dann gab es ihm einen Ruck. »Was heißt, der Sand war ja noch lose?«

»Na, da hatte doch dieser dänische Landstreicher gebuddelt. Hinter dem herausgezogenen Fußbänkchen, unterhalb des Strandkorbs! Hatte wohl geglaubt, außer meinem Geld noch mehr zu finden.«

»Damit es mir richtig klar wird: Sie haben den Dänen dabei ertappt, wie er unter Korb 175 gegraben hat?«

»Sage ich ja! Der muss mich irgendwann beobachtet haben und neugierig geworden sein. Aber bekommen ist es ihm nicht. Der hatte das Fußbänkchen herausgezogen und war mit dem Oberkörper unter den Strandkorb gekrochen. Verhungerter Kerl, passte da gerade so hinein. Dort hatte er schon schön viel Sand beiseitegeschaufelt. Dabei habe ich ihn erwischt, habe ihn am Nacken gepackt und ihn in sein eigenes Loch gedrückt. Hat nicht lange gedauert, dann hat er aufgehört zu zappeln.«

»Und dann? Haben Sie Ihr Geld bekommen?«

»Eine Scheiße war das! In der Eile hab ich es nicht gefunden. Am Strand entlang kam ein Mann mit Hund gelaufen, von der anderen Seite waren andere Frühaufsteher unterwegs. Da habe ich den Dieb eben nur aus dem Strandkorb herausgezogen, das Fußbänkchen hineingeschoben und Fersengeld gegeben.«

Asmus holte tief Luft. »Wie war das mit dem Boot auf der Helling?«

Frees grinste einfältig. »Hat gut geklappt, nicht? Der Christian ist nicht unrecht, aber manchmal zu schwatzhaft. Er hat bestimmt gemerkt, dass ich ihn warnen wollte. Und Jochim hat einfach Pech gehabt.«

Drei Menschen also, die Jörn Frees auf dem Gewissen hatte.

Noch am Abend fuhren Asmus und Matthiesen zu Rörd Jacobsens Haus in Wenningstedt. Der Bau auf der Klippe bot besonders am Abend eine großartige Aussicht über die Nordsee. Die Sonne stand gerade über dem Horizont, umgeben von weißen Schleiern, und es war noch spektakulärer als bei Asmus' erstem Besuch.

Aber jetzt wirkte das Haus verlassen. »Der Herr ist abgereist«, sagte das verschreckte Hausmädchen, das den Fliederblütensaft gebracht hatte, und machte einen Knicks, der vermutlich eine Form von Abbitte war.

»Wann und wohin?«

»Gestern, glaube ich.« Sie brach in Tränen aus. »Wohin, weiß ich nicht, das sagt er nie.«

Sie besaßen keinen Durchsuchungsbefehl, suchten sie doch Jacobsen derzeit nur als Zeugen. »Er wird Lunte gerochen haben«, mutmaßte Asmus, während sie das Anwesen innerhalb der Rosenhecke umrundeten, um sich einen Eindruck davon zu verschaffen. Der Kies auf den Wegen war mit Gras durchsetzt und wirkte ungepflegt. »Womöglich hat Gerrit Ose oder dich doch erkannt und ihn gewarnt.« In der Hecke blühten noch einige Rosen. Ein Gemüsegarten war nicht vorhanden, nur einige im steten Westwind kümmerlich wachsende Pflaumenbäume.

Matthiesen spähte durch einen Spalt im breiten Tor eines Nebengebäudes. »Der Horch ist noch da«, erkannte er glücklich. »Können wir ihn nicht beschlagnahmen?«

Asmus grinste. »Ich glaube nicht. Wir können dankbar sein, wenn wir eine Fahndung nach dem Mann an die anderen Länder geben dürfen. Aber Leute dieser Art haben überall ihre Freunde. Möglicherweise ist der Abgeordnete Bauer einer der Ersten, an den sich Jacobsen wendet. Vermutlich wird er die Hilfe bekommen, die er benötigt. Bauer seinerseits braucht den Erfolg auf Sylt als Abgeordneter, und den bekommt er durch Jacobsen.«

KAPITEL 22

Am nächsten Vormittag eilte wieder etwas atemlos Bonde Sibbersen in die Wache und schob Asmus ein Päckchen über den Tresen. »Markus, dem ich inzwischen telegrafiert habe, hat mir diesen Packen zustellen lassen. Ein Freund, der zufällig nach Hamburg reiste, hat Cords Unterlagen mitgenommen, und sie sind mit dem Frühschiff eingetroffen. Lauter Beweise für Unterschleife …«

Asmus nahm den Packen entgegen, ohne sich seine Zweifel anmerken zu lassen. Keine Zweifel am Wahrheitsgehalt der Unterlagen, die hatte er überhaupt nicht, sondern an ihrem Nutzen. Er, als Zugezogener, würde trotz Vorlage von Namen und Zahlen überhaupt nichts ausrichten können. »Hoffentlich nützen sie uns.«

»Sie sind doch befreundet mit Ose Godbersen! Zusammen mit Ferdinand Avenarius …«

»Er liegt im Sterben.«

»Oh, tut mir leid.« Sibbersen sah aus, als würde er gleich in Tränen ausbrechen. Nachrichten dieser Art konnten von einem Augenblick zum anderen seinen Zusammenbruch einleiten.

Asmus wünschte, er hätte den Mund gehalten. »Aber ich bin sicher, Ose wird tun, was sie kann«, versprach er ermunternd. »Furcht aus Ehrfurcht vor Ämtern oder Positionen besitzt sie nicht. Ich werde ihr zur Seite stehen.«

»Ja, ich glaube Ihnen. Und ich hoffe um Cords Willen, dass ihr es schafft.«

»Ich auch.«

»Herr Asmus, ich habe noch eine andere Sache auf dem Herzen. Sie werden gewiss im Winter auf Ihrem kleinen Boot nicht wohnen wollen. Möchten Sie Cords Räumlichkeiten, eine kleine Wohnung im Untergeschoss meines Hauses, beziehen? Schlaf- und Wohnzimmer, eine winzige, aber ausreichende Küche und eine eigene Toilette.«

»Ihr Angebot macht mich sprachlos«, murmelte Asmus verlegen. Aber ihm würde es die größte persönliche Sorge nehmen.

»Ich würde mich nicht so allein fühlen, wenn sich dort etwas rührt ... Und Cord besitzt sogar ein Radio, will sagen, es gibt einen Radioapparat ...«

»Es ist ein ganz großzügiges Angebot, Herr Sibbersen«, sagte Asmus. »Ich werde es gerne annehmen. Herzlichen Dank.«

»Dann ziehen Sie ein, wann immer Sie mögen.« Damit wandte sich Sibbersen um und rannte nach draußen, wahrscheinlich wieder den Tränen nah.

Dann trat Jep seinen Dienst an. Asmus zog ihn in das Verhörzimmer und machte die Tür zu. »Du, Jep«, begann er, »du erinnerst dich doch an den dänischen Landstreicher ...?«

»Sicher.«

»Er soll Geld bei sich gehabt haben, in einer Leinentasche. Weißt du etwas davon?«

»Er hatte kein Geld!«, sagte Jep bestimmt. »Das kann ich beschwören, Asmus. Aber es waren allerhand Fußspuren neben der Leiche zu sehen, als wir ankamen. Drei verschiedene Schuhgrößen und Hundepfoten. Ein Lister Däne hatte Wache gestanden, und wir ließen ihn gehen, nachdem er Auskunft gegeben hatte. Der war in Ordnung.«

»Du beruhigst mich unendlich, Jep«, sagte Asmus erleichtert. »Es war Geld da. Aber während der Lister Bernsteinsucher Boysen alarmierte, müssen mehrere Passanten den Toten bemerkt haben, unter ihnen ein Mann mit Hund. Einer hat das Geld verschwinden lassen. Den Dieb werden wir wohl nicht mehr kriegen.«

Der Concierge Gerrit klebte mit schweißnassen Händen an seinem Tresen, als Asmus und Matthiesen in Uniform die Dünenhalle betraten, und Tropfen liefen ihm an den

Schläfen entlang. »Sie wollen sicher zum Geschäftsführer unseres Hauses …«

»Nein, wir möchten durchaus gerne zu Ihnen. Sie sind doch Gerrit Erken?«

Erken nickte mit blassem Gesicht. Er wusste, um was es ging. Vor allem schien er sich im Sinne des Strafgesetzes schuldig zu fühlen.

»Wir möchten gerne mit Ihnen reden. Am besten, ohne dass Gäste mithören.«

»Wir haben kaum noch welche«, murmelte Erken und wies ihnen den Weg in einen Raum, der sich mit seinen Regalen als Aufbewahrungsraum für Gepäck entpuppte, aber immerhin drei Stühle aufwies. »Bin ich verhaftet?«

»Haben Sie denn einen Grund, das anzunehmen?«

Erken schluckte nur schwer, ohne zu antworten.

»Wir möchten zunächst nur mit Ihnen reden, Gerrit Erken. Wir gehen davon aus, dass Sie uns als gesetzestreuer Bürger helfen wollen.«

»Ja, natürlich«, krächzte Erken. Der Sopran, mit dem er sich vor Ose aufgespielt hatte, war ihm völlig abhanden gekommen.

»Wie lange geht dieser Austausch von Briefen und Geld zwischen Jacobsen und Jörn Frees im Strandkorb schon?«

Erkens Blick wanderte ziellos durch die Regale, während er nach einer Antwort suchte. Asmus folgte seinem Blick, um festzustellen, dass zur Zeit nicht mehr als vier Gepäckstücke aufbewahrt wurden: Ein Symptom für die schlechte Wirtschaftslage. »Zwei, drei Jahre vielleicht.«

Asmus holte tief Luft. Das war seine wichtigste Frage gewesen, bestätigte die Antwort doch, dass Jacobsen der Auftraggeber der Überwachung von Vater und Sohn Sibbersen war. »Und Sie?«

Erken wedelte abwehrend mit der Hand. »Ich habe damit nichts zu tun. Ich befördere nur die Botschaften meines Arbeitgebers. Gehört zu meinen Aufgaben.«

»Wer hat Cord Sibbersen ermordet?« Asmus wollte dringend wissen, wie weit der Concierge in das Verbrechen eingebunden war.

Ein überheblicher Zug legte sich um Gerrit Erkens Mund.

»Woher soll ich das wissen? Ich weiß nicht einmal, dass er ermordet wurde. In der Zeitung stand davon nichts.«

»Wie kommt es dann, dass Sie Cords Gepäck hier stehen haben? Die Reisetasche, mit der Cord Sylt verlassen wollte, aber nie verlassen hat?«, fragte Asmus im sanftesten Ton, der ihm möglich war.

Die Reaktion war entsprechend. Obwohl es ein Schuss ins Blaue gewesen war, fuhr Erken herum und starrte auf die weinrote Reisetasche, die jeder Dame hätte gehören können, die auf Eleganz wert legte.

»Sie ist beschlagnahmt«, erklärte Asmus, um Klarheit zu schaffen, und Matthiesen holte sie aus dem Regal. Er zeigte Asmus den Kofferanhänger, der als Besitzer Cord Sibbersen auswies. »Wem sollten Sie das Gepäck übergeben, Herr Erken?«

»Rörd Jacobsen natürlich«, platzte Erken heraus. »Aber der hat Sylt verlassen, und dem Dienstpersonal ist nicht zu trauen.«

»Jacobsen hat sich in Sicherheit gebracht. Ich weiß. Nun haben wir nur noch Sie, Gerrit Erken, als Mittäter oder als Zeugen, wie Sie wollen.«

»Als Zeugen natürlich!«, rief Erken voller Angst aus. »Ich beantworte alles!«

»Das ist lobenswert. Also noch einmal die Frage: Wer hat Ihrer Meinung nach Jörn Frees den Auftrag gegeben, Cord Sibbersen zu ermorden?«

»Jacobsen! Er musste doch Bonde Sibbersen klar machen, dass der endlich sein Maul halten soll. Aber der hat immer weiter wegen der Grundstücke intrigiert. Deswegen sah sich Jacobsen zu harten Bandagen genötigt.«

»Um Urninge ging es gar nicht?«

Der Concierge spuckte symbolisch auf den Boden und winkte ab. »Urninge haben doch nichts mit dem Geschäft zu tun, sie sind nur überflüssiger Pöbel!«

»Wussten Sie, was in den Botschaften stand, die Sie beförderten?«

Erkens Gesichtszüge versteinerten. »Ich glaube, ich brauche einen Anwalt …«

Nach Feierabend brachte Asmus Cords Unterlagen zu Ose.

»Ist alles aufgeklärt?«, flüsterte sie hoffnungsvoll.

»Für mich, ja. Rörd Jacobsen, der Mann, der alles steuerte, ist auf der Flucht, er hat Sylt verlassen. Wir lassen in Deutschland nach ihm suchen. Anfangs hatte ich nicht viel Hoffnung. Aber jetzt haben wir die Zeugenaussage von Gerrit Erken. Der wird auspacken, um sich zu retten. Leider bleiben die Schäden auf Sylt einstweilen. Jetzt bist du dran.«

»Ich?«

»Ja. Nach Cords Tod bist du diejenige, auf die wir Sylter uns verlassen, wenn es um Grundstücksmauscheleien in geschützten Gebieten geht. Du kennst die schönsten Ecken.«

Oses Mutter öffnete die Küchentür und steckte den Kopf heraus. »Noch eine Hose zu plätten, Herr Asmus?«

Sie wurde unterbrochen durch die Stimme ihres Mannes, der aus dem Hintergrund rief. »Der Rundfunk meldet gerade, dass Jacobsen in München gefasst wurde.«

»Gut«, kommentierte Asmus. »Und nein, Frau Godbersen. Es geht heute nicht um Hosen, nur noch um Bohnen. Es ist Zeit, ihnen beim Wachsen zuzusehen.«

»Dann gratuliere ich euch beiden ganz herzlich.« Oses Mutter zog sich zurück und schloss leise die Tür.

»Lass uns also gucken gehen«, schlug Ose vor. »Komm, Nis Asmussen, mein Neufriese.«

Niklas antwortete mit einem ausgiebigen Kuss, bevor sie in den schattigen Garten traten, der am nächsten Morgen wieder in strahlender Sonne liegen würde.

ANMERKUNGEN

Aufpallen: Abstützen von Booten an Land mit Pallhölzern
Auskolken: Auswaschen
Avenarius, Ferdinand: Dichter (1856–1923), Gründer des Vereins zum Erhalt der Sylter Landschaft
Back: Tisch
Backskiste: Kastenbank
Bake: Seezeichen
Faszist: frühe Bezeichnung für Faschismus; erst später von Sozialismus und Kommunismus abgegrenzt
Fenderbrett: verhindert das Wegrollen von Fendern an Pfählen
Helling: Platz in der Werft zum Bau eines Schiffes
Kosterboot: stabiles Boot für das gefährliche Skagerrak
Langkieler: Ballastkiel von Bug bis Heck
Nisse: dänischer Kobold, Beschützer von Haus und Vieh
Palstek: sich nicht zusammenziehender Knoten
Queller: Salzwiesenpflanze
Ringeln: Töten von Enten durch Drehen der Halswirbelsäule
Spitzgatter: mit spitzem Achterschiff
Spring legen: Anbindetechnik bei starkem Wind zusätzlich zu Festmachern
Tinkeltuut: Strandschnecke
Tschako: militärische Kopfbedeckung, ab 1919 auch bei der Polizei
Urning: durch Karl Heinrich Ulrichs (Jurist) 1867 eingeführter Begriff für Homosexuelle
Waschbord: Erhöhung der Bordwand über das Deck hinaus
Wattstützen: Hölzer, die das Schiff beim Trockenfallen in senkrechter Position halten
Werbespruch von 1912: »Was der Leuchtturm für die Küste …«
Wuling: ursprünglich unordentliches (nicht aufgeschossenes) Tauwerk, übertragen auch auf Personen und Schiffe für großes Durcheinander

EINE KLEINE GESCHICHTE VON SYLT

»Sild« wurde erstmals im Jahr 1141 urkundlich im »Schenkungsbuch des Klosters Odense« erwähnt, da gehörte es noch zum Festland. Inzwischen gehen als gesichert angesehene Quellen davon aus, dass Sylt seit der »zweiten Marcellusflut« im Jahr 1362 durch den Verlust größerer Marschlandschaften eine Insel geworden ist. Zur Herkunft des Namens gibt es unterschiedliche Theorien. Vermutlich stammt der Name »Silt« aus dem angelsächsischen und bedeutet »Landschwelle«. Es könnte jedoch auch auf das dänische »Sild« zurückgehen, was übersetzt »Hering« heißt. Die heutige Schreibweise hat sich erst Anfang des 19. Jahrhunderts durchgesetzt.

Königin Margrete I. überließ Sylt im August 1386 dem Grafen von Holstein-Rendsburg Gerhard VI., damit fiel die Insel an das Herzogtum Schleswig. Das im Norden gelegene List blieb weiterhin unter dänischer Krone. Nach dem deutsch-dänischen Krieg im Jahr 1866 ging Sylt an die Provinz Schleswig-Holstein. Auch wenn sich nach dem Ersten Weltkrieg bei einer Volksabstimmung im Jahr 1920 immerhin 88% der Insulaner weiterhin für eine deutsche Staatszugehörigkeit entschieden, begegnet man noch heute Spuren des dänischen Ursprungs. Im Sylter Norden, dem so genannten Listland, lebt weiterhin eine dänischsprachige Minderheit, und die Sylter Mundart Sölring weist, im Gegensatz zu den anderen nordfriesischen Dialektgruppen, viele dänische Lehnwörter auf.

Der Heringsfischfang spielte auf Sylt lange Zeit als Wirtschaftsfaktor eine sehr wichtige Rolle, daher wurde der Hering im Jahr 1668 das Wappentier von Sylt. Er führte im 17. und 18. Jahrhundert zusammen mit dem Walfang, der Schifffahrt, der Austernzucht und dem Entenfang zu einem guten Auskommen eines Teils der Inselbevölkerung. Im Gegensatz dazu lebten Bauern und Landarbeiter am Existenzminimum, was die sozialen Lebensumstände der Bevölkerung zunehmend auseinanderklaffen ließ.

Seit Mitte des 19. Jahrhunderts veränderte sich das Gesicht Sylts. Keitum, einer der ältesten Orte der Insel, verlor an Bedeutung. Zum einen versandete der alte Keitumer Hafen, und der Haupthafen der Insel wurde nach Munkmarsch verlegt. (Munkmarsch bedeutet wohl »Mönchsmarsch«. Es handelte sich also wahrscheinlich um fruchtbares Marschland, das seit dem 12. Jahrhundert einem Kloster gehörte.) Zum anderen führte der einsetzende Tourismus zu einer wirtschaftlichen Neuorientierung der Insulaner. Besonders in der Ober- und Mittelschicht wurden Kuren auf Sylt Mode. Die Kurgäste erreichten Sylt mit Eisenbahn und Postschiff über Tondern oder dem Schnelldampfer von Hamburg und blieben mehrere Wochen lang, um die heilsame Wirkung des Reizklimas zu erfahren. Der Ort Westerland gewann mit zunehmendem Tourismus an Bedeutung. Er wurde 1855 nach dem Vorbild englischer Badeorte zum »Seebad« erklärt und stellte schon bald das ursprünglich größere Wenningstedt in den Schatten. Obwohl dieses nur vier Jahre nach Westerland zum Seebad erklärt wurde, zog es vor allem weniger betuchte Gäste an. Kampen hingegen entwickelte sich zu einer Art Künstlerkolonie. In den 1920er Jahren besuchten Intellektuelle und Künstler in den Sommermonaten die Insel, einer der berühmtesten unter ihnen war Thomas Mann. Er kam 1921 das erste Mal nach Kampen und wohnte bei späteren Aufenthalten, wie auch der Verleger Ernst Rowohlt, im 1923 erbauten »Haus Kliffende«. Das Buchhändlerehepaar Tiedemann hatte es zu einem der angesagten Treffpunkte der Insel für Intellektuelle und Künstler gemacht. Von dieser Gruppierung ging eine fortschrittliche Bewegung aus, in der ein »Leben ohne Bekleidung« propagiert wurde – die

Freikörperkultur. In der Folge entstand 1920 auf Sylt der erste Nacktbadestrand.

Im Gegensatz zu dieser Avantgarde achtete die angereiste wilhelminische Gesellschaft strikt auf Sittlichkeit. Die Badestrände waren nach Geschlecht getrennt und die Beinkleider von züchtiger Länge. Die Brüder Bleicken stellten in den 1870er Jahren Badekarren am Strand auf. Diese hölzernen Umkleidekabinen auf Rädern wurden ins Wasser gezogen und dienten insbesondere Frauen dazu, ungesehen und sittlich korrekt im Meer zu baden.

Das »Seebad Westerland« hatte die bis dahin angesagten Modebäder Wyk auf Föhr und Büsum in Hinblick auf Beliebtheit und Auslastung bereits im Jahr 1911 überholt. Die Kurgäste konnten auf der Insel seit dem Jahr 1888 eine Schmalspurbahn (mit einem Meter Spurweite) nutzen, die in den Sommermonaten den Hafen Munkmarsch und die Inselmetropole Westerland mit einer 4,2 Kilometer langen Strecke verband. Ab 1903 konnten sie von Westerland nach Hörnum fahren und ab 1907 von Westerland nach List. Die Anreise mit dem Schiff war jedoch mühsam. Die Verbindungen waren tidenabhängig, und im Winter kam es gelegentlich zu einer unüberwindlichen Barriere durch zusammengeschobenes Eis. Die Überfahrt dauerte etwa sechs Stunden, konnte sich aber bei ungünstigen Witterungs- oder Strömungsverhältnissen deutlich verlängern. Eine bequemere und schnellere Anbindung ans Festland schien erforderlich, um als Tourismusziel nicht an Attraktivität zu verlieren.

Bereits 1856 hatte das Sylter Universalgenie Christian Peter Hansen Pläne für einen Damm zum Festland entworfen. Er wollte damit den Fortbestand der Insel sichern, indem er dem Meer Marschland abtrotzte. Sein Vorschlag fiel mit der Gründung des »Seebades Westerland« zusammen, eine zusätzliche Nutzung des Damms als Bahnstrecke erschien sinnvoll. Die Sylter hatten jedoch zunächst Angst vor Überfremdung und Veränderungen der jahrhundertealten sylterfriesischen Kultur. Zudem schreckten sie vor den enormen Kosten eines solchen Dammbaus zurück. Die

Überlegungen zogen sich hin, bis der Bau im Jahr 1913 vom Preußischen Landtag genehmigt wurde. 1914 fingen die Bauvorbereitungen an, um nur kurz darauf von dem aufziehenden Ersten Weltkrieg unterbrochen zu werden.

Zwar fanden keine Kriegshandlungen auf der Insel statt, es wurde aber eine »Inselwache« auf Sylt einquartiert. Geschützstellungen, Baracken etc. wurden nach dem Krieg entweder zivil genutzt oder abgerissen. So dienten etwa ehemalige Kasernenanlagen, etwas abgelegen von den Hauptorten, als Landschulheime für Kinder aus den vom Krieg betroffenen Großstädten.

Nach dem Ende des Krieges wurde durch die Abtrennung vom dänischen Nordschleswig eine Verbindung zum deutschen Festland unverzichtbar. Die damaligen Hauptrouten liefen über die Häfen von Hoyer und Tondern, die seit dem Kriegsende zu Dänemark gehörten. Damit wurde die Anreise für deutsche Kurgäste erschwert, denn sie benötigten ein Visum, um von den nun dänischen Häfen nach Sylt zu gelangen. 1922 wurde unter der Bedingung, dass Deutschland einen neuen Zugang von Deutschland nach Sylt baut, eine Transitregelung getroffen – deutsche Gäste konnten in plombierten Zügen durch dänisches Gebiet reisen. Das Umsteigen an der »Hoyerschleuse« wurde durch den dänischen Zoll streng überwacht. Der Plan zum Bau eines Eisenbahndamms durch das Wattenmeer wurde wieder aufgenommen. Auch die Sylter Bevölkerung hatte nun ihre Bedenken aufgegeben und zeigte einen stärkeren Fortschrittsglauben.

So fanden ab 1921 Vorarbeiten für den Bau statt, im Mai des Jahres 1923 wurde mit dem eigentlichen Dammbau begonnen, und wieder kam es zu einer Unterbrechung der Bauarbeiten: Im August 1923 zerstörte eine Sturmflut alles bis dahin Erbaute. Zum Schutz gegen das Wasser wurde im Jahr 1924 eine Spundwand errichtet (erbaut aus in den Boden gerammten Holzbohlen, die mit Strohballen abgedichtet wurden) und die Trasse weiter nach Norden verlegt. Seitdem arbeiteten etwa 1500 Männer in Tag- und Nachtschichten. Täglich kamen siebzig Waggons mit Baumaterial vom Festland, dreißig Segler, drei Schlepper und zwanzig

Lastkähne brachten Baustoffe aus Husum. Insgesamt wurden 3,6 Mio. Kubikmeter Erde und 400 000 Tonnen Steine, Kies, Busch und Pfähle bewegt. Die Bauzeit des Damms betrug vier Jahre, und der Bau kostete etwa 25 Millionen Reichsmark (inklusive der Zufahrtstrecken). Der Damm ist gut elf Kilometer lang, die Sohlenbreite beträgt fünfzig Meter, und die Dammkrone ist etwa zehn Meter breit. Reichspräsident Hindenburg weihte den nach ihm benannten, jedoch nicht auf seinen Namen getauften Damm am 1. Juni 1927 ein. Heute ist der Damm Teil der Marschbahn, die von Hamburg bis Westerland führt. Er unterbricht den Gezeitenstrom zwischen Sylt und dem Festland, vermutlich sind die damit einhergehenden Strömungsveränderungen mitverantwortlich für die Landverluste an der Hörnum-Odde im Süden Sylts.

LESEPROBE

GISA PAULY

DIE HEBAMME VON SYLT

Der historische Roman
erscheint im Aufbau Taschenbuch Verlag

Prolog

Es war das Jahr 1872, als sich Geesche Jensens Leben grundlegend veränderte. Ein kalter Sommer, der noch nicht viele heiße Tage gehabt hatte! Das Unwetter, das über die Insel fuhr, war nicht das erste dieses Sommers, aber das schlimmste. Der Sturm jagte die Wellen gegen den Strand, das Tosen der Brandung war auf der ganzen Insel zu hören. Viele Klänge hatte er, dieser Wind, er heulte in den Fenstern und Türen, pfiff im Reet der Dächer und fuhr mit dem Schrei einer Möwe nieder, als hätte der Sturm einen spitzen Schnabel und scharfe Krallen. Am schlimmsten aber war das Fauchen des Meeres, das ferne Grollen der Wellen, ihr Brüllen, wenn sie sich überschlugen, sich auf den Sand warfen und sich zischend zurückzogen, als wollten sie eine Warnung hinterlassen. Aus einem schwülen, drückenden Tag war dieser Sturm entstanden, einem Tag, an dem jeder auf ein reinigendes Gewitter gehofft hatte. Dass daraus ein solches Wüten, eine derartige Wucht, eine so kalte, vernichtende Kraft entstehen würde, hatte niemand erwartet. Auch die alten Seefahrer nicht, die sich mit allen Wetterlagen auskannten, die nur lange in den Himmel blicken mussten, um dann an den Wolkenbildungen, der Windrichtung und dem Verhalten der Möwen zu erkennen, was der Insel bevorstand. Sie alle hatten diesmal versagt.

Geesche fragte sich, wie viele Fischer hinausgefahren sein mochten. Jens Boyken hatte sich aufgemacht, wie sie wusste. Gegen Mittag war sie an seinem Haus vorbeigekommen, da hatte er seine Netze vorbereitet und die Reusen zusammengelegt.

»Willst du Freda wirklich allein lassen?«, hatte sie ihn gefragt.

»Du hast gesagt, es kann noch eine Woche dauern, bis das Kind kommt«, hatte Jens in seiner mürrischen Art zurückgegeben. »Soll ich eine Woche auf den Fang verzichten? Und was, wenn es zwei Wochen werden?«

Es konnte aber auch schon in der nächsten Nacht losgehen. Gerade in den Sturmnächten wurden viele Kinder geboren. Wenn sich in der Natur etwas veränderte, setzten die Wehen oft früher ein, wenn das Wetter umschlug, der Mond wechselte oder eine Gefahr näher kam. Freda würde Angst vor dem Alleinsein haben, vor allem wenn Ebbo den Vater begleitet hatte. Ob Geesche zu ihr gehen sollte, um nach ihr zu sehen?

Nachdenklich ging sie zum Fenster der Küche und blickte hinaus. Die Nacht war schwarz, kein Stern zu sehen, der Mond lag hinter den Wolken verborgen. Sie jagten vermutlich über den Himmel, aber so dicht waren sie, dass sie kein Licht hindurch ließen. So war der Sturm nur zu hören, nicht zu sehen.

Wo mochte Andrees sein? Hoffentlich war er nicht von seinem Vater gebeten worden, mit hinauszufahren. Andrees ließ sich gerne bitten, das wusste Geesche. Eigentlich war er immer noch Fischer mit Leib und Seele, hatte nie etwas anderes sein wollen. Dass er nun dabei half, die Trasse zu bauen, auf der irgendwann einmal eine Inselbahn fahren sollte, war sein größtes Unglück. Doch ein Fischerboot ernährte nur eine Familie, und selbst das nur mit Müh und Not.

»Soll ich warten, bis mein Vater zu alt und zu schwach ist, um die Netze zu heben? Warten, dass er mir sein Boot überlässt?«, hatte er sie oft gefragt.

Dass dieser Tag kommen würde, war zwar eine kleine Hoffnung, aber keine wirkliche Perspektive. Und dem Vater ein Ende des Fischfangs zu wünschen, das war sogar eine Sünde. Nein, Andrees brauchte dringend ein eigenes Boot, um als Fischer sein Auskommen zu haben. Die Arbeit an der Trasse der Inselbahn machte einen anderen Menschen aus ihm. Jeden Tag ein bisschen mehr. Morgen würde er wieder ein wenig unglücklicher sein als gestern und übermorgen erneut davon reden, dass das Leben keinen Sinn hatte, wenn er nicht täglich auf das Meer hinauskonnte. Und erst recht nicht, wenn er sein Geld mit etwas so Sinnlosem verdiente wie der Idee, dass irgendwann eine Eisenbahn über die Insel fahren und Sommerfrischler vom Hafen Munkmarsch nach Westerland bringen sollte. Niemand glaubte an die ehrgeizigen Pläne von Dr. Julius Pollacsek, der aus Westerland ein blühendes Seebad machen wollte. So hatte der selbst ernannte Kurdirektor auch nur wenig Unterstützung auf Sylt gefunden. Kaum jemand war bereit, ihm dabei zu helfen, die Voraussetzungen für die Inselbahn zu schaffen, die Dr. Pollacsek sogar selbst finanzieren wollte. Lediglich einen Haufen junger Männer gab es, die froh über jede Beschäftigung waren. Sogar einige Strandräuber waren darunter, die jede Gelegenheit nutzten, um zu Geld zu kommen.

»Was ist das für eine Arbeit!«, klagte Andrees oft. »Ich tu was Sinnloses, nur um nicht zu verhungern. In zwanzig Jahren wird niemand mehr wissen, warum etwas so Überflüssiges wie diese Eisenbahntrasse gebaut wurde. Eine Inselbahn? Sinnlos! Alles sinnlos!«

Jedes Mal, wenn er das sagte, hatte Geesche Angst, dass er bald auch keinen Sinn mehr darin sehen könnte, sich eine gemeinsame Zukunft mit ihr auszumalen. Manchmal fürchtete sie sogar, dass er in seiner eigenen Zukunft keinen Sinn mehr sah. Was sollte geschehen, wenn er den Sinn des Lebens aus den Augen verlor?

Sie riss sich vom Fenster los, verließ die Küche und trat auf den Flur, der das Haus in Wohn- und Wirtschaftsteil gliederte, wie es in friesischen Häusern üblich war. Aber Geesche hatte diese Aufteilung verändert. Aus der Kammer des Wirtschaftsteils hatte sie den Raum gemacht, in dem die Frauen gebären konnten, die bei ihr, der einzigen Hebamme der Insel, Hilfe suchten; aus der Dreschtenne sollte demnächst ein Raum werden, der an Sommerfrischler zu vermieten war. Immer mehr kamen nach Sylt, manche blieben sogar den ganzen Sommer. Und wenn die Inselbahn zwischen dem Fährhafen Munkmarsch und Westerland wirklich einmal fahren sollte, würden es noch mehr werden. Vielleicht konnte sie dann auch den Stall umbauen, der an der Westseite die ganze Tiefe des Hauses einnahm. Sommerfrischler brachten Geld auf die Insel, und Geesche brauchte Geld, damit Andrees sich sein eigenes Fischerboot kaufen konnte. Aber sie brauchte es bald. Bis die Inselbahn ihre erste Fahrt machte, würden noch viele Jahre vergehen. Wenn die Pläne von Dr. Pollacsek überhaupt in die Tat umzusetzen waren! Andrees glaubte nicht daran.

Ein so gespenstisches Heulen fuhr unter der Eingangstür her, dass Geesche sich erschrocken an die Wand drängte. Wenn Andrees doch nur daran glauben könnte, dass es für Sylt eine neue Zukunft gab, wenn immer mehr Fremde auf die Insel kamen! Dr. Pollacsek behauptete, es kämen fette Jahre auf diejenigen zu, die Fremdenzimmer zu vermieten hatten. Und ihr Haus war groß genug dafür! Sie würden ihr Auskommen haben, wenn auch Andrees sich auf Dr. Pollacseks Ideen einließ.

Aus dem Stall drang aufgeregtes Gackern, als der Wind einen schweren Eimer gegen die Stalltür schlug. Wie lange würde Andrees sein Unglück noch ertragen? So lange, bis sie den Stall zu Fremdenzimmern gemacht hatte? Geesche schüttelte den Kopf. Nein, so viel Zeit würde ihr das Schicksal wohl nicht lassen.

Noch war der Stall in dem Zustand, in dem er gewesen war, als ihr Vater das Haus von seinen Eltern übernommen hatte. Zu seinen Lebzeiten waren dort Schweine und Federvieh gehalten worden. Als er starb und auch die Mutter bald das Zeitliche segnete, hatte Geesche sich entschlossen, die Schweine abzuschaffen. Nun hielt sie nur noch ein paar Hühner und Enten dort. Die Schafe, die sie außerdem besaß, kamen nicht in den

Stall, sie blieben bei jeder Wetterlage auf der Weide. Wenn sie den Hühnern und Enten einen Verschlag im Garten bauen ließ, würde sie in dem Stall ebenfalls Fremdenzimmer einrichten können.

Geesche nahm die Petroleumlampe mit ins Gebärzimmer und leuchtete es aus. Ja, alles war an seinem Platz. Sollte Freda Boyken heute noch niederkommen, würde sie hier frische Laken vorfinden, einen sauberen Bottich für das Wasser, das Geesche auf der Feuerstelle ihrer Küche warmhielt, und alles, was für den Säugling gebraucht wurde, wenn er auf der Welt war. Auch Brot, Getreidegrütze und Bier hielt sie bereit, falls die Mutter nach der Geburt bereit war für eine Stärkung, wie Geesche sie gern empfahl.

Sie ging zurück in den Flur, wo ein großes wollenes Tuch auf einem Haken hing. Das legte sie sich gerade um, als sie spürte, dass jemand auf das Haus zukam. Schritte waren nicht zu hören, dazu war das Fauchen und Heulen des Windes zu laut, aber dass der Kies knirschte, blieb Geesche dennoch nicht verborgen. Sie kannte die Geräusche der Insel, wusste jeden Ton zu deuten, den sie erlauschte. Schon wieder raschelte es im Kies. Andrees? Warum kam er leise und heimlich zu ihr? Oder schleppte er sich mühsam zu ihrer Tür? Ging es ihm schlecht? Noch schlechter? So schlecht, dass er es nicht mehr aushielt?

Derart heftig stieß Geesche die Tür auf, als käme es auf jede Minute an. Als könnte Andrees im nächsten Augenblick noch zu retten sein und schon im übernächsten davon reden, dass er ins Watt gehen würde, weil das Leben keinen Sinn mehr hatte, wenn er kein Fischer sein durfte.

Mit aller Kraft hielt sie die Tür fest, damit der Sturm sie ihr nicht aus der Hand schlug. Aber sie konnte nicht verhindern, dass er mit gierigen Böen ins Haus fuhr.

Freda Boyken war es, die mit schweren Schritten auf das Haus zukam. Geesche sah sofort, dass ihre Stunde gekommen war. Sie streckte Freda die Hand entgegen, ergriff sie, kaum dass sie die Schwangere erreichen konnte, ohne die Tür dem Wind zu überlassen, und zog sie ins Haus.

»Seit wann hast du Wehen?«

Freda richtete sich stöhnend auf und griff sich in den Rücken, als Geesche die Tür geschlossen hatte. »Noch nicht lange«, keuchte sie. »Aber ich dachte, es ist besser, wenn ich schon jetzt zu dir komme. Falls der Sturm noch schlimmer wird …«

»Dann hättest du am Ende den Weg nicht mehr geschafft«, vollendete Geesche und schob Freda zur Tür des Gebärzimmers. »Ist Ebbo etwa mit Jens rausgefahren?«

Freda schüttelte den Kopf. »Er will zum Strand gehen und sich umhören. Vielleicht ist einer der Fischer rechtzeitig umgekehrt und weiß, was mit den anderen geschehen ist.« Freda ging zu dem Strohlager in der Mitte des Raums, über das Geesche frische weiße Laken gebreitet hatte. Sie drehte sich nicht um, als sie fragte: »Er wird doch zurückkommen? Er wird doch nicht ausgerechnet heute …?«

Geesche erwartete nicht, dass sie den Satz zu Ende sprach, und sie beantwortete die Frage nicht. Dass ein Fischerboot nicht zurückkehrte, gehörte zum Sylter Alltag. In einem solchen Fall war es eine Gnade, wenn der Fischer Tage später an den Strand gespült wurde und dort beerdigt werden konnte, wo seine Wurzeln waren. Das Allerschlimmste war, wenn ein Fischer auf See blieb.

Geesche ging zu ihr, als Freda sich unter der nächsten Wehe krümmte. Sie betastete ihren Leib, dann griff sie nach Fredas Hand. »Das dauert noch«, sagte sie. »Lass uns in die Küche gehen und einen Becher Tee trinken. Dort ist es warm, da vergeht die Zeit schneller als hier.« Sie nickte zu dem Strohbett, das weder warm noch bequem aussah, sondern nichts als zweckdienlich war. Wenn die Geburt in Gang war, würde Freda von der Kälte in diesem Raum nichts mehr spüren. Aber bis es so weit war, war sie in der warmen Küche besser aufgehoben. Freda hatte Angst, das sah Geesche. Nicht nur vor der Geburt, sondern auch um ihren Mann. Wichtig war es jetzt, ihr Zuversicht zu geben und sie abzulenken.

Freda nickte dankbar und folgte Geesche. Schwer ließ sie sich in der Küche auf einen Stuhl fallen und stützte die Ellbogen auf den Tisch. »Wenn nur Jens da wäre …«

Geesche wandte Freda den Rücken zu, während sie den Tee aufgoss, weil sie fürchtete, dass ihrem Gesicht die Sorge abzulesen war. Wer in dieser Nacht hinausgefahren war, musste früh genug bemerkt haben, dass ein Wetter aufzog, dann war vielleicht noch Zeit zum Umkehren gewesen. Wer die Gefahr nicht rechtzeitig erkannt hatte, der kämpfte nun da draußen ums Überleben. Ob Andrees auch zu ihnen gehörte? Dann würde sie ihn vielleicht ans Meer verlieren. Noch in dieser Nacht! Andererseits war sie sicher, dass er gerade auf dem Meer um sein Leben kämpfen und den Kampf erst verloren geben würde, wenn der blanke Hans nach ihm griff! An Land ließ er sich schon lange nicht mehr aufs Kämpfen ein. Hier gab er sein Leben Stück für Stück hin, als wäre es nichts wert. Im Boot seines Vaters aber würde ihm das Leben kostbar genug sein, um es gegen die Naturgewalten zu verteidigen. Ja, überleben würde er am ehesten auf dem Meer. Aber was kam dann?

»Nur gut, dass dein Andrees nicht mit seinem Vater hinausgefahren ist«, sagte Freda in diesem Augenblick.

Geesche fuhr zu ihr herum. »Woher weißt du das?«

»Seine Tante war bei mir, kurz nachdem Jens losgezogen war. Sie sagte, Andrees habe seinen Vater begleiten wollen, aber der wollte es nicht zulassen. Weil Andrees doch schon in der Frühe von Dr. Pollacsek erwartet wird. Wie soll er für ihn arbeiten, wenn er in der Nacht auf See war und nicht geschlafen hat? Und was wäre, wenn die Fischer nicht pünktlich zurückkommen? Dann verliert er womöglich seine Stelle. Und was dann?«

Freda sah Geesche fragend an. Aber die zuckte nur mit den Schultern. Was dann? Das eine war für Andrees so schrecklich wie das andere. Die Arbeit an der Trasse der Inselbahn machte ihn genauso unglücklich wie die Aussicht auf ein Leben in tiefer Armut. Wer als Halmreeper mit dem Drehen von Halmen für Wäscheleinen und Binsen für sein Auskommen sorgen musste oder als Fischer auf dem Boot eines anderen, der verdiente kaum sein tägliches Brot. So einer schloss sich oft den Strandräubern an, um zu überleben. Aber Andrees würde vermutlich nicht einmal das tun. Wieder griff die Angst nach ihr, dass sie Andrees an ihren Traum von der Zukunft verlieren würde.

»Wenn er doch endlich sein eigenes Boot hätte«, sagte sie, »dann könnte er wieder glücklich sein.«

Sie stellte fest, dass Freda ruhiger wurde, als sie einen Becher mit heißem Tee in der Hand hatte und ihn vorsichtig schlürfte. Gelegentlich setzte sie ihn ab, schloss die Augen, beugte sich vor, legte die Stirn auf die Tischplatte und stöhnte leise. Aber die Abstände zwischen den Wehen waren noch groß. Fredas Kind würde erst in ein paar Stunden zur Welt kommen. Heimlich hoffte Geesche, dass Jens Boyken bis dahin zurückgekehrt war.

Das Schweigen trat nun in die Küche wie ein hoher Gast, der alle anderen mundtot machte. Freda war in Gedanken bei ihrem Mann, dachte an die bevorstehende Geburt, faltete die Hände, als wollte sie um göttlichen Beistand bitten. Geesches Gedanken wanderten zu Andrees. Ob er auch zum Strand gegangen war, um nach den heimkehrenden Fischern Ausschau zu halten? Oder nach dem ersten Strandgut, mit dem das Unheil verkündet wurde? Dann würde er hoffentlich auf Ebbo, Fredas Stiefsohn, aufmerksam werden und dafür sorgen, dass der Siebenjährige sicher nach Hause kam und bei den Nachbarn Unterschlupf fand, bis Freda wieder bei Kräften war.

Das Heulen des Windes verlor sein Gleichmaß. Es gab nun Augenblicke, da fiel es in sich zusammen, da tat sich eine kurze, unheimliche Stille auf, dann aber rüttelte der Sturm umso heftiger an den Türen und Fenstern.

In eine winzige Flaute hinein drang plötzlich ein anderes Geräusch, das nicht in diese Sturmnacht passte, ein leichtes Klappern, ganz und gar unwirklich für diesen finsteren bedrohlichen Abend.

Auch Freda war aufmerksam geworden. Und sie sprach aus, was Geesche nicht glauben mochte: »Pferde?« Und dann, als sich neben dem Getrappel auch das Rumpeln großer Räder näherte: »Eine Kutsche?«

Geesche sprang auf und lief in den Flur. Dort blieb sie stehen und lauschte. Nun wieder schien nur der Sturm vor dem Haus zu stehen, aber das Hufgetrappel und die Räder der Kutsche hatten sich nicht entfernt, nein, sie waren zum Stillstand gekommen.

Geesche raffte ihr wollenes Tuch vor der Brust zusammen, bevor sie die Tür öffnete. Die Kutsche, die vor ihrem Haus stand, erkannte sie sofort. Sie gehörte dem Grafen von Zederlitz, der mehrere Monate des Jahres auf Sylt verbrachte. Den Kutscher, der nun auf Geesche zutrat, hatte er von seinem schleswig-holsteinischen Gut mit nach Sylt gebracht.

Der Mann tippte mit der rechten Hand an seine Mütze, während er sie mit der linken festhielt. »Mein Herr schickt mich«, sagte er. »Ich soll die Hebamme holen. Bei der Gräfin haben die Wehen eingesetzt.« Er wies zur Kutsche. »Bitte! Es eilt!«

Geesche hörte ein Scharren hinter sich und drehte sich um. Freda war in der Küchentür erschienen und starrte den Kutscher ängstlich an.

»Das geht nicht«, sagte Geesche und gab dem Mann einen Wink, damit er eintrat und sie ihr Haus vor dem Wind verschließen konnte. »Ich habe schon eine Gebärende aufgenommen. Die kann ich nicht allein lassen.«

Der Kutscher betrachtete Freda, die zur Tür des Gebärzimmers ging, als wollte sie damit ihr Recht verdeutlichen.

»Aber mein Herr hat mir aufgetragen …«, begann er, brach dann aber ab, weil er einsah, dass die Hebamme eine Frau, die sich soeben in ihre Obhut begeben hatte, nicht wegschicken konnte. Ratlos sah er sie an. »Was soll ich meinem Herrn sagen?«

»Bring die Frau Gräfin zu mir«, antwortete Geesche. Und als der Mann zögerte, ergänzte sie: »In der Kutsche hat sie es bequem. Ich richte währenddessen alles her.« Und beruhigend, damit der Kutscher unbesorgt zurückfahren und ohne Angst vor seinen Herrn treten konnte, fügte sie hinzu: »Ich bereite für die Frau Gräfin in der Küche ein Lager vor. Dort ist es warm.«

»In der Küche?« Der Mann sah sie zweifelnd an.

Geesche schob ihn zur Tür. »In meiner Küche gibt es einen Alkoven. In das Bettzeug gebe ich einen Bettwärmer. Sie wird es bequem und warm bei mir haben. Sag deinem Herrn, es ist alles bereit für seine Gemahlin.« Sie öffnete die Tür und drängte den Kutscher aus dem Haus. »Trödel nicht! Je eher die Gräfin zu mir kommt, desto besser.«

Dem Kutscher war nicht wohl zumute, aber er verzichtete auf jeden Disput. Kurz darauf drangen seine Rufe durch den Wind, mit denen er die Pferde antrieb.

Freda stand noch immer ängstlich in der Tür des Gebärzimmers. »Keine Sorge, Freda«, sagte Geesche, »ich werde es schon schaffen, mich auch um dich zu kümmern.«

Sie betrachtete Freda besorgt, die sich in der nächsten Wehe krümmte. Freda war Erstgebärende, die Geburt konnte sich noch stundenlang hinziehen. Die Gräfin dagegen hatte schon zwei oder drei Totgeburten erlitten, Geesche wusste auch von mehreren Fehlgeburten. Wenn sie im Haus der Hebamme ankam, würde vermutlich alles schnell gehen. Geesche biss sich auf die Lippen. Hoffentlich konnte sie der armen Frau ein gesundes Kind in die Arme legen.

Freda riss sie aus ihren Gedanken. »Meinst du, der Graf ist bereit, seine Frau durch diese Sturmnacht zu kutschieren?«

»Er wird es müssen«, sagte Geesche und fühlte sich längst nicht so resolut, wie sie sich gab. »Hoffentlich beeilt der Kutscher sich.« Dann gab sie sich einen Ruck und ging in die Küche. »Leg dich hin«, rief sie zurück.

Aber Freda folgte ihr. »Ich helfe dir«, sagte sie. »Das lenkt mich ab.«

Während Geesche die beiden Flügeltüren des Alkovens öffnete, füllte Freda den Sand in den Bettwärmer, den sie auf der Feuerstelle erhitzte, damit er der Gräfin ins Bett gelegt werden konnte. Geesche riss die Laken herunter, obwohl bisher niemand darauf gelegen hatte, und breitete frische über dem Stroh aus.

Das Alkovenbett in der Küche wurde selten benutzt, Geesche schlief in dem Alkoven des Wohnzimmers. Aber jedes friesische Haus hatte auch in der Küche einen Alkoven, damit ein Familienmitglied, das krank war, in der Küche einen warmen Platz hatte und nicht allein sein musste.

Ob die Gräfin damit zufrieden sein würde? Dass sie eine bevorzugte Behandlung erfuhr, indem sie in der warmen Küche gebären durfte, würde ihr vermutlich nicht aufgehen. Sie hatte selbstverständlich erwartet, in ihrem eigenen Bett niederzukommen, umgeben von den Dienstboten, die sie mit nach Sylt gebracht hatte, und gewöhnt an den Komfort, den ihr Haus bot. Geesche spürte, dass Angst in ihr hochstieg. Was, wenn auch diese Geburt kein gutes Ende nahm? Dieses Kind des gräflichen Paares war das erste, das auf Sylt geboren werden sollte. Was würde mit der Hebamme geschehen, wenn auch dieses Kind tot zur Welt kam? Der Gedanke an Andrees schoss wie ein Blitz durch ihren Kopf. Wenn sie ihren guten Ruf als Hebamme verlor, würde es mit ihrer gemeinsamen Zukunft noch schlechter bestellt sein. Zwar wurde sie meistens nicht mit Geld, sondern mit Nahrungsmitteln entlohnt, aber diese Arbeit sicherte ihr Leben und konnte auch das Überleben eines Mannes sichern. Vorausgesetzt, dieser Mann war nicht zu stolz, ihre Hilfe anzunehmen …